Dies ist die wahre Geschichte
des Trios »Johnny & The Hurrycanes«,
das am Ende der fünfziger Jahre auf der Suche nach dem
echten Leben durch Dänemark tourte.
Viele Romanfiguren sind der Wirklichkeit entnommen,
tragen jedoch andere Namen. Nur die erfundenen
tragen ihre eigenen.

B R

Es ist das Jahr, in dem sich Fürst Aga Khan in seinem außerhalb von Bombay gelegenen privaten Tempel anschickt zu sterben. Er legt das für diesen Zweck genähte seidene Gewand, die spitzen goldenen Pantoffeln sowie das schwere, mit dem Familienwappen verzierte Armband an. In seinem gazefarbenen Moskitozelt liegend, gleicht er einem goldenen Kokon. Des großen Khans sorgsam gehütetes Geheimnis wird langsam gelüftet. Ein gut gewählter Zeitpunkt. Er erinnert sich an ein Krocketturnier in Delhi, an dem der Dichter Tagore und der Wissenschaftler Einstein teilnahmen, als ein Fremder erschien.

Anders ergeht es dem finnischen Komponisten Sibelius, der des Ganzen müde war und sich in der am stillen See gelegenen Holzhütte niedersinken läßt. Seit achtundzwanzig Jahren hat er nicht eine Note geschrieben, und das letzte, was er hört, ist eine höchst unmusikalische Saatkrähe, die sich auf erregter Jagd nach einem Exemplar des anderen Geschlechts befindet. Desillusioniert läßt er den Aufgußkübel aus der Hand gleiten. Der einst so männliche Blick ist einer nach innen gewandten Resignation gewichen. Zu Tode erschöpft, legt er sich auf die abgenutzte Bank, als er eine warme, weiche Hand spürt, die sich seines abgemagerten Kopfs annimmt.

Die ihn in der Sauna fanden, behaupteten, er sei glücklich gestorben.

Genau in dieser Sekunde, an Bord der Yacht »Baby«, eine Seemeile von Key West entfernt, nimmt der zweite

Steuermann Humphrey Bogart das Gebiß aus dem Mund und läßt es respektvoll in das Glas mit Bourbon fallen, das auf dem Nachttisch des verstorbenen Filmstars steht. Bogarts Lippen lächeln sanft, wie man dies bei Menschen beobachten kann, die zu sich selbst gefunden haben.

Auch auf der anderen Seite des Erdballs, irgendwo zwischen Vanløse und Frederiksberg, ist das Schicksal am Werk.

Die Sekunden ticken zwischen Freitag und Samstag. Es gießt in Strömen, die Tropfen trommeln gegen die Scheibe und rinnen im Schein der Straßenlaterne wie pures Gold an ihr hinab.

An Aga Khan wird selbstverständlich Maß genommen, und Bogart wie üblich fotografiert – alles während Finnlands großer Komponist einen klaren Ton in e-Moll ausstößt, als der letzte Atem aus ihm entweicht.

Gleichzeitig rollt sich Benny, von den Pfennigabsätzen seiner Mutter geweckt, die gerade den Treppenabsatz zwischen dem ersten und zweiten Stock überquert hat, aus seinem Klappbett.

Er setzt sich schlaftrunken auf. Der Traum entschwindet in einer Abfolge überbelichteter Schnappschüsse: der Stand der Sonne, die Röte des Horizonts, eine Straßenkurve, der Kühler eines Lastwagens und ein sich aufnahmebereit öffnender Himmel.

Schließlich rappelt Benny sich gänzlich hoch und versucht Klarheit über die verwirrenden Traumbilder zu gewinnen: Eine Art Galionsfigur schmückt das Auto auf dem Kühler, eine Heilige, ein sonderbares Phantom mit algengrünem Haar und blutrotem Mund. Ein Blick, der ewig funkelt, wie das Licht auf Delhis Dächern. Die Benny niemals sehen wird. Die keiner von ihnen jemals sehen wird. Sie schweben auf einem satten Akkord dahin, einem akustischen Rauschen in e-Moll, bevor sie im explodierenden Anbruch des Tages verschwinden.

Jetzt stößt die Mutter die Tür auf. Mitternacht ist gerade vorüber. Sie seufzt resigniert, als sie Benny erblickt, der sich den Bauch kratzt und ihr ins Badezimmer folgt, wo irgendwas auf den Boden fällt.

Fluchend knallt sie die Tür zum Medizinschränkchen zu und hastet quer durchs Schlafzimmer zum Kleiderschrank. Der schlaftrunkene Junge wird in eine kleine Parfümwolke gehüllt, zieht die weiche Hose seines Pyjamas nach oben und betrachtet seine Mutter, die ein mildes Kindershampoo, eine feine Babyhaarbürste und eine Zeichnung des Mondes in der Hand hält.

»Benny, mein Schatz, bist du wach?« fragt sie. »Schau mich an. Es ist wichtig.«

Benny nickt, zuckt abwesend mit den Schultern und denkt an den vergessenen Abwasch, während er immer noch sieht, wie sich das Becken über dem Abgrund dreht. Das scheppernde Geräusch, als es die Luft zerteilt. Eine große, zu langsam rotierende Trommel. Sie starren in den Himmel, der dieselbe Farbe hat wie ein neuer Chevrolet V-8 Bel Air. Einhundertzweiundsiebzig PS. Four o'clock rock.

Mit angehaltenem Atem steht sie vor ihm. Ihre Hände arbeiten wie Scheibenwischer. Sie riecht leicht nach Wermut. Nichts auf der Welt, abgesehen von lila Tüll, paßt so gut zur Mutter wie dieser süßliche Wermutgeruch.

Alle Dinge, inklusive der Zeichnung des Mondes, verschwinden in einer großen Tasche.

Sie schielt aus dem Fenster. Jetzt kann Benny den wohlbekannten Dieselmotor hören, der vor der Haustür schnaubende Geräusche wie ein großes, faules Raubtier von sich gibt.

»Soll ich … auf den Dachboden gehen? Den Abwasch erledige ich morgen, bevor ich fahre.«

Sie winkt ab, zündet sich eine Cecil an und fixiert Benny mit eindringlich bittendem Blick. Unschlüssig und sorgenvoll zugleich. Sie trägt ihr dunkelgrünes Kostüm, das mit dem Schlitz. Man sagt, sie gleiche Doris Day. Ohne Sommersprossen.

»Ist irgendwas nicht in Ordnung?« erkundigt sich Benny besorgt.

»Nein, Schatz, so kann man das nicht sagen.« Sie versucht zu lächeln.

»Nein, ganz im Gegenteil.« Sie schaut weg und beißt sich in den Daumennagel. Sie wiegt sich in den Hüften, was die Schulterpartie in Bewegung setzt und sie zu einer Fremden macht.

Erst jetzt wird Benny bewußt, daß diese Nacht anders ist.

Normalerweise schnappte er sich einfach Decke und Kissen und verzog sich auf den Dachboden, wenn die Mutter Richard mit nach Hause brachte. Benny stand eine Ausziehcouch zur Verfügung, neben Feos Kinderbett. Irgendwie waren alle mit dieser Ordnung zufrieden, nicht zuletzt Feo. Und die Mutter hatte doch das Recht auf ein bißchen Privatleben.

Er betrachtet sie. Ihr Make-up ist im Regen zerlaufen und erinnert an ein bestimmtes Speiseeis, das in einer Kneipe am Unteren Fasanenweg zu haben ist.

Sie hat begonnen im Wohnzimmer aufzuräumen, wo sie eine weitere Zeichnung des Mondes entdeckt, die mit Klebeband über dem Schlafsofa befestigt ist. Herunter damit.

Benny wendet sich schmunzelnd ab. Ihm geht das Speiseeis nicht aus dem Kopf.

Die Kneipe ist brechend voll. Johnny steht an der Jukebox und lächelt sein unergründliches Lächeln. Sein schwarzes, zurückgestrichenes Haar glänzt wie ein Slogan. Er ähnelt Elvis oder Häßlicher Wolf. Er betrachtet Benny und den kleinen Lunner, die zwischen drei Postboten, die die nächste Runde ausknobeln, an einem Tisch sitzen. Aber Johnny hat nur Augen für Benny und Lunner. Die Musik kommt quer über den Atlantik, aus Gottes eigenem Land, in dem Elvis seine kugelgelagerten Hüften schwingt. Johnny überquert den Ozean, lehnt sich über den Tisch und fegt die Würfel der Briefträger hinunter. Seine Augen haben die Farben der Karibik und der Wellen vor Key West – und die Stimme paßt sowohl zu Häßlicher Wolf als auch zur Sprache, derer sich Engel bedienen, wenn sie allein zu Hause sind. Oder, wie Johnny einmal sagte: wenn sie mit ihren Heiligenscheinen Ringewerfen spielen. Das Licht fällt schräg durch die tabakfarbenen Jalousien der Kneipe. Die leuchtend roten Briefträgerjacken und der Geruch nicht adressierter Sendungen breiten die Arme aus. Es liegt etwas in der Luft. Wie die Unruhe, die man vernimmt, bevor der Dirigent das Podium betritt und mit dem Taktstock auf das Notenpult klopft. Johnny lächelt zu den Streichern, den Blechbläsern und der Harfenistin hinüber, deren Instrument wie eine Verlängerung ihres Geschlechts aussieht. Ernst macht sich breit. Er hebt seinen glimmenden Taktstock, denn es handelt sich um ein blutrotes Räucherstäbchen; der Rauch treibt wie der selbständig gewordene Arm einer indischen Tänzerin zu dem Mann hinter den Pauken, zu ihm, der für Donner und Blitz, Leben und Tod verantwortlich ist. Das Pendel, das den Gang der Welt bestimmt.

Die Flügel auf Johnnys Rücken sind silberfarben.

Die Kneipe hält den Atem an.

Zwischen der ersten und zweiten Postauslieferung.

»Nehmt ihr Arbeitstiere überhaupt noch am Leben teil?« fragt er und bringt den Verkehr auf dem Fasanenweg zum Erliegen.

Benny und Lunner denken an ihre glänzenden Instrumente, Lunners Garage und nicht zuletzt ihre Träume.

»Wir drei werden uns das Land zu Füßen legen...«, flüstert Johnny und läßt eine kleine, blauschwarze Schmalzlocke in die Stirn fallen, »... auf dunklen Wegen unwiderstehlich dahinjagen, Hals über Kopf, und uns das Land untertan machen...«

In Bennys Hals bildet sich ein kleiner verräterischer Kloß. Das Ganze wird auf einmal so konkret. Der Zeitpunkt.

Gleich werden die Briefträger mit ihrer zweiten Schicht beginnen. Die Kneipe leert sich. Zurück bleiben nur sie drei: Johnny, Benny und Lunner, sowie Sylvia hinter der Theke, die jetzt die Tische abwischt, während sie zu Johnny hinüberschielt, der rhythmisch mit den Fingern schnippt.

»Müßt ihr nicht wieder rüber in den Holzhandel?« quakt sie.

»... und denkt nur an die Frauen...«, flüstert Johnny.

Benny beißt sich in die Knöchel und schaut den kleinen Lunner an, der, etwas blaß um die Lippen, mit einem Mal sonderbar steif dasitzt.

»Sie werden sich um uns scharen, uns bedrängen, bitten und betteln. Aber wir sind es, die wissen, wo sich der Schalter befindet. Wir sind es, die das Licht entzünden.«

Johnny geht langsam um den Tisch herum, während er mit warmer Hand über ihre fiebrigen Köpfe streicht.

Benny spürt, wie sich Schweiß ausbreitet. Lunner hat einen steifen Nacken bekommen.

»Die Nächte, wenn die Lichter erloschen sind und wir nur noch das Schimmern der Milchstraße sehen ... Die korallenroten Lippen der Mädchen. Vaya con dios, my love ...«

Benny schüttelt kichernd den Kopf.

»Mich kriegen sie nicht so leicht rum«, flüstert Lunner entschlossen. »Musik und Karriere gehen vor, Johnny. Allerdings haben wir noch nicht einmal einen Agenten.«

»Eins nach dem andern«, sagt Johnny grinsend und öffnet die Tür zum wirklichen Leben.

»Wie wär's mit bezahlen, die Herren?« ruft Sylvia.

»Eins nach dem andern, Süße«, sagt Johnny grinsend. Und klappt die Flügel ein.

»Hörst du überhaupt zu, wenn man dir etwas sagt?«

Die Mutter wedelt mit der Tüte vor Bennys Gesicht herum.

»Ja, natürlich«, murmelt er und zieht die Pyjamahose hoch.

Sie wird plötzlich zärtlich und streicht ihm über die Wange.

»Ich weiß, ich kann mich auf dich verlassen, mein Schatz«, flüstert sie. »Das konnte ich immer. Stell dir nur vor, nächstes Mal wirst du schon neunzehn. Ich habe einen erwachsenen Sohn. Mir kommen gleich die Tränen.«

Sie stehen nun dicht beieinander. Benny weiß nicht, was er tun soll, und freut sich, als er von draußen ein Hupen hört. Richard verständigte sich immer mit Hilfe der Autohupe, mit seinen persönlichen Morsezeichen. Einmal hupen, wenn er es eilig hatte, einmal, wenn er raufkommen wollte, und einmal, wenn die Mutter bloß aus dem Fenster schauen sollte. Jetzt hörte es sich an wie eine Mischung aus dem ersten und dem zweiten.

»Du weißt doch, wie es zwischen uns steht«, sagt die Mutter, während sie Benny Hemd und Unterhemd reicht. »Du bist alt genug, um zu wissen, was es mit reifer Liebe auf sich hat. Ich liebe diesen Mann. So einfach ist das. Er ist mein Leben, Benny. Ich lebe erst richtig, wenn ich mit ihm zusammen bin. Manchmal fühle ich mich zu Hause regelrecht eingesperrt. Und du hast ja schließlich dein eigenes Leben, Benny.«

Benny nickt und findet, daß sie auf einmal so klein wirkt. Er möchte seine Arme um sie legen, läßt es aber bleiben.

Sie dreht ihm den Rücken zu und nimmt das Foto des Vaters aus dem Regal. Er lächelt selbstbewußt, hat gewelltes Haar und eine Pfeife im Mund, solange Benny sich erinnern kann. Der Mann ohne Unterleib. Soweit Benny weiß, ist das Foto auf dem Hauptbahnhof oder ganz in der Nähe entstanden. Das Lächeln des Vaters wirkt doch etwas bemüht. Vielleicht ahnte er, daß ihm nur noch wenig Zeit blieb. Das war 1941. In Dänemark herrscht Eiseskälte. Die Menschen spazieren über den Großen Belt. Ein Liebespaar passiert die Husumer Bahnstation. Sie reden begeistert über das Duke Ellington-Konzert in der Musikhalle, doch vor allem sprechen sie von der Liebe. Rita lacht in die frostklare Luft und schüttelt ihr feuerrotes Haar. Ihre jadefarbenen Augen passen wunderbar zum pastellfarbenen Abend. Man sagt, sie sei die dänische Doris Day. Ihre cremefarbenen Handschuhe flattern in der metallisch blauen Luft. Doch der Mann meint es ernst. »Heirate mich, Rita«, sagt er. Doch Rita lacht bloß und tänzelt mit kleinen Schritten durch die Gegend. Ihre Stiefeletten haben einen kleinen, eleganten Pelzrand. Sie sehen teuer aus. Die kleinen Flecken im Pelz passen zum Saum ihrer

Nylonstrümpfe. Der Zug ist unterwegs. Der sie trennen wird. Sie kennen sich erst seit zwei Monaten, sind aber fast ununterbrochen beisammen gewesen. Night and Day. Cole Porter. Doris Day. Que sera sera. Was geschehen soll, wird geschehen. In die Zukunft kann niemand sehen. Rita lacht und sagt, sie müsse auch an ihre anderen Verehrer denken. Der Mann sagt, für ihn gehe es um Leben und Tod. Rita beugt sich zu ihm und flüstert: »I love you, babe.« Genau wie Bogart in »Der versteinerte Wald«. Abweisend und verlockend zugleich. Komm und nimm mich. Sie ist verliebt, vor allem ins Leben selbst. So sehr, daß unweigerlich das Interesse des Todes geweckt wird. Hellhörig nähert *Er* sich, in Gestalt eines Schnellzugs.

»Sag, daß du mich heiratest!« ruft der Mann, der plötzlich auf dem Trittbrett über den Schienen steht.

Rita lacht übermütig. Sie lachen beide. Die Welt ist verrückt, aber überschaubar. Der Krieg hat unleugbar eine romantische Aura geschaffen, die ihnen zugute kommt. Rita summt eine Melodie aus dem Konzert. Das Leben liegt vor ihr. Das ganze Leben. Der Weg ist beleuchtet wie eine Landebahn.

»Heirate mich!«

Bogart soll die kleine Narbe auf der Oberlippe während des Ersten Weltkriegs bekommen haben. Die ihm dieses unverhohlen wölfische Lächeln verlieh. Das die Frauen schwach werden läßt. Auf Zelluloid. Rita lächelt geheimnisvoll und dreht sich um. Der Mann auf dem Trittbrett fordert sie zum Tanz auf und verliert auf der eisigen, glatten Fläche das Gleichgewicht. Close up der Schuhe. Sogenannter Golf-Schuhe. Gekauft für diese Gelegenheit, angeschafft für diesen Moment. Sie wirbeln durch die Luft, die Wölbung der Sohlen ist immer noch blitzblank. Welch ein Luxus. Welche Lebensart. Hier kommt der Tod, polternd über die Brücke. Der Blick dreht sich wie unter einer Kuppel, von Rita fort und dem Himmel zu. Dahin, dahin.

Fünf Wochen später stellt sie fest, daß sie schwanger ist. Der Krieg ist Realität. Und als er endlich sein Ende gefunden hat, ist das Kind groß genug, um seiner Mutter im Kellergeschäft am Ålekistevej zu helfen, in dem sie Tag und Nacht als Heimschneiderin und Manglerin arbeitet. Benny steht an der Heißmangel. Er kennt sich aus mit der Wäsche. Die Abende sind so gemütlich. In der Ecke steht ein Ohrensessel, über dem sich drei Wandleuchten in gelb, lila und rot befinden. Im Radio läuft Tanzmusik, und allmählich konnten sie ein größeres Dienstleistungsangebot ins Auge fassen.

»Ich glaube, dein Vater ist sehr glücklich gestorben«, sagt die Mutter, wenn sie dicht beieinander im Klappbett liegen.

Benny mag es, wenn sie von ihm erzählt, und gemeinsam einigen sie sich auf eine Geschichte, die ständig weitergesponnen wird, sich zunehmend verzweigt und einen immer stärkeren Glanz erhält. Benny kann sie auswendig und liebt es, sie zu erzählen. Auch am ersten Schultag. Im Laufe der Jahre werden ihre Nuancen so subtil und überzeugend, wie dies nur bei wahren Geschichten der Fall ist. Sie erinnert merkwürdig an das Schicksal der Schauspielerin Mogens Wieths.

Im neuen Freundeskreis gibt Benny die ergreifende Geschichte vom Vater zum besten, der sich zur Royal Airforce meldet, vom Vater, der Berlin bombardiert, ohne jedoch etwas anderes als Häuser zu treffen, und vom Vater, dem eines Nachts, Anno 1944, sich überkreuzendes Flakfeuer über Nürnberg zum Verhängnis wird. Fragen hageln auf den stämmigen Jungen hinab. Ob der Vater denn keinen Fallschirm gehabt hätte?

Benny nickt bedeutungsschwer, nachdem die Mutter diese fatale Pointe besonders lebendig geschildert hatte. Selbstverständlich habe er einen Fallschirm gehabt, sei aber so unglücklich gewesen, direkt vor dem Schnellzug nach Frankfurt zu landen.

Benny überquert den Schulhof mit gesenktem Kopf. Am Abend, als sie an der Dampfrolle stehen, fragt er seine Mutter: »Hatte Papa niemals Angst vorm Fliegen?«

»Niemals, mein Schatz. Niemals. Er war ein sehr mutiger Mann, dem wir viel zu verdanken haben. Trotz allem«, fügt sie seufzend hinzu.

Später verlassen sie die Kellerwohnung. Es geht in Richtung Frederiksberg. Benny läuft glücklich dem Umzugsgut hinterher, das von einem Pferd gezogen wird, dessen Besitzer der Familie Geld schuldet. Sie gehen um den Damhussee herum, an dem es bereits Frühling geworden ist. Die Mutter radelt neben dem Umzugswagen her. Sie winkt Benny zu, der noch längst nicht außer Atem ist. Sie ist inzwischen Telefonistin bei einem Großhandel und nimmt Nachrichten auf Dänisch, Schwedisch und Englisch entgegen. Auch Rechnungen für Waren, die aus dem Lager kommen, stellt sie aus. Der Lagerchef heißt Richard.

Eines Abends, als die Möbel ihren endgültigen Platz in der neuen Wohnung zwischen Vanløse und Frederiksberg gefunden und sie in Erinnerung an die finsteren Zeiten in jedem Fenster ein Licht angezündet haben, zieht die Mutter Benny im gemütlichen Sessel an sich heran. Sie spricht von der Zeit als Manglerin im dunklen Keller und vom Geld, das sie beiseite gelegt hat. Schließlich bricht sie in Tränen aus. Benny weiß nicht, ob er froh oder traurig sein soll.

»Du wirst ... du wirst der große Bruder sein, Benny«, flüstert sie.

Am Tag darauf liegen sie im Schein der Straßenlaterne unter dem schrägen Dach, und die Mutter erzählt flüsternd vom aufregenden Mann mit dem romantischen Namen. Das Bild von Bennys Vater, dem Mann ohne Unterleib, verblaßt, und an der Wand bildet sich der Schatten eines Zorro, eines Phantoms, eines Mannes mit Gangsterlippen, der narbigen Haut eines Rebellen, aber den zarten Wimpern Leslie Howards, eines Mannes mit verführerischem Blick. Ihr Mund berührt Bennys unersättliche Ohren, die Worte werden zu Bildern und die Bilder zu einem Film, der kein Ende nimmt, aber Abend für Abend gezeigt wird. Benny ist nur Statist, die Mutter selbst an den Rand gedrängt, doch das spielt keine Rolle: Sie steht auf der langen Terrasse, der Tag ist hell und ihr Kleid cremefarben, was gut zu ihren roten Haaren paßt. Sie ähnelt Doris Day. Nicht zuletzt wegen der Sommersprossen. Und des selbstbewußten Lächelns. Sie sieht gut aus im Freien. Der Mann mit dem dichten, dunklen Haar und den schwärmerischen Augen betrachtet sie lange, so lange, bis sie ihre Arme sinken läßt, bevor er endlich nickt und sich an die Hutkrempe tippt. Oben im ersten Stock der weißen Villa stößt Benny einen Seufzer der Erleichterung aus und lacht zur Mutter hinunter, die ein Taschentuch hervorgezogen hat. Über Nürnberg verschwindet ein Soldat mit seinem Fallschirm; das Geräusch des Schnellzugs nach Frankfurt wird schwächer und verhallt.

Doch nicht jeden Abend ist die Mutter so unbeschwert und redselig. Manchmal hört er sie weinen und Richards Namen mit ganz anderer Betonung aussprechen. Benny bekommt zu hören, er sei alt genug, der Welt ins Gesicht zu sehen. Die Mutter hat damit begonnen, schon vor dem Abendessen Wermut zu trinken. Sie schüttelt heftig den Kopf, und ihr Zorn zieht schwarze Striche durch den Nachmittag, die Benny einwickeln, ihn gefangennehmen, kratzen und festhalten, bevor er sich seiner Mutter in die Arme wirft und erfährt, daß Richard bereits verheiratet ist und seine Frau nicht ohne weiteres verlassen könne, obwohl dies sein größter Wunsch auf Erden sei.

»Aber Benny«, schluchzt sie, »alles wird wieder gut. Wenn das Kind erst da ist, hast du einen kleinen Bruder und einen Vater aus Fleisch und Blut. Dann feiern wir, gemeinsam, alle vier. Dann lassen wir die Korken knallen. Dann sollen die Sterne leuchten.«

Benny legt die Schallplatte mit Helmuth Zacharias' Streichorchester auf, und gemeinsam summen sie »Auf Wiedersehen«. Auf Strümpfen tanzen sie in der Dämmerung. Benny steht nicht länger auf den Füßen seiner Mutter, er kann die Schritte auswendig. Die Mutter sagt, das Mädchen, das Benny eines Tages bekommen werde, könne sich nicht beklagen. Irgendwo in der weiten Welt, an irgendeinem Platz befindet es sich. Das Mädchen, das für Benny bestimmt ist. Die Mutter singt den schönen deutschen Text des Liedes mit. Das leider hervorragend zum romantischen Richard paßt, der sich eine Woche später aus dem Staub gemacht hat. Benny sieht ihn vor sich, wie er in einem grünen Citroën davonfährt, einem Gangsterauto, das durch Paris jagt. Doch die Wahrheit ist eine andere, denn Richard hat Lust auf die Welt bekommen, nachdem sie sich endlich vor ihm aufgetan hat.

Bevor er sich bindet. Lebenslang. Benny starrt seine Mutter an, deren Hand sich um den Telefonhörer krampft, und hört Richard sagen: »Mein Gott, Rita, es geht doch nur um ein halbes Jahr. Was sind sechs Monate gegen ein ganzes Leben? Unser Leben.«

Rita lacht unter Tränen, und Benny weiß nicht, ob sie glücklich oder unglücklich ist. Daraus würde er niemals schlau werden, er sagt sich aber, daß sie wohl beides sei.

Dann nimmt ein völlig anderer Film seinen Anfang. Die Briefe aus Spanien und Portugal erfüllen Bennys Erwartungen voll und ganz, obwohl er nur selten etwas anderes als die Umschläge zu sehen bekommt. Er legt sie zum Einweichen ins Waschbecken und sammelt die farbigen Briefmarken in einer Kladde, und als er eines Tages aus der Schule kommt, findet er einen mit großer und hastiger Schrift beschriebenen Zettel vor. In der Küchenschublade liegt ein bißchen Geld, mit dem er die Straßenbahn zum Sankt Josef Hospital bezahlt. Das Ganze geht sehr schnell. Er sitzt im Straßenbahnwagen und hat völlig vergessen, den Schulatlas aus der Hand zu legen. Sämtliche Länder befinden sich auf seinem Schoß, die Welt liegt ihm zu Füßen. Die Mutter liegt ganz allein in einem viel zu großen Zimmer. Er nähert sich ihrem Bett mit vorsichtigen Schritten und ist sich nicht sicher, ob sie ihn bemerkt hat.

Die Augen sind geöffnet, sehen ihn jedoch an, als sei er ein Fremder. Ein alter Mensch mit neugeborenem Blick.

Sie hat ein kleines Mädchen bekommen. Die Stille dringt aus den Wänden wie Schmetterlinge durch ein Kristall. Sie zwicken ihn mit ihren spitzen Zähnen in die Wangen und entschwinden in einem Geruch nach sauberen Laken und geronnenem Blut.

Später geht Benny auf den Gang hinaus, wo er inmitten anderer Frauen steht, die barfuß durch die Gegend stapfen, Kolosse auf Elefantenbeinen, schnaufend und schwitzend, glänzend und bleich. In ihren Jungmädchenpupillen verschwinden Schwärme lachender Schmetterlinge, und als sie den Aufenthaltsraum erreichen, sehen sie ihn abwartend und mit der Geistesabwesenheit reifer Frauen an.

Er darf noch ein bißchen länger bei seiner Mutter bleiben – und flüstert ihr zu, er sei sich gewiß, daß Richard mit dem nächsten Schiff nach Kopenhagen kommen werde. Als er sie verläßt und die langen schummrigen Gänge durchquert, auf denen man unterdrückte Geräusche vernimmt, bleibt er unter einer dunklen Statue stehen und begegnet dem Blick der Jungfrau Maria, der genauso leer ist wie der seiner Mutter. Doch Benny nimmt dies als gutes Vorzeichen, und als er zu Hause ankommt, zündet er Kerzen an, wie damals, als sie der finsteren Zeiten gedachten. Er formt einen Wachsklumpen, den er für eine besondere Gelegenheit versteckt gehalten hatte. Die Kerze, aus tausend Tropfen gegossen, ist vielfarbig. Er stellt sie aufs Fensterbrett, starrt in die Flamme, die ruhig und stetig brennt, und denkt an seine kleine Schwester, die er immer noch nicht gesehen hat. Es soll ihre Kerze sein, also muß er sparsam mit ihr umgehen. Später legt er sich ins Bett seiner Mutter, schließt die Augen, empfindet ihren Duft und ruft sich eine Abfolge sonnendurchfluteter Bilder ins Gedächtnis.

Eine Woche später kommt sie nach Hause. Aber sie geht weder zur Arbeit noch in die Stadt. Benny muß sich um alles selbst kümmern. Er hat nichts dagegen, sauberzumachen, einzukaufen und zu kochen. Doch eines Abends brechen alle Dämme. Die Mutter bekommt den ersten

Anfall. Sie wirft sich auf den Boden und schreit wie von Sinnen. Wörter, die Benny nicht kennt. Er begreift auch nicht, warum sie ohne ihr Kind gekommen ist. Als er die vielfarbige Kerze anzünden will, kommt sie plötzlich zu ihm und glotzt ihn mit einem merkwürdigen Ausdruck an. Sie schüttelt ihn; die Stimme ist flach, als wäre sie aus Metall. Sie hat dunkle Ringe um die Augen. Der süßliche Wermutgeruch ist jetzt ekelerregend.

»Weil ...«, ruft sie, »weil ich sie zu spät bekommen habe! Junge Frauen sollen Kinder bekommen, nicht die alten. Verstehst du das? Nicht die alten!«

»Meine kleine Schwester ..., sie kommt doch wohl eines Tages nach Hause«, flüstert Benny, der die Wände des Schlafzimmers neu gestrichen hat, die jetzt nicht mehr grün, sondern hellrot sind.

Der Blick der Mutter flackert auf wie ein Scheinwerfer.

»Idiot«, flüstert sie.

Er weiß nicht genau, ob sie mit sich selbst spricht. Ob sie sich selbst meint.

Nicht nur ihr Kind ist in der Klinik geblieben.

Als er aus der Schule nach Hause kommt, sitzt sie am Eßtisch im Wohnzimmer. Auf dem Tisch steht eine Babytragetasche. Die Mutter ist sonderbar still. Wortlos geht sie in die Küche und trinkt ein Glas Wasser. In aller Ruhe, mit dem Zimmer abgewandtem Rücken. Benny schaut in die Tasche hinein, in der das kleine Baby ruhig und sicher schläft. Er zupft vorsichtig die Decke zurecht und bemerkt, daß seine Mutter ihn beobachtet.

Aber das ist ihm gleichgültig. Er ist so froh, daß ihm beinahe die Tränen kommen. So winzigklein ist es. Mit Füßen und Wimpern und Pausbacken und allem drum und dran. In Bennys Augen ist alles so, wie es sein soll.

Er geht lächelnd in die Küche und will seiner Mutter die Hand auf den Rücken legen, aber sie krümmt sich zusammen.

Lange Zeit sagt keiner von beiden ein Wort. Dann macht Benny einen Tee.

»Ich finde, unsere Kleine ist das süßeste Baby auf der ganzen Welt«, sagt er leise.

Die Mutter schließt die Augen und sagt, sie sei müde.

In den darauffolgenden Tagen scheint sie sich zu beruhigen. Sie stillt und pflegt die Kleine, doch eines Nachts fängt das Baby zu schreien an. Egal, was man tut, es schreit weiter. Benny trägt es stundenlang durch die Gegend. Währenddessen hat die Mutter die Arme um den Kopf geschlungen und windet sich auf einem Stuhl. Bis Benny auf den Gedanken kommt, die vielfarbige Kerze anzuzünden. Das beruhigt die Kleine. Benny ruft nach der Mutter und sagt, es sei ein Wunder.

Die Mutter starrt mit leerem Blick in die Flamme.

»Ich hatte mir eine Tochter gewünscht, die Stewardeß werden könnte«, sagt sie leise.

Benny nickt und wiegt die Kleine.

Die Mutter deutet auf das Baby.

»Aber sie wird weder Stewardeß noch irgend etwas anderes werden. Sie wird niemals lesen lernen, niemals so sprechen können, daß man es versteht, niemals auf eine normale Schule gehen.«

Benny kann es nicht fassen.

Einen Monat später kommt Richard nach Hause und erhält seine alte Anstellung zurück. Die Mutter erholt sich, Benny wechselt die Schule, und auf dem Schulhof am Ålekistevej kann man die Geschichte des Royal-Airforce-Piloten hören, der Hitler in Grund und Boden bombte, aber das Pech hatte, vor dem Schnellzug nach Frankfurt zu landen.

Die Mutter hat damit begonnen, Fotos von Richard mit nach Hause zu bringen. Er ist braungebrannt und sieht aus wie ein Filmstar. Das kleine Mädchen ist fast ein Jahr alt. Auch Benny sieht, daß es sich von anderen Babys im gleichen Alter unterscheidet, was ihm aber offengestanden nichts ausmacht.

Richard kommt selten zu Besuch. Wenn die Mutter mit ihm zusammen ist, sind sie in der Stadt. Doch eines Abends ruft sie aus einem Tanzlokal an und bittet Benny, ihr einen kleinen Gefallen zu tun. Sie möchte Richard gerne die neue Sitzgruppe zeigen. Es drehe sich nur um ein paar Stunden, und der Dachboden sei doch warm und gemütlich.

An diesem Abend beginnt für sie alle ein völlig neues Leben. Nachdem Richard gegangen ist, kommt Benny mit der Kleinen nach unten. Die Mutter ist glücklich und voller Träume.

»Irgendwie«, sagt sie und lehnt sich über den Couchtisch, »irgendwie glaube ich, daß man sich alles wünschen kann. Man darf sich nicht so gebunden fühlen. Jeder ist seines Glückes Schmied. Man lebt doch nur einmal.«

Sie erzählt von Richard, der Spanisch gelernt habe. Er könne die ulkigsten Geschichten erzählen. Aus der ganzen Welt. Er wisse alles und verstehe alles.

»Aber da ist eine Sache, die er niemals verstehen würde.«

Benny hält seinen Atlas in der Hand, den er bei Spanien aufgeschlagen hat.

»Das mit der Kleinen.«

»Mit der Kleinen?«

»Ja, all das, was du weißt ...«

Sie zündet sich eine Zigarette an und steckt diese auf ein langes Röhrchen. Das ist neu. Es verleiht ihr beim Rauchen eine ganz andere Aura. Fast scheint es so, als würde sie sich auch anders benehmen. Sie schaut Benny nicht an, als sie sagt: »Darum habe ich ihm auch nicht erzählt ...«

Im Wohnzimmer herrscht Totenstille.

»Ich habe Richard erzählt, daß ich kein Kind bekommen habe.«

Die Mutter klopft ihre Zigarette am Aschenbecher ab.

»Kein Kind ...?«

»Daß ich es verloren habe. So was ist ganz normal. Und so hätte es ja schließlich auch kommen können.«

»Ist es aber nicht.«

»Benny, schau mich an. Es ist wichtig, daß du das verstehst. Es ist wichtig für uns alle.«

»Was soll ich verstehen?«

»Daß wir ... kein ... kleines Mädchen haben.«

»Aber das haben wir doch.«

»Benny!«

»Doch, das haben wir!«

»Ich spreche von Richard. Ihm gegenüber haben wir keins. Wenn er herausbekommt, daß sie ... also daß wir sie haben, sehen wir ihn nie wieder. Dann verlieren wir ihn auch noch. Findest du nicht, daß wir schon genug verloren haben?«

Eine Stunde später, als sie auf dem breiten Schlafsofa liegen, sagt die Mutter: »Ich habe ihre Geburtsurkunde verbrannt.«

Benny versteckt seinen Kopf unter der Decke.

»Ich habe sie verbrannt, Benny. Sie wird nie in die Schule gehen. Ich habe mit Absicht dichtgehalten. Der

Hausmeister weiß auch nichts. Wenn ich ihm mit ihr begegnet bin, habe ich immer gesagt, es sei das Baby meiner Schwester.«

»Aber wie … wie soll das weitergehen?«

»Hör zu, mein Schatz. Das ist gar nicht so kompliziert. Ich habe alles gründlich durchdacht. Du mußt jetzt ein großer Junge sein. Auf dem Dachboden haben wir doch unsere wunderbare Rumpelkammer. Das ist ein schöner Raum. Wir entfernen die alte Liege und richten alles neu ein. Und benutzen ausschließlich die Hintertreppe. Niemand braucht irgend etwas zu erfahren. Niemand. Verstehst du, was ich meine, Benny?«

Benny nickt im Dunkeln. Es ist, als ginge irgend etwas verloren. Er weiß nicht, was es ist, vielleicht handelte es sich um eine Bagatelle, etwas Unbedeutendes in ihm selbst. Natürlich war es kein Problem, ein Kinderbett, das gelbe Regal und den Eimer dort oben unterzubringen. Es gab nur vier Mieter im Haus, und die übrigen benutzten stets nur den Waschkeller. Auf dem Dachboden war alles vorhanden. Und als Benny am nächsten Tag die Kleine die Treppe hinauf auf den Dachboden trägt, ist er sicher, sie verstehe den Grund dafür. Er setzt sie vorsichtig auf das Bett, das so konstruiert ist, daß man es noch weiter ausziehen kann, aber die Kleine würde mit der Zeit ohnehin nur sehr langsam wachsen. Nach draußen wird sie nie gelangen; dafür sitzt sie unter dem kleinen Dachfenster und betrachtet die Wolken, die Sonne und den Mond, der ihr ganz spezieller Freund geworden ist. Nur zwei Menschen auf der ganzen Welt wissen, daß sie existiert. Und die beiden gehen seit langem ihrem täglichen Trott nach, was bedeutet, daß nur Benny es ist, der auf den Dachboden hinaufsteigt.

Doch eines Tages geschieht etwas. Eine Durchbrechung der Monotonie. Die Kleine verweigert das Essen. Benny versucht alles, doch das Mädchen kann die Nahrung nicht bei sich behalten. Es hat Durchfall, erbricht alles und wird von Tag zu Tag dünner. In dieser Zeit hält sich Benny auch nachts auf dem Dachboden auf. Er bringt die Kleine dazu, ein bißchen abgekochtes Wasser zu trinken, und schafft es schließlich, sie mit ein wenig Schokolade zu füttern. Endlich ist alles überstanden, endlich ißt sie wieder. Von diesem Tag an nennt er sie nur noch Feo, denn die Marke der dunklen Schokolade heißt Feodora.

In den folgenden Jahren ist er der einzige Mensch, den sie zu Gesicht bekommt. Er teilt seiner Mutter mit, Feo verstehe jetzt, daß jeder Mucks, jedes Geräusch auf dem Dachboden untersagt sei. Die Mutter grummelt vor sich hin und will lieber von etwas anderem reden. Also behält Benny das meiste für sich. Vor allem die merkwürdigen Dinge. Das Mädchen hat einen unverhältnismäßig großen Kopf und eine sonderbar durchsichtige Haut. Manchmal beobachtet er sie heimlich, betrachtet ihr eigenartiges, zum Dachfenster gerichtetes Lächeln. Wie eine schlampig angefertigte Stoffpuppe sitzt sie in der Ecke. Vor der Dunkelheit fürchtet sie sich nicht. Sie liebt es offenbar, wenn das Regenwasser an der Dachtraufe hinabrinnt, plappert leise vor sich hin und kann das Geräusch des vom Dach abrutschenden Schnees imitieren. Benny gegenüber hält sie eisern ihr Versprechen, niemals einen Laut von sich zu geben. Er hat einen Stapel Bücher bei ihr deponiert, aus denen er jeden Abend vorliest, während sie lange, stumme Gespräche mit dem Mond führt, der vielleicht dasselbe Schweigegelübde abgelegt hat wie sie.

Benny war mit seiner Mutter in den meisten Dingen einer Meinung, doch im Laufe der Zeit häuften sich die Uneinigkeiten, was Feos Existenz betraf.

Richard war kein Problem. Benny hatte sich längst daran gewöhnt, auf dem Dachboden zu übernachten. Dennoch fühlte sich die Mutter von dem Mädchen zunehmend bedrängt. Es konnten Wochen verstreichen, ohne daß sie sich nach ihr erkundigte, doch eines Abends sagte sie geradeheraus:

»Wir müssen eine Entscheidung treffen, mein Schatz. Wir können nicht ewig ein geistesgestörtes Mädchen bei uns auf dem Dachboden haben.«

Sie sagte absichtlich »geistesgestört«, weil sie wußte, daß Benny dieses Wort irritierte. Ihm war bewußt, daß Feo anders war, er akzeptierte aber nicht, daß man sie als geistesgestört bezeichnete.

»Sie ist doch auch ein Klotz an deinem Bein, Schatz!«

Benny sagte, dies sei in jedem Fall der falsche Ausdruck.

»Warum kommst du immer so früh nach Hause? Warum bist du nie mehr im Jugendzentrum?«

Die Stimme der Mutter steigerte sich in immer erregtere Höhen.

»Begreifst du denn nicht, was sie« – die Mutter zeigte nach oben – »aus unserem Leben macht? Sie frißt es, stiehlt es, saugt es aus. Du kannst dich nicht einmal mehr mit deinen Freunden amüsieren, ohne ein schlechtes Gewissen zu haben. Es ist dein Leben, Benny, und du hast nur dieses eine. Ich weiß, wovon ich spreche.«

Benny dachte sich, daß die Mutter vollkommen unrecht habe, fand aber nicht die richtigen Worte, um ihr das deutlich zu machen. Wenn er früh vom Jugendzentrum zurückkehrte, geschah dies aus freien Stücken. Er genoß es, daß Feo sich freute, wenn er auftauchte. Sie war ohnehin so viel allein. Hätte er der Mutter doch nur die wirklichen Zusammenhänge klarmachen können. Wenn die Kleine ihre kurzen, weichen Arme um seinen Hals und ihre Wange an seine legte, war er von Sehnsucht und Frieden erfüllt; fast schien es dann so, als ob er der Kleine und Feo die Große und Weise wäre, die alles verstand.

Wenn sie krank war, hatte er ein zusätzliches Problem. Dann schwänzte er die Schule. Meistens ging das gut, ohne daß die Mutter etwas bemerkte, doch eines Tages, als sie früh nach Hause kam, flog es auf. Sie hatte Richard dabei. Benny stand in der Küche und kochte gerade mit einem Brühwürfel Suppe für Feo, die eine Halsentzündung hatte. Richard war schon auf dem Weg die Treppe hinauf, so daß Benny gerade noch über die Hintertreppe entwischen konnte.

Eine Stunde später tauchte die Mutter im Vorraum des Dachbodens auf. Die Kleine saß auf Bennys Schoß. Er hatte sie gut eingepackt.

»Warum bist du nicht in der Schule?«

»Weil Feo krank ist.«

Er ging zur Mutter hinaus, die heftig nach Atem rang.

»Das geht nicht, Benny«, flüsterte sie, »das geht einfach nicht.«

Er lief hinter ihr die Treppe hinunter, durch die Stube und hinein ins Schlafzimmer, wo sie sich eine Zigarette anzündete und ihm den Rücken zuwandte. Er versuchte, es ihr zu erklären. Alles, was sie miteinander verband. Trotz allem.

»Wenn man sie dort drinnen sieht, ganz allein, und dann ihr Lächeln, wenn man hereinkommt ...«

»Ein gestörtes Lächeln.«

»Nein, nein, überhaupt nicht. Sie versteht alles. Sie betrachtet den Nachthimmel und die Sterne …«

»So, tut sie das?«

»Ja«, flüsterte er und verschwieg, daß sie lange Gespräche mit dem Mondschein führte.

Eine Woche später lud ihn die Mutter in ein Restaurant ein. Teils damit er, wie sie sich ausdrückte, beobachten konnte, wie man sich an einem solchen Ort benahm, teils weil sie etwas Wichtiges mit ihm zu besprechen habe.

Das Essen war gut, und er war stolz auf sie, als sie mit Kennermiene ihre Bestellungen aufgab.

»Gefällt es dir?« fragte sie.

»Und wie, aber können wir uns das eigentlich leisten?«

Sie lehnte sich über den Tisch bis unter die rote Lampe.

»Wenn die anderen Geld genug haben, haben wir es auch. Wir lassen uns nicht einschüchtern. Wir zeigen Rückgrat.«

Benny lächelte.

»Aber man muß kämpfen«, fuhr die Mutter fort. »Man muß hartnäckig sein und die Chancen nutzen, die sich einem bieten.«

Ihr Blick verschwand hinter Benny, in weiter Entfernung.

»Das Leben ist das, was man daraus macht«, flüsterte sie. »Es ist ebenso kurz wie unendlich lang. Plötzlich ist man angekommen und kann alles überblicken.«

Sie sah ihn an. Tränen standen in ihren Augen. Alles Verhärtete war wie weggeblasen. Alles Starke.

»Nimm die Hand deiner Mutter, Benny.«

Er nahm ihre kleine, magere Hand in seine große und weiche.

»Auch Richard setzt große Hoffnungen in dich«, sagte

sie, »sehr große. Aber mit ihr zusammen geht das nicht. Das geht einfach nicht, Benny.«

Sie zog ihre Hand zurück, als der Ober mit dem Kaffee kam.

Nachdem er sich wieder entfernt hatte, sagte sie: »Ich kann das nicht verantworten. Und ich versichere dir, daß unser kleines Dachbodenmädchen mehr als Glück gehabt hat.«

Das Heim lag in Vendsyssel. Auf dem Weg dorthin saß Feo auf dem Boden des Busses, umklammerte Bennys feuchte Finger und war zu nichts zu bewegen. Die Mutter fragte, ob er sie nicht dazu bringen könne, sich ordentlich hinzusetzen.

»Sie versteht das nicht«, sagte er, »sie will lieber wieder nach Hause.«

»Sie hat keinen Schimmer, was sie will.«

Es gab einen großen, schönen Garten. Doch als er in dem olivgrünen Aufenthaltsraum stand und die teigartigen Fleischklumpen stumpfsinnig hin und her trotten sah und die merkwürdigen Laute hörte, die sie ausstießen, fühlte er sich, als würde ihm jemand die Luft abdrücken. Er lief auf den Rasen hinaus und legte sich flach auf den Rücken.

Währenddessen sprach die Mutter mit der Heimleiterin.

»Sie hat ihr eigenes Zimmer und erhält gemeinsam mit den anderen Unterricht in Tanz, Musik und Gymnastik. Außerdem machen sie Ausflüge.«

Benny, der hereingekommen war, wandte ihr den Rücken zu.

»Im übrigen ist das hier nicht unentgeltlich, junger Mann.«

»Wo ist sie?«

»Oben auf ihrem Zimmer.«

»Ich werd' mich doch wohl von ihr verabschieden dürfen.«

»Benny – warum? Warum, Benny? Laß es jetzt gut sein.«

In der folgenden Nacht erwachte er schweißgebadet. Er hatte von ihrer Heimfahrt geträumt, auf der es ihm vorgekommen war, als führen sie durch einen Tunnel. Unablässig hatte er Feos Schluchzen und ihre hilflosen Rufe gehört.

Er weckte seine Mutter. Bevor sie ganz zu sich gekommen war, sagte er mit Entschiedenheit: »Das geht nicht, das geht einfach nicht, Mama. Ich verspreche dir, ich werde mich um sie kümmern. Wir müssen sie einfach zurückholen.«

Zum ersten Mal veranstaltete er etwas, das sie eine Szene nannte. Das schickte sich nicht für einen Jungen, der in die Lehre ging.

»Dann hol' ich sie eben selbst«, schluchzte er.

»Es geht einfach nicht in deinen Kopf hinein, Benny, daß man sich mit solch einem Kind eine enorme Verantwortung aufbürdet. Hältst du mich für böse?«

»Du hast keine Ahnung ...«

»Du hast keine Ahnung, Benny.«

»Nein, du!« rief er. »Weil du sie nicht kennst.«

»Machst du mir Vorwürfe?«

»Ich mache niemandem Vorwürfe, ich will nur ...«, seine Stimme überschlug sich, »will sie nur wieder zu Hause haben.«

Sie preßte ihn an sich.

»Wir sind zu bemitleiden, Benny, findest du nicht? Versteh doch, man kann eine Verantwortung nicht von sich schieben. Man hat sie einfach – wie soll ich sagen? – in sich.«

Er schaute sie an. »Ich habe sie auch in mir. Darum geht es ja gerade. Ich hasse diesen Ort. Den Geruch, die Gitterstäbe, den häßlichen Aufenthaltsraum. Ich werde das schon schaffen. Du brauchst dir über nichts Gedanken zu machen. Sag, daß wir sie holen! Sag, daß wir sie morgen abholen!«

»Du bist ein Nagel zu meinem Sarg.«

Benny holte Feo alleine ab. Er hatte alle Papiere dabei. Die Mutter sollte ihrer Arbeit nachgehen und hatte auch keine Lust, der Heimleiterin ein zweites Mal zu begegnen.

Benny lief den gesamten Weg von der Haltestelle aus; er rannte die Allee hinauf und in das Büro hinein, das nicht besetzt war. Schließlich erfuhr er, daß gerade ein allgemeines Beisammensein stattfand.

Der Aufenthaltsraum, in dem die Leiterin aus dem Alten Testament vorlas, war dichtbesetzt. Benny hielt nach Feo Ausschau, die alleine ganz hinten saß und mit einem Gurt auf einem hohen Stuhl festgeschnallt war. Sie glotzte, starr vor Schreck und mit vor den Mund gehaltenen Händen, an die Decke. Benny kämpfte sich durch die schaukelnden, eintönig brabbelnden Fleischklumpen, die ihre Arme nach ihm ausstreckten. Hinter dem Rednerpult hatte die Leiterin ihr dickes Buch gesenkt. Alle gafften Benny ungeniert an. Einige kicherten.

Ein Pfleger ging auf Benny zu.

»Und was tun Sie hier, junger Mann?«

»Meine Schwester abholen.«

Er sah zu Feo hinüber, die ihn ungläubig anstarrte.

Er löste den Gurt und hob sie aus dem Stuhl. Sie klammerte sich an ihn und ließ erst wieder los, als sie gemeinsam im Bus saßen.

Drei Monate später ereignete sich der nächste Zwischenfall. Jetzt waren es die Ohren. Mittelohrentzündung. Sie war inzwischen so alt, daß es ihr keine Probleme bereitete, niemals einen Laut von sich zu geben. Immer still zu sein. Sie hatte früher schon Fieber gehabt, aber das hatte Benny mit einer Wärmflasche und Kamillentee in den Griff bekommen. Doch diesmal stieg das Fieber weiter an, und eines späten Abends sah er sie mit abwesendem Gesichtsausdruck in einer Ecke des Bettes liegen. Sie hatte alle ihre Kleider ausgezogen, schwitzte aber dennoch so sehr, daß das Laken schon völlig durchnäßt war. Sie preßte die Hand gegen das eine Ohr, gab jedoch keinen Laut von sich. Benny lief die Treppe hinunter, brach sein Versprechen und erzählte der Mutter von dem Problem. Sie gab ihm zwei Schmerztabletten. Feo schlief vierundzwanzig Stunden lang und erwachte dann mit erneuten Schmerzen. Benny wiegte sie hin und her und blies in ihr schmerzgeplagtes Ohr. Sie klammerte sich an ihn, bis er, völlig verschwitzt, die Mutter anflehte, einen Notarzt zu alarmieren. Doch erst als er Feo herunterholte, um sie zum Krankenhaus zu fahren, rief die Mutter an.

Der Arzt untersuchte das Mädchen im Wohnzimmer. Sie war jetzt beinahe bewußtlos. Er punktierte ihr Ohr, während Benny ihren Kopf festhielt. Im Flur sagte der Arzt, es sei schon ein Kreuz, ein geistesgestörtes Kind zu haben.

Feo schlief eine Nacht und einen Tag, erwachte und war fieberfrei.

Benny hatte eine Lehre als Zimmermann begonnen und bereits seine ersten Trommelstöcke geschnitzt. Er war Johnny begegnet, der im Geschäft als Verkäufer arbeitete und die Preise jeder einzelnen Latte und jeder Liste kannte. Er nahm nur ein bißchen aus der Kasse und war eine in jeder Hinsicht unentbehrliche Hilfe für den halb senilen Inhaber, der Johnny teils mit Angst, teils mit Dankbarkeit betrachtete.

Johnny lieh Benny seine Schallplatten von Pat Boone, Elvis und Jim Reeves. Jeden Abend lag Benny auf dem Dachboden, sein Mund dicht an Feos Ohr, und sang ihr die Stücke vor. Er hatte bemerkt, daß sie gelehrig war und dem Mond die Melodien vorsummte, nachdem er gegangen war.

Eines Nachmittags erzählte Benny in der Frühstückspause von seinem Vater, der für die Royal Airforce geflogen sei, aber unter einem Schnellzug sein Ende gefunden habe.

Johnny blickte eine Weile auf seinen Zigarettenstummel, bevor er ihn ausdrückte und sich hinters Ohr klemmte.

»Also mein Alter hat sich erschossen«, sagte er.

»Du Armer«, antwortete Benny schockiert.

Johnny schaute ihn lange an und entgegnete dann: »Jetzt werd' ich dir mal was erzählen, was ich noch keinem Menschen erzählt habe. Bist du bereit, Bennymann?«

Benny nickte ernst.

»Verstehst du, mein Alter hat sich das Hirn aus dem Schädel geblasen, weil er Angst vor den Widerstandskämpfern hatte. Er hat nämlich rund zwanzig von ihnen während des Krieges ans Messer geliefert.«

Johnny schob seinen Kaugummi im Mund hin und her

und ließ seine langen Beinen baumeln. Blinzelte in die Sonne. Aus dem Geschäft wurde nach ihm gerufen. Er pfiff darauf.

»Wir hatten einen Kiosk. Meine Stiefmutter stand vorne und verkaufte, während mein Vater im Hinterzimmer Geld zählte oder weiß der Teufel was machte. Manchmal bekam er Besuch von den Deutschen. Und so ein Kioskbesitzer, weißt du, der kriegt alles mit. Sie starben also wie die Fliegen, die tapferen Widerstandskämpfer. Komischerweise habe ich das Gefühl, daß die Alte ihn verpfiffen hat. Meine Stiefmutter. Niemals werde ich den Tag vergessen, an dem sie kamen, um ihn zu holen.«

Johnnys selbstsicherer Ausdruck verflog. Er verwandelte sich plötzlich zugleich in einen kleinen Jungen und einen alten Mann. Kurz gesagt, einen Engel.

»Wir wohnten am Gamle Kongevej und aßen jeden Sonntag um zwölf zu Mittag. Ich habe Lorbeerblätter, mit denen das Essen gewürzt war, seither nicht mehr angerührt. Wir hatten soeben ein Grammophon bekommen. Der Alte legte gerade eine Platte mit irgendeiner grauenhaften finnischen Musik auf, als es an der Tür klopfte. Meine Stiefmutter geht raus, um sie aufzumachen. Ihr Kopf ist erhitzt, weil sie ihn über die Kochtöpfe gebeugt hatte. Im Zimmer läuft die Musik. Sie öffnet die Tür. ›Ist für dich, Väterchen‹, sagt sie zu meinem alten Herrn. Der plötzlich Verdacht schöpft. Dann geschieht es. Das ist der Grund, warum ich mich an alles so genau erinnere. Die Alte dreht die Musik auf. Ich habe nie etwas ähnliches gehört. Das Haus bebte in seinen Grundfesten. Wie die Musik des Jüngsten Gerichts: Posaunen und Pauken, ich dachte, die Decke würde einstürzen. Also halte ich mir die Ohren zu. Währenddessen nimmt mein Vater die

Hintertreppe, aber darauf waren sie natürlich vorbereitet. Verstehst du, es war der 14. April 1945.«

Johnny nahm seine Kippe wieder in die Hand.

»Was passierte dann mit deinem Vater?«

»Er stürzte auf den Dachboden und pustete sich das Hirn raus. Im Haus gegenüber schrien sie hurra. Aber das war wohl nicht seinetwegen. Auf der Schule bekam ich haufenweise neue Freunde, nur weil mein Vater sich in die Birne geschossen hatte. Ich habe ihnen nicht erzählt, warum er das getan hat. Du bist der einzige, der es weiß, Bennymann.«

An diesem Abend gingen sie ins Wirtshaus und spielten Billard. Johnny gewann in einer Tour und bat die anderen zur Kasse. Benny bereitete den Tisch vor und notierte die Ergebnisse. Ihm ging die Geschichte von Johnnys Vater einfach nicht aus dem Kopf. Vielleicht erzählte er Johnny deswegen von Feo. Vielleicht auch, weil er ein Bier zuviel getrunken hatte.

Sie standen unter der Straßenlaterne. Johnny in seiner braunen Windjacke und Benny im umgearbeiteten Mantel seines Vaters.

»Jetzt haben wir beide einander ein Geheimnis anvertraut«, sagte Benny unsicher.

»Aber was soll das bedeuten?« murmelte Johnny. »Ist sie nun geisteskrank oder nicht?«

Benny schüttelte den Kopf und setzte zu einer Erklärung an. Hinterher mußte Johnny ein weiteres Mal versprechen, mit niemand darüber zu reden.

»Sind wir Freunde oder nicht?« Johnny zündete sich an einem Zigarettenstummel die nächste Kippe an.

Benny lächelte dankbar und zog die Schultern hoch bis zu den Ohren.

»Wir sind Freunde, Johnny«, flüsterte er.

Johnny legte den Kopf zurück, als würde er lauthals lachen, doch Johnny lachte niemals lauthals. Er lächelte einfach mit geschlossenen Lidern, wurde plötzlich ernst und schaute Benny in die Augen.

»Yes, baby«, sagte er leise.

An diesem Abend stand er wartend auf dem Gang des Dachbodens, während Benny Feo erzählte, er habe einen Freund mitgebracht. Johnny spähte durch den Türspalt. Benny hatte sich über das Bett gebeugt. Auf dem sie saß. Die Schwachsinnige. Der sonst so abgebrühte Johnny schrak zusammen und nahm sich langsam den Kaugummi aus dem Mund. So etwas hatte er nie zuvor gesehen. Einen so großen Kopf auf einem so kleinen Körper. Ihm war fast unheimlich zumute. Auch mit ihrer Haut stimmte etwas nicht. Sie war beinahe durchsichtig. Gleichzeitig schien ein Leuchten über ihr zu sein, als trüge sie eine Art Lichtquelle in sich. Johnny hatte einmal eine Reispapierlampe betrachtet. Die sah genauso aus. Er war kurz davor zu bereuen, daß er überhaupt mitgekommen war. Der Anblick des Mädchen war etwas, das sich nicht so schnell abschütteln ließ. Auf seine Weise war Johnny ziemlich abergläubisch, doch er kümmerte sich nicht darum, ob die Begegnung mit dem Mädchen womöglich bleibende Schäden hervorrief.

Er trat einen Schritt nach links und schaute zu dem Mädchen hinein, das ihm im selben Augenblick direkt ins Gesicht sah. Ein Schauer durchfuhr ihn. Eigentlich hätte er am liebsten weggeguckt, war aber gleichzeitig nicht in der Lage dazu. Feos Augen strahlten. Hingerissen starrte sie ihn an. Benny drehte sich um und lächelte.

»Ich glaube, sie mag dich, Johnny«, sagte er leise.

»So ist das eben mit den Mädels«, murmelte Johnny.

Benny öffnete die hölzerne Tür so weit, daß er hindurchgehen konnte.

»Viel Platz hat sie ja nicht gerade.«

Johnny blieb stehen, als Feo ihm ihre durchsichtige Hand entgegenstreckte. Die Finger bewegten sich nur sehr langsam, als würden sie von einem unnatürlichen Pulsschlag gesteuert, als seien sie unter Wasser.

Benny räusperte sich: »Feo möchte dich gern berühren«, sagte er verlegen.

Johnny wich unwillkürlich einen Schritt zurück.

»Nimm ihre Hand, Johnny, tu es mir zuliebe.«

»Okay, dir zuliebe«, sagte Johnny und betrachtete unruhig die kleine, sich vorstreckende Hand. »Wir werden ja wohl kaum die ganze Nacht hier zubringen.«

Dann nahm er Feos Hand. Seine langen, kräftigen, unglaublich schönen Finger schlossen sich vorsichtig um ihre gelblichen. Er näherte sich Feo immer weiter, ging vor ihrem Bett langsam in die Hocke und starrte schweigend in ihre großen, alles andere als leblosen Augen. Und plötzlich tat er etwas, das Benny völlig überraschte. Er legte Feos Hand an seine Wange und lächelte sie mit halb geschlossenen Augen an. Ein Blick, dem die Mädchen nicht widerstehen konnten. Ein Blick, der erzählte, daß er sie durchschaut hatte. Aus weiter Entfernung. Feo musterte ihn eingehend und veränderte ihren Gesichtsausdruck. Schloß etwas die Augen und lächelte in der gleichen Weise zurück.

»Was für ein Mädchen«, sagte Johnny bezaubert, griff mit der freien Hand in seine Gesäßtasche und zog eine kleine, rostige Maultrommel hervor.

»Äh, das geht nicht«, sagte Benny, »das mit der Maultrommel.«

Aber Johnny hatte nur Augen für Feo und blinzelte sie wolfsartig an.

»Ich spiele so, daß nur sie es hört«, flüsterte er.

Und dann spielte er. Eine tiefe Melodie, die sich wie ein unsichtbarer Faden im Raum ausspannte. Johnny hielt die Augen geschlossen; die Töne kamen aus großer Tiefe und zeichneten das Bild eines Mannes neben einem Grammophon und einer jungen, an den Türrahmen gelehnten Frau, eines Jungen mit abwartendem Ausdruck, eines Nachmittags mit einem Licht wie Sirup, mit Schritten auf der Treppe, Posaunen und Pauken und einem durchdringenden Knall in e-Moll.

Als er die Maultrommel von seinen Lippen entfernte, sah Feo ihn nicht an, nahm nur die Bilder in sich auf, bevor Johnny aufstand, sich hinabbeugte und sie leicht auf den Kopf küßte.

»Nächstes Mal, kleines verwirrtes Mädchen, wird dir Onkel Johnny ein Lied vorsingen.«

Plötzlich schlang Feo die Arme um seinen Hals und wollte nicht mehr loslassen. Sie saugte sich förmlich an ihm fest.

»Zum Teufel, Benny«, stöhnte Johnny.

Benny befreite ihn aus der Umklammerung und entschuldigte sich. Johnny brachte sein Hemd in Ordnung und öffnete die Tür zum Gang hinaus, wo er lächelnd den Kopf schüttelte.

In den folgenden Wochen kam er häufig auf den Dachboden.

Zu dieser Zeit nahmen auch die Pläne, eine Band zu gründen, Gestalt an, und an dem Tag, an dem Johnny seinen Freund Benny mit Erik Lunnermand zusammenbrachte, waren sie Realität geworden.

Benny kannte Lunner gut, der ein kleiner, schmächtiger Kerl mit hoher, glänzender Stirn war, die sich lawinenartig über seinen dunklen Augen auftürmte, die hinter den dicken Brillengläsern besonders groß erschienen. Was seine Arbeit in der Holzhandlung betraf, war er penibel, fast schon pedantisch. Er mühte sich nicht so gern mit Latten und Brettern ab, liebte es aber, Rechnungen zu schreiben und sie abzulegen.

Er erklärte Johnny und Benny, daß er dabei war, sich das Geld für einen eigenen Holzhandel zusammenzusparen. Jeden Abend nahm er sich Prospekte und Preislisten mit nach Hause und lernte sie auswendig. Er schrieb lange Zahlenkolonnen ab und kannte die Maße jedes Winkelbeschlags und jedes Profilbretts. Er bemühte sich um äußerste Präzision, war stolz, wenn man ihn um Rat fragte, und nahm Haltung an, wenn die Kunden beeindruckt einen Schritt zurücktraten. Die Familie Lunnermand wohnte in einem kleinen Bungalow. Der Vater war Landschaftsgärtner, die Mutter arbeitete als Putzfrau. Das ganze Leben eine einzige Plackerei, wie Lunner sich ausdrückte, doch hielt er dabei seinen Blick auf einen entfernten Punkt gerichtet. Seine Mundwinkel zitterten manchmal vor Ehrgeiz, wenn es um die Zukunft ging.

Er wollte ganz er selbst sein, der Herr im eigenen Haus. Die Leute sollten ihn respektvoll mit »Herr Lunnermand« ansprechen.

Johnny sagte in aller Ruhe zu ihm, daß möglicherweise ein Weg ohne Nägel, Schrauben und Harzgestank existierte.

Tag für Tag, in jeder Frühstückspause, bearbeitete er den kleinen, ehrgeizigen Lunner, der schließlich einräumte, früher einmal Blockflöte gespielt zu haben und sogar Noten lesen zu können.

»Du trägst es in dir, Lunner«, flüsterte Johnny, »du kannst ihm nicht entfliehen, du hast es im Blut. Und wir drei, wir legen uns das Land zu Füßen. Das ist unser Schicksal.«

Von diesem Tag an ist Lunner der eifrigste, der verbissenste von ihnen allen.

»Ja, wir legen uns das Land zu Füßen. Das machen wir, Johnny. Wir geben nicht auf. Nichts kommt von selbst. Wir wissen, daß wir es schaffen können. Ganz tief in uns wissen wir es. Wir werden erfolgreich sein. Begreift ihr? Erfolg. Die Knete wird nur so hereinströmen.«

»Haufenweise«, ergänzt Johnny und zwinkert Benny zu, der beobachtet, wie Johnny das graugrüne Sparbuch Lunners öffnet, das dieser so gern während des Frühstücks vorzeigt.

Lunner bemerkt es nicht. Er geht im Lagerraum zwischen den Zierleisten auf und ab. Das Licht ist gelblich. Lunners Arbeitskleidung ist braun. Er steht inmitten des Raumes, wo das durch die Dachluke einfallende Licht einen Kegel bildet. Seine Knöchel sind weiß, er hat sich ein wenig zurückgebeugt.

»Wir legen uns das Land zu Füßen!« ruft er und merkt, daß die Stimme sich überschlägt. Aber das stört ihn nicht. Er schaut sie an, feurig und ernst. Johnny lächelt ihm kryptisch zu. Benny sieht beinahe verschreckt aus. All diese Energie. All diese Erwartungen. Lunner baut sich mit wildem Blick vor ihnen auf.

»Nehmt meine Hand!« sagt er aggressiv. »Nehmt sie beide. Wenn man sich für etwas einsetzt, dann mit Haut und Haar. Dann bremst man nicht auf halbem Weg. Wir gehen bis zum bitteren Ende. Seit ihr dabei?«

Das »bittere Ende« hört sich bei ihm so an, als sei dieses ein Ziel an sich.

Benny schluckt und ergreift genauso wie Johnny die kleine, fuchtelnde Hand Lunners.

»Packt zu«, flüstert er, »packt beide fest zu. Wir geben unser Herzblut – sind wir uns einig?«

Als Benny an diesem Abend nach Hause radelt, fühlt er sich befreit und bedrückt zugleich.

Am folgenden Tag wird Lunner um jeden einzelnen Posten erleichtert, der sich in seinem zerschlissenen Sparbuch findet. Krone für Krone, Öre für Öre: Geburtstagsgeld, Taschengeld, Wochenlohn fürs Treppenputzen, Biertransport, Besorgungen, Verkauf alter Zeitungen. Drei Tage später liegt das Geld auf dem Tresen von Herrn Arnesens Musikgeschäft, in dem die Musikinstrumente phosphoreszierend leuchten. Alle drei sind versammelt, und Lunner stakst mit gemessenen, steifen Schritten und angegriffenem Gesichtsausdruck im Laden herum. Seine Lippen sind unheilvoll gespitzt, als die Kronen in der dunkelbraunen Kasse verschwinden. Auf Nimmerwiedersehen. Jetzt gehören sie Arnesen. Johnny schielt zu ihm hinüber. Lunner zittert am ganzen Körper. Seine weißen Finger krallen sich um den Rand der Tischplatte. Arnesen läßt seinen Blick von Johnny zu Lunner schweifen, der einem Ballon gleicht, der sich langsam, aber sicher mit zu viel Luft füllt, um dann, wie eine Empörung, die sich endlich Luft macht, zu entweichen, wie der Dampf aus einem überhitzten Schnellkochtopf.

»Teuer … verdammt teuer das Zeug«, stottert er, dreht den Kopf wie eine Puppe und fixiert Johnny, der seelenruhig sagt, daß für sie nichts gut genug sei und man niemals, niemals auf halbem Wege stehenbleiben dürfe.

»Und denk daran: mit Bennys selbstgeschnitzten Trommelstöcken, deiner Blockflöte und der Maultrommel meines Großvaters legen wir uns das Land nicht zu Füßen. Blut, Lunner, Blut. Hol mal ordentlich Luft, dann geht's dir schon viel besser.« Arnesen äugt zu den drei jungen Männern hinüber, besonders zu dem, der so bleich geworden ist.

Plötzlich zieht Lunner einen Fünfziger aus der Gesäßtasche, seine allerletzte Reserve. Johnny sagt, das sei nicht nötig. Lunner besteht darauf. Dann marschiert er mit zornigen, selbstbewußten Schritten im Geschäft herum. Sein Blick steht in Flammen.

»Wir kommen wieder, immer und immer wieder!« ruft er Arnesen zu, der sich hinter einem Schlagzeug verschanzt hat.

»Und nächstes Mal, nächstes Mal kaufen wir den ganzen Laden leer.« Lunner haut auf den Tisch. »Glauben Sie bloß nicht, wir sind abgebrannt, Arnesen. Ha! Wir fangen gerade erst an. An diesen Tag …« er schleudert dem eingeschüchterten Mann seinen gestreckten Zeigefinger entgegen, »an diesen Tag werden Sie noch denken, wenn Sie später von uns hören. Bei Gott!«

Draußen auf der Straße hält der VW-Bus, der vielleicht Johnnys Eigentum, vielleicht aber auch nur geliehen ist. Jedenfalls machen sie sich mit Verstärkern, Lautsprechern, Trommeln, einer Gitarre, einem Baß, Becken und Notenständern auf den Weg.

Am nächsten Tag treffen sie sich in der Kneipe. Das Feuer in Lunners Blick ist keineswegs erloschen. Es hat die ganze Nacht gebrannt. Er hat nicht ein Auge zugemacht. Johnny steht an der Jukebox und lächelt die Bedienung an. Benny sitzt dem in sich gekehrten Lunner gegenüber und beteuert, daß sie ihm jede Krone zurückzahlen werden. Benny will für sein Schlagzeug selbst aufkommen. Lunner verzehrt seinen Kümmelkäse, ohne ihn anzuschauen. Er hat, wie gesagt, nicht geschlafen, sondern in der Garage gesessen, in der sich ihre Ausrüstung befindet. Hatte seine Finger über sie gleiten lassen. Er hatte die glatte Gitarre gestreichelt und ein Kribbeln im Magen verspürt. Er hatte ein Loch in der Wand gesehen, den Weg nach vorn, den Traum durch das Sägemehl, die Hoffnung trotz all der harten Plackerei. Er hatte laut aufgelacht, innegehalten, sich wieder ins Bett gelegt und hin und her gewälzt, bis er sich plötzlich aufsetzte und vor sich hin starrte. Alles verloren. In der Kommodenschublade unter den sauberen, frischgestopften Socken liegt sein Sparbuch. Annulliert. Völlig geplündert. Die Ersparnisse von zehn Jahren. Das Nutzholz, hatte er mit seinem Vater besprochen, sollte am besten im neuen Viertel in Rødovre gelagert werden, wo sich viele Menschen niederließen. Wo Bretter, Leisten, Nägel und Winkelbeschläge gebraucht wurden. Für Garagen, Anbauten, Wintergärten und Spielhäuser. Das Unternehmen wächst. Frau und Kinder. Herr und Frau Lunnermand. Ein Steinhaus am Berg. Lunner sitzt selbst an der Kasse. Niemals in Arbeitskleidung, höchstens im weißen Kittel. Respekt.

Er steht am Waschbecken und tupft sich das Gesicht ab, ignoriert sein Spiegelbild, schaut einfach dem ablaufenden Wasser nach, dessen Wirbel das Haus am Berg erfaßt hat, Lunnermands Holzgroßhandel, Frau und Kinder, den weißen Kittel und das Büro mit Kaffeemaschine. Nachdem zuletzt der Respekt im Abfluß verschwunden ist, kommt aus dem Rohr ein rülpsendes Geräusch. Er leert zwei Gläser mit Wasser und muß unwillkürlich an seine Cousine Lone denken, die für gewöhnlich in Illums

Einrichtungshaus arbeitet. Sie bedient alle die Reichen, die mit dem guten Geschmack. Ihr eigener Geschmack ist erlesen. Manchmal fragen sie die Erwachsenen sogar um Rat. Sie ist süß und distanziert. Besucht die Volkshochschule und lernt Sprachen. Unausgesprochen hört man stets denselben Refrain: Lone will vorwärtskommen. Aber wie soll das gehen, kleiner Erik Lunnermand? Sie sind gleichaltrig und die gesamte Schulzeit hindurch in dieselbe Klasse gegangen. Lone schafft alles. Sie ist auch bei den Pfadfindern. Lunner ist als »Angehöriger« nach Roskilde mitgenommen worden, wo ein Jamboree stattfindet. Lone trägt Uniform. Es geht ein Ruck durch Lunner, als er ihre frischgebügelte Uniform sieht. Ein blaues Hemd mit Schulterklappen, kräftige Taschen, ein solider Gürtel. Sie steht ihr gut. Lone ist vierzehn und knetet gemeinsam mit den anderen Mädchen den Teig für das Stockbrot, entfacht das Lagerfeuer, zieht an Tauen und krempelt die Ärmel auf. Am Abend gehen die meisten Gäste. Lunner sitzt draußen vor Lones Zelt und darf die Holzscheite anzünden, die sie an der Feuerstelle aufgeschichtet hat.

»Die Streichhölzer«, sagt sie, »sind in meiner Brusttasche.« Ihre Finger sind immer noch voller Teig. Lunner muß die Schachtel selbst herausnehmen. Er sieht sie nicht an, als seine tastenden Finger ihre weiche Brust und die kleine, harte Brustwarze spüren, bevor er die Schachtel findet und das Feuer entfacht. Lunner ist so angetan, daß er selbst zu den Pfadfindern geht, wo sein Talent und seine Umsicht ihn schon bald zum Gruppenführer machen. Oft steht er in der gelben Uniform vor dem Spiegel, hört die »Donkey Serenade« und sieht sich selbst bei der berittenen kanadischen Polizei. Zwei Jahre später tragen sie Ringe an den Fingern. Gekauft von den

Zinsen. Lunner kommt in die Lehre und wartet immer auf sie, bis sie im Einrichtungshaus Feierabend macht. Lone ist an den Plänen für das Haus am Berg beteiligt, sie sparen gemeinsam. Doch eines Tages, als er Lone von der Volkshochschule abholen will, sieht er sie auf dem gegenüberliegenden Bürgersteig Arm in Arm mit einem älteren Kerl. Sie tragen exakt dieselben Wollmäntel und spazieren die Købmagergade hinab. Lunner folgt ihnen mit Abstand. Im Jahr darauf zeigt ihm seine Mutter drei Farbfotos von der Hochzeit in Stockholm, auf denen Lone die weiße Braut ist.

»So geht es, wenn man seine Besuchszeiten nicht einhält«, sagt die Mutter.

Lunner geht aus der Küche und begreift nicht, warum er so erleichtert ist. Da ist etwas an dem anderen Geschlecht, das ihn in Bann schlägt. Erik Lunnermand kann nicht leugnen, daß es sich umgekehrt genauso verhält. Obwohl es Johnny ist, der von den älteren Mädchen Seidenschals bekommt, ist er es, den sie aufsuchen, wenn sie einen guten Rat hinsichtlich der Lackierung, Isolierung oder Abdichtung brauchen. Sie halten keine Distanz, sondern treten ganz nah an ihn heran, wenn er zeichnet und erklärt. Ihre Absichten sind offensichtlich. Die Streichhölzer sind in der Brusttasche.

In der Kneipe am Unteren Fasanenweg legt Benny seine Hand auf die Lunners.

»Da war etwas an Lone, vor dem man sich in acht nehmen mußte«, murmelt Lunner vor sich hin.

Benny schaut ihn an.

»Lone? Wer ist Lone?«

»Meine Cousine.« Lunner schüttelt den Kopf.

Benny weiß nicht, wovon er spricht, wiederholt aber,

daß er sein Schlagzeug selbst bezahlen will, sobald sie mit ihrer Musik etwas Geld verdienen.

Am selben Abend, während er auf dem Dachboden saubermacht, denkt Benny erneut an Lunners Ersparnisse. Johnny steht summend draußen auf dem Gang, als die Tür zur Treppe plötzlich aufschwingt. Johnny verschwindet im Schatten des Schornsteins, als ein dicker Mann vorbeigeht.

»Das ist der Mann, der unter uns wohnt, Herr Harboe.« Die Tür zur Rumpelkammer steht offen, und Harboe gehört nicht zu denen, die sich übereilen. Sein Mißtrauen wird bestätigt, und nicht nur das. Benny schlägt fieberhaft die Tür zu und lächelt den Mann nervös an.

»Das ist nur jemand, auf den wir aufpassen«, sagt er.

Harboe ignoriert ihn und späht mit einem Auge durch den Türschlitz. Feo schaut zur kleinen Dachluke hinaus. Harboes Mund öffnet sich langsam. Dann sieht er Benny schläfrig an und zieht seine Hose nach oben. Benny kennt ihn als einen Mann, der sonntags seine Frau schlägt, weil er sich langweilt.

Harboes Blick ist unmißverständlich.

»Sie dürfen niemand etwas sagen, Herr Harboe«, flüstert Benny und verspricht ihm, als Gegenleistung, für den Rest des Winters seine Petroleumkanister zu schleppen.

Harboe seufzt, nimmt einen kleinen Zigarillostumpen aus einer Schachtel und deutet voller Ekel zu Feo hinein.

»Aber, ääh«, beginnt er träge, während seine blanken Augen aufschimmern, »sie ist ja schwachsinnig, Benny.«

Benny tritt von einem Fuß auf den anderen und antwortet, daß es schon so aussehen könne, was aber nicht den Tatsachen entspreche. Er beginnt sogar einen kleinen konfusen Vortrag über Feos Qualitäten, hält jedoch mitten im Satz inne, als er sieht, wie Harboe unverwandt seinen Zigarillo betracht, der, im Gegensatz zu dem Mädchen, einen festen Haltepunkt bietet, eine Art Normalität zwischen seinen dicken Wurstfingern. Der Stumpen qualmt zuverlässig vor sich hin und gibt widerstandslos nach, wenn er ihn zusammendrückt. Der Geschmack säuerlichen Tabaks stattet ihn mit einer Rettungsleine aus, die direkt zu seinen eigenen zwei Zimmern hinunterreicht, in denen es immer ein bißchen nach Weißkohl riecht. In Rahmsoße. Nach unten, wo Normalität herrscht, wo das Absonderliche, das Falsche, das Perverse niemals eindringen. Harboe ist ein Mann, der seine Worte richtig zu wählen weiß. Normalerweise wiederholt er die Sätze für seine Frau. Er gilt als ein Mann, der nachdenkt, bevor er redet. Das konnte schon etwas Zeit in Anspruch nehmen.

»Aber wenn sie zu euch gehört, die da drinnen«, sagt er bedächtig, »dann ist das illegal, Benny. Deine Mutter bezahlt ja keine Miete für die Kammer, obwohl ihr sie als Wohnraum benutzt.« Er betrachtet eingehend seinen Zigarillostummel, den er zeremoniell und nicht lieblos zwischen Daumen und Zeigefinger hin und her rollt.

»Und hinsichtlich der Wohnungsbehörde …«

Harboe läßt die Bemerkung, genau wie den blauen Rauch seines Zigarillos, in der Luft hängen.

Benny zögert und verlagert das Gewicht von einem Fuß auf den anderen, verspricht dem Nachbarn jedoch zehn Kronen im Monat, aus eigener Tasche, wenn dieser die Sache auf sich beruhen lasse. Das Geld war eigentlich für Erik Lunnermand gedacht.

Harboe schaut an die Decke und wippt auf den Fußballen. Ein wenig beeindruckt von seinen eigenen Fähigkeiten. Er sieht Benny nicht in die Augen, als er fragt, ob er sich auf diesen Betrag auch in Zukunft verlassen könne.

Benny gibt ihm sein Ehrenwort.

»Wir können uns vielleicht darauf einigen«, Harboe späht zu Feo hinein, »daß fünfzehn Kronen eine angemessene Summe sind. Denn sie ist ja schließlich nicht … ganz normal. Oder, Benny?«

Harboe mochte es, auf den Wegen, die sich um den Damhussee erstreckten, spazierenzugehen. Stundenlang konnte er einem gehbehinderten Mädchen folgen. Er fühlte sich regelrecht erregt, wenn er in Berührung mit dem Abnormen kam. Jetzt schaute er Benny eindringlich an, ob er nicht als eine Art Nebengewinn auch an dem Jungen ein kleines Anzeichen für das Absonderliche, das Kranke oder Perverse entdecken könne.

Benny dachte an nichts anderes als die fünfzehn Kronen, die ihn finanziell ruinieren würden.

»Ich fordere ja schließlich nichts Unangemessenes«, setzte Harboe fort und genoß die ungewohnte Rolle als Ausbeuter und Wohltäter.

Benny sagte, fünfzehn Kronen könne er kaum aufbringen. Harboe hob seine rundlichen, aber schmalen Schultern und ließ sie mit hörbarem Seufzen wieder sinken. Er hatte nichts dagegen, daß sich das Gespräch in die Länge zog. Seinetwegen konnten sie es noch stundenlang fortsetzen oder gerne zu festen Zeiten zum Thema zurückkehren, vielleicht montags, mittwochs und freitags. Dann könnte er im Halbdunkel stehen, den Zigarillo zwischen den Fingern drehen und seine Großmütigkeit, sein Verantwortungsgefühl, sein Bedauern und seine Autorität demonstrieren.

»Vielleicht«, murmelte er mit verschmitztem Lächeln,

»wäre es eine gute Idee, mit deiner Mutter ein bißchen über die Angelegenheit zu plaudern.«

Harboe erkannte ungeahnte Möglichkeiten.

»Um ehrlich zu sein, Herr Harboe ...«, begann Benny nervös, während er sah, wie sich Johnny aus dem Schatten des Schornsteins löste. Er glich einem Wolf, doch die Arme, die sich um Harboes Hals legten, hatten die Form und Geschmeidigkeit einer Königskobra. Die Augen des Nachbarn weiteten sich wie ein Fächer. Bennys Erscheinung begann zu flimmern.

»Wenn ich etwas verabscheue«, flüsterte Johnny ganz dicht am Ohr des Mannes, »dann ist es Maßlosigkeit.«

Benny trippelte hektisch auf der Stelle und bat Johnny, es gut sein zu lassen. Doch dessen Hände arbeiteten selbständig und schlossen sich nur enger zusammen, sie waren den Umgang mit Latten und Sparren gewohnt, und erst als die Hautfarbe des Nachbarn ins Bläuliche changierte, ließ Johnny von ihm ab. Harboe stieß dumpf gegen die Trennwand und faßte sich an den Hals, indem er von Johnny zu Benny hinübersah. Er sagte irgendwas darüber, daß er jetzt gerne nach unten in seine Wohnung ginge, schaute Johnny dabei aber nicht in die Augen.

»Drüben in Hvidovre«, flüsterte Johnny, »treibt sich ein kleiner Kerl herum, der mich ein bißchen an dich erinnert, Harboe. Leider hatte er seine Lektion nicht verstanden ...«

Harboe fragte, warum er nicht einfach in seine Wohnung gehen dürfe.

»... so daß wir leider gezwungen waren, seine Erinnerung mit einem Fischmesser aufzufrischen, das wir gerade zur Hand hatten«, flüsterte Johnny, der mit einem schnellen Griff Harboes Adamsapfel umfaßte.

»Im Grunde meines Herzens bin ich sehr friedfertig,

und es gibt nur wenige Menschen, die mir vollkommen gleichgültig sind. Das Komische ist, Harboe, daß du zu den wenigen Typen gehörst, die ich ohne mit der Wimper zu zucken erschlagen könnte. Aus reinem Vergnügen. Mit derselben Leichtigkeit, mit der ein Streichholz im Wind verweht.«

Benny erschrak und stellte sich schnell zwischen sie. Harboe sank in sich zusammen, doch Johnny richtete ihn wieder auf und bürstete ihm den Staub von den Kleidern.

»Geh jetzt runter in deine Wohnung«, sagte er freundlich, »und denk über unser Gespräch nach.«

Harboe sah Benny angestrengt an.

Kurz darauf hörten sie, wie er die Sicherheitskette vor die Küchentür spannte. Benny schüttelte resigniert den Kopf. Doch Johnny lächelte nur und legte ihm den Arm um die Schulter.

»Immer mit der Ruhe, Bennymann. Du hast doch Johnny.«

Dennoch bezahlte Benny Herrn Harboe zehn Kronen im Monat und schleppte Petroleum für zwei Familien.

Doch der Winter geht irgendwann zu Ende, und eines Nachts, in einer ganz besonderen Nacht, steht die Mutter im Wohnzimmer. Es zeigt sich, daß Benny nicht einfach seine Klamotten nehmen und sich hochschleichen soll, um auf dem Dachboden zu schlafen, so wie immer. Darum geht es jetzt nicht. Sonst würde sie nicht das Foto des Vaters und Feos Zeichnungen des Mondes entfernen.

Die Absätze der Mutter fegen klappernd über den Boden, und sie raucht wie besessen, während Richard unten auf der Straße die Hupe betätigt. Und plötzlich liegen sie da. Auf dem Tisch, Banknoten, 500-Kronen-Scheine.

»Was soll ich damit?« fragt Benny.

»Steck sie ein. Sie gehören dir, Schatz.«

»Mir?«

Die Mutter nimmt seine Hände. Erklärt ihm, daß die Scheidung endlich vollzogen ist.

»Richard gehört jetzt mir, Benny. Und dir.«

»Ja, aber, was ist mit all dem Geld?«

»Hör zu: Richard wartet unten. Wir sind ausgegangen und haben gefeiert. Er zieht zu uns. Für immer.«

Benny beginnt, seine Sachen zusammenzupacken. Murmelt, so viel Geld brauche er nicht.

»Benny …«

»Ich finde es schon heraus«, sagt er.

»Hör jetzt auf, so gereizt zu sein.«

Kurz darauf schließt er sich in der Rumpelkammer ein. Es überrascht ihn nicht, daß Feo wach ist. Vielleicht schlief sie niemals. An der Wand hängen alle ihre Zeichnungen. Benny findet es unglaublich, was sie zustandebringt. Wenn man bedachte, daß sie nie nach draußen kam. Er setzt sich ans Bett und nimmt ihre Hand.

»Wir werden umziehen«, sagt er leise. »Wir beide. Zu Johnny. Und Lunner. Die haben eine Garage mit Zentralheizung. Dort werden wir uns sicher wohl fühlen.«

Er nimmt die Zeichnungen ab und sammelt ihre Sachen zusammen. Es zeigt sich, daß Feo noch eine ganze Menge Zeichnungen unter dem Bett versteckt hat. Sie war unglaublich produktiv, im Gegensatz zu Jean Sibelius, der achtundzwanzig Jahre lang keine einzige Note schrieb.

Jetzt stehen Richards drei Koffer im Eingangsbereich. Die schon in der ganzen Welt herumgekommen sind. Er und die Mutter haben viel durchgemacht. Die Eiswürfel klirren im Glas mit Wermut und hören sich so ähnlich an wie Bogarts Gebiß an Bord der Yacht »Baby«.

Benny läuft die Straße entlang. Es nieselt, aber das macht nichts. Feo lacht, und plötzlich lacht auch Benny. Er rennt mit ihr auf dem Arm und hat das Gefühl, er könne bis ans Ende der Welt laufen.

Glücklicherweise ist die Garage erleuchtet. Einen Augenblick verharren sie vor der Tür, er und Feo. Mit feuchten Gesichtern.

»Du wiegst nichts«, flüstert er ihr zu.

Sie drehen sich um, als er die Tür aufstößt. Johnny und Lunner. An der Decke brennen drei nackte Glühbirnen. Auf dem Arbeitstisch glimmt eine Zigarette, und aus einem kleinen braunen Radio mit rundem Lautsprecher dringt Rock 'n' Roll.

Benny braucht nicht viel zu erklären.

Johnny nimmt Feo und dreht sich mit ihr im Kreis. Er sagt, es gehe alles in Ordnung.

»Ich glaube, sie ist müde, Johnny«, sagt Benny lächelnd und schielt zu Lunner, der Feo nur vom Hörensagen kennt.

Johnny legt Feo in einen Pappkarton, der mit Holzwolle und einem langen Seidenschal gefüttert ist, dem Geschenk eines weiblichen Kunden.

Feo sieht zu ihm auf. Sie liegt fürstlich, genau wie Aga Khan. Tausend Fackeln brennen um seine Bahre. Doch bei Feo kommt das Licht von innen.

In diesem Moment entfernt Johnny die Plane, die den neugestrichenen VW-Bus bedeckt hatte.

Benny fährt zusammen, als er die schönen, karminroten Buchstaben sieht, die die gesamte Wagenseite bedecken.

»Johnny & The Hurrycanes«, flüstert er.

Erstes Kapitel

Es war im April, als die Band »Johnny & The Hurry-canes« auf die dänische Landstraße hinausrollte, um ihr Glück zu machen. Wie die drei Brüder im Märchen verließen sie die heimischen Gefilde, brachen alle Brücken ab und setzten ihre Zuversicht in das Schicksal, ihr Talent und … Samuel Joshua Danielle.

Sammy war, Johnny zufolge, der führende Impresario des Landes. Ein kleiner, schmächtiger Kerl um die vierzig, dessen Alter aber aufgrund seiner nie versiegenden Energie, seines unvorhersehbaren Geschmacks und seines kindischen Wesens schwer zu bestimmen war. Er besaß einen großen und vielseitigen Wortschatz und beherrschte die schwierige Kunst, aus allgemein bekannten Dingen die, offen gesagt, verblüffendsten Schlüsse zu ziehen. Seine Geduld war legendär und die Fürsorge, mit der er sich auch der geringsten Talente annahm, einfach rührend und in dieser Branche einzigartig.

Er lebte und arbeitete in einer Sechs-Zimmer-Wohnung; jener Sorte mit einem langen, schmalen Gang, drei Wohnräumen, einer Zimmerflucht und einer geräumigen Landhausküche am Ende. Die Zimmer, die nach Norden hinausgingen, wurden von Sammys Mutter bewohnt, die nur wenige jemals zu Gesicht bekommen hatten und die aufgrund eines chronischen Leidens ans Bett gefesselt war. Gerüchten zufolge war sie unglaublich anspruchsvoll, extrem verwöhnt, in allen Dingen des Lebens überaus kritisch, ihrem Sohn gegenüber von unnachgiebiger

Strenge, bei Diskussionen maßlos, außerdem unhygienisch und heuchlerisch.

Aber, wie Sammy sich stets ausdrückte, während er als deutlichstes Zeichen der Kritik an seiner Erzeugerin mit den Augen rollte: Mama hat doch den Schlüssel.

Mit dem Schlüssel verwies er auf die Tatsache, daß sich hinter dem großartigen Gemälde im Eßzimmer ein kleines Metallkästchen in der Wand verbarg, in dem Mama das Vermögen der Familie aufbewahrte.

Das Gemälde maß drei mal vier laufende Meter und besaß einen schwülstigen Gipsrahmen. Die ganze Kostbarkeit war, wie bei einer Stafette, von Generation zu Generation weitergegeben worden, eine Art Bundeslade und ein beschützender Engel. Dargestellt war der ergreifende Moment, in dem Moses Josua an der Grenze zum Gelobten Land widerwillig den Führerstab überreicht, wenn auch Moses – wie es geschrieben steht – der einzige war, »der mit dem Herrn umging von Angesicht zu Angesicht«.

Es war diese Begebenheit, die Sammy seinen zweiten Vornamen Joshua bescherte, und er hatte stets gespürt, er wachse, wenn schon nicht im Schatten des großen Patriarchen, so doch in Erinnerung an seine selbstlose Lebensführung auf. Als Sammy sehr jung war, hatte er oft zu nachtschlafender Zeit vor dem kolossalen Gemälde gestanden, um einen Blick auf das Gelobte Land zu erhaschen. Oft wollten seine kleinen Finger zitternd den massiven Rahmen berühren, doch jedesmal hatte er innegehalten unter den bedeutungsschweren Blicken der hart geprüften Patriarchen, die auf ihn herabstarrten: warnend, richtend und mit leichtem Silberblick. Ein eigenartiger Kunstgriff, den der unbekannte Maler mit großer Konsequenz angewandt hatte.

Da Sammy das Geld nie gesehen, geschweige denn in die Finger bekommen hatte, war er gezwungen, sein eigenes zu verdienen; nichtsdestotrotz fühlte er eine gewisse Verwandtschaft zu den stolzen Patriarchen, deren bedeutende Schicksale schließlich ebenfalls besiegelt, beglaubigt und prophezeit worden waren.

Als Agent und Entdecker neuer Talente war er jedoch nicht immer auf Rosen gebettet. Manchmal, wenn alles wie am Schnürchen lief, sah man ihn mit der Stadtprominenz in den feinsten Restaurants. Doch wenn das Glück sich von ihm abwandte, konnte man beobachten, wie derselbe Mann mit einem Stapel Lokalzeitungen an den Mauern der Häuser entlangschlich. Seine Geduld und sein Feuereifer hatten ihn jedenfalls berühmt und im Laufe der Jahre zum Impresario von »Viborgs tanzenden Pudeln« und der später so berühmten »Suzette aus Kiel« gemacht, die Tuba im Trikot spielte und eine Langspielplatte herausgebracht hatte.

Aus diesem Grund fanden sich immer eine Menge Leute bei ihm zu Haus ein. Junge und besonders ältere Artisten, die den stets aufmerksamen Impresario eine Menge grauer Haare seines vorzeitig kahl gewordenen Kopfes gekostet hatten. Darum trug er oft ein Käppchen, eine Mischung aus dem traditionellen jüdischen Topflappen und einer flachen Schirmmütze. Vielleicht glich es aufgrund seiner grünen Streifen vor allem den witzigen Mützen, die in den Comics Ticks, Tricks und Tracks Entenköpfe schmücken.

Überall in der dunklen Wohnung hingen gerahmte Fotos von Sammys großen und kleinen Stars sowie Presseaufnahmen, die den Impresario an der Seite bekannter Politiker verewigten, unter anderem mit H. C. Hansen im Stadion, der auf den Stufen des Tribünenabschnitts C steht. Der Ministerpräsident hat Sammy gerade ein Autogramm gegeben, und der legt zur ungeteilten Freude des Fotografen seinen Arm um die Schulter des Politikers.

Er war von Natur aus Optimist, manche würden vielleicht hinzufügen … und Fantast, aber die Leute wußten, daß man ihn nicht vergebens aufsuchte, denn wenn es Sammy nicht gelang, sie wieder auf die Bühne unter die falsche Sternenschar zu bringen, dann gelang es niemandem. Er gab ihnen zu Essen, beriet sie, schickte sie auf Schlankheitskuren und in Schlammbäder, bezahlte ihren Gesangs- und Tanzunterricht.

Sammy lag es nicht zu prahlen, es sei denn, es ging um Verträge. Tatsächlich waren es seine Fähigkeiten als Entdecker neuer Talente, die ihm im Laufe der Zeit sein hohes Ansehen verschafft hatten. Er war es, der die »Kleine Conny vom Kohlenmarkt« entdeckt hatte, die jetzt schon den fünften Monat in Valencia sang, begleitet von einem brasilianischen Quartett, das Conny in ein neues Kostüm mit drei hellroten Pailletten steckte – eine exotische Note.

Auch der Gedächtniskünstler »Milow«, der dreihundert Telefonnummern auswendig konnte und Yvette heiratete, deren Papa sich das Leben nahm, gehörte zu denen, die durch ihre langen Engagements in Stockholm und Aalborg bei Sammy in der Kreide standen. Böse Zungen behaupteten hingegen, daß Sammy auch hinter »Hector, der Eisenmann« gestanden habe, der im Herbst auf dem Assistensfriedhof seine letzte Ruhestätte gefunden hatte. Die einzigen, die ihn begleiteten, waren seine Gläubiger und Sammy Joshua Danielle, der Hector drei Monate zuvor vorgeschlagen hatte, auch Magneten in sein Repertoire mitaufzunehmen. Der Erfolg hielt sich in

Grenzen, weil Hectors Verdauungsapparart sehr negativ auf die schweren Metalle reagierte. Die Hinterbliebenen konnten sich dafür mit einem großzügigen Angebot eines Schrotthändlers aus Nord-Seeland trösten, der an den irdischen Resten des Eisenmannes interessiert war. Sammy bezeichnete dies als bösartiges Geschwätz, konnte jedoch nicht leugnen, daß man für das Begräbnis zusätzlich fremde Hilfe hatte anheuern müssen und Hectors Sarg von insgesamt zwölf Männern aus der Kapelle getragen worden war. Sammy hielt persönlich die Grabrede, in der er Hectors kurzes, aber unvergeßliches Leben in Wendungen beschrieb, die selbst dem unnachgiebigsten Gläubiger Tränen in die Augen trieben. Am Abend hatte Sammy bei einer Art »Jom Kippur« mehrere hundert Kerzen entzündet und den Menschen, die Hector schon in jenen glücklichen Tagen gekannt hatten, als er noch Schwerter schluckte, Dias gezeigt. Sammy war ein gläubiger Mensch, und inmitten seines Wohnzimmers stand ein kleiner Hausaltar, der jedoch nichts über seine Religion verriet. Seine angeborene Großmut verbot es ihm, zwischen Juden, Christen und Katholiken irgendwelche Grenzen zu ziehen, und so hielt er in gewisser Weise, wie beim Jonglieren, mehrere Bälle in der Luft. Sammys Kinderglaube hatte teils jüdische Wurzeln, denn der Vater sagte immer: Man muß die Feste feiern, wie sie fallen. Sammys Mutter hatte sich im Laufe der Zeit ihre eigenen kleinen Gutenachtgeschichten ausgedacht, die mehr als alles andere den Kinderglauben beeinflußten, den Sammy sich für den Rest seines Lebens bewahrte. Mama vermittelte eine Vorstellung vom strafenden Gott, einer Art Nemesis, die Kinder geflissentlich leiden ließ, wenn sie logen, sich nicht wuschen oder die Schule schwänzten. Manchmal sprach sie auch vom Phänomen der Engel: »Wenn du stirbst, Samuel«, sagte sie düster, »kommst du vielleicht in den Himmel, das hängt natürlich von deiner Lebensführung ab und davon, ob du deine Eltern gut behandelt hast.«

»Stimmt es, daß Noah versoffen war und sich manchmal entblößte?« fragte der achtjährige Sammy, der jeden Sonntag Bibelunterricht bekam. Darauf folgte stets das Gleichnis von den Engeln: »Es verhält sich so, Samuel, daß die Engel die Kinder des Himmels sind. Nicht alle Kinder haben gelernt, sich ordentlich zu benehmen, auch nicht im Himmel. Und wenn die Engel ungezogen sind, bekommen sie Stubenarrest hier auf der Erde.«

»Wie erkenne ich einen Engel?« wollte der wißbegierige Junge wissen.

»Engel mit Stubenarrest sehen genauso aus wie wir alle«, antwortete die kluge Mutter, »aber wenn du es genau wissen willst, so tragen sie immer ein kleines Fläschchen oder etwas anderes bei sich, das eine Art Heiliger Geist ist. Er entscheidet, wann der Stubenarrest vorbei ist. Verstehst du, Samuel?«

»Nein, Mama, ich verstehe überhaupt nichts.«

»Das kommt daher, weil du noch so jung bist; dein Verstand ist noch nicht voll entwickelt. Gute Nacht, schlaf schön, nimm den Löffel in den Mund und sei jetzt still.«

Mit dem Löffel meinte die Mutter einen kleinen Holzlöffel, den Sammy beim Schlafen immer im Mund hatte, damit er nicht mit den Zähnen knirschte.

Um den Altar herum brannten dreißig farbige Lampions, die Sammy auf dem Jahrmarkt gewonnen hatte. Auf einer kleinen, ovalen Schale war ein Jesusbild zu sehen, samt einem Motiv der Insel Capri. Der Menschensohn stand bis zu den Hüften im Wasser, vermutlich in der Blauen Grotte, umgeben von seinen Jüngern, die ihn mit derselben Ergebenheit anstarrten wie Sammy von seinen Talenten angestarrt wurde. Auch für sie war die Zeit der Wunder noch nicht vorbei, und selbstverständlich glaubten sie daran, daß die Bäume in den Himmel wuchsen.

Auf dem Regal stand neben der Jesusschale ein Körbchen, in das alle, die vorbeigingen, ganz nach den individuellen Möglichkeiten und dem eigenen Bedürfnis, ihren Obolus entrichten konnten. Wie Sammy sagte, müsse jeder echte Künstler seine Schuld gegenüber höheren Mächten begreifen und seine Dankbarkeit für die Begabung zum Ausdruck bringen, die der Allmächtige ihm zugedacht hatte. Es hieß auch, daß Mamas einzige Tätigkeit darin bestand, das Körbchen neben der Jesusschale auszuleeren, das zu Sammys Enttäuschung immer ohne Inhalt war, wenn er sich mitten in der Nacht an das Geld heranmachen wollte.

Zu Sammys Kunden zählten vor allem Vergnügungslokale in der Provinz sowie das genügsamere Gaststättengewerbe samt Dennis de la Motte, dessen rollendes Etablissement kreuz und quer durch Skandinavien tourte und von Schiffsschaukeln bis zu Wahrsagern einfach alles zu bieten hatte. Sammys Verhältnis zu de la Motte war ebenso nervenaufreibend wie legendär. »Ich kann mit keinem einzigen seiner unfähigen Glasspieler oder abgehalfterten Ballonbläser etwas anfangen!« rief de la Motte, dessen Bildungsniveau oft eine Prüfung war.

Dennoch währte ihre Zusammenarbeit schon seit mehr als fünfzehn Jahren, wenn auch mit kleinen Rückschlägen: Vor wenigen Jahren hatte ihm Sammy jemand vermittelt, den er als des Nordens besten Ausrufer bezeichnete, der sich jedoch als kleiner Hochstapler entpuppte, weil er durch ein chronisches Näseln, das bei feuchter Witterung in vollkommen unverständliches Stammeln umschlug, derart gehandicapt war, daß de la Motte sich eine Schrotflinte zulegte und Sammy drohte, er solle sich ja nicht wieder blicken lassen.

Diese Episode warf einen tiefen Schatten auf ihre Zusammenarbeit. Dennoch rief Sammy den mächtigen und temperamentvollen Direktor eines Frühlingstages an, bat um Vergebung und äußerte, alte Freunde dürften sich nicht durch Lappalien aus der Bahn werfen lassen, sondern müßten einander mit Nachsicht begegnen, was so wahr sei, »wie der Paarungsruf des Schneehuhns in Murmansk«. Diese sonderbaren Assoziationen konnten selbst die erfahrensten Kunden für einen Moment aus der Fassung bringen.

Es zeigte sich, daß de la Motte Bedarf für drei chinesische Mädchen mit Faßreifen und schrägen Augen hatte, und wenn Sammy ihm drei gelb geschminkte Weiber von Islands Brygge schicken könne, dann würde Dennis persönlich dafür sorgen, und so weiter und so weiter …

Sammy beschaffte die Mädchen, die zwar aus Japan kamen und ausgebildete Spediteurinnen waren, doch Hauptsache, die Ware wurde geliefert. Noch ein Motto.

Eines Vormittags im März läutet jemand an Sammys Tür. Er ist gerade dabei, das Bett seiner Mutter zu machen, während die Alte wie gewöhnlich mit ihrem Stock auf ihn eindrischt und ihn als Bankrotteur und Schürzenjäger beschimpft. Sammy entkommt seiner Mutter, die ihm nachschreit, während er im Laufen den Gürtel seines Morgenrocks – des weinroten mit den goldenen Stickereien – zuknotet.

Im Eingangsbereich wirft er einen hastigen Blick in

den Spiegel und poliert mit dem Ärmel seine Vorderzähne, bevor er mit einem resignierten Schulterzucken die breite Tür öffnet.

Draußen stehen drei junge Männer, die schwarze Hemden mit gelben Brusttaschen tragen.

»Ja ...«, sagt Sammy blinzelnd. »Wer seid ihr?«

Der Größte und Hübscheste von ihnen tritt einen Schritt vor, macht eine ausladende Armbewegung und schenkt dem Impresario ein strahlendes Lächeln: »Wir sind ›Johnny & The Hurrycanes‹, Herr Danielle.«

Eine Stunde später ist Sammy im Bad gewesen, hat zwanzig Telefongespräche geführt, zwei Zigarillos geraucht und eine Kanne Kaffee getrunken.

Johnny, Benny und Lunner haben auf der Kante eines Zwei-Personen-Sofas gesessen und geduldig gewartet. Aus dem Nebenzimmer drangen Laute, die sich so anhörten, als würde jemand zwei Luftballons aneinanderreiben. Dann endlich waren sie an der Reihe. Sammy trug jetzt seine Hausjacke. Er bat sie aufzustehen und ging musternd um sie herum. Sie waren zu Salzsäulen erstarrt. Johnny lächelte breit, Benny versuchte es ihm gleichzutun, während Lunner mit zusammengebissenen Zähnen das große Gemälde mit den schielenden Hirten anglotzte.

»Ihr rührt euch nicht von der Stelle«, kommandierte Sammy ruhig. »Keine Bewegung.« Er ging in die Knie, stellte sich auf die Zehen, knetete seine Unterlippe, sah direkt in Johnnys Nasenlöcher hinein und untersuchte Bennys Handgelenke.

»Okay«, sagte er und begab sich zu seinem unfaßbar chaotischen Schreibtisch. »Ihr werdet Erfolg haben. Daran besteht kein Zweifel. Manchmal fühle ich mich wie ein mongolischer Wolfshund. Aber nicht heute,

heute ruht mein Gemüt wie die nackte Maya auf der weltberühmten Briefmarke.«

Die drei Jungen blickten sich erleichtert und etwas verlegen an. Benny trocknete ein paar Schweißperlen auf seiner Stirn. Johnny zwinkerte Lunner zu, der immer noch die Zähne zusammenbiß. Sie näherten sich andächtig dem Schreibtisch, den Sammy nach einem Vertrag mit vier Durchschlägen absuchte.

»Ich werdet Erfolg haben – Mazel tov! –, ihr werdet riesigen Erfolg haben, das fühle ich. Ich habe ein Gespür für so was, das liegt mir im Blut.« Der Impresario drohte mit seiner kleinen Faust in Richtung Decke. Vielleicht gen Himmel.

»Man kann es nicht fassen, doch es ist ebenso wahr wie die Tatsache, daß die Speicheldrüsen von Tapiren größer sind als die Kokosnüsse auf Kuba. Und was die Tapire in Zentralafrika angeht, so haben sowohl sie als auch die Unterzeichner die Anlage zu Seitenstechen. Besonders während der Regenzeit.«

Das Telefon läutete. Der Impresario fand es unter einem Haufen Zeitungen:

»Bei Danielle! Nein, ich kann jetzt nicht sprechen. Die Rate ist überwiesen. Sagten Sie Bauchspeicheldrüse? Nein, wie kämen Sie auch dazu.«

Der Hörer knallt auf die Gabel.

»Hamburg. Wo waren wir? Meine Nervenstränge gleichen den Orgelpfeifen einer rumänischen Kathedrale.«

Benny starrte Johnny an, als Lunner sagte: »Plasma ...«

»Genau, Plasma.«

Sammy ging mit lebhaften Gebärden im Zimmer herum.

Johnny, Benny und Lunner hingen an seinen Lippen und folgten ihm in die extrem verdreckte Küche, wo er die Kühlschranktür aufriß und eine Milchflasche herausnahm, die er in einem Zug leerte. »Mama lebt nur von Kascha und Knisches und verlangt selbstgebackene Matze an Ostern. Was soll ich bloß machen? Als wenn ich nichts anderes zu tun hätte als zu kochen. In meinem Hirn flimmert das Nordlicht. Manchmal erwache ich nachts und schreie wie ein Delphin, manchmal bin ich in the blue daylight mitten auf dem Larsens Platz wie paralysiert, weil mir plötzlich etwas klar wird, weil ich es mit einem Mal sehe: das Talent, das die langen transsibirischen Tage mit dem wehmütigen Refrain der Schwellen erhellt. Zwei Kosaken um nur einen Leckerbissen. Kannte einmal eine Frau in Nowgorod. Da hättet ihr behaarte Beine sehen können ... Man verliert sich so leicht in Erinnerungen.«

Zurück ins Zimmer.

»Oui, das wird sensationell. Das Land wird kopfstehen. In Peru gibt es ein Lama, das das Siebenfache des eigenen Körpergewichts tragen kann. Ihr werdet es noch weit bringen. Yes, yes, yes. ›Johnny & The Hurrycanes‹, ich liebe eure Hemden, kann euch aber nicht mehr als die üblichen fünfundzwanzig Prozent des Mustervertrags anbieten, Anreise auf eigene Kosten, Garderobe nach Absprache mit der Agentur. Alles klar?«

Johnny antwortete, das ginge so in Ordnung.

»Du siehst aus wie Tony Curtis.« Sammy schaute erneut in Johnnys Nasenlöcher, dann drehte er sich blitzschnell herum und zeigte inquisitorisch auf Benny: »Was machst du, mein Freund?«

Benny antwortete fieberhaft, er sei Schlagzeuger.

»Wunderbar. Bist du komisch, Benny? Natürlich bist du komisch. Alle Schlagzeuger sind komisch. Ich baue euch auf, ich forme euch. Ich habe Dutzende von Stars geformt. Könnt Ihr euch an Vicky erinnern? Vicky mit dem Saxophon, natürlich könnt ihr das. Und wo ist Vicky jetzt? Bei Holiday on Ice. Mammut. Mammut. Wer hat sie geschaffen? Wer, frage ich euch. Vicky, die noch keinen Eiswürfel gesehen hatte, bevor sie hier reinkam.«

Er zog sie mit sich zu dem kleinen Altar, auf dem eine Schale mit Münzen stand.

»Euer erster Beitrag ist rein symbolisch gemeint.«

Sie leerten ihre Taschen.

»An wen erinnerst du mich?« wurde Lunner von Sammy gefragt und antwortete selbst: »James Dean, jedenfalls ohne Brille.«

»Oui, ohne Brille. Hast du schon mal darüber nachgedacht, ohne sie zu spielen? Hast du schon mal an diese Möglichkeit gedacht? Laß mich raten, wie du heißt, mein Freund.« Der Impresario schloß die Augen: »Irgendwas mit S ...«, er schielte zu Lunner, der den Kopf schüttelte. »Nein, nicht S, aber ... jetzt kommt's, jetzt kommt's, nein, Mortensen auch nicht, bestimmt nicht Mortensen. Stimmt das: Du heißt nicht Mortensen, oder?«

Lunner bestätigte, daß er nicht Mortensen hieße.

»Auch nicht Øjvind.«

»Nein, auch nicht Øjvind.«

Sammy packte ihn bei den Schultern. »Wo zum Teufel bekomme ich das nur her? Manchmal erschrecke ich vor mir selbst. Sag mir deinen Namen.«

»Erik, Erik Lunnermand.«

»Ich kannte den großen Gedankenleser Skelton Andersen persönlich. Weißt du, was sein großer Durchbruch war?«

Lunner sagte, er könne sich im Moment nicht daran erinnern.

»Er rasierte sich sämtliche Haare ab.«

Lunner schluckte. Sammy nahm ihm die Brille von der Nase.

»Wie fühlst du dich ohne sie?«

»Ausgezeichnet«, sagte Lunner mechanisch.

»Du siehst nicht nur aus wie James Dean, du *bist* James Dean! Wieviel siehst du ohne Brille, Ewald?«

»Ich sehe das meiste.«

»Nimm meine Hand.«

Lunner nahm Sammys Hand. Währenddessen blickte Benny verstohlen auf seine Uhr. Doch es beunruhigte ihn nicht, daß Feo so lange allein im Auto saß. Bis jetzt war sie ruhig und umgänglich gewesen, hatte sich immer tadellos benommen und überhaupt keine Angst vor den vielen fremden Geräuschen gezeigt.

»Geh mal ins Wohnzimmer, Eskild!« kommandierte Sammy.

Benny dachte, daß sich alles gut entwickelte und sah Lunner direkt in den Türrahmen treten, wo sich die Mesusa der Familie befand: eine Kapsel, die eine Pergamentrolle mit den Worten 6, 4–9 und 11, 13–21 aus dem 5. Buch Mose enthielt. Die Rolle war gegen einen Notizzettel ausgetauscht worden.

Sammy führte ihn zu einem Stuhl und sagte, wenn Menschen in der Lage seien, die Blindenschrift zu erlernen, wenn Taube sängen und die Zeit der Wunder noch nicht vorbei sei, dann müßte Elo auch lernen können, ohne Brille Gitarre zu spielen.

»Ich heiße nicht Elo«, murmelte Lunner.

»Ich verlange ja nichts Unmögliches«, fuhr Sammy fort und sah Johnny an. »Was ihr in eurer Freizeit treibt, interessiert Samuel Joshua Danielle nicht, aber auf der Bühne herrscht Professionalität. Wo sitzt das Herz, Erik?«

Lunner zeigte desorientiert auf seinen Brustkasten.

Sammy nickte ernst: »Muß ich noch mehr sagen? Ich würde zur Feier des Tages gern mit euch anstoßen, doch die Zeit ist mir leider davongelaufen. Ich bin mit einer Schickse verabredet, die Verdi singen will.«

Sammy seufzte, fuchtelte mit den Armen und verdrehte die Augen.

Johnny reichte ihm die Hand und versprach, sie würden alles tun, was in ihre Macht stünde.

»Johnny«, sagte Sammy und wandte den Kopf, »ich habe euch bereits ... das erste Engagement verschafft.« Der Impresario fing an zu lachen, während er die Arme in der Art ausbreitete, wie es bescheidene Magier tun, wenn sie der Beifall umrauscht.

Johnny schüttelte beeindruckt den Kopf, Benny nickte dankbar, während Lunner fragte, ob er sie nicht zuerst spielen hören wolle.

Sammy legte ihm den Arm um die Schulter. In weitem Bogen schritten sie durch das Wohnzimmer.

»Junger Mann, junger Mann. Darf ich dich etwas fragen? Darf ich dir eine kleine Gewissensfrage stellen? Darf ich das? Hast du schon mal vom Rasenden Roland gehört? Oder Orlando Furioso? Sagt der Name Ariosto dir etwas? Er wurde nur sechzehn Jahre alt, der größte Poet der Welt. Muß ich noch mehr sagen?«

Der Impresario ging wieder an seinen Schreibtisch.

»Mein Sekretär kommt erst in einer Stunde, aber der Job gehört euch. Helsingör, Hotel Marienlyst, die Kürung von Miß Nord-Seeland. Ihr werdet Erfolg haben. Bombenerfolg. Das wird eine Riesenshow, ihr bekommt einen Start im Showbiz wie der Kanonenkönig Alf. Er ist immer noch nicht gelandet.«

Sammy ging hinaus und öffnete die Wohnungstür.

»Punkt acht. Helsingör.«

Er gab allen dreien die Hand.

»Wenn mein Instinkt glüht wie die Membran im Ohr einer Königsfledermaus, dann besteht kein Zweifel.« Sammy sah schräg in die Luft und setzte den Fuß auf einen kleinen Schemel. »Natürlich werden Zeiten kommen, in denen ihr begreift, daß der Ruhm auch seine Schattenseite hat, daß Geld nicht gleichbedeutend ist mit Glück. Es werden Zeiten kommen, in denen ihr in einer Luxussuite sitzt und euch fragt: War es das wirklich wert?«

Benny hatte den Blick auf den Linoleumbelag der Treppe gesenkt. Johnny nickte bedeutungsschwer, und Lunner ballte die Fäuste. Sammy ließ jedes einzelne Wort auf sie wirken, bevor er fortsetzte: »Und wie schon im Gesangbuch, Kapitel vier, Vers fünf, geschrieben steht: ›Nur ein Narr legt die Hände in den Schoß.‹ Und mein persönlicher Wahlspruch lautet: ›Callus protector sub umbra alaru.‹«

Es wurde still auf der Treppe, wo die Jungen in ihren schwarzen Hemden mit den gelben Brusttaschen gebeugten Hauptes, ja fast andächtig dastanden.

»Können wir uns darauf einigen, Jungs?« fragte Sammy leise.

Sie nickten mit schuldbeladenen Mienen.

»Gut«, flüsterte der Impresario. »Ich werde selbst dabeisein. Es ist immerhin euer Debüt. Bewahrt kühlen Kopf und trinkt nicht zuviel. Entschuldigt mich, ich muß mit Budapest reden.«

Zweites Kapitel

Sie sangen im Auto. Über ihnen trieben die Wolken wie schwarzer Marmor; der Asphalt unter ihnen zeigte dieselbe Farbe und Hast.

Feo klammerte sich an Benny, der ihr versicherte, von nun an sei alles in Ordnung. Er fand, sie sehe aus wie ein kleines Mädchen, das zum erstenmal ins Wasser geworfen worden war und seine panische Angst vor dem unbekannten Element herauslachte.

»Sie bringt uns Glück!« rief Johnny und hupte wegen einiger Schulmädchen mit hoch aufgetürmten Haaren, die ihm vom Bürgersteig aus zuwinkten.

»Wir legen uns das Land zu Füßen. Das ist etwas anderes, als diese gottverdammten Profilbretter zu sortieren, was, Lunner?«

Lunner wandte sich zu den Mädchen um, die sich vor Lachen die Seiten hielten, und pfiff ihnen zu. Er lächelte sie an, aber es war ein grimmiges, fast sarkastisches Lächeln. Der Genuß des Augenblicks lag ihm nicht; seine stark entwickelte Erlebnisfähigkeit in puncto Schmerz und Niederlagen trug hingegen selbstquälerische Züge und brachte sein Universum erst zur vollen Entfaltung – ein Universum, dessen Ordnung von der Göttin Nemesis geschaffen worden war. Als sie gen Norden rollten, sagte er zu sich selbst: Wir sind unterwegs, alle Brücken sind abgebrochen und alle Spuren verwischt, die Zurückgelassenen können tun, was sie wollen. Erik Lunnermand haben sie zum letzten Mal gesehen. Er dachte an einen Brief, den er kürzlich seiner alten Freundin geschrieben hatte, die jetzt in Stockholm lebte. Aus irgendeinem Grund dachte er öfter an sie, nachdem er herausgefunden hatte, daß sie einen anderen liebte. Eigentlich hatte er nicht vorgehabt, ihr einen langen Brief zu schreiben, sondern wollte nur ein paar Zeilen auf einer Postkarte des Freilichtmuseums an sie richten. Aber teils war es angenehm, die Dinge schriftlich zu Papier zu bringen, teils bereitete es ihm ein diebisches Vergnügen, ihr einen Einblick in die Dinge zu gewähren, die sie nun verpaßte. Daß Erik Lunnermand aus einem völlig anderen Holz geschnitzt war. Der Brief begann etwas schroff, fast zurückweisend: »Wenn Du diese Zeilen liest, bin ich weit fort. Befinde mich vielleicht in einem Hotel in der Provinz. Das, worüber wir so oft gesprochen haben, ist jetzt vollbracht.«

Das letzte Wort war ihm eines spätes Nachmittags im Holzhandel in den Sinn gekommen. Hatte ihn fast überwältigt. Er schmeckte es ab, während er Bretter zuschnitt. »Vollbracht!« Schmeckte etwas nach Kerbelsuppe. Geschaffen zu einer Zeit, die Jahrtausende zurücklag. Wie kam es jetzt zu ihm? Keiner der beiden anderen sagte »vollbracht«. Benny wußte wohl kaum, was es bedeutete. In dieser Zeit ging eine Veränderung mit Erik vor. Auf der armseligen Toilette, die sich neben dem Frühstücksraum befand, stand er vor dem fleckigen Spiegel und fragte laut: »Wer bin ich? Wer bin ich?«

Er hielt einen kleinen Taschenspiegel in die Höhe und betrachtete sich im Profil, von hinten und aus einer Vielzahl neuer Blickwinkel.

»Ich erblicke einen Fremden, ich verfolge eine Geburt. Es ist vollbracht.«

Nachdem das Wort an die treulose Cousine zu Papier gebracht worden war, wuchsen ihm Flügel. Nun, vielleicht nicht gerade Flügel. Doch die Buchstaben erhoben sich wie monumentale Versalien, wie der Vorspann zu einem religiösen Hollywoodfilm. Genau, religiös. Er hatte eine epochale Entdeckung gemacht: Er konnte sich schriftlich ausdrücken. Das entsprach ihm. Entsprach seiner Hand und seinem Intellekt. Plötzlich setzte sich der Kugelschreiber in Bewegung und schrieb: »... und glücklich – nein, mit diesem Gefühl bin ich niemals begnadet worden!«

Da steht es, schwarz auf weiß. Und ist wahr. Die Schrift an der Wand. Er lächelt kryptisch und ein wenig sarkastisch. Der Kugelschreiber ist ein Zauberstab, ein magischer Zauberstab, und er gehört ihm. Als er das Kuvert schließen will, fällt ihm ein, daß er nichts vom »Schicksal« geschrieben hat. Aber es konnten ja weitere Briefe folgen. Briefe, die das Leben der Cousine verändern würden. Formulierungen, die sie lehrten, den Verlust zu begreifen. Er sah sie vor sich am Ufer des Siljansees. Der Wind spielt mit ihrem hellen Haar. Die blaukarierte Schürze flattert im Wind. Im roten Holzhaus, in dem der gescheiterte Ehemann nichts begreift, wird nach ihr gerufen. Der Blick der Cousine ist weit, weit entfernt. Tränen laufen ihre Wangen hinab. Die Lippen formen einen Namen. Das Herz ist in tausend Stücke zersprungen. Als sie im Bauernbett neben ihrem schwedischen Ehemann liegt, hört sie ihn »Liebling ...« flüstern, während sie fast lautlos sagt: »Erik, auf ewig ...« Doch nein, sie sollte bloß nicht auf weitere Kuverts aus Dänemark hoffen. Er faltete den Brief auseinander und fügte hinzu: »Du wirst mich niemals wiedersehen. PS: Höchstens in der Zeitung.«

Er betrachtete die Möwen, die auf dem Øresund schaukelten. Im Auto fütterte Benny seine Schwester, die

Johnny anglotzte, wie er sich mit seinem glänzenden stählernen Kamm die Haare kämmte und ihn hinterher an der Hose abwischte.

»Das Schicksal ...«, flüsterte Erik Lunnermand, »das Schicksal ist mein.«

Zur blauen Stunde rollten sie auf den weitläufigen Parkplatz. Feo schlief. Benny saß neben Johnny auf dem Vordersitz und begutachtete das hübsche Hotel, das Reichtum, Luxus, Wärme und diesen unerklärlichen magischen Zauber ausstrahlte.

»Ich kann's nicht fassen, daß wir da rein sollen«, flüsterte Benny.

Johnny lachte, packte freundschaftlich seinen Nacken und schüttelte ihn.

»Daran gewöhnst du dich, Bennymann.«

Benny lächelte. Danach gingen sie zu dem kleinen Strand hinunter und betrachteten Kronborgs Kanonen, die schwarzen Kräne der Werft, die sich wie Dinosaurier über die Stadt beugten, und dort drüben, flimmernd wie der Rücken eines Korallenriffs, die schwedische Küste.

Auf dem Parkplatz wimmelte es bereits von Autos. Große Autos, neue Autos, glänzende amerikanische Wagen und ein einzelner schneeweißer Rolls-Royce. Benny und Feo drückten sich auf dem Rücksitz die Nasen platt, während Johnny hin und her lief und Parkwächter spielte. Lunner stimmte seine Gitarre und goß sich einen hinter die Binde.

Da tauchte Johnny mit dem kleinen Impresario auf, der, wie schon von weitem zu erkennen war, redete wie ein Wasserfall.

»›Billed-Bladet‹ ist hier!« rief er. »Alle sind sie hier. Die Zeitschrift selbst richtet die Veranstaltung aus, gemeinsam mit einem Weltunternehmen, das Bademoden verkauft, und ...«

Sammy sprach ganz dicht an Johnnys Ohr:

»... der Conferencier ist ... Freddy Albeck. Willkommen im Sternenhimmel, Jungs. Ihr habt abgehoben wie das indonesische Regenwaldkänguruh.«

Johnny warf lachend den Kopf in den Nacken, und Benny küßte Feos Kopf, während Lunner seine Finger knacken ließ.

»Ich glaube mit Fug und Recht sagen zu können, daß wir es hier mit drei richtigen Glückspilzen zu tun haben«, sagte Sammy, indem er Johnny und Lunner den Arm um die Hüften legte. »Allerdings gibt es eine kleine Umstellung im Programm. Ich muß noch elf Telefongespräche und drei Interviews führen und mich nicht zuletzt vierzig erwartungsvoller Models annehmen, kann also nicht den ganzen Abend hier auf dem Parkplatz rumstehen. Nehmt diese Schuhe hier.«

Er warf drei Paar glänzende Lackschuhe, alle Größe 44, ins Auto. »Das ist keine Kritik an euren Schuhen«, gab er zu verstehen, »sondern soll euer Debüt nur perfekt machen. Die Leute sind kritisch heute, können es sich ja auch erlauben, und wenn du auf den Gipfel willst, mußt du dir den Ausspruch des deutschen Kaisers Karl des Fünften zu eigen machen, der sagte: ›In meinem Reich geht die Sonne niemals unter.‹ Alles klar, Jungs? Gut!«

Johnny und Benny nickten, als Musik aus dem Hoteleingang drang. Sammy summte mit und zündete sich eine Zigarre an. Er sah gut aus in seinem perfekt sitzenden Smoking. »Bei mir bist du schön!«

Lunner erkundigte sich, ob sie jetzt die Instrumente hineintragen sollten. Sammy wiederholte, daß er leider nicht den ganzen Abend bleiben könne und das Abendprogramm geringfügig geändert worden sei.

»In zehn Sekunden habe ich Budapest in der Leitung. Meine Zunge ist schon bereit. Man singt auf den Brücken in Prag. Und was sagte Marlene Dietrich, als sie zum ersten Mal in Los Angeles landete? Genau: ›Let us see the boys!‹«

An der Bühnengarderobe bekam Johnny ein weißes Jackett und eine bordeauxfarbene Fliege samt einer schwarzen Hose ausgehändigt. Nachher ging er hinaus zum Wagen, drehte sich zweimal im Kreis und lachte laut auf. Benny sagte, etwas Ähnliches habe er noch nie gesehen.

»Du siehst aus wie der größte Filmstar aller Zeiten, Johnny.« Johnny zuckte bescheiden mit den Schultern und reinigte seine Nägel mit dem Stahlkamm.

Er sollte gemeinsam mit zehn anderen jungen Männern auf der Bühne stehen, wenn den glücklichen Mädchen die Buketts überreicht würden, nachdem die Jurymitglieder ihre Stimme abgegeben hatten. Johnny hatte eine ziemlich schwere Doppeltafel aus massivem Kunststoff mitgebracht, die Lunner über die Schultern gehängt wurde, weil eine Veranstaltung dieser Größenordnung schließlich nicht ohne einen richtigen Sandwichmann auskam. Auf der Vorderseite prangte eine Reklame für die neuen »Engelhaut«-Badeanzüge, und auf der Rückseite die Annonce eines lokalen Damenfriseurs. Sammy hatte selbst gesagt, daß das amerikanische Management fündundzwanzig hoffnungsvollen jungen Männern einen Korb gegeben hatte, bevor es Erik Lunnermand zu Gesicht bekam, der als einziger für würdig befunden wurde, für ihr Produkt zu werben.

Johnny erklärte, daß Lunner sich während der ersten

vier Stunden auf dem Parkplatz aufhalten und sich danach in das elegante Foyer begeben solle, um von so vielen Menschen wie möglich gesehen zu werden. Sammy hatte auch gesagt, daß man es sehr schätzen würde, wenn Lunner die Aschenbecher ausleeren und darauf achten könnte, daß vor der Eingangstreppe nicht zu viel Müll herumlag.

»Aber jetzt kommt das Beste«, sagte Johnny und streckte ihnen einen Stempel und einen Stoß Flugblätter entgegen, die für die »Engelhaut«-Badeanzüge warben.

»Die gehören hinter die Scheibenwischer der Autos«, erklärte er Benny. »Und jetzt schaut euch an, was unser aller Sammy hat anfertigen lassen: einen ›Johnny & The Hurrycanes‹-Stempel.«

Benny und Lunner (der sich bereits die Tafeln umgehängt hatte) glotzten Johnny an, der sich in den Wagen hineinbeugte und den blauen Stempel auf Feos Stirn drückte: »Jungs«, sagte er lächelnd, »wir sind zum ersten Mal gedruckt.«

»Phantastisch«, sagte Benny und sah Feo an, die ihr geheimnisvolles Mondlächeln aufsetzte, während Lunner den ungeheuer effektvollen Stempel betrachtete.

»Du bist dran, Benny«, sagte Johnny, »und ich soll von Sammy grüßen und ausrichten, man würde es gern sehen, wenn du auch ein paar Laternenpfähle in Helsingør bekleben könntest. Stellt euch nur vor: das erste, das die Gäste lesen werden, wenn sie sich in den Wagen setzen, ist: ›Johnny & The Hurrycanes‹. Genau vor ihrer Nase.«

Insgesamt waren es tausend Blätter, was bedeutete, daß Benny ziemlich viel übrigbehielt, nachdem er alle Autos auf dem Platz mit der Annonce versorgt hatte.

Die Show war in vollem Gange. Man konnte die Musik mühelos auf dem Parkplatz hören, auf dem Benny die

Scheiben ihres Busses heruntergekurbelt hatte, damit Feo der schönen Stimme Freddy Albecks lauschen konnte.

Zwischendurch konnte er Lunner ausmachen, der im Foyer hin und her trabte und die Aschenbecher leerte, und wenn sich auch alles völlig anders entwickelte, als sie es sich vorgestellt hatten, so war dies doch tausendmal interessanter als im Holzhandel Bretter zu sortieren. Mit der Tatsache, daß sie überhaupt nicht auf die Bühne sollten, um zu spielen, war Benny nicht unzufrieden. Im Grunde hatte er Bammel vor ihrem Debüt gehabt, weil ihnen nicht sehr viel Zeit geblieben war, ausgiebig zu proben.

Am späten Abend war er in den meisten Gegenden der Stadt gewesen und hatte Reklamezettel geklebt. Erschöpft trottete er zum Parkplatz zurück, wo er Lunner erblickte, dem man einen Besen gegeben hatte.

Feo war im Auto eingeschlafen. Sie lag im Schein der tausend Lichter, immer noch mit dem Stempelabdruck auf der Stirn, den sie nicht abgewaschen haben wollte. Benny küßte sie auf die Wange und breitete eine Decke über den kleinen Körper. Später schlich er sich in den großen Festsaal und starrte ergriffen auf die Bühne, auf der eine lange Reihe von Mädchen in exakt denselben Badeanzügen hinter dem witzigen und eleganten Freddy Albeck aufmarschiert war. Der Saal war zum Bersten gefüllt und vom unablässigen Blitzlicht der Fotografen erhellt. Benny seufzte und spürte die Wärme seiner Wangen, als Johnny zu ihm herunterkam. Er trug eine Blume im Knopfloch und war völlig in seinem Element. Eine Zigarette hing siegessicher im Mundwinkel. Er umarmte Benny vertrauensvoll.

»Ist das Leben, Bennymann?«

Benny nickte mit dem Kopf und lachte. Johnny sprach

ganz dicht an seinem Ohr: »Kannst du das fünfte Mädchen von links sehen? Die mit den großen … Siehst du, wem sie ähnlich sieht? Gehst du nie ins Kino, Benny? Das ist doch Dorothy Lamours Tochter.«

»Doch nicht wirklich?«

»Nein, aber was soll's. Ihre Mutter stammt von den Philippinen. Sie heißt Ester, wird aber nur Eloha genannt.«

»Eloha?«

»Ist schon gut, aber jetzt hör zu: Eloha und Johnny sind gute Freunde geworden. Und die Kleine kennt die Gegend hier nicht, also habe ich versprochen, ihr nach der Show den Strand von Hornbæk zu zeigen.«

Johnny stieß Benny mit dem Ellbogen in die Seite. Benny preßte die Hand vor den Mund. Sie krümmten sich vor Lachen.

»Und Lunner … du … der hat sich richtig verlobt«, prustete Johnny, »mit einer, die nicht ins Finale gekommen ist. Sie will Zahntechnikerin werden. Eine kleine Stämmige mit Hornbrille. Total erkältet, so daß sie ständig nach draußen mußte, um sich die Nase zu putzen. Und wem, glaubst du, ist sie auf dem Gang begegnet?«

»Lunner«, sagte Benny lächelnd und schlug die Hände zusammen.

Johnny drückte seine Zigarette im Aschenbecher aus.

»Vielleicht haben sie ja geknutscht … mit den umgehängten Tafeln. Es sind drei süße Mädels für jeden da. Auch für dich eine. Außerdem hat sich Johnny Freddy Albecks Autogramm besorgt und mit zwei Journalisten eines Wochenblatts angestoßen, die unheimlich gut drauf sind. Ich habe ihnen von uns erzählt, und sie sagten, wir brauchten nur anzurufen. Nächste Woche sind wir im Magazin, Benny. Junge, ich liebe dich!«

Johnny gab Benny einen Schmatzer auf die Stirn.

Hinterher gingen sie nach draußen, und Johnny erwähnte erneut den Ausflug nach Hornbæk.

»Sammy ist leider schon weg«, sagte Johnny. »Er hat mir unser Honorar gegeben. Ich will nicht behaupten, daß wir Millionäre geworden sind, doch das wichtigste ist, daß wir schon morgen einen neuen Job haben.«

»Wirklich?«

»Ja, in Aalborg. Aalborg, Mensch. Wir lernen wirklich die Welt kennen, Benny. Wir zeigen's den Tagträumern, und was das Beste ist, der Laden heißt Aalborgs Rio. Her mit den Baströcken!«

Benny war noch nie in Jütland gewesen. Er schaute auf seine neuen glänzenden Lackschuhe hinunter, die an den Seiten ein bißchen drückten, aber die richtige Länge hatten.

»Also segeln wir rüber«, sagte er.

»Segeln? Bist du verrückt, wir werden das Leben genießen, Benny, die Seeluft einsaugen und auf dem Deck ausspannen. Wir lümmeln uns einfach hin und lassen die Weiber an uns vorbeimarschieren.« Johnny zog ihn zu sich. »Hör zu, ich brauche die Kiste für ein paar Stunden. Ich meine, wenn ich Eloha Hornbæk zeige. Ich dachte, du könntest währenddessen mit deiner kleinen Schwester ein bißchen spazierengehen.«

»Sie schläft, Johnny.«

»I know, Benny. Aber ... kannst du es nicht einfach für Johnny tun? Nur eine Stunde ... dann sollte alles erledigt sein.«

Drei Stunden später ging Benny immer noch mit Feo auf dem Arm am Yachthafen spazieren. Sie schlief fest, und er dachte an einen Film, den er gesehen hatte: »Das

Testament des Dr. Mabuse.« Vielleicht war der Weg nach Hornbæk doch weiter, als Johnny geglaubt hatte.

Im Hotel waren die letzten Lichter erloschen und fast alle Autos verschwunden. Er hoffte, die Leute hätten die Reklamezettel nicht weggeworfen, bevor sie auch die Rückseite gelesen hatten. Vom Hafen aus ging er am Wasser entlang, als er plötzlich stehenblieb. In den geriffelten Wellen stand eine splitternackte Frau bis zu den Knien im Wasser. Sie war auf dem Weg zum Strand. Ihre Haut leuchtete neonblau wie die eines Marsmenschen oder die des Komponisten Sibelius, als man ihn endlich fand.

Benny hielt Feo noch ein wenig höher und beeilte sich, weiterzukommen. Die Erklärung für das nächtliche Phänomen war ebenso banal wie sonderbar. Erik, der Sandwichmann, war im Foyer fünf geschlagene Stunden tapfer auf und ab gegangen, bevor er beschloß, Feierabend zu machen, nachdem der letzte Gast gegangen war und der Hausmeister seinen Besen zurückhaben wollte. Es war um Mitternacht herum. Zu diesem Zeitpunkt hatte sich endlich die anhaltende Verkrampfung in seinen Beinen gelöst, und er sah einem geruhsamen Schlaf im VW-Bus entgegen, als das Mädchen mit der dicken Hornbrille auftauchte. Es zeigte sich jetzt, daß sie zwei Stunden auf ihn gewartet hatte. Sie trat im Windfang von einem Fuß auf den anderen und trug ein hübsches blaues Kostüm sowie einen kleinen kantigen Hut.

»Na«, sagte Lunner unsicher.

»Mein Zug ist mir direkt vor der Nase weggefahren«, sagte sie und trocknete sich mit einem kleinen lila Taschentuch die Nase.

Sie gingen zu den Autos hinunter, wo sie ihm sagte, sie hätte natürlich auch nicht damit gerechnet, zur Miß

Nord-Seeland gekürt zu werden, schon gar nicht mit dem Schnupfen.

»Die Konkurrenz war vielleicht auch etwas härter als erwartet«, sagte Lunner ungelenk und hielt verstohlen Ausschau nach dem VW-Bus.

Das Mädchen erwiderte, so könne man es auch sagen.

Da Johnny und Benny offensichtlich mit dem Bus unterwegs waren, schlug Lunner vor, einen Abstecher hinunter zum Wasser zu machen.

Sie setzten sich auf die Reklametafeln, und das Mädchen bot ihm eine Zigarette an.

Lunner, der mit Anstand fror, wollte gerne über etwas sprechen, das ihn schon den ganzen Abend beschäftigt hatte: ob es nicht ziemlich unangenehm, um nicht zu sagen pervers sei, im starken Scheinwerferlicht und quasi im Evakostüm dort oben auf der Bühne zu stehen.

»Du meinst, in den ›Engelhaut‹-Badeanzügen?«

»Wenn du mich fragst, muß man schon ein ziemlicher Exhibitionist sein, um so etwas zu machen«, stellte Lunner fest, der aus diesem Grund niemals im Meer badete.

Das Mädchen antwortete, sie empfinde es ganz genauso, übrigens hieße sie Lis.

»Bob«, sagte Lunner, »also eigentlich heiße ich Robert, aber du kannst ruhig Bob zu mir sagen, das tun alle.«

»Okay, Bob«, sagte Lis.

»Warum machst du es dann? Wenn du zugibst, daß man sich entblößt fühlt?«

»Weil es genau das ist, was mir an der Sache gefällt«, sagte sie und putzte sich die Nase.

Lunner dachte anfangs, er hätte sich verhört.

»Normalerweise ist man ja anständig angezogen«, fuhr Lis fort und schniefte, »auf der Zahntechnikerschule, zu Hause oder auf der Straße. Wenn sich dann endlich die

Chance bietet, darf man nicht zögern. Wenn man so veranlagt ist.«

»Wie?« keuchte Lunner und sah weg.

»Daß man es mag, sich vor vielen Menschen zu präsentieren. Ich persönlich hätte es ohne diese Badeanzüge sehr viel spannender gefunden, aber dann hätte das Ganze ja quasi seinen Zweck verfehlt.«

Lunner schnappte nach Luft und fragte aufgewühlt, ob sie es vorgezogen hätte, splitternackt auf der Bühne zu stehen, ob es das war, was sie andeuten wollte.

»Ich hätte es einfach geliebt«, sagte Lis seufzend und richtete ihren Blick aufs Universum.

In diesem Moment ließ Lunner seinen Blick über den Øresund schweifen, hinüber zur schwedischen Küste, an der langsam die Lichter erloschen. Eine ungewohnte Trockenheit hatte sich seiner Kehle bemächtigt. Er spürte einen fast metallisch schmeckenden Belag in seiner Mundhöhle und wußte, daß jeder Versuch, etwas zu sagen, unglücklich ausfallen würde, abgesehen davon, daß er nicht wußte, was er sagen sollte. Er hatte weder seinen Vater noch seine Mutter jemals nackt gesehen und legte auch mit Sicherheit keinen Wert darauf. Gleichzeitig fühlte er sich vom Mädchen mit der Hornbrille bedrängt. Schäumende Wassermassen schlugen über dem Bungalow seiner Kindheit zusammen, in dem Erik in Ruhe und Frieden aufgewachsen war. Vor allem angezogen. Gefräßige Wellen branden durch die Fenster, und im Wohnzimmer gleiten die sprachlosen Eltern dahin, gewichtlos wie die Fische eines Aquariums. Ihr leerer Blick wandert aus der Haustür hinaus, die sperrangelweit offensteht. Als letzter Haltepunkt verschwindet der Knauf der Fahnenstange, bevor alle Spuren einer geborgenen Kindheit in einem gesitteten Milieu für immer versinken.

Und auf einmal erinnert sich Erik Lunnermand an eine furchterregende Episode aus seiner sonst so belanglosen Schulzeit, als er nämlich wegen eines Hörtests zur Schulkrankenschwester geschickt wurde: Lunner geht zu diesem Zeitpunkt in die siebte Klasse. Das Behandlungszimmer befindet sich ganz oben unter dem Dach des Schulgebäudes, es ist Juni, und Dänemark schwitzt. »Du kannst deine Sachen auf den Hocker legen«, sagt die Krankenschwester, die groß und üppig ist. Lunner hatte schon immer zu der Sorte Schüler gehört, die tut, was man ihnen sagt. Obwohl er sich also wundert, bei einem Hörtest seine Kleider ablegen zu müssen, tritt er peinlich berührt vor die Frau, die hinter einem Schreibtisch sitzt und irgend etwas zu Protokoll gibt. Lunner erinnert sich mit einem Mal auch daran, daß es ihre Hand war, die um seine Hoden griff und die unergründlichen Worte sprach: »Ja, sie haben sich gesenkt.« Er hat das sichere Gefühl, daß bei einem Hörtest der Hodenstand nicht unbedingt kontrolliert werden muß, als er bemerkt, daß das Hemd der Krankenschwester bis zum Gürtel geöffnet ist. Die schweren Brüste heben und senken sich monumental unter dem weißen Stoff, und als Lunner seinen Blick verschämt und verwirrt nach unten richtet, konstatiert er, daß auch der Großteil ihrer mächtigen Schenkel entblößt ist. Für einen kurzen Moment spürt er, wie ihm jemand, von unten, die Luft abdrückt. Die Schulkrankenschwester schaut auf. Ihr Gesicht ist schweißnaß. Er heftet seinen Blick auf die Reihe kleiner Schweißperlen, die sich unter ihrer Nase gebildet hat. »Der Hörtest ist beendet«, sagt sie, »du gehst in die Sechs b?« Lunners Kehle ist zugeschnürt. Er möchte gerne wegschauen, doch immer wieder landet sein Blick zwischen ihren Brüsten, die ihn an einen Abend in Rødovre denken lassen, an dem er mit seinem Onkel Bowling spielen durfte. »Erik ... du gehst in die Sechs b, nicht wahr?«

»Hmrr«, knurrt er und versucht vergeblich, einen Laut herauszupressen.

»Sechs b!« ruft sie mit heftiger Mimik.

In Eriks Brust knurrt es unheilvoll, aus seiner Nase kommen schnaubende Geräusche.

»Kannst ... du ... mich ... hören ... Erik?«

Lunner starrt verzweifelt zur Decke, an der sich zwei Feuchtigkeitsflecken vereinen wie Wolken am Himmel.

»ERIK!« schreit die Krankenschwester.

Die Finger verschwinden in der schwarzen Bowlingkugel.

Er schließt die Augen. Die drei Monate auf der »Schule für schwerhörige Jungen der Gemeinde Kopenhagen« haben ihm indes sehr den Rücken gestärkt, weil man natürlich in einer Klasse gut zurechtkommt, in der die anderen schlecht hören. Als die Fehldiagnose bemerkt wurde und Erik an seine alte Schule zurückkehrte, war die Krankenschwester übrigens ausgetauscht worden, doch er hoffte, das sei nicht seinetwegen geschehen.

Er trocknete sich die Oberlippe, atmete tief ein und betrachtete die Zahntechnikerin Lis, die sich gerade ihr Kostüm auszog. Es ging sehr schnell, fast wie bei einem Wettbewerb.

Bluse, BH, Slip, Strümpfe. Mit anderen Worten: alles.

Schließlich stand sie nackt im kalten Sand, hatte aber offenbar vergessen, ihren kleinen, schachtelförmigen Hut abzulegen, der wie ein letzter Verteidigungsposten aussah, aber in Lunners Augen alles nur noch schlimmer machte. Dem Ganzen eine besonders unnatürliche Aura verlieh. Er sprach sie mit guttural quäkender Stimme darauf an. Lis seufzte, legte ihn vorsichtig auf den Kleiderhaufen und ging, ohne sich sonderlich zu beeilen, zum Wasser hinunter, wo sie begann, mit den Armen zu rudern. Für einen kurzen, schrecklichen Moment dachte er, sie wolle sich das Leben nehmen, bevor sie zu ihm zurücktänzelte. Ihre Brüste hüpften lebhaft auf und nieder. Die ist, dachte Lunner verkniffen, auf dem besten Weg in die Klappsmühle.

Doch aus irgendeinem Grund wirkte sie gar nicht nackt. Vielleicht war das eine fixe Idee unter Zahntechnikern, vielleicht waren das alles Nudisten.

»Das war ganz einfach ein wundervoller Abend«, sagte sie träumerisch. »Das Orchester, Freddy Albeck, all die hübschen Mädchen. Und du hättest die Blumen sehen sollen, Bob.«

Sie kniete neben ihm nieder. Lunner fand einen Punkt von Helsingborg, den er fixieren konnte.

»Es hört sich vielleicht dumm an«, sagte sie leise, »aber wenn sich die Möglichkeit ergibt, würde ich dich gerne wiedersehen.«

Lunner spitzte den Mund.

»Wir können uns ... ja schreiben«, sagte er.

Lis sagte, diese Idee sei sehr romantisch, und gab ihm ihre Adresse. Danach ging sie ins Wasser, kam wieder heraus und machte ein paar gymnastische Übungen, bevor sie sich anzog.

Lunner war beim BH behilflich und bekam zum Dank einen flüchtigen Kuß auf die Wange.

»Schon morgen werde ich schreiben«, sagte sie.

»Ja, in jedem Fall muß es schnell gehen«, sagte Lunner und sprang auf.

Sie sah ihn an.

»Willst du verreisen?«

»Zum einen bin ich auf Tournee«, sagte er und sah

zum Sternenhimmel empor, »und zum anderen, so ... ja, so ... so bleibt mir nicht mehr viel Zeit.«

Er hatte keine Ahnung, woher oder warum die Worte gekommen waren, sie waren einfach da. So ähnlich verhielt es sich mit seiner schriftlichen Begabung.

Lis blickte ihn ernst an.

»Mit so etwas macht man keine Scherze«, flüsterte sie.

»Nein«, sagte Lunner entschieden. »Das macht man nicht.«

Wie zufällig nahm er seine Brille ab und wandte ihr die Seite zu, jene Seite, die vielen zufolge eine große Ähnlichkeit mit James Dean besaß.

»Was fehlt dir?«

»Es ist eine Art ... Tuberkulose«, murmelte Lunner, dessen Tante aus diesem Grund sieben Monate in Norwegen verbracht hatte.

»Aber ... Bob.«

»Tja, so ist es halt«, sagte Lunner und versuchte, ihr trotz der Nebelschwaden in die Augen zu sehen.

»Aber, es gibt doch Sanatorien«, flüsterte sie.

»Gibt es die? Ja, vermutlich. Für gewöhnliche Tuberkuloseerkrankungen. Meine ist leider ... ziemlich selten. Sie stammt aus Indien und kam mit den Gewürzen nach Skandinavien.«

»Mit den Gewürzen?«

»Vor allem Curry.«

»Aber so was ist heutzutage doch heilbar.«

Lunner setzte die Brille wieder auf und sagte, daß er vielleicht gar keine Lust habe, geheilt zu werden.

»Für mich ist das eine natürliche Angelegenheit, Lis. Für mich ist es, wie soll ich sagen, ja ... vollbracht.«

Sie schaute ihn ernst an. »Nimm noch mal deine Brille ab, Bob.«

»Wenn du willst.«

»Weißt du, wem du ähnlich siehst ohne Brille?«

»Hab' ich schon früher gehört«, sagte Lunner und wippte auf den Fußballen.

»Du siehst aus wie Jesus.«

»Jesus?«

»Der Jesus, den ich im Kopf habe. Auch er ist ziemlich schmächtig. Wenn man ihn am Kreuz betrachtet, könnte man wirklich glauben, etwas sei mit den Lungen nicht in Ordnung. Ist es ansteckend?«

»Nein, es ist nicht ansteckend«, murmelte Lunner und hörte in der Ferne das unverkennbare Knattern von Johnnys VW-Bus, der gerade auf den Parkplatz rollte.

Lis preßte ihre Lippen auf seine; ihre eiskalte Zunge glitt suchend in seine Mundhöhle, und das alles, während ihre starken Arme ihn mit eisernem Griff gefangenhielten. Lunner kam ein Dokumentarfilm über Gänseleberpastete in den Sinn. Wie die jungen Gänse zwangsgefüttert wurden. Durch einen Trichter. In der Schweiz.

»Ist mir egal, ob es passiert ist«, sagte sie.

»Was passiert ist?« keuchte er.

»Ob ich mich angesteckt habe. Wie ist deine Adresse, Bob?«

Lunner schaute in den Sand.

»Schreib einfach an meinen Agenten mit dem Vermerk: Johnny & The Hurrycanes.«

Drittes Kapitel

Es wurde einer jener Frühlingstage, an denen das Licht hinter der Wolkendecke explodiert und unvermittelt auf das Land, den Fjord und die Menschen trifft, die sich, indem sie ihren verborgenen Geschäften nachgehen, sonderbar bloßgestellt fühlen. So erging es einem Würstchenverkäufer auf dem Skansevej in Aalborg, der gerade zwei kleine dänische Flaggen auf seinem Verkaufsstand postierte und ziemlich blöd aus der Wäsche schaute, als das Licht plötzlich sein Gesicht erhellte. Wie ein nachtaktives Nagetier huscht er in seinen vierrädrigen Laden, in dem der Geruch gekochter Wursthäute und scharfen Senfs wie Valium wirkt. Lange Zeit sitzt er einfach auf seinem dreibeinigen Schemel in der Ecke und grübelt über das Dasein, die Beschaffenheit der Würstchen und die undurchschaubare Verteilung der Güter nach. Er denkt auch an seine frühere Frau, die ihn nach sieben Jahren, in denen sie schichtweise arbeiteten, verlassen hatte. Er hatte stets geglaubt, sie habe es getan, weil er sie einmal mit einer Wasserwaage geschlagen hatte, doch in diesem Moment begreift er, daß sie es tat, weil sie ihn nicht mehr liebte.

Der Würstchenverkäufer beugt einsam und erleichtert das Haupt.

Die Fahrt nach Jütland war nicht ohne Hindernisse verlaufen. Lunner und Benny hatten von Johnny nicht viel zu sehen bekommen, nachdem dieser in einem Restaurant einer alten Freundin begegnet war, die nichts dagegen hatte, Johnny ein Essen zu spendieren, es jedoch übertrieben fand, auch noch seine beiden Freunde einzuladen. Ansonsten hatten sich Benny und Lunner im Restaurant gut eingerichtet (Benny mit der Serviette unter dem Kinn und Lunner mit in die Speisekarte versenktem Blick), als die nicht mehr ganz junge Freundin Johnny fragte, was in aller Welt sie eigentlich machten.

»Das ist der Rest der Band«, antwortete Johnny stolz. »Das sind The Hurrycanes.«

Benny und Lunner hatten sich in ihren Sitzen aufgerichtet und Lunner hatte seine Bestellung aufgegeben. Eine Spur zu früh, wie sich erweisen sollte.

Den Rest der Reise verbrachten »The Hurrycanes« auf dem Autodeck.

Lunner dachte wie immer an ihre Karriere und den Anfang, den ihre Tournee genommen hatte. Er verkündete, daß er zu Samuel Joshua Danielle nur wenig Vertrauen habe, doch Benny entgegnete, daß Johnny schon wisse, was er tue.

»Außerdem haben wir fast kein Geld mehr, und ich sterbe vor Hunger!« rief Lunner, der schon seit jeher Probleme mit seinem Blutzucker hatte.

Das Ganze mündete merkwürdigerweise in einer Diskussion über die wahre Liebe. Benny meinte, für jeden Menschen existiere genau eine Person, die einzig richtige. Ein menschliches Unikat, das auf sonderbare Weise genau zu ihrem Partner passe, so wie der Schuh an Aschenputtels Fuß.

»Die einzige auf der ganzen Welt, die die kleine Flamme erkennt, die in mir brennt«, flüsterte Benny verschämt.

»Und was ist, wenn sie in China wohnt?« wollte Lunner wissen. »Oder in Paraguay. Was dann, Benny? Die

Chancen stehen eins zu einer Million, daß du ihr begegnest. Und was heißt Chance, ich würde eher Risiko sagen.«

Die Diskussion über Bennys Möglichkeiten, eine tragfähige Beziehung mit einer Chinesin aufzubauen, uferte zunächst aus, endete aber logischerweise, als Benny auf das Thema gekochter Reis zu sprechen kam.

Lunner stellte fest, daß Bennys Erfahrungen mit dem anderen Geschlecht nicht gerade überwältigend waren. Benny nickte resigniert und dachte kurz an seinen leiblichen Vater, der in dieser Hinsicht auch nicht besonders viel erreicht und in der Nähe des Bahnhofs von Islev, auf dem Höhepunkt seiner Liebe, sein Ende gefunden hatte.

In der Grundschule bildete Benny eine Art Paar mit einem legasthenischen Mädchen namens Celeste, das unter einer sonderbaren Sprachbehinderung litt. Die Lehrer behaupteten, sie würde stottern, was jedoch nicht zutraf. Sie benötigte einfach mehr Zeit, um einen Laut hervorzubringen. Benny war fasziniert von ihrem Mund und ihren unglücklichen Augen, die in gemeinsamer Anstrengung mit den Worten rangen. Das Problem war ihm gewissermaßen vertraut, und er hatte nichts dagegen, das Mädchen nach der Schule zu begleiten, auch wenn die anderen ihn aufzogen. Sie hatte ihm einen kleinen jadefarbenen Plastikring geschenkt, der angeblich zusammen mit drei Spielkugeln und einem Foto von Burt Lancaster in einem Glücksbeutel gewesen war. Benny trug den Ring den gesamten Sommer hindurch am kleinen Finger, und jedesmal, wenn er ihn berührte, spürte er ihre Nähe und hatte Schwierigkeiten mit dem Sprechen. Eines Tages im Oktober, der Herbst war entflammt, blieben sie vor ihrem Haus stehen, und Benny fragte, ob sie seine Freundin sein wolle.

Er starrte gebannt auf ihren sich öffnenden und wieder schließenden Mund, ihre fuchtelnden Arme und ihre blinzelnden Augen.

»Du mußt dich nicht gleich entscheiden«, sagte er rücksichtsvoll.

In diesem Moment wurde sie von ihrer Stiefmutter ins Haus gerufen (ihre leibliche Mutter war Gerüchten zufolge mit einem Schachspieler nach Buenos Aires durchgebrannt). Benny blieb noch einige Minuten vor dem Haus stehen und fragte sich, ob er es richtig angegangen hatte. Er sah Celeste zur Haustür hinaufgehen, wo sie den Nacken gegen das Holz lehnte und die Augen schloß. Darauf breitete sie ihre langen, lyrischen Arme aus und ruderte mit ihnen, als ob sie im Wasser wäre oder als ob sie Federn hätte; ja, genau, Federn – denn Celeste war ein Vogel, ein fantastischer Kranich. Und als Benny an diesem Tag nach Hause ging, dachte er, daß seine Freundin zwar ein Vogel, er aber beringt worden war.

Die Familie zog später aufs Land, doch Benny dachte noch oft mit dem sicheren Gefühl an Celeste G. Frandsen, daß sie die einzige Richtige für ihn war und er sie deshalb wiedersehen wolle.

»Das ist eine Frage der Geduld«, sagte Lunner, »der Geduld und der Ansprüche. Ich nehme nicht die erstbeste. Ich springe nicht gleich mit jeder in die Kiste, wenn du das glauben solltest. Ich bin nicht wie Johnny. Der läßt sich gerade von einer über Dreißigjährigen abfüttern. Vielleicht ist sie noch älter. Abgehangenes Fleisch.«

Benny sagte, daß er schließlich auch Rücksicht auf Feo nehmen müsse. Vermutlich existierten nicht viele Mädchen, die eine Beziehung mit jemand eingingen, der bereits ein Kind hatte.

»Noch dazu ein behindertes Kind«, ergänzte Lunner und sah besorgt zu Feo hinüber, die gerade drei sonderbare, weiche, geschwungene Bögen malte, die manchmal wie ein Regenbogen aussahen, dann auch wieder nicht.

»Du mußt ja wohl nicht das ganze Leben lang auf sie aufpassen«, murmelte er.

Benny antwortete, daß er dagegen nichts einzuwenden hätte, es aber vor allem von ihrer Mutter und dem neuen Stiefvater abhinge.

Lunner hörte nicht richtig zu, sondern blickte mit wachsender Unruhe auf Feos Zeichnung, die hervortrat und wieder verschwand, was sicherlich am Licht auf dem Autodeck lag, das sich im Takt mit den Bewegungen der Fähre veränderte.

»Was zum Teufel macht sie da?« fragte er.

»Sie malt«, sagte Benny lächelnd. »Das kann sie ziemlich gut.«

»Findest du? Ich habe keine Ahnung, was das darstellen soll.«

Hierzu bemerkte Benny, daß auch viele Bilder berühmter Künstler ziemlich schwer zu verstehen seien. Es helfe meistens, wenn sie einen Titel bekämen.

In diesem Moment sah Feo Lunner direkt in die Augen. Ein offener, alles umschließender Blick. Er starrte schockiert auf das Blatt Papier, wo ein Turm auf einem viereckigen Klotz saß, ein helles Gebäude mit einer dunklen Spitze.

Lunner drehte sich um und dachte erneut an das Mädchen am Strand. Die mit der laufenden Nase und der bläulich weißen Haut. Und er dachte an den Entwurf, den er formuliert hatte. Den Entwurf zu einem langen Brief, formvollendet, sorgenvoll und kategorisch.

»Wir sind jetzt weit fort, nachdem wir Tausende von

Meilen durch das Land gereist sind.« Zuerst hatte er »durch Dänemark« geschrieben, das aber in »Land« verbessert. Es gab schließlich keinen Grund, sein Licht unter den Scheffel zu stellen.

Der Brief ging folgendermaßen weiter:

»Während einer Tournee lebt man nicht wie auf Rosen gebettet. Ein Ort ist wie der andere. Das Publikum ist mir gleichgültig, seine Begeisterung erreicht einen nicht, zumindest nicht mich. Tagein, tagaus dieselben Provinzhotels – ihren Luxus nehme ich nicht wahr. Ich hasse es, wenn die Leute sich an mich ranschmeißen, ich habe mein letztes Autogramm gegeben. Auch ich bestehe doch aus Fleisch und Blut wie die meisten anderen. Davon gehe ich aus. Ein Vogel, dessen Flug du am Himmel beobachtest, um ihn niemals wiederzusehen. So bin ich. Dein Bob!

PS: Deine Bemerkung über meine Ähnlichkeit mit Jesus möchte ich nicht kommentieren. Ich habe so was schon zu oft gehört!«

Feo war eingeschlafen, und Benny übte auf dem Rücksitz mit seinen Trommelstöcken, als Johnny endlich herunterkam. Die Fähre lief in den Hafen ein. Er roch nach Bier und Frühstück. Er hatte ein paar Frikadellen mitgebracht und teilte sie aus, doch Lunner wollte keine haben, obwohl sein Magen hungrig knurrte. Obwohl sein Blutzucker bzw. dessen Mangel ihn schwindlig machte.

»Jetzt sind wir in Jütland«, sagte Johnny lächelnd und zündete sich eine Zigarette an.

»Wir haben überhaupt nicht geprobt!« rief Lunner. »Und wenn ich an die Kohle denke, wird mir speiübel. Heute abend rufe ich Sammy an und sage ihm, daß wir uns solch eine Behandlung nicht gefallen lassen müssen.«

»Memories are made of this.« Johnny hielt Lunner einen Hunderter vor die Nase.

»Wo hast du den her?«

»Meine Freundin ist eine Förderin der Künste. Jetzt kriegt die Karre erstmal etwas Sprit, und dann gibt's ein paar Schachteln Zigaretten, ein Pils, etwas zu naschen für die Kleine, etwas zwischen die Kiemen für James Dean, und dann rollen wir nach Aalborg.«

Johnny tätschelte Lunner die Wange, während Benny ihm scherzhaft mit der Faust drohte.

Vier Stunden später explodierte die Sonne über dem Norden von Jütland, Benny und Johnny sangen die erste und zweite Stimme, während Lunner durch das Rückfenster ein Gebäude erblickte, das er unter Garantie schon einmal gesehen hatte. Nicht im Traum, nicht in ferner Vorzeit, sondern vor ein paar Stunden auf einem Blatt Papier.

Feo hatte die Kirche von Budolfi gemalt.

Johnny schlief auf dem Rücksitz. Benny und Lunner betrachteten von den Vordersitzen aus die etwas heruntergekommene Fassade, die anzeigte, daß sich an dieser Stelle der Nachtclub Aalborgs Rio befand. Zwischen einem Milchladen und einem Geschäft, das mit orthopädischem Schuhbedarf warb. Drei abgehackte Füße und ein Stiefel, Größe fünfundneunzig, dienten als Blickfang.

»Hier sollen wir, Sammys Meinung nach, also auftreten«, seufzte Lunner. »Zum Proben sind wir auch nicht gekommen. Ich fühle mich sehr, sehr schlecht behandelt. Und jetzt meldet sich auch noch die Milz.«

»Die Milz?« murmelte Benny.

»Ja, die Milz«, meckerte Lunner. »Wenn ich nicht regelmäßig etwas zu Essen bekomme, geht das auf die Milz.

Aber sag Johnny nichts davon. Ihr braucht euch um mich keine Gedanken zu machen.«

Lunner öffnete die Tür.

»Ich gehe rein und rede mit ihnen«, sagte er. »Als Sandwichmann habe ich ausgedient, Benny. Endgültig ausgedient. Jetzt werden andere Saiten aufgezogen.«

»Das kommt nur daher, weil du nichts gegessen hast, Erik«, sagte Benny besonnen.

Die Tür stand offen. Lunner schaute in einen länglichen, schummrigen Raum, in dem es nach Tabak, Schmierseife und abgestandenem Parfüm roch. Alle Stühle standen umgedreht auf den Tischen. Aus einem Radio drang gedämpfte Tanzmusik. Kurz gesagt, die Atmosphäre war schläfrig, knisternd und anregend. Mit einem nicht unbeachtlichen Schuß Erotik.

Unschlüssig trat er von einem Fuß auf den anderen, als fünf großgewachsene Frauen in unglaublich sparsamen Kostümen, bestehend aus hellroten Höschen und zwei selbstleuchtenden Pailletten vor den Brustwarzen, am Ende des Lokals vorbeistolzierten. Lunner spürte ein unangenehmes Zucken in der Nackengegend, das sich unmittelbar dem gesamten Körper mitteilte und ihn stocksteif dastehen ließ. Die letzte der schlanken, großartig gebauten Mädchen hielt an und schaute Lunner in die Augen.

»Ja?«

»Entschuldigung«, sagte Lunner und ging mechanisch zwei Schritte zurück.

Das Mädchen kam langsam näher, während er die Fingernägel seiner linken Hand studierte. Sie war ungefähr eineinhalb Köpfe größer als Lunner, der aus irgendeinem Grund begonnen hatte, zu kläffen. Er machte dafür seine akute Nackensteifheit verantwortlich, konnte sich aber an zwei ähnliche Situationen erinnern, in denen ebenfalls ein Hund in ihn gefahren war. Das erste Mal auf einem Abtanzball, auf dem Lunner übrigblieb, nachdem die Paare sich gefunden hatten, und die Schmach erlitt, knurrend hinausgetragen zu werden, während die anderen Foxtrott tanzten. Ein zweites Mal war der Schularzt gerufen worden, weil Lunner annähernd eine Stunde lang gebellt hatte. Am nächsten Tag wurde er von der Station E des Frederiksberg Hospitals mit einer Therapie gegen Tollwut entlassen.

»Wenn es um die Geburtstagsfeier geht, dann komm um zwei wieder, wenn der Geschäftsführer da ist ...«

Das Mädchen studierte ihn durch den großen, lila getönten Spiegel, der an der Wand hing.

»Mein Name ist Lunnermand«, begann er nervös.

»Wie gesagt, wenn ...«

»Ich bin Gitarrist ... bei Johnny & The Hurrycanes.«

»Bei wem?«

»Wir sollen heute abend auftreten.« Lunner entblößte sein Gebiß. Sie betrachtete ihn, und Lunner war geistesgegenwärtig genug, sich zur Seite zu drehen, so daß sie seine Ähnlichkeit mit James Dean begutachten konnte.

»Solltet ihr denn mit dem Kugelmann zusammen auftreten?«

Lunner starrte gebannt auf die beiden Pailletten, die ihre unnatürlich großen Brüste beleuchteten.

»Ich ... kenne keinen Kugelmann.«

Er unterdrückte ein kehliges Röcheln.

Das Mädchen nahm eine große Rolle, die sich als Plakat eines halbnackten Mannes mit behaarter Brust erwies, der eine Kugel von der Größe einer Landmine trug.

»Die Veranstaltung ist nämlich abgesagt«, teilte sie mit. »Er hat einen Leistenbruch.«

»Leistenbruch?« kläffte Lunner, der vergeblich versuchte, die eng zusammengedrängten Pailletten zu ignorieren.

»Ja, Leistenbruch. Als Ersatz sollen wir … tanzen und so was … Wir sind noch nicht besonders, aber das macht nichts. Wir schieben einfach die Schulterblätter zurück, so … ja, so, damit unsere Brüste mehr in den Vordergrund treten.«

Lunner erblickte sich selbst in dem länglichen Spiegel. Er fand plötzlich, daß er eine unangenehme Ähnlichkeit mit der Lachpuppe im Tierpark angenommen hatte. Abgesehen davon, daß er nicht lachte.

»Das … spielt keine Rolle«, hustete er. »Wir sind selbst im Showbiz tätig. Wir haben die Wahl der Miß Dänemark begleitet, zusammen mit Freddy Albeck.«

»Den kenne ich gut – zum Teufel, dann …«

Lunner nickte und spürte, wie sich die Verkrampfung vierzig Zentimeter den Rücken hinab ausbreitete, was ihn den Oberkörper nach vorne abknicken ließ, so daß er dem Mädchen direkt auf den Nabel stierte, an dem er eine weitere Paillette entdeckte.

»Ist etwas nicht in Ordnung?« fragte sie.

»Nein«, bellte er, »keine Spur, es ist nur … die Milz.«

»Hast du einen steifen Nacken?«

Ihre Stimme klang aufrichtig besorgt. Lunner spürte, daß sein Selbstmitleid zur falschen Zeit ein Comeback feierte.

»Das kommt vom Schleppen der Instrumente«, stöhnte er.

»Okay, dreh dich um!« kommandierte sie, legte ihm einen Arm um den Hals und den anderen um die Hüfte.

»Ich arbeite jede zweite Nacht im Kreiskrankenhaus, also entspann dich, das hier ist reine Routine.« Sie wickelte ihr langes Bein um seinen Oberschenkel.

»Ich drehe einmal kurz, und du bist wieder ganz der alte.«

Lunner lehnte sich zurück, so daß sein Nacken zwischen ihren Brüsten verschwand. Alle Geräusche waren mit einem Mal verschluckt.

In diesem Moment steckte Benny seinen Kopf zur Tür herein.

»Äh, Lunner … Johnny ist zurückgekommen … er hat Würstchen … mit …«

Benny schaute sich die Darbietung an.

Das Mädchen drehte Lunners Nacken.

Als er schrie, schloß Benny die Tür.

Doch der Schmerz war im selben Augenblick wie weggeblasen. Einen Moment lang stützte er sich unsicher gegen die Theke. Dann sah er zu ihr auf. Sie roch nicht übel. Eine Mischung aus Kirschbaum, sauberer Wäsche und Bananen. Vor allem anders. Und der Geruch löste bei ihm dieselbe Erregung aus, von der manche Menschen ergriffen werden, die sich in ein neues Auto setzen.

»Danke … danke für die Hilfe«, murmelte er.

Sie lächelte ihn an und zuckte bescheiden mit den Schultern.

»Das war eine Kleinigkeit. Ich heiße Gudrun.«

Er streckte die Hand aus.

»Bob«, sagte er. »Bob Lunnermand.«

Das Gespräch stockte, und Lunner suchte verzweifelt nach Worten, bis das Mädchen sagte: »Ich glaube, du wartest am besten auf den Geschäftsführer.«

Lunner ließ seinen Blick vom Boden zu einem riesigen Ölgemälde wandern, das an der gegenüberliegenden

Wand hing. Es stellte einen kräftig gebauten Mann dar, dessen entschlossener Blick über die Dächer der Stadt schweifte. Jedenfalls das eine Auge. Das andere richtete sich unbefangen auf Lunner, der einmal in gleicher Weise von einem Steinbock angeglotzt worden war.

»Das ist er wohl«, mutmaßte er.

Das amüsierte sie.

»Aber nein, das da ist S. W.«, sagte sie.

»S. W.?«

»Ja, S. W. Wehl. Du bist schon sonderbar.« Aus ihrem Mund hörte sich »sonderbar« an wie »interessant«.

»Gehört ihm der Laden hier?« Lunner breitete seine Arme aus.

»Ihm gehört Aalborg.«

Lunner nickte und lächelte vor sich hin. Er war sich im klaren darüber, daß er jetzt vor Bewunderung auf die Knie sinken sollte. Doch aus irgendeinem Grund hatte er sich mit Autoritäten immer schwergetan. Sie machten ihn nervös, forderten seinen Widerspruch heraus, verdarben ihm geradezu die Laune.

»Ach so, tut er das? Ja, das sieht man.«

Lunner stellte sich vor das große Gemälde.

Das Mädchen trat hinter ihn und schnalzte zweimal mit der Zunge. Lasziv, elektrisierend, insistierend und erotisch. Lunner hatte einst seine Cousine aus Åbyhøj im Lindevangspark auf einer Plastikschaukel sitzen sehen. Sie war gerade dreizehn, Lunner fünfzehn geworden. Also war sie zu groß zum Schaukeln, aber darum ging es nicht. Es war die Art, wie sie schaukelte und währenddessen ihren Kaugummi zu einer großen klebrigen Kugel aufblies. Lasziv, verrucht und vergnügungssüchtig.

»Der Maler hat auch Prinz Knud porträtiert«, erklärte das Mädchen.

Wehl trug seine Lieblingsmontur und sah aus wie ein Großgrundbesitzer samt Goldkette und Spazierstock. Das Gemälde war eigentlich für die Eingangshalle des Pressehauses bestimmt gewesen, doch nachdem gewisse Menschen es für notwendig befunden hatten, es als Spucknapf zu benutzen, hatte man eine andere Bleibe für das Porträt des Mannes gefunden, der als Kaufmann und Koloß, Multimillionär und Gutsbesitzer bekannt war.

Der Künstler hatte Wehls hintergründige Veranlagung dadurch zum Ausdruck gebracht, daß ein Auge träge und etwas kreatürlich in die Luft starrte, während das andere Intelligenz, Aufgeschlossenheit und Willensstärke ausstrahlte. Das Gesicht war rot und fleischig und wurde von einem kleinen militanten Schnurrbart zusammengehalten, der nach preußischer Manier zurückgestutzt war. Dergestalt stand er mit seinen kräftigen Beinen auf einem höchst fiktiven Hügel, von dem aus er über die Stadt blicken konnte, die wie das Resultat seines Lebens vor ihm lag. Was Erik Lunnermand nicht wissen konnte, war, daß Sigurd Wandy Wehl mit gutem Recht Aalborg als sein eigenes Werk betrachten konnte. Er war ein Selfmademan, von Natur aus philosophisch veranlagt, doch nicht besonders redselig; brutal, aber konsequent, wenn es um Geschäfte ging, und mit einer politischen Einstellung, die der der alten britischen Whigs nahekam. Schon in jungen Jahren war er von Weltschmerz erfüllt gewesen, der sich mit der Zeit zu einer düsteren Kathedrale unverhohlener Lebenssattheit aufbaute und eine zunehmende Zerstreutheit nach sich zog; es schien so, als lausche er einer inneren Stimme, die weitaus mächtiger und gebieterischer war als die seiner Umgebung. Als lebte S. W. jetzt, da er dem wirklichen Leben nichts mehr abgewinnen konnte, an einem völlig anderen Ort, einer freiwilligen Diaspora. Der Mythos seines selbsterarbeiteten Aufstiegs war mit der Zeit genauso unumstößlich geworden wie die Bedeutung des zweiten großen Unternehmens der Stadt. Er war Aalborgs ungekrönter König. Ein altmodischer Mann, im Grunde seines Herzens Fatalist, obwohl er sich seine Abhängigkeit von etwas so Ungewissem wie dem Schicksal niemals eingestanden hätte.

Aber nachdem er älter, immer reicher und mächtiger geworden war, ahnte er doch, daß auch er möglicherweise einem Zweck diente, einem größeren und stärkeren Willen, der sich ihm in paradoxen Erscheinungen mitteilte. Die Bedeutung seiner eigenen Philosophie, das Gewicht des Uhrwerks, das in seinem mächtigen Körper tickte, das Pendel, das ihn zum Patriarchen gemacht hatte, zur Führerpersönlichkeit und zum Multimillionär, hatte so viele Stunden geschlagen, daß der Direktor im stillen begann, einem noch größeren Pendel zu lauschen.

Das Vermögen und Imperium fußte auf dem vielarmigen Ungeheuer, das man auf den Begriff »Vergnügungen« bringen kann, an denen die rasch wachsende Stadt einen unersättlichen Bedarf hatte. Am Anfang waren es einzelne Wirtshäuser, Billardsalons und regelrechte Spelunken. Später kamen Gaststättenbetriebe, Tanzlokale, Kinos und schließlich das landesweit bekannte »Rio« hinzu, in dem jeder auf seine Kosten kam. Es gab einen amerikanischen »Stall« mit Cowboysätteln und Serviererinnen in karierten Hemden und kurzen Röcken aus Waschleder. Weiter hinten befand sich das herostratisch berühmte »Copacabana«, in dem betuchte Männer Entspannung und Trost suchten. Wo die Auftretenden nichts als Pailletten trugen.

Wehl beobachtete die Entwicklung und das zahlreiche

Publikum so wie ein Junge seinen Hamster betrachtet, der sich im Laufrad vergnügt.

Seine Menschenkenntnis hörte hier auf.

Er wohnte mit seiner Frau, seiner Mutter und seiner Tochter Bodil in einer Prachtvilla oder, wie er sich ausdrückte, einem Bunker außerhalb der Stadt. Die Ehefrau Asta war der krasse Gegensatz ihres Mannes. Klein, grau, unterdrückt und bescheiden. Wehl hätte wen auch immer haben können, entschied sich aber für diese Kirchenmaus, deren Existenz seinem Ruf eine weitere Facette hinzufügte. Wenn sie sich, was selten vorkam, in der Öffentlichkeit zeigten, demonstrierte Wehl ihr gegenüber einen fast ironischen Respekt, ja eine Ritterlichkeit, die einfach grotesk wirkte, wenn man wußte, daß er sie im Laufe der Jahre sechsmal unter dem Vorwand ins Kreiskrankenhaus hatte einliefern lassen, sie sei die Treppe hinuntergefallen. All das war vorbei. Leute, die für die Familie gearbeitet hatten, berichteten, daß Wehl mit seiner Frau seit zwölf Jahren kein Wort gewechselt hatte. An dieser Stelle kam die alte Frau Wehl ins Spiel. Fürchtete man schon S. W., so packte einen das Grauen in Anbetracht der Mutter, deren beginnende Senilität die üblichen Umgangsformen, die unter zivilisierten Menschen herrschen sollten, außer Kraft gesetzt hatte. Ihr Heim war völlig abgeschottet, ein finsteres Domizil, dessen architektonische Ähnlichkeit mit einer nahegelegenen Nervenheilanstalt dem Klatschbedürfnis der Leute neue Nahrung gab.

In dieser Umgebung war das einzige Kind der Familie aufgewachsen, die inzwischen zwanzigährige Bodil, die nicht nur eines der hübschesten Mädchen der Stadt, sondern auch zur Erbin des Wehlschen Imperiums ausersehen war. Sie hatte eine klassische Ausbildung in der Schweiz genossen und war vielleicht deshalb zu einem umgänglichen, stets ausgeglichenen Mädchen geworden, das in der Stadt, in der ihre Manieren und Natürlichkeit vielen ein Rätsel blieben, unglaublich beliebt war. Bodil hatte Grazie und war der Augenstern ihres Vaters. Doch man sagte, ihr Blick sei seltsam getrübt. Einige schrieben dies ihrer angeblich hohen Intelligenz zu, während andere die Auffassung vertraten, es sei nicht gerade ein Vergnügen, in Wehls Schatten aufzuwachsen, während wieder andere meinten, bei Bodil eine weitaus ernstere Schwermut wahrzunehmen, die sich wie eine unsichtbare Falte in ihr ebenmäßiges Gesicht gegraben hatte, das oft rätselhaft apathisch wirkte. Vielleicht war es die Zerstreutheit des Vaters, die sich bemerkbar machte. Sein abgrundtiefer Haß auf das Leben.

Bodil behandelte alle gleich, war immer gut gelaunt, redete keinem nach dem Mund, geriet jedoch niemals mit jemand in Streit, weder mit ihrer despotischen Großmutter noch ihrer weichen Mutter. Sie tat, was ihr gesagt wurde, und setzte trotzdem ihren Willen durch.

Viele junge Männer waren mit Bodils Bild auf der Netzhaut in Schlaf gefallen, doch niemand hatte je gewagt, seinen Wünschen auch Taten folgen zu lassen; man war allgemein der Ansicht, daß Prinzessin Bodil für etwas viel Größeres ausersehen sei, als ihr Aalborg würde bieten können.

Diese Dynastie samt ihrem enormen Mitarbeiterstab war in der Stadt so nachdrücklich und solide verankert, daß sich niemand vorstellen konnte, sie könne jemals untergehen oder auch nur ins Wanken geraten.

Der Tag, an dem »Johnny & The Hurrycanes« den Fjord überquerten, war der Tag, an dem Sigurd Wandy Wehl sechzig Jahre alt wurde. Ein Tag, der in der Stadt groß gefeiert werden sollte. Die Planungen hatten geraume Zeit in

Anspruch genommen und sahen ein Frühstück im Rathaus sowie einen nachmittäglichen Empfang vor. Man wußte zugleich, daß S. W. zur Feier des Tages zum »Ritter des Danebrog« ernannt worden war und die Stadtverwaltung den Beschluß gefaßt hatte – kein Gemälde, sondern eine Büste zu entschleiern, die im Schloßpark vor der großen Eiche stand. Darüber hinaus hatte man zu dieser Begebenheit eine besondere Münze geprägt, die den zwei historischen Münzen aus Hardeknuts Zeit um 1040 ähnelte, auf denen Aalborg zum ersten Mal Erwähnung findet. Die Geburtstagsmünze zeigte Wehl in herrischem Profil. Die Rückseite zierte das Kloster zum Heiligen Geist, eine Stiftung für Alte und Kranke, in der Wehls Vater gestorben war, Gerüchten zufolge an Verstopfung.

Ein großer Tag für Wehl, und ein großer Tag für die Stadt. Von höchster Stelle war Beflaggung angeordnet worden, woran sich Beamte ebenso zu halten hatten wie Würstchenverkäufer.

Lunner sah, wie das halbnackte Mädchen die Uhr über dem Spiegel studierte.

»Es ist spät«, sagte sie kryptisch. »Die Arbeit ruft. Vielleicht sehen wir uns wieder.«

»Vielleicht«, kläffte Lunner und richtete sich auf.

»Ich hätte nichts dagegen«, sagte sie aus dem Dunkel, in dem nur die Pailletten leuchteten.«

»Wir könnten uns ja schreiben«, schlug Lunner vor.

Johnny war mit drei mal drei Würstchen samt Brötchen aufgetaucht.

Er sagte, in der ganzen Stadt sei geflaggt, und der Würstchenverkäufer habe erklärt, daß dies für Aalborg ein großer Tag, ihm persönlich jedoch vollkommen gleichgültig sei.

»Sie wissen offenbar, daß wir in der Stadt sind, jetzt werden wir's ihnen zeigen!«

Benny machte für Feo einen Hot dog zurecht. Er hatte ihr letztes Bild im Inneren des Wagens aufgehängt. Ein Haus mit einer Turmspitze. Eine Zeichnung, die es Lunner, der sein Würstchen mit wachsendem Unbehagen verzehrte, kalt den Rücken hinunterlaufen ließ.

»Für uns flaggen sie jedenfalls nicht«, sagte er verstimmt. »Sie feiern irgendeinen Idioten namens Wehl. Oder König Wehl. Dem gehört der ganze Krempel hier.«

Johnny blickte auf: »Auch das ›Rio‹?« Lunner schaute Benny an, der ihn fragte, was er mit der Nackttänzerin eigentlich getrieben habe.

»Verschone mich!« sagte Lunner indigniert.

Zwei Minuten später kam Johnny mit einer roten Serviette zurück, auf der eine Adresse in Hasseris notiert war.

»Mit wem hast du gesprochen?« fragte Lunner hitzig.

»Ruhig Blut, Mr. Dean«, entgegnete Johnny lächelnd. »Wir sind engagiert, sogar für die ganze Woche. Ich habe mit dem stellvertretenden Geschäftsführer gesprochen, einem sehr fähigen Mann. Morgen geht's richtig los, aber heute ist bereits ein ganz besonderer Tag. Heute erobern wir Aalborg. Heute zeigen wir der Welt, wer wir sind. Heute holen wir zum ersten Mal die Instrumente raus.«

Lunner sah ihn ungläubig an.

Die große Residenz der Familie Wehl befand sich an einem entlegenen Ort und sah ziemlich massiv aus. Sie fuhren die schmale Allee mit den gestutzten Weiden entlang und rollten kurz darauf über einen kreisförmigen Wendeplatz direkt auf das Hauptgebäude zu, das seinen Rücken dem Wind zukehrte.

»Sieht aus wie eine ganze Volksschule«, sagte Johnny und warf seine Kippe aus dem Fenster.

Lunner konnte sich nicht völlig von einem Gefühl der Bewunderung freimachen.

Johnny sprang aus dem Wagen und machte drei Kniebeugen.

Währenddessen wickelte Benny Feo in eine Decke und wollte sie gerade herausheben, als Lunner ihn aufhielt: »Du willst sie doch wohl nicht mitnehmen, Benny?«

»Sie sitzt doch so viel im Auto«, murmelte Benny.

Johnny trat zu ihnen. »Benny hat recht«, sagte er. »Sie sitzt zu viel im Auto, aber gerade heute, Benny, muß es sein. Hört zu: Ich gehe jetzt rein und rede ein bißchen mit dem Hausherrn, und ihr ölt schon mal eure Stimmbänder.«

»Sieh zu, daß wir einen ordentlichen Vorschuß kriegen!« rief Lunner. »Und wir wohnen nicht überall.«

Johnny zog einen Kamm durch seine Haare und klingelte. Es hörte sich an wie eine Kirchenglocke. Eine Minute später war er von der Hausdienerin mittleren Alters eingelassen worden.

Seine Augen versuchten gerade, sich an die Dunkelheit zu gewöhnen, als er drei Rüstungen erblickte, die vor der pompösen Treppe standen. In diesem Moment sagte die zu Tode erschöpfte Frau mit der steifen weißen Schürze: »Wenn Sie einfach die Klappstühle in den Keller stellen, dann erledigen wir den Rest schon alleine.«

»Äh … Klappstühle?«

Die Hausdienerin kratzte sich in der Mitte zwischen

Hüfte und Achsel, was aus irgendeinem Grund ziemlich animalisch wirkte.

»Kommen Sie nicht von ›Holm-Hansen‹?«

Johnny schüttelte stolz den Kopf.

»Nein, ich bin Johnny ... von Johnny & The Hurrycanes.«

Es entstand ein Augenblick der Stille in dem ohnehin totenstillen Haus. Die Hausangestellte sah ihm verwirrt, doch mit einem Anflug von Gleichgültigkeit ins Gesicht.

»Aber – was ist mit den Klappstühlen?« murmelte sie.

Johnny trat ganz dicht an sie heran und nahm sie sanft bei den Schultern.

»Wir sind es ... die heute abend für die Unterhaltung sorgen«, sagte er freundlich.

»Unterhaltung? Davon weiß ich nichts. Ich dachte, Sie kämen von ›Holm-Hansen‹.«

»Hat Papi heute Geburtstag?«

»Papi? Nein, aber S. W. Wehl. Ich glaube, es ist besser, Sie warten hier, dann hole ich Larsen.«

Die Frau deutete auf einen Stuhl an der Wand und verschwand.

Doch sie war kaum gegangen, als Johnny schon wieder draußen bei den anderen war.

In einiger Entfernung hatte ein brauner Lastwagen angehalten, aus dem zwei identisch aussehende Männer stapelweise Klappstühle ausluden.

Johnny sandte Lunner und Benny einen feurigen Blick.

»Die Hemden an, Jungs!« sagte er.

Benny nahm die Tüte mit den Fransenhemden.

Lunner fragte, was das bedeuten solle.

»Hör zu, Lunner, die feiern Geburtstag da drinnen«, sagte Johnny begeistert. »Es schadet doch nicht, eine kleine Extranummer zu geben. Denk daran: Das Wesen der Unsterblichkeit offenbart sich als Freude.«

»Als was?« fragte Benny.

»Hab' ich irgendwo gelesen. Beeilt euch jetzt, Mensch, die Stimmung ist nicht gerade auf dem Siedepunkt da drinnen. Ihr hättet die sehen sollen, mit der ich gesprochen habe … genauso lustig, wie an einer polnischen Briefmarke zu lecken. Ihr habt euch doch selbst beschwert, daß wir niemals zum Proben kommen.«

»Kein bißchen«, sagte Lunner eingeschüchtert.

Johnny zeigte energisch auf Benny.

»Okay, Bennymann, du nimmst deine Bongos, Lunner seine Halbakustische, und dann spielen wir sie in Grund und Boden. Bei Bedarf schnappe ich mir noch unsere neuen Marraccas. Erinnert ihr euch an die Tanzschritte, die ich euch beigebracht habe?«

In der Familie Wehl war es Tradition, daß man sich zu hohen Feiertagen und an Geburtstagen um den Frühstückstisch versammelte, wobei der Jubilar am Tischende Platz nahm. Normalerweise lebte man äußerst spartanisch – weder die Witwe noch S. W. legten Wert auf überflüssige Feierlichkeiten –, und obwohl der Hausherr sechzig wurde und der Großteil der Stadt sich bis zu den Zähnen rüstete, war es doch wie gewöhnlich sehr still in dem großen, dunklen Eßzimmer mit den bleigefaßten Fenstern, in dem das Geburtstagskind gerade, wie üblich, die Zeitung las. Abgesehen von der Beflaggung und einem Paar brauner Hausschuhe, die halb ausgepackt dastanden, verlief dieser Morgen nach dem üblichen Muster, das sich im Laufe der Zeit herausgebildet hatte wie die Jahresringe einer alten Eiche. Bei Tisch wurde kaum gesprochen, dafür den Brummlauten des Patriarchen gelauscht, der den übrigen auf diese Weise einen gewissen Einblick in die Welt außerhalb von Aalborg verschaffte. Die Zimmeruhr tickte; die alte Frau Wehl tauchte ihr Brot in die Teetasse und klapperte mit ihrer schlecht sitzenden Prothese.

»Jetzt fliegen sie schon über den Nordpol nach Tokyo«, murmelte Wehl kopfschüttelnd.

Seine Frau schnitt einen Zwieback in zwei Hälften. Vorsichtig, ohne zu stören.

»Wer?« fragte Bodil, die ihr neues Kleid trug, das für diesen Tag angefertigt worden war. Es war grau und paßte zu ihrer übrigen Garderobe.

»SAS.«

Wehl faltet die Zeitung zusammen.

Bodil betrachtet seine Hände, die auf der schönen Damastdecke ruhen. Unwillentlich läßt sie den Blick von ihren eigenen hübschen, langen Fingern zur Großmutter schweifen, deren Hände wie Krallen die geschnitzten Armlehnen umfassen. Sie ist ein Vogel geworden. Ein kleiner, gekrümmter, stets fressender Raubvogel. Mit Flügeln gleichenden Schulterblättern, blinzelnden Augen und klappernden Zähnen. Bodil sieht zu ihrer Mutter hinüber, die ihren Zwieback mit Butter bestreicht. Vorerst noch ohne Schnabel und Krallen.

Der Direktor atmet schwer und schaut auf seine Uhr, die er aus der Westentasche gezogen hat und sich vor den Leib hält. Sein eines Auge dreht eine Runde durchs Zimmer, während das andere den Zeigern der Uhr folgt.

Als ein fremder Geruch in das Zimmer dringt. Bodil schaut auf. Die Flügeltüren zur Eingangshalle haben sich geöffnet.

Es sind drei, und sie tragen die buntesten, geschmacklosesten Hemden, die Bodil je gesehen hat. Der eine hat zwei Bongos unter dem Arm, der andere trägt eine glänzende Gitarre. Und der in der Mitte, der mit dem pomadisierten Haar, hält in jeder Hand eine Rassel.

Das Eßzimmer wird von einer massiven, wachsartigen Stille erfüllt.

Dann hört man: »One, two ... one, two, three, four.

»Down the way where the nights are gay
and the sun shines dayly on the mountain 's top
I took a trip on a sailing ship
and when I reached Jamaica I made a stop ...«

Die vier machen ein paar ungelenke Tanzschritte, und beim Refrain singen alle mit:

»And I 'm sad to say I 'm on my way
won't be back for many a day,
me heart is down, me head is burning around
had to leave a little girl in Kingston Town.«

Als das Lied vorüber ist, verbeugen sich die drei Musiker, und der in der Mitte schenkt dem versteinerten Publikum ein strahlendes Lächeln, während er sagt: »Meine Damen und Herren: Johnny & The Hurrycanes wünschen Papi alles Gute.«

Hinter den Musikern sind die drei Hausangestellten eng zusammengerückt. Sie gleichen Schiffbrüchigen und starren auf ihre Heimatstadt, die langsam aber sicher von einem Feuer verzehrt wird, das binnen Sekunden ausgebrochen zu sein scheint. Hinter ihnen stehen zwei Männer: es sind Zwillinge, die unter dem Namen Holm-Hansen firmieren. Seit Menschengedenken haben sie Aalborg mit Klappstühlen, Besteck und Suppenterrinen versorgt, und obwohl sie für eine gewisse Diskretion bekannt sind, so hat ihr ungläubig gaffender Ausdruck doch nichts Diskretes an sich.

Sie glotzen vor allem auf den großen, schönen Eßtisch mit den geschwungenen Beinen, hinter dem die alte Frau Wehl sprachlos in ihre Teetasse stiert, in der sich ihr Porzellangebiß im Kreis dreht. Sie erinnert an den großen finnischen Komponisten Sibelius, der als letztes in seinem Leben die Schreie einer erregten Saatkrähe erdulden mußte, die hinter einem Exemplar des anderen Geschlechts her war. Frau Wehl starrt auf die Damastdecke, die zur Mitgift gehörte, ihre Knöchel sind weiß, doch man kann nicht entscheiden, ob ihre Grimasse die Folge eines teuflischen, höchst unpassenden Grinsens ist, oder ob sie mit den Tränen kämpft.

Die wirkliche Welt hat ihre Kulissen abgebaut.

Augenzeugen werden sich jedoch daran erinnern, daß S. W. Wehl sonderbar zusammengesunken auf seinem Stuhl saß. Als wäre er leck geschlagen. Als hätte ihn die Luft durch ein Loch im Rücken verlassen. Zwischen seinen leberfarbenen Lippen schaut die Zungenspitze hervor, was mit den Augen disharmoniert, die sich jedes für sich auf den Weg gemacht haben.

Nur Bodil sitzt aufrecht wie immer; sie betrachtet ihren Vater, als sei er ein Berg, der vor ihren Augen zusammengestürzt ist und den Blick auf ein bisher ungesehenes Panorama freigibt. Eine ganz neue Welt. Ihre.

Der Anflug von Schwermut, der sie stets begleitet hatte, ist wie weggeblasen. Die Erleichterung umhüllt sie wie ein Sari von Schönheit. Bodil legt die Hände auf den Tisch. Und streift ihre alte Haut ab.

Das Tableau wird durch einen unschönen Krach komplettiert, als Sigurd Wandy Wehls Stirn auf die Tischplatte knallt.

Viertes Kapitel

Die Stadt hieß Bislev und erinnerte mehr als alles andere an das Wasser, das man beim Abgießen von Kartoffeln zu Gesicht bekommt. Sollte man eines Tages einen Film drehen, der Napoleons Erstaunen angesichts der verlassenen russischen Dörfer zeigt, könnte man die erste Einstellung in Bislev drehen. Doch vielleicht waren stärkere Kräfte am Werk, unsichtbar für diejenigen, die an den friedlichen Ufern des Damhussees aufgewachsen waren.

Weder fürs Volk noch das Vieh der passende Ort.

Die Wolken hatten Fahrt aufgenommen, jetzt galt es zu verschwinden.

Genau wie »Johnny & The Hurrycanes«, die Aalborg mit dem Gefühl verlassen hatten, daß aus ihrem Auftritt im »Rio« wohl nichts werden würde. Die Leute, die den mächtigen, wächsernen Matador mit dem Rettungswagen abholten, hatten gewisse Andeutungen gemacht, und Lunner nahm sogar eine wachsende Lynchstimmung im Vorort Hasseris wahr, während Johnny mit Vollgas gen Westen fuhr.

Derselbe Johnny war beim Versuch, etwas Benzin aufzutreiben, nun bereits seit zwei Stunden unterwegs. Sie hatten ihn mit einem Reservekanister sowie einem vierzig Zentimeter langen Gummischlauch im Morgennebel verschwinden sehen. Etwas Dunkles hatte sich seiner bemächtigt, etwas In-sich-Gekehrtes und Gebeugtes. Er sah aus wie jemand, der von Bislev verzehrt wurde.

Vorne im Auto saß Lunner mit seiner letzten Zehn-

Öre-Münze und war außer sich über ihr Schicksal. Sein Gesicht wurde von einem baumelnden Tankstellenschild beleuchtet, das in einiger Entfernung herzzerreißend in seinen Scharnieren kreischte.

Als sei das ganze Land stillgelegt worden.

Ohne Benny anzusehen, stellte er lauthals fest, daß sie den Tiefpunkt erreicht hatten. Benny nickte und deckte Feo zu.

»Wir haben seit hundert Jahren nichts zu essen bekommen, kein Engagement, kein Geld, kein Benzin. Wir sind ganz unten, Benny. Und jetzt haben wir vielleicht auch noch einen Mord am Hals. Zumindest eine Leiche.«

Benny sagte, Herr Wehl sei vermutlich am Leben gewesen, als sie ihn in den Rettungswagen verfrachtet hätten.

Lunner wandte sich um und sah ihm in die Augen.

Das heißt, er sah Benny an, zeigte aber auf Feo.

»Sie ist ein ... Unglücksbringer. Es tut mir leid, das sagen zu müssen, aber es stimmt. Ich spüre es. Und Johnny spürt es auch. Wegen ihr geht alles den Bach runter. Ich knöpfe mir jetzt Sammy vor, und du kannst währenddessen über alles nachdenken.«

Benny murmelte, daß er nicht verstehen könne, warum Feo solch einen Einfluß ...

Lunner zog ihn näher zu sich.

»Ich mag ihre Bilder nicht, Benny. Ich kann sie nicht ausstehen.«

»Ja, aber ... was stört dich an ihnen, Lunner?«

Lunner streckte seine Hand aus und riß ein kariertes Blatt herunter.

»Was ist das?« fragte er inquisitorisch.

Benny sah sich die Zeichnung eingehend an, die, soweit er erkennen konnte, ein Haus mit einem schwarzen

Turm darstellte. Vor dem Haus standen drei Strichmännchen. Zwei sahen aus wie Indianer.

»Sie zeichnet doch nur, was ihr durch den Kopf geht. Ihre Phantasie ist alles, was sie hat.«

»Benny, das da ... das ist Budolfi. Das hat überhaupt nichts mit Phantasie zu tun.«

»Budolfi?«

Lunner knüllte die Zeichnung zusammen und ballte die Fäuste.

»Hast du überhaupt keine Augen im Kopf, Mann? Jetzt rufe ich unseren Starpsychopathen in Østerbro an, und dann woll'n wir doch mal sehen. Kapierst du? Erik Lunnermands Geduld ist erschöpft. Ich hatte einmal einen Lehrer, der hieß Johan Kristian Jensen. Einer der begabtesten Menschen auf diesem Planeten. Wenn du ihn fragtest, aus wie vielen Steinen die chinesische Mauer besteht, dann konnte er dir bis zur zweiten Dezimalstelle die richtige Antwort geben. Er hatte ein Motto, ein höchst interessantes Motto. Jensen sagte: ›Man soll sich nicht mit unnützen Dingen aufhalten.‹ Das habe ich mir zu eigen gemacht, und ich sage dir: alle die anderen Einfaltspinsel, die ihre Zeit nur mit Vergnügungen und Gequatsche verplemperten und in den Pausen heulend zusammenbrachen, die bekamen schön was zum Nachdenken. Jensen hatte einen Blick, der die Astlöcher aus den Fußbodendielen herausspringen ließ, und wenn er jemand ansah, wußte der ganz genau, daß es sich ausgelacht hatte. ›Man soll sich nicht mit unnützen Dingen aufhalten.‹ Dieser Satz hat sich mir eingeprägt wie ein Muttermal, und noch mehrere Jahre lang wurde mir übel, wenn ich jemanden lachen hörte. Verstehst du, Benny? Jensen fügte stets hinzu, daß Dummheit und Lachen immer Hand und Hand gingen. Ich bin nicht zur

Witzfigur geschaffen, das garantiere ich dir. Hast du noch mehr Zehn-Kronen-Stücke?«

Benny leerte die Taschen und beobachtete kurz darauf, wie sich Lunner durch den Regen kämpfte, der in großen graugrünen Schleiern von einem schiefergrauen Himmel fegte.

Benny seufzte, hob Feos Zeichnung auf und strich sie sorgsam wieder glatt. Er betrachtete sie. Feo hatte ihm den Rücken zugewandt. Man konnte nicht sehen, ob sie schlief. Das tat sie ohnehin selten. Vielleicht schlief sie niemals. Vielleicht hörte und verstand sie alles, was gesagt wurde. Er hatte Lunner sein letztes Telefongeld gegeben, obwohl er beschlossen hatte, zu Hause anzurufen. Vor allem, um zu hören, wie es ihnen ginge. Ob Richard eingezogen und die Mutter glücklich war.

»Feo«, flüsterte er. »Schläfst du? Kennst du Budolfi?«

Sie antwortete nicht. Er versuchte es erneut, und plötzlich drehte sie sich um und sah ihn an. Sie hatte Tränen in den Augen. Und als er sie in den Arm nahm, klammerte sie sich an ihn, als hätte sie einen bösen Traum gehabt.

»Vermißt du Mama?« fragte er. »Und dein altes Bett?«

Sie schüttelte langsam, aber entschieden den Kopf.

»Was vermißt du?«

Keine Antwort.

»Du vermißt vielleicht gar nichts?«

Koptschütteln. Benny lächelte. Das tat er auch nicht, auch wenn er Lunner recht geben mußte, daß Sammy nicht so effektiv war, wie sie anfangs geglaubt hatten.

Lunner erreichte den Impresario und bat ihn zurückzurufen, weil dies – wie er ins Telefon brüllte – ihre absolut letzten Groschen seien, die sie für diesen Hilferuf ausgeben könnten.

Es dauerte ein paar Minuten, dann war Sammy aus Kopenhagen durchgekommen.

»Wo steckt ihr denn?«

»Da, wo der Pfeffer wächst!« schrie Lunner. »Wären wir in Aalborg geblieben, hätten Sie jeden von uns an einem Laternenpfahl vorgefunden. Aufgeknüpft von den Einheimischen. Die Frage ist, was Sie eigentlich treiben, Sammy Danielle?«

Der Impresario erklärte, er habe sich beim Landgericht für eine frühere Gemeindelehrerin eingesetzt, die ihre Beamtenstellung aufgegeben habe, um das Spielen auf Gläsern zu erlernen. Er wolle sie als »Grethe Kolbe des Abwaschs« lancieren.

»Wir sind an der Hungergrenze«, sagte Lunner. »Wir haben nicht eine müde Öre. Sie werden für unseren Tod verantwortlich sein, Danielle, unser Blut wird an Ihren Fingern kleben.«

In seiner Wohnung verfolgte Sammy die konzentrierten, aber wenig erfolgreichen Versuche einer Frau, achtundvierzig Kristallgläsern »White Christmas« zu entlocken.

»Sind Sie noch dran, Sammy?« rief Lunner und stierte in die Dunkelheit, in der das gelbe Tankstellenschild und der schwach erleuchtete Volkswagen die letzten beiden Orientierungspunkte waren.

»Ja, ich bin dran, ich bin dran, mein Freund – aber jetzt hör zu, Schlummermand: Sagen dir die Jivaro-Indianer etwas?«

Lunner starrte ungläubig auf den Hörer.

»Interessante Leute«, fuhr Sammy fort. »Soweit bekannt ist, war dies der einzige Stamm, der Mokassins aus

Bisonhoden herstellte. Und da ihr sowieso in der Nähe von Ferring seid ...«

Lunner fragte müde, was Bisonhoden mit ihrer Situation zu tun hätten.

Der wehrlose Tonfall befeuerte das notorische Engagement des Impresarios, das durch das meiste hindurchging wie ein Schlagbohrer durch eine Reklametafel. Währenddessen erfaßte Lunner zum Gott weiß wievielten Mal die traumatische Erinnerung an ein graugrünes Sparbuch mit den Ersparnissen eines Jahrzehnts, Gedanken an eine Villa am Damhussee, einen Holzgroßhandel mit Filialen und eine Hausfrau am Ende eines langen Eßtischs, an dem auch die Eltern Platz fanden. Alle schauen sie auf Erik Lunnermand, der einen weißen Kittel, eine wertvolle Goldbrille und einen scharfgeschnittenen Schnurrbart trägt und in Seelenruhe sagt: »Wohl bekomm's.«

»Der Komodowaran ...!« rief Sammy in Kopenhagen. »Letzte Saison reiste er mit seinem Diavortrag über diesen prachtvollen Aasfresser kreuz und quer durch die Provinz. Die Leute strömten in Scharen herbei, und warum taten sie das?« Lunner lehnte den Nacken gegen die Milchglasscheibe. Er wußte nichts über den Komodowaran und murmelte, den Tränen nahe, er fände es schwierig, um nicht zu sagen unmöglich, den Zusammenhang zwischen ihrer verzweifelten Situation und einem Aasfresser aus Madagaskar zu erkennen. Es sei denn, es handele sich um reinen Sarkasmus.

»Jungermand«, sagte Sammy begeistert, »das ist eure große Chance, noch ehe wir richtig angefangen haben. Wenn das Publikum so wild auf diese Vorträge ist, verstehst du, dann liegt es daran, daß Bitch die Ware richtig an den Mann zu bringen versteht. Wer, glaubst du, hat ihm die beiden Neger aus Zentralafrika besorgt, als er im Februar in Næstved gastierte? Die hättest du sehen sollen, der eine hatte eine Stricknadel in der Nase. Ich war selbst bei einem Vortrag in der Uni von Kopenhagen, bei dem Bitch sein Publikum mit einem Bericht über die letzten Tage des Dalai Lama in Bann schlug. Unter anderem erzählte er von einem Esel, den die Mönche hatten töten müssen, nachdem er nepalesisches Heidekraut gefressen hatte. Mensch, das ist Weltgeschichte en miniature.«

»Ich weiß überhaupt nicht, wovon Sie reden«, mekkerte Lunner.

»Nein, an den Namen der Pflanze kann ich mich auch nicht erinnern, doch entwickelt sie Bitch zufolge so fürchterliche Gase ... Weltgeschichte ... wußtest du, daß ich mit Nehru befreundet war? Er erzählte mir, daß, wenn ein Hindu stirbt, ein kleiner Spatz kommt und sich ihm auf die Brust setzt.«

»Ihre Piepmätze interessieren mich nicht!« rief Lunner. »Und wer zum Teufel ist Bitch?«

»Ja aber, du kennst doch den berühmten Jørgen Bitch von deinen OTA-Haferflocken. Eine Sekunde, mein Freund ... Frau Jacobsen, mehr Wasser in das letzte Glas, das Sherryglas klingt falsch. Vielleicht sollten Sie die Idee mit dem Badeanzug aufgeben. Sie sind ja auch nicht mehr die jüngste.«

Erst jetzt konnte Lunner den Versuch, auf Kristallgläsern »White Christmas« zu spielen, identifizieren. Die Tränen schnürten ihm die Kehle zu, als Sammy die Frage stellte, die mit der Zeit zu einem seiner Markenzeichen geworden war:

»Hör zu, mein Freund. Könnt Ihr ein bißchen improvisieren?«

Lunner starrte den VW-Bus an, aus dem ein unnatürlich starkes Licht drang.

»Improvisieren?«

»Es ist einfach und sauber, ist Sternenstaub und füllt Papas Jungs die Kasse. Bitch ist der gefragteste Vortragsredner Skandinaviens, und morgen tritt er in Ferring auf. Vor weniger als einer Stunde hat er mich angerufen. Angefleht.«

Lunner murmelte, daß er keine Ahnung habe, wo Ferring liege, und Sammy erklärte in enthusiastischen Wendungen, daß ihnen ein Erlebnis fürs Leben bevorstünde, etwas, daß sie noch ihren Enkeln erzählen könnten. »Stell dir vor, den Augenblick selbst zu erleben, in dem der weltberühmte Abenteurer aus Neuguinea zum ersten Mal seinen rauhen Fuß nach Ferring setzt, dessen Zivilisationsgrad sich kaum von dem derjenigen Orte unterscheidet, die Bitch normalerweise aufsucht.«

Lunner hatte aufgehört, sich zu konzentrieren. Vielleicht war der Hunger in Apathie umgeschlagen. Er bemerkte, daß immer noch ein merkwürdiges Licht aus dem Auto drang, das sich, so weit er sehen konnte, gehoben hatte, so daß es zehn Zentimeter über dem Boden schwebte.

»Wir sprechen hier nicht von Kleinigkeiten«, sagte Sammy, »es dreht sich immerhin um Menschenfresser, echte Kannibalen, junger Freund. Ich weiß, daß sie rohen Fisch von der jütländischen Westküste verzehren, aber ob sie auch ... nein, das glaube ich nicht. Was ich fragen wollte: Könnt Ihr improvisieren?«

»Ich persönlich könnte einen ganzen Ochsen verdrücken«, wisperte Lunner und starrte auf den VW-Bus, der unleugbar zehn Zentimeter über dem Boden schwebte.

»Bist du noch dran, Schlummermand?«

»Mir ist so komisch«, murmelte Erik und dachte an eine Bezirkskrankenschwester in der Familie, die behauptete, das Alter von Menschen an ihren Zungen ablesen zu können. Das war schon an sich eine Bürde, aber nichts im Vergleich zu der Isolation, in der sie bald lebte. Das letzte Foto, das er von der Frau besaß, stammte von einem Familiengeburtstag, an dem zwölf erwachsene Menschen an einer Kaffeetafel saßen und die Zunge herausstreckten.

»Es sieht aus wie ein Raumschiff«, sagte er und schaute verloren in Himmerlands undurchdringliches Dunkel. »Sammy, der VW-Bus schwebt.«

»Was sagst du, mein Freund? Frau Jacobsen, wären Sie so freundlich, mir die Karaffe zu geben? Nein, die mit dem Kirschwein ...«

»Ich sagte, unser Wagen schwebt«, murmelte Lunner tonlos.

»Wie lange hast du schon nichts gegessen, Gunnar?«

»Es stimmt, Sammy. Der Wagen schwebt. Warum arrangieren Sie nicht irgend etwas, warum bekommen wir keine Engagements? Um Himmels willen, Johnnys Auto schwebt. Oder ich halluziniere.«

»Ich tue doch nichts anderes. Und jetzt spreche ich von zwei jämmerlichen Indianern, ich meine das nicht herabsetzend, schon gar nicht, was die Indianer angeht, deren Kultur in jeder Hinsicht so anziehend ist. Wußtest du, Gunnar, daß die Rothäute ihre Geisteskranken verschonen? Hallo, du weinst doch wohl nicht? Aber, mein Lieber, im Mai gibt es ein Angebot von Erik Skjold, und dann warten die Stars auf Johnny & The Hurrycanes. Was könnt ihr noch mehr verlangen? Mehr Wasser auf die Fingerspitzen, Frau Jacobsen. Aber gnädige Frau, ich versichere Ihnen, daß ich die niedrigste Provision in der gesamten Branche verlange. Habe ich jemals die Unwahrheit gesagt? Oh, ihr seid von der nachtragenden Sorte, das wußte ich nicht. Hallo, da oben. Bist du noch dran? Kannst du dir das vorstellen, Lunte? Herrgott, Bursche, ich arbeite mich ab für euch. Ich schufte, bis das Blut unter meinen Nägeln hervorschießt, und jetzt ist auch noch Willumsen tot. Was für ein Verlust für Dänemark. J. F. Willumsen. Und da wir schon beim Thema sind, mit meiner Gesundheit steht es auch nicht zum besten.«

In diesem Moment fiel Erik der Telefonhörer, der wie ein Knochen an einem Hautfetzen hing, aus der Hand, begleitet von fünfzig verstimmten Rotweingläsern, auf denen jemand eine amerikanische Weihnachtsmelodie zu spielen versuchte. Lunner hörte es nicht. Starrte jedoch sprachlos auf die große Flamme, die über Bislev entzündet worden war. Am anderen Ende der Leitung rief Sammy irgendwas über den Komodowaran und den Eisengehalt von Haferflocken, besonders denen von OTA. Sowie über einen tibetanischen Packesel, der Blähungen ohne Ende bekam.

»Denk an Tibet, Schlummer, da kann man glatzköpfige Mönche schweben sehen … bist du noch in der Leitung, mein Freund?«

Ein Luftzug streift durch Lunners Telefonzelle, als ein hellroter Ford Thunderbird vorbeifährt und in zehn Meter Entfernung anhält.

»Also: Lemvigvej Nr. 2, Ferring Badehotel. Eure Kontaktperson heißt Señora Fuente, eine liebenswerte Frau. What a woman! Hast du's, Schlummer? Wenn ich meine Telefonrechnung bezahle, muß der letzte Goldzahn meiner Mutter dran glauben. Vielleicht ist das der Grund, warum sie nie mehr lächelt. Zum Teufel noch mal, Donnermand, jede Nacht schaue ich mit einer Stablampe und einem Spachtel nach, ob im Oberkiefer der Alten noch was zu holen ist. Kann ein Mann tiefer sinken? Du glaubst, du hast es schwer ... Ja, danke, Frau Jacobsen. Ihre Meinung tut hier nichts zur Sache. Hallo ... Gunnarmand?«

Erschöpft beobachtet Lunner das Mädchen, das auf seine Telefonzelle zugeht und die Tür öffnet. Ihre Haare sind trocken, ihre Kleidung perfekt. Sie lächelt ihn an, dreht den Kopf und sagt:

»Er ist hier ...«

»Neuguinea«, antwortet Lunner und sieht, wie das Mädchen den Hörer anhebt und auflegt. Die Verbindung zu Sammy Joshua Danielle wird mit derselben Gnadenlosigkeit unterbrochen, die auch Sigurd Wandy Wehl erleben mußte.

»Bodil«, sagt sie leise, während sie eine kühle Hand in die Zelle hält. »Johnny sitzt drüben im Auto.«

Johnny saß auf dem Rücksitz, der die Form eines Dreipersonensofas und die Farbe von hellrotem Kaugummi zeigte. Lunner steckte den Kopf herein, und für einen Augenblick machte ihn der Geruch schwindlig, ein diskretes, aber unnachgiebiges Parfüm, trocken und intensiv. Es legte sich über sein Gesicht wie ein Schleier, ein Versprechen und ein Flüstern.

Wie ein Negligé aus Delhi, ein Sari auf einem makellosen Körper, der vor dem Leichnam des Fürsten tanzt, bevor dieser in naturweiße Gaze gehüllt, mumifiziert und zum Meer transportiert wird. In aller Verschwiegenheit. Ein Geheimnis, das er mit dem Ganges teilen wird.

»Hast du Benzin aufgetrieben, Johnny?« Lunner musterte den Freund auf dem Rücksitz.

Es war etwas mit seinem Blick. Bislev hatte seine Augen getrübt.

Lunner trat näher heran und wiederholte die Frage.

»Ich habe mit Sammy gesprochen. Hörst du mir zu, Johnny?«

Johnny nickte und sah an Lunner vorbei, als Bodil auf dem Vordersitz Platz nahm.

Sie schenkte ihnen ein Lächeln, das zehn Hektar Land erstrahlen ließ.

»Wie ... wie geht es deinem Vater?« erkundigte sich Lunner teilnahmsvoll.

Sie sah ihn an.

»Ich bin euch nachgefahren«, flüsterte sie. »Ich mußte euch finden und mich bedanken.«

»Bedanken? Wofür?«

»Fürs Leben bedanken.«

Lunner blickte zu Johnny, der sanft lächelte.

Bodil nahm Lunners Hand:

»Ich lausche den Tropfen«, flüsterte sie, »meines alten Lebens. Sie sickern träge aus offenen Wunden. Die nie heilen werden. Aber mein jungfräuliches Gesicht einrahmen.«

Lunner starrte aus der Frontscheibe und hörte nur das schrille Geräusch tausend verstimmter Rotweingläser. Es begleitet die Rettungsleute, die Sigurd Wandy Wehl nach seinem Schlaganfall aus diesem Leben tragen.

Zehn Minuten später war Benny geweckt worden, und Lunner hatte den Volkswagen aufgetankt. Er blickte zu Bodil hinüber, die mit Johnny Händchen hielt. Wie zwei Kinder, die immer noch nicht ihr Geschlecht entdeckt haben. Glücklicherweise stand der Wagen jetzt auf seinen vier Rädern. Lunner schaute zum Rücksitz, auf dem Feo schlief. Die polypenartigen Finger ruhten auf der Steppdecke und glühten wie Neonlichter.

Er ging zu den anderen. Die Stimmung war sonderbar. Selbst der große, stämmige Benny war von ihr ergriffen.

Mein geliebter Toreador … begann Bodil
mach mich wild auf Horizonte
sehnsuchtsvoll wie die Frucht
zwischen deinen Lippen

Ich fülle meinen Rock
mit zitterndem Licht
verborgen in meinem Schoß
unter den Glocken des Morgengrauens

Lunner und Benny blickten sich verstohlen an. Johnny sah schuldbeladen auf den Boden.

Wenn mein Geliebter summt
sinkt die Nacht auf den Fjord
kniet nieder und bittet
um Vergebung

Bodil küßte alle drei auf die Stirn. Sie war entflammt wie eine Fackel. Danach ging sie langsam, wie in Trance, zu ihrem amerikanischen Wagen, dessen Tür sie öffnete, so daß sie einen Schimmer ihrer Welt und einen Blick auf die Berge erhaschten, die sie besteigen würde. »Paß gut auf dich auf«, sagte Benny und winkte familiär. Sie nickte und legte den Kopf in den Nacken.

Rauh singt der Grashüpfer
auf meines Vaters Brust
obwohl in einem Baum verborgen
fand er ihn schließlich

Johnny lief zu ihr. Sie nahm seine Hände.

»Bodil«, sagte er.

»Ich flechte einen Korb aus tausend heißen Seufzern und fange einen Fisch aus Mondscheingewässern. Ich verbrenne eine Strophe, die vom Himmel fiel, verirrter Mond, der an einer Turmspitze festsaß.«

Zwei Minuten später ist sie verschwunden.

Johnny sitzt am Steuer des VW-Busses.

Lange Zeit fahren sie westwärts, niemand sagt etwas. Doch als die Dämmerung sie erreicht, lehnt Benny sich nach vorne und fragt: »Was in aller Welt war eigentlich mit ihr los, Johnny?«

Johnny schmiegt seine Wange gegen die Rücklehne des Sitzes: »Ich tanze allein einen Tango in Schwarz, im Schein ungarischer Lichter, während sie eine Leiter baut, eine schwindelnde Treppe, und ich sie erblicke, von Sternen gekreuzigt.«

Lange Zeit ist es totenstill. Dann sagt Lunner: »Sammy schlug vor, daß wir nach Ferring fahren sollten.«

Fünftes Kapitel

Das Badehotel lag in der Nähe des Gemeindehauses, bei dem sie den Wagen abstellten. Es war später Vormittag, und abgesehen von den üblichen Diskussionen ums Geld beschäftigte sie vor allem das Problem mit Johnny.

Benny konnte es nicht begreifen. Es ging einfach nicht in seinen Kopf hinein. Johnny sagte, er müsse ein wenig allein sein. Aber irgend etwas war mit ihm geschehen. Die Augen waren merkwürdig matt geworden, und sein Blick schien durch denjenigen, mit dem er sprach, hindurchzugehen. Benny wies Lunner darauf hin und deutete an, es handele sich möglicherweise um eine Form von Vitaminmangel. Sie beobachteten ihn, als er mit Feo auf dem Arm zu den Dünen ging. Er hatte sie gut eingepackt. Feo genoß seine Gesellschaft und bemerkte offenbar nicht, daß etwas mit seinen Augen geschehen war.

»Meinen Onkel haben sie mal in ein Krankenhaus in Nykøbing eingeliefert«, sagte Lunner. »Sein Leben lang hatte er hart gearbeitet und an allen Ecken und Enden geknausert, war stets aufs Feld gegangen und bekam Rückenprobleme. Doch am Ende war alles abbezahlt. Nicht ein Möbelstück war auf Raten gekauft. Er hätte sich also zurücklehnen, seinen Ruhestand genießen und sich darüber freuen können, seine bescheidenen, hart erarbeiteten Ersparnisse gut angelegt zu haben. Als plötzlich der Wert seiner staatlichen Prämienschuldverschreibung ausgezahlt wurde. Ein riesiger Gewinn. Das Geld strömte nur so herein. Ich erinnere mich an ein Foto von ihm im Holmbæker Anzeiger, das ihn hinter einem Stapel Geldscheine zeigte. Das Haar ist zurückgekämmt, die Arme hängen schlaff herunter. Sein Blick geht ins Leere. Um ihn herum sitzen seine nicht minder erschütterten Kinder, sieben an der Zahl, samt seiner abgearbeiteten Frau, du kennst diesen Typus, mit Händen wie Baggerschaufeln. Eine Woche später haben sie ihn abgeholt. Jetzt sitzt er auf der geschlossenen Abteilung und sammelt Wäscheklammern.«

Gedankenversunken trotteten sie in das naßkalte Badehotel und baten um ein Gespräch mit Señora Fuente.

Der Mann hinter dem Tresen bewegte seinen Kautabak im Mund hin und her und lehnte sich über die braune Holzplatte hinweg, während er sie mit zusammengekniffenen Augen und offenem Mund in Augenschein nahm. Gewisse Menschen kompensieren ihr schwaches Augenlicht bekanntlich mit dem Öffnen des Mundes. Schwerhörige ebenso.

»Handelt es sich um die heutige Abendveranstaltung?« fragte er verschmitzt.

»Ja«, seufzte Lunner, »unser Agent in Kopenhagen hat uns informiert.«

»Da schau her, in Kopenhagen. Wie ist ... äh, der Name?«

»Erik Lunnermand«, sagte Lunner steif.

Der Mann hinter dem Tresen lutschte an seinem kleinen Bleistift und trug den Namen in ein schmales Notizbuch ein.

»Was, äh, ist Ihre ... Rolle bei der ... äh, Vorstellung?«

»Um das zu besprechen, sind wir hergekommen«, antwortete Lunner.

Der Mann wandte sich zur Seite und spuckte einen

kohlenschwarzen Schleimklumpen in einen zwei Meter entfernten Zinkeimer.

Benny und Lunner wechselten Blicke, als der Mann sagte: »Erster Raum auf der rechten Seite. Zimmer acht. Viel Vergnügen.«

Der letzten Bemerkung folgte etwas, das sich wie ein Kichern oder Wiehern anhörte, vielleicht wie keins von beidem. Polypen geben solche Laute von sich. Besonders in Verbindung mit Hinterzungendialekten.

Ein Geruch nach feuchtem Holz, Mottenkugeln und frischem Hanf erfüllte das Badehotel, das offensichtlich einzig und allein von dem Globetrotter und seinem Sekretär bewohnt wurde. Benny und Lunner betrachteten die hellblaue Tür mit der erdbeerfarbenen Acht, und Benny sagte, Feo vertrüge nicht besonders viel Feuchtigkeit, während Lunner seine Hose hochzog, die Zähne zusammenbiß und aufs Honorar zu sprechen kam.

»Wir fordern einen beträchtlichen Vorschuß«, flüsterte er. »Wir lassen uns nicht über den Tisch ziehen. Wenn wir diesem Bitch aus der Patsche helfen sollen, muß er auch dafür bezahlen.«

»Was sollen wir denn eigentlich machen?« murmelte Benny.

»Ich gehe davon aus, daß wir für den Diaprojektor verantwortlich sind. Uns vielleicht um den Einlaß kümmern, was weiß ich. Laß mich einfach reden, Benny. Ich weiß, wie solche Vorträge ablaufen; ich habe mal einen am Ålekistevej erlebt, in dem es um die Imprägnierung von Kiefernholz ging.«

Lunner klopfte an. Kurz darauf wurde die Tür von einer riesengroßen, sehr dunklen, fremdartigen Frau geöffnet. Sie trug eine Art Poncho und war barfuß. Auf ihrem Kopf saß eine viereckige Kappe, die ein Loch hatte, durch das ihr dichtes, geflochtenes Haar auf ihren breiten Rücken hinabfallen konnte, wo es sich wand wie eine Klapperschlange. Im Mund hatte sie einen Zigarrenstummel, der sich von einem Winkel in den anderen bewegte, während sie ihr kandisfarbenes Gebiß entblößte und ihre pferdeartigen Nasenlöcher blähte; ihre Augen unter den schwarzen Brauen kniff sie fortwährend zusammen und öffnete sie wieder.

Unwillkürlich traten Benny und Lunner einen Schritt zurück.

»Ja?« raunzte die Frau.

»Wir sind ... gekommen ... auf Veranlassung von ... Sammy Danielle«, stammelte Lunner.

»Hat das kleine Erdhörnchen also euch zwei geschickt«, knurrte die Fuente und musterte sie.

Benny nickte.

Sie trat auf den Gang hinaus und ging in gebückter Haltung um sie herum, während sie an ihrem übelriechenden Zigarrenstumpen sog.

Als sie hinter Lunner stand, sagte sie: »Zehn Kronen für jeden von euch. Um Viertel vor sieben seid ihr bereit und bleibt solange, bis man euch sagt, daß ihr nach Hause gehen könnt. Ist das klar?«

Lunner antwortete nicht, doch das tat Benny. In freundlichem Ton erklärte er, daß sie leider keine Ahnung hätten, was man von ihnen erwartete.

Fuente sah ihn eingehend an und trat die Tür zu Zimmer acht vollständig auf. Mit einer kurzen Kopfbewegung wurden sie in den Raum dirigiert, der geräumig und hell war.

Auf einem Bett lagen zwei Leinenhosen, zwei Paar braune Mokassins und ein Holzkästchen. Auf einem kleinen Tisch mit einem Spiegel standen ein schwarzer Koffer mit runden Reiseaufklebern, eine blaue Lampe sowie ein auf einem Stab befestigter haarloser Affenkopf. Benny bekam einen Kloß im Hals beim Anblick des Schädels, dessen Augen ihn anstarrten. Hätte er es nicht besser gewußt, wäre es ihm so vorgekommen, als lächelten sie ihn vertrauensvoll an. Als ob sie mit ihm ein Geheimnis teilten.

»Setzt euch hin!« kommandierte Fuente.

Sie ließen sich auf das weiche Bett fallen.

»Die Klamotten liegen hinter euch, Ihr könnt sie gleich anprobieren.«

Lunner und Benny glotzten die Sackleinenhosen und die braunen Mokassins an. Währenddessen wandte ihnen Fuente den Rücken zu und zündete ihren Zigarrenstumpen mit einem Benzinfeuerzeug an, das aufflammte wie ein Schneidbrenner.

»Darf man fragen … was das hier … zu bedeuten hat?« erkundigte sich Lunner mit schwacher, indignierter Stimme.

Señora Fuente fuhr mit bedrohlicher Geschwindigkeit herum.

»Zu bedeuten?« fauchte sie. »Das hat zu bedeuten, daß ihr zwei Nichtsnutze zusehen sollt, daß ihr in die Klamotten kommt, damit wir sehen können, ob sie euch passen.«

»Ach, wenn's so ist …«, sagte Lunner und stieß Benny in die Seite, während beide in Windeseile damit begannen, sich ihrer Hemden und Hosen zu entledigen.

Señora Fuente wühlte in der Zwischenzeit in einer kleinen, runden Schachtel, während sie unter Flüchen und Verwünschungen beim Waschbecken eine Art Salbe zusammenmixte.

Kurz darauf standen Lunner und Benny mit Leinenhosen und Mokassins sowie nacktem Oberkörper vor ihr.

Fuente sah sie kopfschüttelnd an, doch dann klatschte

sie plötzlich einen großen Klumpen auf Lunners Kopf. Er wurde zehn Zentimeter kleiner.

Es roch kräftig nach Schwefel.

»Schmier dir das in die Haare«, brummte sie und klatschte Benny einen ebensolchen Klumpen vor die Stirn.

Langsam begannen sie, die klebrige, stinkende Salbe in ihre Haare zu schmieren, die schwarzgrün, fettig und steif wurden.

»Streicht sie ganz zurück, ganz zurück!« keifte Fuente und öffnete das Holzkästchen, das auf dem Bett lag. Im Kästchen lag zwölf Tuben mit Fingerfarben.

»Zwei rote Striche über die Nase, einen gelben quer unter den Mund und fünf schwarze über die Brust.«

»Sollen wir ... Indianer darstellen?« fragte Benny freundlich.

»Jivaro!« rief die Fuente. »Hinterher setze ich euch zwanzig Minuten an diesen Tisch, die Lampe geht von selbst aus. Eine Höhensonne. Ihr bleibt hier bis fünf Uhr. Dann kommt Herr Bitch und erklärt euch, was ihr tun sollt. Habt ihr das verstanden?«

Lunner schielte nervös zu Benny, räusperte sich und sagte: »Gewissermaßen ... wie soll ich mich ausdrücken, ist das ja weit von dem entfernt, was wir uns eigentlich vorgestellt hatten.«

Señora Fuente nahm die Zigarre aus dem Mund und starrte ihn ungläubig an. »Was hat er gesagt?« brummte sie vor sich hin.

»Bloß, daß wir eigentlich Musiker sind, The ... Hurry ... canes, wenn Ihnen das ... etwas sagt.«

»Musiker?« Fuentes pechschwarze Augen bohrten sich in Lunner hinein, der im Spiegel über dem Waschbecken einen Ausschnitt von sich zu Gesicht bekam. Eigentlich konnte er sowohl sich selbst als auch den rundlichen, etwas schüchternen Benny sehen, dessen Hautfarbe unter der grünschwarzen Haarmasse besonders bleich wirkte. Erik Lunnermand hatte einmal im Kino einen Film mit dem Titel »Der letzte Mohikaner« gesehen und konstatierte, daß dessen Nachfolger nicht ganz dieselbe Ausstrahlung besaßen.

Er beeilte sich zu sagen, daß sie sich selbstverständlich der Aufgabe stellen würden, da sie schon da seien und ihr Agent es nun einmal so arrangiert habe, wenn sie sich auch in mehrfacher Hinsicht nicht richtig ausgebildet, geschweige denn vorbereitet fühlten, etwas so Fremdartiges wie Jivaro-Indianer darzustellen. »Ich persönlich war immerhin ein paar Jahre bei den Pfadfindern, als Gruppenführer ... dort haben wir ... einander ... indianische Namen gegeben ...« Lunner sah verwirrt vom Boden auf und ließ seine Augen durch den Raum schweifen, um Fuentes Blick zu entgehen. »Ich wurde ... Häßlicher Wolf genannt«, murmelte er kaum hörbar.

Im Raum breitete sich lähmende Stille aus. Lunner sog die Wangen nach innen und schielte auffordernd zu Benny hinüber, in der Hoffnung, dieser könnte das eine oder andere zum Gespräch beitragen.

»Ja, ich ... war nur Ersatzmann ... bei einem Spielmannszug«, murmelte Benny, »Pikkolo ...flöte, und, äh, wir haben ... einander ... keine Tiernamen gegeben. Das heißt, wir hatten einen Trommler, den wir Kruste nannten, aber das ist ja ... kein ... Indianer ...name.«

»Das reicht!« schnaubte Fuente und stieß durch die Nasenlöcher zwei identische Rauchwolken aus.

Eine Minute später knallte sie die Tür zu und stampfte zielbewußt die Treppe hinunter.

Erneut breitete sich Stille aus. Weit entfernt konnten sie

das Rauschen der Nordsee vernehmen, irgendwo im Hafen stieß ein Fischkutter gegen den Kai.

Benny starrte verloren den kleinen Affenkopf an, der neben der Höhensonne stand. Fast schien es so, als sei in die kleinen, stechenden Augen ein Leuchten getreten.

»Es hätte schlimmer kommen können«, sagte er leise.

Lunner kreuzte die Arme.

»Du findest, es hätte schlimmer kommen können?« stieß er mit einem kleinen hysterischen Lachen hervor. »Hast du dich im Spiegel gesehen? Fünf schwarze Striche über der Brust, zwei rote über der Nase. Zwanzig Minuten vor dieser Lampe. Jivaro-Indianer, zehn Kronen für jeden von uns. Und du meinst, es hätte schlimmer kommen können? Wo zum Teufel ist dein Stolz geblieben, Benny?« Lunner schaute aus dem Fenster. »Wenn ich das nächstemal Herrn Danielle treffe, das nächstemal diesem Hochstapler gegenüberstehe, dann ... ja, dann weiß ich nicht, was ich tue.«

»Glaubst du, das ist ein echter Affenkopf?«

»Mein Gott, Benny.«

Der Vortrag begann um Punkt neunzehn Uhr, doch um halb sieben war der Gemeindesaal bis auf den letzten Platz gefüllt.

Neben dem Rednerpult saß der Abenteurer Jørgen Bitch in seinem eleganten Safarihemd und mit einem kleinen babyblauen Halstuch. Er sah phantastisch aus. Mit unglaublich braungebrannten Knien.

Viele Zuhörer blieben am Eingang stehen und betrachteten die beiden stummen Türwächter, die ihre Arme gekreuzt hatten und starr in die Luft schauten. Vor allem Kinder und Jugendliche.

»Wie seid ihr so rot im Gesicht geworden?« fragte ein Junge.

»Wir haben vor der Höhensonne gesessen«, antwortete Benny freundlich.

Lunner starrte ihn entgeistert an.

Um Punkt sieben Uhr wurden die Türen geschlossen, und kurz darauf konnten Benny und Lunner den tosenden Beifall hören, als der Globetrotter hinter das Rednerpult trat.

»Die Scheidegrenze zwischen Leben und Tod, meine Damen und Herren«, begann er bühnenerfahren, »ist manchmal hauchdünn.«

Ein nachdenkenswerter Beginn vor einem Auditorium, das mit dem schwankenden Fischereigewerbe dieselbe Erfahrung gemacht hatte. Doch dann widmete sich Bitch den Reisen von Christoph Kolumbus sowie seinen eigenen Unternehmungen.

Draußen, in der Märzkälte, standen die beiden hartgeprüften Abgesandten des Jivaro-Stammes und versuchten die Körperwärme zu bewahren, indem sie auf den Boden stampften.

»Hast du wirklich Häßlicher Wolf geheißen?« fragte Benny.

Lunner antwortete nicht, sondern legte sein Ohr an die Tür.

»Die Indianer der argentinischen Pampa«, rief Bitch aufgeräumt, »jagen wilde Lamas zu Pferd und mit Wurfspeeren.« Er hatte die Zuhörer wie immer völlig in der Hand.

In diesem Moment sah Benny den wohlbekannten VW-Bus auf der linken Seite neben das Gemeindehaus rollen.

»Johnny«, murmelte Lunner.

Drinnen sagte der Globetrotter: »Die Einwohner Feuerlands gehören zu den primitivsten Völkern dieser Erde ...«

Benny beobachtete Johnny, der in der Dämmerung auf das Wagendach kletterte. Er hatte Lunners elektrische Gitarre auf dem Rücken, die durch ein Kabel mit ihrem neuen Verstärker verbunden war.

»Was macht er da?« flüsterte Lunner.

»Er sieht phantastisch aus«, sagte Benny lächelnd und sah, wie sich Johnny breitbeinig in Positur stellte.

»Ich war so lange da draußen, daß ich glaubte, es gäbe keinen Rückweg mehr!« rief Bitch. Als Johnny den ersten Akkord anschlug. e-Moll. Wie das Nordlicht legte er sich über den Strand von Ferring.

Dann kam der Gesang:

Einfach durch den Regen bummeln
und sich treiben lassen
vergessen, daß man existiert,
wenn das Herz auch schmerzt

Benny starrte begeistert auf die Gitarre und auf Johnny. Lunners Mund stand offen. Im Gemeindehaus herrschte Totenstille.

Die Leute schauen durch die feuchten Scheiben
hinaus, ohne zu verstehen,
schütteln sie leicht die Köpfe,
was fällt dem Kerl nur ein?

In dieser Sekunde wußte Benny, daß Johnny viel weiter gegangen war, als Jørgen Bitch jemals gelangen würde. Seine Stimme kam aus dem tiefsten Dschungel, die Musik erklang vom entferntesten Gebirgspaß. Und sie riß die Menschen mit, denn obwohl sie ihr Leben lang in der Fensternische gesessen hatten – Schwiegermutters spitzer Zunge ausgesetzt, im Schlagschatten eines Weihnachtssterns –, so erinnerte sie Johnny doch an irgend etwas: eine Reise nach Kopenhagen, ein Blick in der Straßenbahn, ein Koffer im Foyer, ein Kuß auf die Wange im Treppenhaus. Auf der Zungenspitze: eine Ahnung unerreichter Horizonte. Zwei blasse Muschelschalen auf der Zimmerkommode eines Mädchens. Aloha!

Doch der kleine, paralysierte Lunner hatte nur Augen für die Räder des Volkswagens, die fünf Zentimeter über dem Boden schwebten. Aus unbegreiflichen Gründen löste dieser Anblick bei ihm nichts als Gereiztheit aus.

In diesem Moment öffneten sich die Türen. Ein zutiefst verstörter Jørgen Bitch stierte auf den Weg, auf Johnny und den Wagen. Selbst die Knie strahlten Enttäuschung aus.

»Was hat das zu bedeuten?« murmelte er, als die Leute ihn von hinten über den Haufen rannten.

Persönliche Abneigungen waren ihm nicht fremd, und der Anblick der hemmungslosen Westjütländer löste bei ihm eine Erinnerung an die Aborigines von Queensland aus, die sich als ziemlich unsympathisch erwiesen und mit ihren Bumerangs drohten, nachdem Bitch und seine zwei Fotografen ein Feuer unter dem Topf mit Haferflocken entfacht hatten.

»Ihr seid schlimmer als die Wilden!« rief er wutentbrannt. »Hier legt man euch die ganze Welt zu Füßen, die alte Welt, die Ureinwohner und den Orang-Utan, Feuerland, Borneo und fünfzehn Rabattmarken für OTA-Haferflocken, und ihr laßt euch von einem Mann auf einem VW-Bus den Kopf verdrehen. Welch verschenkte Genußsucht. Ich sehe den Untergang dieses Volkes. Das ist geistige Tollwut. Der Geifer steht um euren Mund. Dänemark versinkt wie die Titanic, zum Klang von Popmusik.«

Zweitausend Dias erwarteten sie, aber sie waren nicht in der Lage zu warten. Wie beleidigend. Einen kurzen, fürchterlichen Augenblick lang kam dem Globetrotter das Erlebnis in den Sinn, das für ihn die größte historische Dimension gehabt hatte: Nach einer fünfwöchigen strapaziösen Reise war er zum Drepungkloster in Lhasa vorgestoßen, wo sich die Lotosblüten auf dem Wasser des Sees entfalteten und der Dalai Lama sich in dieser für ihn so schweren Zeit aufhielt. Dem Globetrotter waren fünfzehn Minuten mit dem geistlichen Oberhaupt Tibets gewährt worden, der die Begegnung einleitete, indem er einen Becher Pfefferminztee leerte und fragte:

»Wie oft hintereinander sind Sie in der Lage zu rülpsen?«

»Ich rülpse nie«, hatte Bitch in dem tapferen Versuch, nicht beleidigt zu wirken, geantwortet.

»Dann besitzen Sie keine Kontrolle über Ihre Atmung. Verlassen Sie unverzüglich Buddhas Tempel.«

Da stand der Abenteurer nun mit fünfundsiebzig Kartons Haferflocken, fünfzehn pakistanischen Trägern und einem fortwährend furzenden Esel. Sollte denn alles davon abhängen, wie oft er rülpsen konnte?

»Einen Augenblick, Eure Eminenz!« rief der Globetrotter verzweifelt, während er fieberhaft im Taschenreiseführer über Tibet blätterte.

Der Dalai Lama ließ auf der Stelle einen Mönch in orangefarbenem Gewand kommen, der sogleich anfing, in einem fort zu rülpsen.

Es sollte ein historischer Tag werden, den Bitch nie wieder vergaß. Denn am selben Nachmittag des 17. März landeten zwei chinesische Mörsergranaten im Lotossee.

»Mein Exil ist nah«, sagte der Dalai Lama. (Es dauerte doch noch drei Jahre, bis eine Flucht notwendig werden sollte.) Drei Wochen lang wurden der Dalai Lama, neunundachtzig intellektuelle Mönche und der Globetrotter Jørgen Bitch in der Mahakala-Kapelle belagert. Sämtliche Träger hatten sich aus dem Staub gemacht, zurückgeblieben waren einzig der magenkranke Esel sowie fünfundsiebzig Packungen mit Haferflocken. Und genau diese Flocken bedeuteten ihre Rettung während der Belagerung – genauer gesagt, die Haferflocken vermischt mit ein wenig »Tsampa«, aus gerösteter Gerste gemahlenem Mehl, dem Nationalgericht der Tibeter. Der einzige, der bei dieser Angelegenheit sein Leben lassen mußte, war der Esel, und er fiel durch die Hand eines der Mönche, die das ewige Furzen des Tieres beinahe ins feindliche Lager getrieben hätte.

»Ich war es, der den Dalai Lama rettete, ich und OTA, aber davon wollt ihr nichts wissen, ihr Ignoranten!« rief Bitch verbittert.

Nur seine beiden treuen Jivaro-Indianer hörten ihm zu. Sie waren es auch, die ihn zurück zum Badehotel eskortierten, wo er ihnen, völlig ausgelaugt, einige Zehn-Kronen-Scheine sowie eine Dose mit Reinigungscreme gab.

»Ich saß einmal in einem Kochtopf auf Borneo«, flüsterte er Benny zu. »Aber das hier ... das ist schlimmer. Seid so nett und helft mir ins Bett. Stellt euch vor, die Tibeter bezeichnen mich bis auf den heutigen Tag als ›Tulku‹, die Reinkarnation eines Weisen. Und dann passiert einem so was.«

Es war ein rührender Anblick, wie die teilweise demaskierten Indianer den berühmten Abenteurer ins Bett brachten, der sich mit einer seiner faszinierendsten Reiseerinnerungen bedankte: der Ankunft auf den Solomon Inseln, wo er die ersten Skelette entdeckte. »Menschenfresser«, flüsterte er, worauf die Farbe auf seine Wangen zurückkehrte. »Geleitet von meinem untrüglichen Instinkt, durchdrangen wir den dichten Dschungel, bis wir Angesicht zu Angesicht mit diesem Urvolk standen, besser bekannt als Schrumpfköpfe.«

Lunner seufzte teilnahmsvoll und füllte warmes Wasser in die Wärmflasche.

»Da rutscht selbst dem größten Abenteurer das Herz in die Hose, die Zeit steht still. Wir wußten, daß wir fünftausend Jahre zurückgegangen waren. Der Bericht von dieser Heldentat wird sich über fünf Packungen erstrecken.«

»Fünf Packungen, Herr Bitch?« fragte Lunner.

»OTA-Haferflocken.«

Benny fragte friedfertig, ob der Affenkopf ein Andenken von dieser Reise sei.

Bitch nickte und rollte mit den Augen.

»Ich könnte die haarsträubendsten Geschichten erzählen«, sagte er und drehte sich zur Seite, so daß Lunner ein Kissen hinter seinen Rücken legen konnte.

In diesem Moment wurde die Tür mit gewaltiger Kraft aufgestoßen.

Benny und Lunner schraken zusammen und starrten auf Señora Fuente, die die gesamte Türöffnung ausfüllte. In der Hand hielt sie einen Schneebesen.

»Nicht jetzt, meine Liebe«, stöhnte Bitch. »Wie du siehst, haben wir Gäste bekommen. Diese zwei liebenswürdigen jungen Männer haben mir ins Bett geholfen. Du kannst dir nicht vorstellen, was ich durchmachen mußte. Die Leute haben mich einfach stehenlassen, mitten während des Vortrags. Ich hätte sie mit in den Dschungel nehmen können. Für nicht einmal fünf Kronen hätten sie die Schrecken Neuguineas kennengelernt, aber sie wollten nicht. Sie wollten lieber hinaus auf die

Straße. Hinaus zu irgendeinem Wilden mit einer elektrischen Gitarre.«

Die Fuente nahm eine braune Medizinflasche, füllte einen Eßlöffel mit etwas, das wie Hustensaft aussah, und flößte dies Bitch vorsichtig ein, der nickte und die Augen schloß.

»Ach ja«, seufzte er, »ach ja. Ich verstehe die Tellerneger in Zentralafrika weitaus besser als diese Westjütländer. Fast hätte ich gesagt, diese Schrumpfköpfe.«

Señora Fuente, die ihre Haare jetzt offen trug, sah Benny forschend an, der sich studiert fühlte wie eine Speisekarte.

»Ein Spiel ... Canasta«, fauchte sie und knallte einen Stapel Spielkarten auf den Tisch. Worauf sie ihr mächtiges Haupt zurücklegte und schallend lachte.

»Ach ja«, stöhnte Bitch, »leistet ihr doch ein bißchen Gesellschaft. Viele Menschen macht der Müßiggang so ruhelos. Ich glaube, das innerste Wesen des Reisens ist die Suche nach dem verlorenen Selbst. Nach dem brennenden Verlangen, das wir so banal als Heimweh bezeichnen. Wenn man Auge in Auge mit den australischen Ureinwohnern steht und ihre weißgekalkten Gesichter betrachtet, erinnert man sich plötzlich an einen Oktobertag in Kerteminde. Viele dieser Australier sprachen übrigens ausgezeichnet Deutsch. Aber widmet euch ruhig dem Kartenspiel, das hört sich sehr gemütlich an.«

Benny sagte, er könne nur Mau-Mau.

»Rachel ist eine Frau, die einen ganz besonderen Mann braucht«, seufzte Bitch nicht ohne ein gewisses Selbstvertrauen.

»Dompteur ist wohl der passende Ausdruck«, murmelte Lunner, während er Benny beobachtete, der mit einem Weltuntergangsgesicht durch den Raum tigerte.

»Also gibt es keinen Ausweg«, bellte die Fuente und griff ihm ans Kinn, »dann spielen wir Bolivianisches Mikado.«

»Machen wir«, krächzte Benny, der sich vage an eine Art Stäbchenspiel aus seiner frühen Jugend erinnerte.

»Fuente ist am Rio Grande in Bolivien aufgewachsen«, erklärte Bitch, der immer noch mit geschlossenen Augen im Bett lag.

»Genau«, knurrte die imposante Frau, »Rio Grande.« Sie rollte die R's ganz gewaltig und nötigte Benny, sich hinzusetzen. Während sie knurrte, nahm sie ein leberfarbenes Etui zur Hand, das sie über dem flachen Couchtisch ausleerte. Die nadelspitzen Stäbchen waren allesamt schwarz.

»Ebenholz«, sagte sie und entblößte erwartungsvoll lächelnd ihre braunen Zähne.

»Man schichtet sie folgendermaßen aufeinander … und dann kommt es darauf an, das rote Stäbchen so zu plazieren, daß der Stapel nicht einstürzt, damit die Stadt nicht verbrennt und der Rio Grande nicht austrocknet. Damit das Land von Tod, Pest und Cholera, Ungeziefer und Syphilis verschont bleibt. Schande über den, der die Götter weckt!« Sie schüttelte so gewaltig den Kopf, daß ihren Lippen ein schnarrender Laut entfuhr: »Du zuerst, Dicker.«

»Aber wo … wo ist das rote Stäbchen?« stammelte Benny und schielte zu Lunner, der sich am Lager des Globetrotters zu schaffen machte.

Bitch hatte im Schrank eine halbe Flasche Jack Daniels entdeckt, mit dem er sich den Mund ausspülte. Eine Angewohnheit, die er sich in Tasmanien zugelegt hatte und im übrigen mit Humphrey Bogart teilte, der den Whisky allerdings nicht wieder ausspuckte.

»Das rote Stäbchen«, zischte Fuente, »ist hier!«

Benny fuhr herum und starrte wie gelähmt auf die Frau, die mit einem Griff das Stäbchen, das den Affenkopf fixiert hatte, aus dessen Schädel herauszog.

Drüben beim Waschbecken trank Lunner gerade direkt aus dem Hahn.

»Allez!« rief die Fuente.

»Um was spielen wir?« fragte Benny kaum hörbar und glotzte das rote Stäbchen an.

»Um deinen ... oder meinen ... Kopf, um alle Köpfe«, sagte Fuente und nuckelte an ihrem Zigarrenstummel. »So sind die Regeln beim Bolivianischen Mikado.«

Währenddessen erzählte Bitch dem aufmerksamen Lunner von seinem sonderbaren Leben; dieser revanchierte sich mit kleinen Erlebnissen aus dem Holzhandel am Damhussee, bevor er zu Jaroslaw überging, seinem leiblichen Vetter zweiten Grades aus Bialystok in Polen, der nicht nur als eleganter Mazurkatänzer, sondern auch als großer Briefmarkensammler bekannt war.

»Erzähl mir mehr von deinem Vetter aus Bialystok«, sagte Bitch und gurgelte.

Lunner setzte sich auf die äußerste Stuhlkante und beobachtete, wie Benny das rote Stäbchen mitten in die Pyramide steckte. Señora Fuente legte den Kopf in den Nacken und knirschte mit den Zähnen.

»Jaroslaw«, begann Lunner, »gab jeden Zloty, den er verdiente, für Briefmarken aus. Für seine Sammlung polnischer Nationalmarken war er im ganzen Land bekannt. Doch Jaroslaw hatte einen Traum, eine glühende, wahnwitzige, fixe Idee, die ihn niemals losließ, sondern wie ein Alptraum verfolgte.«

Bitch setzte sich auf.

»Er wollte sich das Geld für eine ungestempelte polnische Briefmarke zusammensparen, nämlich die, die Jan den Dritten Sobieski zeigt, wie er den türkischen Angriff auf Wien im Jahre 1683 abwehrt. Eine große dreieckige Marke ohne Zacken. Vetter Jaroslaw spart, wo er nur kann. Er hat Frau und Kinder, fünf insgesamt, von denen zwei in einer Schwefelsäurefabrik arbeiten. Die bescheidenen Überschüsse legt er auf die hohe Kante, aber natürlich gibt es auch viele Jahre, die keinen Gewinn einbringen, und so vergeht die Zeit. Doch Jaroslaw ist besessen von seinem Ziel. In seinem neunundvierzigsten Jahr reist er nach Warschau, er trägt seinen einzigen Anzug, seine besten Schuhe und den Hut seines Vaters. Seine Frau steht mit den Kindern am Bahnhof. Diesen Tag wird niemand von ihnen jemals vergessen. Bei sich trägt Jaroslaw den Ertrag von fünfundzwanzig Jahren harter Arbeit. Ihr gesamtes Vermögen. Jaroslaw ist zum ersten Mal in der Hauptstadt, in der er bei entfernten Verwandten übernachten will, bevor er fünf Tage später, mit dem Dampfzug, in das kleine Bialystok zurückkehren möchte. Doch zuvor sucht er natürlich das große Gebäude auf, in dem die berühmte Briefmarke zusammen mit anderen Wertgegenständen in einem Schließfach liegt. Der bettelarme, aber sparsame Bauer nimmt Haltung an, als er vor dem Schalter steht. Was für ein Augenblick für diesen Mann. Er ist sein Leben lang niemals von zu Hause fort gewesen, und jetzt steht er hier, mitten in Warschau, und kann sich von seinem eigenen Geld die einzige ungestempelte Marke kaufen.«

Bitch nahm einen großen Schluck Bourbon.

Lunner fuhr fort, während er verstohlen zu der Fuente hinüberblickte, die auf dem Boden kniete und von unten in das Stäbchenlabyrinth hineinschaute.

»Das Geld landet auf dem Tisch. Der alte Mann hinter

dem Schalter hat noch nie so viele krause Zlotyscheine gesehen. Der Chef wird gerufen, das Schließfach geöffnet und die historische Briefmarke aus zerknittertem Pergamentpapier ausgepackt. Jaroslaws Hände zittern, als sie sanft über das Motiv gleiten. Sein Mund ist trocken, die Bewegung übermannt ihn fast. Er denkt an seine Frau, seine Kinder und die vielen Entbehrungen, die sie wegen dieser Marke hatten in Kauf nehmen müssen. Und er vergleicht sie unwillkürlich mit Sobieskis Heer, das im tapferen Kampf gegen die Türken 1683 auch große Verluste hinnehmen mußte. Das Geld verschwindet in der Kasse und die Briefmarke in einem Umschlag, den Jaroslaw behutsam in die Innentasche seiner Jacke steckt. Zurück in seiner Kammer, schreibt er einen langen, rührenden Brief an seine Frau und die Kinder, die zu Hause auf dem Kartoffelacker arbeiten. Seine Frau liest ihn am Abend im Kreis der Kinder vor: seine malerischen Beschreibungen der Plätze der Großstadt, der verrauchten Kneipen und der unfaßbaren Schönheit des Flusses, der Brücken und der Altstadt, des Lebens und der Menschen, all dessen, was er gesehen hat. Es ist ein langer Brief, ganz ungewöhnlich für den sonst so wortkargen Jaroslaw. Die Kinder sind natürlich außer sich vor Begeisterung, doch die Ehefrau ist auffallend schweigsam, als sie sie ins Bett bringt, eines nach dem anderen.

Als im Haus endlich Ruhe eingekehrt ist, zündet sie die Kerzen des Leuchters an, der auf dem Eßtisch steht, und holt das Kuvert aus Warschau wieder hervor – nicht den Brief, den kann sie auswendig –, nur den Umschlag. Lange Zeit sitzt sie beim Lichtschein der Kerzen und betrachtet die historische Briefmarke, die Jan den Dritten Sobieski zu Pferd bei der Verteidigung von Wien zeigt. Ein Großteil des Motivs ist durch den riesigen Stempel, der auf die Briefmarke gehämmert wurde, für immer unkenntlich geworden. Tränen rinnen ihre Wangen hinab. Sein ganzes Leben lang hatte sich ihr Mann für diese Marke geplagt und geschunden, und als er sie endlich in der Hand hält, geht er zur Post und läßt sie abstempeln. Mit Datum und Uhrzeit, die das Joch der Familie für alle Zeit zu besiegeln scheinen.«

»Was für ein wahnwitziger Mensch«, stöhnte Bitch.

»Wahre Liebe«, sagte Lunner träumerisch. »Sich vorzustellen, daß Jaroslaw so weit fortging und so viel seiner Ersparnisse opferte, um seiner Frau zu sagen, wie sehr er sie liebe.«

Jørgen Bitch blickte lange zur Decke und hielt den Mund halb geöffnet. Sämtliche Wolken, unter denen er gereist war, zogen von rechts nach links an ihm vorbei. Der Sternenhimmel kam und ging, Meteore erglühten und verloschen, Ureinwohner verschwanden, und elektrische Leitungen wurden verlegt.

Dann nahm er schließlich Lunners Hand und küßte sie sanft.

»Danke, mein Freund«, flüsterte er, »danke für die Geschichte.«

Es ist schon spät, als Lunner und Benny durch das verlassene Fischerdorf schlendern. Sie tragen ihre eigene Kleidung und haben gewaschene Haare. Niemand, der sie sieht, kann sie auch nur im entferntesten mit Angehörigen der Jivaro-Indianer verwechseln.

Erik Lunnermand geht mit raschen Schritten, sein Rücken ist gestrafft und der Blick auf die Unendlichkeit gerichtet.

Hinter ihm trottet Benny mit einem Affenkopf auf einem Stäbchen.

Sechstes Kapitel

Es war Anfang Mai, als Benny die Welt entdeckte. Die Voraussetzung dafür, daß man die Welt entdeckt, ist bekanntlich, daß man sich selbst entdeckt, und das geschah im Wirtshaus »Gummimann«, das sich damals in der Østergade, unweit des Museums mit den hübschen Gemälden befand. Er selbst formulierte es folgendermaßen: daß man allmählich eine Vorstellung davon gewinnen würde, was der Himmel mit einem vorhabe. Und da es ihm nicht lag, sich schwülstig oder abgehoben auszudrücken, war dieser Satz Wort für Wort entstanden, genau wie tausend klitzekleine Tropfen tausend verschiedener Kerzen von der Art, wie er vor vielen Jahren eine für seine Schwester angefertigt hatte. Zu behaupten, Benny sei mit einem Mal gläubig geworden, wäre sicher falsch. Direkt befragt, hätte er sich vermutlich zum christlichen Glauben bekannt, wenn er dabei auch nichts anderes im Kopf gehabt hätte als die Erinnerung an einen Adventskalender. Als er fünf Jahre alt war, schenkte ihm die Mutter ein vorweihnachtliches Bastelset, das Pappteile verschiedener Größe enthielt, die sie in den Dämmerstunden zur gemütlichen Begleitung von Helmut Zacharias' Orchester falteten und zusammenklebten. Und genau am 1. Dezember konnten sie das Resultat bewundern, das von da an, in bezug auf seinen biblischen Gehalt, zu Bennys Sixtinischer Kapelle wurde. Die Farben um die Türchen herum hätten wirklich von Michelangelo oder von Raffael stammen können, wenn auch die um die Krippe versammelten Weihnachtsmänner in die Irre zu führen schienen. Von bleibendem Wert dagegen waren die exotischen, mit Glitter bestreuten Dromedare und nicht zuletzt das milde Antlitz Gottes, das zwischen den goldenen Sternen des Orients schwebte, ein alter Mann mit roten Posaunenbacken und einem Mund, der sich öffnen ließ, so daß man hinter der Tür Nr. 24 das Gelobte Land der Weihnachtsgeschenke erblicken konnte. Benny dachte unwillkürlich, daß die verschämte Jungfrau Maria doch Ähnlichkeit mit seiner Mutter habe, wie sie zwischen den Tieren des Stalles und mit einer Neonröhre über dem Kopf dastand. Wie er also unversehens über den himmlischen Plan nachdachte, bezog er sich auf dieselbe gütige Vorsehung wie Birthe Wilke in der Landplage »Que sera sera«.

Er spürte, daß er einen Pakt mit der Natur eingegangen war, als hätte er Zugang zu einem Park gefunden, einem heiligen Ort, an dem man als neues Mitglied achtgeben mußte, daß man die Ordensregeln nicht verletzte. Demzufolge setzte er seine Füße auf neue Art und Weise voreinander, und sein einst so freundlicher Blick hatte etwas Träumerisches und Nachdenkliches angenommen. Merkwürdig genug wurde die neue Erkenntnisfähigkeit von einer Art Wachstumsschmerz zwischen den Schulterblättern begleitet. Die Mutter hatte oft unter Rückenschmerzen gelitten, die sie mit Tabletten oder einer Wärmflasche zu lindern versuchte. Häufig hatten diese Abendstunden zu den gemütlichsten gehört, die sie gemeinsam verbrachten – wenn sie mit der Wärmflasche auf der Couch lag und Benny bat, die Zeitung zu holen, um ihr Horoskop vorzulesen. In der Regel konnte er das, was sie erwartete, gefahrlos vorlesen, war sich aber mitunter der Notwendigkeit bewußt, den Wortlaut ein wenig zu verändern, um der Mutter nicht alle Hoffnung zu rauben. Später hatte die Mutter eine ganz besondere blauviolette Lampe angeschafft, die sie auf den Eßtisch stellte. Das gesamte Wohnzimmer wurde durch sie in ein heilendes Licht getaucht, das ihnen der Mutter zufolge dieses und jenes vom Hals hielt – Skorbut und Kröpfe, Schwermut und Rheumatismus. Und eines violetten Abends äußerte sie, daß sie laut dem großen chinesischen Horoskop im Sternbild der Ziege geboren sei, was auf einen gewissen Pessimismus hindeute sowie die Neigung, sich zu beklagen. Sie bat Benny, ihr aus dem schmalen Buch vorzulesen. Es zeigte sich, daß die Ziege es liebte, im Mittelpunkt zu stehen und das Leben zu genießen, den Chinesen zufolge jedoch Entscheidungsschwierigkeiten besaß. Am selben Abend nahm Benny das Buch mit auf den Dachboden, wo er auch die blauviolette Lampe vor Feo aufstellte. Sie trug die Sonnenbrille ihrer Mutter, und Benny stellte fest, daß er offensichtlich im Zeichen der Ratte geboren war. Er nahm davon Abstand, diesen Sachverhalt zu vertiefen, vermutete jedoch, daß für chinesische Ratten besondere Regeln galten.

»Schläfst du?« fragt Lunner in der Grünanlage, die sich gegenüber dem Dom von Viborg befindet.

»Manchmal habe ich so ein merkwürdiges Gefühl. Kennst du das auch, Lunner? Als ob man dasselbe schon einmal erlebt hätte.«

»Das heißt Déjà-vu-Erlebnis«, sagt Lunner müde. »Ich habe davon im Radio gehört, es beruht auf einer vollkommenen Sinnestäuschung. Das kannst du dir aus dem Kopf schlagen, Benny.«

»Aber das ist kein gewöhnliches Déjà-vu-Erlebnis«, antwortet Benny.

»Laß es gut sein, Benny«, seufzt Lunner, »ich kenne

das in- und auswendig. Du glaubst, du hast irgendwas schon einmal erlebt, siehst z. B. einen Würstchenstand in Randers und bildest dir ein, genau denselben Würstchenstand mit genau demselben Würstchenverkäufer schon in Aalborg gesehen zu haben. Das bezeichnet man als Déjà-vu-Erlebnis, und das ist eine Sinnestäuschung. Ein Kurzschluß im Gehirn. Du bist ja wohl nicht klüger als die Wissenschaft.«

»Ja, aber mein Déjà-vu-Erlebnis ist genau umgekehrt, Lunner.«

»Hör jetzt auf ...«

»Meins geht andersrum, ich kann etwas vorhersagen, das später erst geschehen wird. Es ist schwierig zu erklären, aber wenn wir etwas erleben, dann sage ich mir: das habe ich vorher gewußt.«

Lunner sieht ihn unverwandt an.

»Ich will lieber von Budolfi reden«, sagt er. »Budolfi, Benny. Sie ist es, deine Schwester, sie hat dich angesteckt. Es läuft mir eiskalt den Rücken runter, es schnürt mir die Kehle zu. Versteh mich nicht falsch, aber wenn kluge, sehr kluge Menschen plötzlich solche Fähigkeiten entdecken, plötzlich Dinge wahrnehmen, die für uns andere im verborgenen liegen, dann findet man das unglaublich, imponierend und großartig. Aber wenn diese Form der Weisheit von einer Geistesgestörten kommt, dann nimmt mir das einfach den Atem, Benny, das macht mich ganz fertig.«

Benny schüttelt abwiegelnd den Kopf.

»Das hat nichts mit Feo zu tun, und außerdem ist das doch sehr angenehm. So kann man sich schon vorher auf die Dinge einstellen.«

»Okay, Benny: Was also wird mit mir geschehen?«

Lunner verschränkt die Arme.

»Ich habe keine Ahnung«, sagt Benny mit bescheidenem Lächeln. »Ich mache mir eher Sorgen um Johnny. Deine Wünsche werden sich schon erfüllen. Außerdem soll man nicht so viel ans Geld denken.«

Lunner und Benny hatten eine Art Anstellung in einem Milchgeschäft bekommen, für das sie Eis am Stiel ausfuhren. Dem vorausgegangen waren vier Wochen mit sehr wechselhaftem Glück, wie Benny es formulierte. In Herning, Ikast, Silkeborg, Randers und Horsens hatten sie als Fahrradkuriere, Tellerwäscher und Fensterputzer gejobt und zwischendurch vor den Höfen gesungen. Sie waren entlassen, gefeuert, in die Wüste geschickt und aus Fredericia mit der Aufforderung verwiesen worden, sich ja nicht wieder blicken zu lassen. »Das also ist der steinige Weg der Kunst«, hatte Lunner festgestellt, als er nach einem Solo von fünf einheimischen Halbstarken fast gesteinigt worden wäre.

Er verschwieg ein Erlebnis intimerer Art: Als Fensterputzervertreter beim berühmten Sanatorium von Silkeborg war er ein Panoramafenster entlanggerobbt, das er diensteifrig mit einem gelben Putzleder bearbeitete. Da entdeckte er eine Frau, die ausgestreckt und mit einem weißen Handtuch über den Hüften auf dem Bauch lag, samt einer anderen, sehr kräftig gebauten, die einen weißen Kittel trug und der Patientin den Rücken massierte. Lunner starrte fasziniert auf die energische Masseuse und fiel mit seinem Fensterleder unwillkürlich in denselben Rhythmus. Er knetete und rubbelte, rollte mit den Knöcheln und drückte mit den Daumen. Der Schweiß stand ihm auf der Stirn. Doch plötzlich bemerkte er, daß die Frauen ihn anblickten. Sie reden über mich, dachte er mit zusammengebissenen Zähnen. Ungeniert führen sie ein eingehendes und vielleicht kritisches Gespräch über meine Arbeit. Und hier liegt man, in einem Winkel von fünfundvierzig Grad, und rubbelt, bis die Knöchel Krampfadern bekommen. Ich sehe die Bewegungen ihrer Lippen und bin ihren unverschämten Blicken ausgesetzt.

Gereizt wrang er den Lappen aus, sah zu seiner Verwunderung, wie die Masseuse das Handtuch von den Hüften der Patientin entfernte, und machte eine ähnliche Geste.

Die Frau auf der Pritsche setzte sich auf. Lunner starrte auf ihre Brüste, die ihm höchst regelgerecht vorkamen, anatomisch gesehen. Was man in einem Sanatorium vielleicht nicht erwarten sollte.

Die Masseuse nahm sich jetzt der Schulterpartie an, während Lunner verwirrt bis zum Oberlicht krabbelte, von dem aus er direkt in den Raum hinabschauen konnte. Beide Frauen sahen zu ihm auf. Ihre Blicke waren erwartungsvoll.

Eine von ihnen, die schlanke mit den korrekten Brüsten, sagte irgend etwas zu ihm. Lunner legte das Ohr an das Fenster. Ihre Stimme hörte sich an, als überquere sie einen Ozean.

Erst als sie sich auf einen Stuhl stellte und die Wörter mit übertriebenen Mundbewegungen artikulierte, wurde ihm klar, was sie da fragte.

»Was willst du sehen?«

Ihm schnürte es die Kehle zusammen. Er konnte den Blick nicht von ihnen wenden, jetzt, da er wußte, daß sein Wunsch ihnen Befehl war. Eine unbändiger Zorn wuchs in ihm. Zorn und Verbitterung, die wie die Kurve auf einem Millimeterpapier anstiegen und auf eine andere Kurve zu treffen drohten, die weitaus besorgniserregender war. Er wußte nicht, wo diese andere Kurve ihren

Ursprung hatte, doch sie erhob sich mit demselben beunruhigenden Mangel an Takt wie das Glied in seiner Hose. An irgendeinem Punkt mußten diese beiden mathematischen Linien ja aufeinandertreffen, und das geschah genau drei Tage später, als Lunner Agnete aus Süd-Omme begegnete. Sie stand auf dem Markt vor dem Krankenhaus von Herning, hatte ihre spanische Gitarre in der Hand und trug die allseits bekannte dunkle Uniform der Heilsarmee. In Lunners Kopf rumorte noch immer das Erlebnis aus dem Sanatorium. Er arbeitete weiterhin als Fensterputzer – jetzt jedoch in Bodenhöhe – und reinigte die Milchglasscheiben am Eingang der Unfallstation. Wie gebannt schaute er das Mädchen mit den großen blauen Augen an und entdeckte erst jetzt das Tamburin und die zwei braunen Rasseln, die um ihre Fußgelenke gebunden waren. Sie benutzte sie, indem sie mit den Fersen rhythmisch auf den Boden stampfte. Was den Gesang eindrucksvoll unterstützte. Die Worte »Herr Jesu Christ, mein Erlöser ...« kamen Lunner bekannt vor, doch die Melodie verwirrte ihn zunächst, bis er begriff, daß das Mädchen (oder die Heilsarmee) das Kirchenlied mit einer neuen Melodie versehen hatten, die Lunner als »Der fröhliche Wanderer« identifizierte, als das Mädchen sang: »Falleri, fallera, falleri, fallerahahahaha ... Er steht meinem Herze nah!«

Obwohl sie eine feine und hübsche Stimme hatte, schien es ihm, als ob sie in vermessener Weise die christliche Botschaft mit etwas beinahe Frivolem verband. Es wirkte auch nicht besonders tugendhaft, daß sie beim Refrain heftig mit den Hüften wackelte und zu den Worten »Er steht meinem Herze nah« regelrecht mitswingte.

Vor ihr befand sich ein Schemel mit einem schwarzen

Kochtopf, auf dem die Worte standen: »Haltet den Topf am Kochen.« Da die Münzen, die auf seinem Boden lagen, kaum jemand hätten zum Siedepunkt bringen können, zog Lunner seinen einzigen Fünf-Kronen-Schein aus der Tasche – sein Lohn vom Sanatorium in Silkeborg – und legte ihn feierlich hinein, was ihm ein anerkennendes Lächeln des Mädchens einbrachte, bevor er sich das Wechselgeld herausnahm und vier Ein-Kronen-Münzen wieder in seine Hosentasche steckte.

Dann ging das Mädchen zu einem Grundtvig-Lied über, das sie offenbar mit einem lateinamerikanischen Rhythmus kombinierte. Sie wirbelte herum und wackelte brasilianisch mit dem Bauch.

Widerwillig mußte er anerkennen, daß ihr auch die schwindelndsten Tonfolgen keine Probleme bereiteten. Dann kam ein Cha-Cha-Cha …

Nachdem das Lied beendet war, pustete sie sich die Haare aus den Augen, trocknete sich die Wangen und lächelte ins Publikum, das sich mit offenen Mündern um den Kochtopf geschart hatte.

»Und jetzt ein Lied über die Geißel der Wollust!« rief sie und warf den Kopf in den Nacken, während sie, mit dem Temperament einer Flamencotänzerin, ein Bein vor das andere setzte.

Lunner ließ seinen Putzlappen fallen, als sie mit einer Einleitung à la Django Reinhardt loslegte.

Am selben Abend saßen sie bei Knudsmose zusammen und tauschten Lebenserfahrungen aus. Das vertrauensvolle Mädchen berichtete, wie sie Jesus mitten auf der Hauptstraße begegnet sei, genauso wie Paulus.

»Mir war sofort klar, daß es sich um eine Offenbarung handelte, daß mein Leben an einen Kreuzweg gelangt war. Der Heiland stand an einem alten Kilometerstein, lächelte mich an und machte ein paar rasche Tanzschritte.«

»Tanzschritte?«

»Genau wie Fred Astaire.«

Lunner erzählte, daß manchmal eine tiefe, gebieterische Stimme zu ihm spreche. Eine Stimme, die er für seine eigene hielte, seine eigentliche, innerste. Aber er wolle nicht ausschließen, daß es sich auch hier um eine Botschaft von oben handelte. Er erzählte nicht, daß die Stimme immer in der Nacht zu hören war, wenn er schweißgebadet aufwachte und sein Glied umfaßt hielt, das wie eine Banane auf seinem Bauch lag. Manchmal war es ein regelrechter Alptraum, in dem Lunner, von den Hüften abwärts entblößt, unter einer kolossalen Lampe lag, während fünf splitternackte Zahntechnikerinnen seine Backenzähne begutachteten.

»Das wichtigste ist, daß Gott direkt zu dir gesprochen hat«, sagte Agnete beruhigend, »genau wie Moses zu Abraham und Paulus.«

»Leider«, fuhr Lunner verkniffen fort, »ist mein Leben im Moment so chaotisch, daß ich mit den kurzen Mitteilungen, die ich empfange, nichts anfangen kann. Meistens muß ich ein eiskaltes Bad nehmen, um wieder zur Ruhe zu kommen.«

»Gott wird auf dich warten, bis der richtige Augenblick gekommen ist«, sagte Agnete optimistisch. »Bis du vorbereitet, bis du bereit bist, David.«

Er wußte nicht, warum er zu ihr gesagt hatte, er heiße David. Es war ihm einfach in den Sinn gekommen.

»Vielleicht geschieht es«, sagte er, »wenn ich mich in einer bestimmten Gemütsverfassung befinde.«

Agnete nickte ernst.

»Denk zurück, David«, sagte sie eindringlich. »Ruf dir die Situation ins Gedächtnis. Wie spät war es, als du die innere Stimme das letztemal vernommen hast?«

»Kurz vor vier. Ich habe auf die Uhr gesehen.«

»Lagst du auf dem Rücken oder auf dem Bauch?«

»Auf dem Rücken, flach auf dem Rücken.« Lunner sah weg.

»Hast du irgendwas gemacht?«

»Gemacht?«

»Ja, du sagtest, du warst wach. Was hast du getan?«

»Getan? Ich tat eigentlich nichts besonderes«, murmelte Lunner, schaute seine linke Hand an und dachte an die Frauen im Sanatorium, die Zahntechnikerin bei Marienlyst und die Stripperin in Aalborg.

Doch Agnete war ausdauernd und drang weiter auf ihn ein. »Das kann eine große Bedeutung für dein Leben haben«, flüsterte sie unnachgiebig.

Lunner nickte verbissen. »Ich kann dir leider nicht erzählen, was ich getan habe«, sagte er schuldbeladen.

»Doch, das kannst du, David. Gib dir einen Stoß.«

Sie blickte ihm tief in die Augen. Die Gitarre lag hinter ihnen.

Lunner bat sie, ihm den Rücken zuzukehren, und erzählte in kurzen, abgehackten Sätzen, wie alles zusammenhing.

Unmittelbar darauf wandte sie sich zu ihm um. Ihre Augen waren ungewöhnlich groß, ihr Ausdruck von bedrückendem Ernst.

»Leg dich flach auf den Rücken«, sagte sie entschlossen.

»Wir könnten uns auch schreiben«, murmelte Lunner. »Ehrlich gesagt, Agnete ...«

»Leg dich flach auf den Rücken«, wiederholte sie und

drückte sanft seine Brust nach unten. »Vergiß nicht, daß ich dieser Berufung mein Leben geweiht habe.«

Eine halbe Stunde später hatte er ihre Adresse in Süd-Omme erhalten. »Jetzt bist du vollkommen im Gleichgewicht, nicht wahr?« sagte sie lächelnd und knöpfte seine Hose zu. »Vollkommen«, murmelte Lunner schlaftrunken.

Und hielt, was er hinsichtlich der Korrespondenz versprochen hatte.

Die Postkarte zeigte einen Raddampfer auf den Silkeborg-Seen. Er hatte sich für einen kurzen, aber aussagekräftigen Text entschieden, der mit den Worten endete:

»Es ist vollbracht! Dein David.«

Sammy Joshua Danielle hatte fast einen ganzen Monat lang nichts von sich hören lassen. Man sagte, er sei mit einer Opernsängerin auf Tournee gegangen, eine Behauptung, die sich als wahr erwies, zumindest teilweise.

Johnny war immer noch finster und in sich gekehrt. Sämtliche Zeichnungen Feos zeigten ihn in seinen schicksten Klamotten, mit der großen, schönen Gitarre vor dem Bauch, doch die Arme hingen schlaff herunter, und die Augen waren geschlossen.

»Tu die Bilder weg!« rief Lunner, »die ruinieren meine Nerven und machen alles nur noch schlimmer.«

Benny tat, was ihm gesagt wurde, denn Erik war jetzt der Chef. Er war es auch, der sich eines Abends Johnny vornahm und wissen wollte, was eigentlich mit ihm los sei.

»Los sei ...«, murmelte Johnny geistesabwesend.

»Ja, es hat doch wohl keinen Sinn, unsere Karriere als

Gelegenheitsarbeiter und Ziegenhirten in der Provinz zu verplempern. Benny und ich malochen wie zwei ägyptische Galeerensklaven, während du hier rumsitzt und Löcher in die Luft guckst.«

Johnny sah ihn betrübt an. Und nickte.

Im Auto, das an diesem Tag in Fredericia geparkt war, ist es still. An diesem Tag erkennt Benny endlich, wem Johnny ähnlich sieht. Der Johnny, der auf allen Zeichnungen Feos zu sehen ist. Der Johnny, der es sich einst zum Ziel gesetzt hatte, sich das Land mit seiner Musik zu Füßen zu legen, und der als erster gestrauchelt war.

Er sieht aus wie Bodil. Aus Aalborg.

»Fahr hin, Johnny«, sagt Benny eindringlich, »fahr zu ihr.«

»Zu wem?« ruft Lunner.

»Zu der, die er liebt«, flüstert Benny.

Am folgenden Tag reist Johnny ab. Benny und Lunner begleiten ihn bis zum Bahnhof und winken, als der Zug sich schnaubend in Bewegung setzt.

Fünf Tage später taucht er wieder auf. Mit einem eigentümlichen Lächeln und einer merkwürdigen Schramme auf der Stirn.

»Hast du sie gefunden?« fragt Benny.

»Sie war bereits mit Holiday on Ice nach Stockholm aufgebrochen«, antwortet er leise.

»Ich wußte gar nicht, daß sie Schlittschuhlaufen kann«, murmelt Benny.

Jetzt befinden sie sich in Faaborg, im Wirtshaus »Gummimann«, Johnny und Benny.

Sie sprechen von damals, als sie ein bestimmtes Eis

in der Kneipe am Unteren Fasanenweg aßen. Zusammen mit all den Briefträgern. Es klingt so, als sei dies eine glückliche Zeit voller berauschender Erwartungen gewesen.

»Vergiß sie, Johnny«, sagt Benny, »vergiß sie um Himmels willen. Du hast immer gesagt, die Welt sei voll von Frauen. Du könntest dir jede aussuchen.«

»Ich wollte immer alle besitzen. So viele wie möglich, Benny. Sie sollten mich alle lieben. Eine wie die andere.«

Und so entdeckte Benny die Welt, indem er sagte: »Weil deine Mutter dich nicht geliebt hat. Deine richtige Mutter.«

Johnny sah rasch zu ihm auf.

»Meine richtige Mutter? Ich kann mich an meine richtige Mutter nicht erinnern.«

»Aber es ist, wie es ist«, fuhr Benny fort. »Das nennt man ein umgekehrtes Déjà-vu-Erlebnis.«

Johnny starrte ihn ungläubig an:

»Und was ist mit dir? Du hast doch keinen Vater, hast niemals einen gehabt.« Er streute etwas Salz in sein Bier.

»Deswegen muß ich auch die einzige suchen, die für mich in Frage kommt«, sagte Benny, der begriff – das erste Mal in seinem Leben –, wie alles zusammenhing. »Ihre Geister folgen uns wie Schatten, auf Schritt und Tritt. Wir können sie nicht abschütteln. Sie sitzen rittlings auf unseren Brustkästen, wenn wir schlafen, und bedrängen uns, wenn wir wach sind. Wir können wie Jørgen Bitch bis nach Borneo reisen, doch es nützt nichts, die Schatten folgen uns. Es gab einmal einen reichen Mann, der ein merkwürdiges Telegramm erhielt, in dem stand: ›Im Oktober komme ich und hole dich. Wenn die Blätter welken, bist du ein toter Mann.‹ Der reiche Mann konnte sich das beunruhigende Telegramm nicht aus dem Kopf schlagen, und als der Sommer vorbei war, verließ er sein Haus, seine Familie und sein Geschäft, um sich auf den höchsten Berg auf der anderen Seite des Planeten zu begeben. Auf dem Gipfel dieses Berges wollte er eine Hütte bauen, in der er bis zum Frühling wohnen konnte. Er besorgte sich verschiedene Ausrüstungsgegenstände, kaufte zwei Maultiere und engagierte schließlich einen alten Bergführer, der ihn hinaufbringen würde. Nach einer dreiwöchigen Wanderung erreichten sie den Gipfel, von dem man die schönste Aussicht hatte, die man sich nur vorstellen kann. Das Tal mit dem gluckernden Fluß und die Bäume, die in allen Farben des Herbstes flammten, lagen wie ein ganzes Leben zu ihren Füßen. ›Hahaha‹, lachte der reiche Mann und betrachtete den alten Bergführer, der nickte und sagte: ›Jetzt hast du alles gesehen, jetzt kannst du ruhig deine Augen schließen. Jetzt hole ich dich, mein Freund.‹«

Benny seufzte und lächelte bedauernd:

»Genau wie Aga Khan, man kann ihm nicht entrinnen, Johnny.«

Johnny lehnte sich in seinem Stuhl langsam zurück und sah Benny mit einem suchenden, unsicheren Blick an.

»Woher kennst du die Geschichte?« fragte er leise.

»Ich habe sie in ›Das Beste‹ gelesen«, antwortete Benny. »Sie ist wahr. Wort für Wort.«

»Verdammt noch mal«, flüsterte Johnny. »Hab' ich dir schon erzählt, wie mein Alter sich auf dem Dachboden das Hirn weggepustet hat? Jetzt verfolgt er mich vielleicht mit einem riesigen Loch in der Stirn.«

»Leider ja«, sagte Benny und nickte, »aber deines befindet sich im Herzen, Johnny.«

Lange Zeit saßen beide einfach da und schauten in

verschiedene Richtungen. Dann fragte Johnny: »Was ist mit Feo, Benny?«

»Mit Feo?«

»Ja, was ist los mit ihr? Lunner sagt, sie bringe das Auto zum Schweben.«

»Glaubst du daran?« Benny lächelte versöhnlich.

Johnny sah weg.

»Was hält sie von mir?« murmelte er.

»Sie meint wohl, du hättest dein Schicksal gegen das von Bodil ausgetauscht«, antwortete Benny. »Sie nahm dein sonniges Gemüt, und zurückgeblieben ist nur ein Loch.«

Johnny sprang auf und starrte Benny an.

»Ist das die wahre Liebe? Für die wir leben und sterben?«

Johnny zog seine Hose nach oben, machte eine kurze seitliche Kopfbewegung, senkte die Stimme und sagte gelassen: »Gib mir Sammys Telefonnummer.«

Er erreichte den Impresario tatsächlich, der, wie er selbst sagte, gezwungen worden war, abzutauchen. Es käme ihm gelegen, wenn sie sich auf Fyn treffen und gemeinsam nach Kolding fahren könnten, wo jederzeit Bedarf für ein Vokalensemble von ihrer Qualität bestünde.

»Laterna Magica«, sagte Sammy träumerisch. »Die ganze Stadt steht Kopf. Ein Weltstar macht sich auf nach Dänemark, und ich habe persönlich dafür gesorgt, daß sie von dem Trio begleitet wird, das schon die Wahl der Miß Dänemark untermalt hat. Was sagst du dazu, Johnny? Entschuldige mich, Budapest is calling …«

Der Impresario traf am selben Abend ein. Er sah ziemlich heruntergekommen und gehetzt aus und nahm nicht die geringste Notiz von Lunners zahlreichen Klagen sowie dem Zustand, in dem er sie vorgefunden hatte.

»In Zukunft werden wir nur noch auf der Milchstraße wandeln«, sagte er kraftvoll, wobei ihm Tränen in die Augen schossen.

»Wir nagen am Hungertuch und haben Prügel bezogen. Drei Bauern und ein Stallknecht haben an der Stadtgrenze von Randers mit einer Schrotflinte hinter uns hergeschossen. Wir haben geklaut, gebuckelt und gebettelt. Wir wurden mit Fett beschmiert und mit Ölfarbe bemalt, nachdem du uns einen Job als Jivaro-Indianer beschafft hattest. Was, zum Teufel, wird das nächste sein, Sammy Joshua Danielle?« schrie Lunner und bekam vor Erregung einen Hustenanfall.

»Aller Anfang ist schwer«, murmelte der Impresario und schielte zu dem kleinen bleichen Affenkopf, den jetzt die grünen Borsten eines Kunststoffbesens schmückten, den Benny als Lohn für die zweitägige Arbeit in einem Haushaltswarengeschäft in Horsens erhalten hatte.

»Nun ja, das Schicksal ist hart mit euch umgesprungen. Aber jetzt sollt ihr Sammys Geschichte hören. Alle Menschen kommen mit ihren Problemen zu mir, aber wo bleibe ich mit meinen?«

»Sie haben doch Ihre Mama«, sagte Lunner brutal.

»Ja, danke, sie nimmt mich aus wie eine Weihnachtsgans und spuckt nach mir. Mein eigen Fleisch und Blut. So weit ist es gekommen. Das war auch der Grund, warum ich mich ganz gegen meinen Willen des Phänomens aus Ryvangen angenommen habe.«

Sammy trocknete sich die Stirn und rollte mit den Augen.

Sie befanden sich in Strib mit Sicht über den Kleinen Belt.

Die Sonne ging gerade unter, der Sommer lag auf der Lauer.

»Das Blatt muß sich bald wenden«, murmelte der Impresario und erzählte die Geschichte der »Lerche von Fyn«, mit der sich eines der schwärzesten Kapitel seiner Laufbahn verband:

»Sie verfügte über eine unvergleichliche Technik und eine phantastische Naturbegabung, die sie in die Lage versetzten, von Nachtigallen bis zu Fasanen einfach alles zu imitieren. Eigentlich stammte sie aus Assens und hatte die Trikotageherstellung erlernt, bevor ich sie auf dem Kinderhilfstag entdeckte, an dem drei lokale Ornithologen einen Amateurwettbewerb ausrichteten. Das Mädchen gewann das Finale mit den Lauten eines Stieglitz. ›Die Lerche‹ wäre noch heute in ganz Europa in aller Munde, wären die Stricke nicht ausgerechnet in Höhe der dritten Etage gerissen, als sie gerade, mit Storchenflügeln und im Federkleid, auf die Bühne in Nakskov hinuntersegeln wollte.«

Sammy senkte den Kopf und vermittelte den Zuhörern mit einer apathischen Handbewegung eine Vorstellung von dem Vermögen, das ihm durch die Lappen gegangen war.

»In meinem Alter«, sagte er bedeutungsschwer, »läßt man sich willig auf dem Meer der Erinnerung treiben, begleitet von einem latenten Gedächtnisverlust. Aber, wie Kierkegaard so richtig sagt: ›Alles im Leben handelt von der großen Wahl.‹«

»Wir können uns nicht das Salz zum Frühstücksei leisten«, sagte Lunner wutentbrannt, »und man kann getrost feststellen, daß dies bei einigen von uns den

Verstand beeinträchtigt hat.« Er sah verstohlen zu Benny hinüber. »Und währenddessen liegst du auf dem Sofa und markierst hier den strammen Max.«

»Lieber Erik Lunnermand, nichts … nichts ist unwahrer.«

Sammy streckte den Unterkiefer vor und legte den Kopf auf die Seite. Das Wort »pathetisch« erhielt eine neue Dimension.

»Ich will euch junge Menschen nicht mit den Leiden eines alten Mannes langweilen, doch dem kleinen Samuel aus der Farimagsgade ist offenbar ein dornenreicher Weg beschieden.«

Er ließ seinen leidensvollen Blick umherschweifen. Lunner wandte das Gesicht ab, Benny traten Tränen in die Augen.

Und dann erzählte Sammy die Geschichte des Phänomens aus Ryvangen, das ihn fast das Leben gekostet hätte:

»Die Witwe Tornheim war tatsächlich erst 59 Jahre alt. Und sie bestritt ihre Auftritte im Odd Fellow Palais aus eigener Tasche. Was für eine Frau: von majestätischer Gestalt und sanftem Gemüt, doch mit einer Willensstärke aus Beton, einem kolossalen Busen und einem Ausschnitt, der einer Kluft im Grand Canyon gleichkam. Zwischen ihren Möpsen hing ein kleines Vermögen, das ausgereicht hätte, sowohl sie als auch einen etwaigen Lebensgefährten bis ans Ende ihrer Tage zu versorgen.

Sie besaß ein großes, am Massengeschmack orientiertes Repertoire und war die Witwe eines Kopenhagener Papiergroßhändlers, dessen grünspanfarbene Urne zu Hause in Ryvangen auf einem mattschwarzen Sockel stand.«

Soweit Sammy bekannt war, verfügte die Frau neben Wertpapieren über ein Barvermögen von mindestens drei Millionen sowie eine Villa samt Einrichtungsgegenständen. Er hatte es daher auf sich genommen, die Veranstaltung im Palais zu organisieren und konnte sich später damit brüsten, ein totales Desaster verhindert zu haben, weil er seinen gesamten Kundenstamm eingeladen hatte, wenn dieser auch nur einen bescheidenen Teil des pompösen Saals füllte. Und obwohl es sich vor allem um Experten der Hundedressur, um Meister im Stapeln von Karten oder Formen von Ballontieren handelte, sparten sie zwischen den schwer zu identifizierenden Arien doch nicht mit Applaus und zeigten sich so aufmerksam, daß die Solistin sich zu zahlreichen Zugaben genötigt fühlte. Gegen Mitternacht konnte Sammy mit dem Pianisten abrechnen, nahm die drei Blumensträuße an sich und fuhr zu ihrem Domizil in Ryvangen, wo die Sopranistin verzückt die Arme um die Urne ihres Mannes schlang und das Schicksal beweinte, das Herrn Tornheim den Abend im Odd Fellow Palais nicht mehr vergönnt hatte. War Sammy je im Zweifel über Gottes Güte gewesen, so wußte er jetzt, daß Gnade der passendere Ausdruck war.

Danach tranken sie einen erlesenen Portwein aus Prag, und der Impresario erhielt einen kurzen, aber überzeugenden Einblick in die Reichhaltigkeit ihres Weinkellers. Während die Frau zu einer leichteren Abendgarderobe überging, nahm Sammy die zahlreichen Ölgemälde aus dem goldenen Zeitalter der dänischen Malerei unter die Lupe und überschlug großzügig, daß die gesamte Pracht sich auf mehrere Millionen belaufen mußte. Derart beschwingt wandte er den Blick wieder seiner Gastgeberin zu, die das Wohnzimmer in einem tiefroten, volantverzierten Chiffonkleid enterte, das an das Schulschiff

»Georg Stage« erinnerte, wenn es mit voller Beflaggung durch den Belt segelte. Vom Triumph dieses Abends immer noch berauscht, stellte die Witwe fest, daß nur eine landesweite Tournee ihre künstlerischen Ambitionen befriedigen könnte.

Zu diesem Zeitpunkt spürte Sammy bereits eine gewisse Verfügungsgewalt über das Vermögen und vergegenwärtigte sich, wie es aus dem Fenster geschmissen würde, wenn die Witwe ihre Arien in den teuer gemieteten Gemeindehäusern des Landes zum besten gab. Er ging schnell auf die Toilette, trank ein Glas Wasser und überdachte die Situation, während die Frau eine Platte von Jussi Bjørling auflegte. Soviel Sammy mitbekam, sang er die zweite Partie des berühmten Duetts aus »Die Perlenfischer«. Und zum 117. Mal dachte der kleine Impresario sehnsüchtig an das große Gemälde zu Hause in der Farimagsgade, genauer gesagt an die Geldkassette, die sich zu seiner Zeit offensichtlich nicht mehr öffnen sollte. Mama hatte erst kürzlich bekanntgegeben, mindestens hundert Jahre alt werden zu wollen, und im Bewußtsein dieser düsteren Aussichten schritt er auf die Witwe zu, die sofort die Platte vom Grammophon nahm und sich dem Thema Erotik zuwandte.

Sammy schenkte sich unaufgefordert ein großes Glas des wertvollen Jahrgangs aus Prag ein und sagte sich, daß alles im Leben seinen Preis habe. Gleichzeitig hatte er die Erkenntnis gewonnen, daß seine Arbeit als Talentsucher und Agent ihn weder reich noch unabhängig machte, als die Witwe ein ziemlich großes Foto vom Flügel nahm und, während sie das Bild gegen ihren voluminösen Busen preßte, ihm anvertraute, daß ihre erotischen Abenteuer sich auf die wenigen beschränkten, die sie mit Hector geteilt hatte.

Sammy war eigentlich der Meinung, der Papiergrossist habe Manzius geheißen, das stand jedenfalls auf der Urne, und so schrieb er die Erinnerungen der Frau einer Affäre in ihrer Jugend zu. Obwohl es schwer vorstellbar war, mußte sie doch einstmals jung gewesen sein. In diesem Moment legte sie das Porträt mit dem schweren Rahmen in ihren Schoß. Durch sein vielfältiges Wirken war der Impresario mit der Zeit auch zu einem Kenner der verschiedensten Hunderassen geworden und beurteilte Hector als eine Mischung aus rauhaarigem Foxterrier und dänischem Hühnerhund.

»Erschreckt Sie das, Herr Danielle?« fragte die Frau und betrachtete Sammy mit lodernden Wangen und einem Ausdruck, der zwischen Wollust und reinem Sadismus changierte.

Sammy wollte gerade einräumen, daß ihn nach dem zweistündigen Konzert in diesem Leben nichts mehr schrecken könne, als die Witwe schnell und resolut und mit fast herausforderndem Blick die Schublade eines Nußbaumsekretärs aufriß und eine Waffe von ansehnlicher Größe hervorholte. Der Impresario starrte wie gelähmt auf den Trommelrevolver, dessen Kaliber er sofort als illegal einstufte. Die Mündung des schornsteinartigen Laufs war etwas größer als eine Ein-Kronen-Münze, und Sammy schätzte, sollte die Frau die Kanone wirklich abfeuern, würde das Projektil die tragende Wand durchschlagen und der Rückstoß die Schützin zehn Meter zurückschleudern. Es war natürlich auch möglich, daß die Patrone in der Kammer den Namen Danielle trug. In wenigen schmerzhaften Sekunden zog Sammys Leben in drei Standbildern an ihm vorüber. Das erste zeigte die einzige Szene, die er von seinem Vater im Gedächtnis behalten hatte, nämlich wie dieser spät nachts an den filigranen Gravierungen eines 500-Kronen-Scheins arbeitete, was seine spätere Gefängnisstrafe nach sich zog, die sein Schicksal besiegelte. Das zweite stellte Sammys wohlhabende Cousine dar, die mit neun Jahren den gleichaltrigen Sammy fragte, wieviel er dafür haben wolle, sich das Leben zu nehmen, indem er zum Beispiel vom Dach der Synagoge spränge. Sammy hatte ihr verärgert den Rücken zugekehrt, in dem Bewußtsein, daß sie genauso geizig war wie der Rest der Familie. Das letzte Standbild zeigte einen Schlachter namens Radetzky, der dem dreizehnjährigen Jungen ein paar Ohrfeigen verabreichte und ihn feuerte, als er entdeckte, wie sich Sammys Finger in der braunen Kassenschublade zu schaffen machten. Am selben Abend wurde er von seiner Mutter übers Knie gelegt, was Sammy als besonders ungerecht empfand, nachdem Mama doch selbst gewisse Andeutungen über die Möglichkeiten mit der Kasse gemacht hatte.

Jetzt faßte er die Witwe ins Auge, die mit der Kanone fuchtelte.

»Sie ist immer geladen«, sagte sie in hingerissenem und, wie der Impresario fand, höchst unpassendem Ton. Sie standen weniger als zwei Meter voneinander entfernt; wenn der Schuß sich jetzt löste, würde die Kugel genau Sammys Stirn treffen und ihre Bahn auf das Gemälde eines finnischen Waldsees fortsetzen, an dem zwei Saatkrähen aufflattern. Sammy meinte beinahe ihre heiseren Schreie hören zu können und fragte sich sinnloserweise, ob eine Kugel von der Größe einer Haselnuß das Hirn passieren könne, ohne Schaden anzurichten, ob es vielleicht eine Art Glückskorridor gab, der an den vitaleren Abteilungen vorbeiführte.

»Sieben wunderschöne Sommer waren uns vergönnt«,

wisperte die Frau und betrachtete verliebt die Revolvermündung, was Sammy neue Hoffnung schöpfen ließ. Ein spontaner Selbstmord war bei dem verrückten Weib nicht völlig auszuschließen.

Erneut richtete sie den Revolver auf ihn und schlug gleichzeitig mit den Armen aus. Sammy schlurfte lautlos zwei Meter nach links. Seine Strategie war, den Flügel zu erreichen, um von dort aus in die Eingangshalle zu gelangen.

»Darf ich Samuel zu Ihnen sagen, Herr Danielle?«

Sammy nickte heftig und warf einen kurzen, aber eindringlichen Blick auf Hector, den Bastard, der ihn mit heraushängender Zunge vom glänzenden Flügel aus anglotzte. Lauerte nicht der Wahnsinn in den feuchten Hundeaugen? Auf der anderen Seite – was hatte er nicht alles durchgemacht.

»Begeben wir uns für einen Augenblick in die Halle«, sagte die Frau feierlich.

Sammy ahnte nicht, was sie dort sollten, ging aber folgsam und mit halb erhobenen Armen hinter ihr her.

Die Frau schaltete die billige Deckenlampe an.

»Zuerst«, sagte sie leise, »darf ich Sie mit Hector bekanntmachen.«

Sammy achtete nur auf das Wort »zuerst«. Was kam danach?

Sie deutete mit der Kanone auf den großen, gebohnerten Treppenabsatz, wo dem Impresario sofort der Köter ins Auge sprang, der mit zwei braunen Glasaugen auf ihn hinabglotzte. Er stand auf einer Teakholzplatte, unter der sich, soweit Sammy erkennen konnte, Räder befanden.

»Wirklich ein Prachtexemplar«, seufzte die Witwe.

Sammy nickte unterwürfig und konstatierte, daß dem

Konservator nicht das geringste Detail entgangen war. Besonders Hectors Geschlecht wirkte außerordentlich groß. Die Witwe war offenbar selbst für die Rekonstruktion verantwortlich.

»Als er seine Würde verlor«, erklärte Frau Tornheim bewegt, »sah ich keinen anderen Ausweg, als das Notwendige selbst durchzuführen.«

Sammy stellte fest, daß in diesem Fall seine Phantasie versagte.

»Ich nahm ihn mit hinunter zur Gedenkstätte. Band ihm eine schwarze Schleife um den Hals, rezitierte ›Geh nur immer unbefangen‹ und leerte die gesamte Trommel.«

»Sehr würdevoll«, keuchte Sammy und wettete, daß der Köter auf einen knappen Quadratkilometer verteilt lag.

»Doch jetzt, jetzt steht er hier für immer und ewig. Möchten Sie ihn streicheln, Samuel?«

Samuel schielte sehnsuchtsvoll zur Haustür und versicherte, nichts auf der Welt täte er lieber, doch leider ginge seine Zeit zur Neige. Eine Formulierung, die er sogleich bedauerte.

»In der Tat«, scherzte die Witwe und postierte sich mit erhobenem Revolver vor der Tür.

»Es geht um Mami«, haspelte Sammy, »sie ist krank, zweierlei Arten Gelbsucht und Arthrose im Kiefer. Ich kann sie in ihrer möglicherweise letzten Stunde nicht alleinlassen.«

»Wenn Sie zurückkommen ...«

Die Frau machte eine kleine Kunstpause, die mehr als andeutete, daß Sammy ihr dies versprechen sollte.

In diesem Augenblick entschied sich der Impresario für seine bewährteste Pose: er ging ein wenig in die Knie, formte seine Lippen zu einem O und kniff die Augen mit dem Ausdruck unfreiwilligen Leidens zusammen. Sammy hatte tatsächlich eine Vielzahl solcher Posen in seinem Repertoire, und jedes Jahr – sofern sich ihm die Gelegenheit bot, sie vor dem Spiegel einzustudieren – kamen weitere hinzu.

»Ich werde zurück sein mit der Geschwindigkeit einer brünstigen Thomsongazelle.«

Unmittelbar nachdem die Worte ihm entwischt waren, mußte er an einen entfernten Verwandten denken, der am Fluß Fitzroy in den zwanziger Jahren nach Gold geschürft hatte und von fünfhundert australischen Wasserbüffeln über den Haufen gerannt worden war. Die Überbleibsel von Onkel Willi wickelte man um eine Gardinenstange. Die Vorstellung, für die Witwe eine Thomsongazelle zu imitieren, hatte die Erinnerung an Onkel Willis letztes Stündlein ausgelöst. Für seine Beisetzung kämen auch fünfzehn Bahnen Tapete in Frage.

»Aber, Samuel.« Der Hahn spannte sich mit demselben Klicken, mit dem sich das Läutwerk des Doms von Ribe in Bewegung setzt. »Sie animalische Bestie, Sie unersättlicher Lüstling, der Sie sich erlauben, die Schwäche einer Frau auszunutzen. Und das auch noch vor der Urne ihres Mannes.«

Ganz zu schweigen von der Töle mit den fünf Beinen, dachte Sammy und fand das Wort »Schwäche« allzu bescheiden, nachdem sie bis an die Zähne bewaffnet und einen Kopf größer als der Berserker aus der Farimagsgade war.

»Aber natürlich werde ich zurückkommen, liebe Frau Tornheim, und bis dahin wird nur noch die Phantasie unseren amourösen Ausschweifungen Grenzen setzen.« Er knurrte brünstig und wackelte kokett mit den Hüften.

Wollte eine Emigration nicht ausschließen, wenn er nur hier herauskam.

»Oh, Sie Lustmolch, Sie schäbiger Kerl.« Sie zerrte an der Haut unter seinem Kinn mit einer Kraft, daß er sich fast nach der Barmherzigkeit der Kugel sehnte.

»Adieu«, röchelte er.

»Spüren Sie den Stahl an Ihrer Haut, Sie geiler Bock!«

Sie legte den eiskalten Lauf des Revolvers quer über sein Gesicht.

»Wie die Liebkosung mit einer Wasserstoffbombe«, kicherte der Impresario.

»Denken Sie daran, was Sie erwartet ...«

»Ich denke an nichts anderes ... Frau Tornheim.«

»Für Sie ... Suzette.«

Sie streckte ihre Hand aus. Sammy zählte insgesamt fünf Diamantringe und schätzte die ganze Pranke auf mindestens einhunderttausend.

»Sollte Mami bereits das Zeitliche gesegnet haben, was der Himmel verhüten möge, so versichere ich Ihnen, liebste Frau Tornheim, daß Sie die erste sein werden, die es erfährt. Dann werden wir die Trauer gemeinsam im Jungbrunnen der Liebe ertränken.«

»Ich habe vierhundert Flaschen Jahrgangschampagner im Keller.«

Sammy öffnete mit Mühe die Tür: »Was für ein Fest wird das geben ... Suzette!«

Sie legte ihren fleischigen Arm um seinen Hals. Die Berühmtheit, die ihr als Opernsängerin verwehrt blieb, konnte sie immer noch als Hammerwerferin erlangen.

»Im zaristischen Rußland feierte man bis in den Tod«, hauchte sie.

Sammy lachte nervös auf: »Die Revolution muß die

reinste Party gewesen sein«, quakte er, indem er hinausgelangte und sofort zum Auto spurtete.

Als er sich hinter seinem Lenkrad in Sicherheit gebracht hatte und nach einer Zigarette fingerte, fielen drei aufeinanderfolgende Schüsse.

Doch die Zeitungen des nächsten Tages erwähnten weder das Konzert im Odd Fellow Palais noch Frau Tornheims Selbstmord. Obwohl man ohne Übertreibung feststellen kann, daß beide Dinge wirklich stattfanden, sogar gleichzeitig.

»An diesem Abend«, flüsterte Sammy, an Lunner gewandt, »an diesem Abend sah ich dem Tod in die Augen.«

Im Laufe der Nacht erreichten sie Kolding.

Siebtes Kapitel

Der Aufenthalt der Gruppe in Kolding währte bis zum Juni und markierte gleichzeitig, sowohl in künstlerischer als auch persönlicher Hinsicht, einen Wendepunkt.

Für Benny war es eine große Freude und Erleichterung, wieder Verbindung zu seiner Mutter in Kopenhagen aufzunehmen, die ihm am Telefon versicherte, daß sie und Richard es niemals besser gehabt hätten und im Juli nach Tirol reisen wollten. Er war froh, ihr berichten zu können, daß es mit Feo besser ging als erwartet. Das war bekanntlich eine Tatsache, die einer näheren Erläuterung bedurft hätte, doch zum einen wollte er die Mutter nicht beunruhigen, zum anderen hatten sie eine Art Festanstellung in Kolding erhalten, und nicht zuletzt fühlte sich Feo in ihrem rollenden Zuhause ganz vorzüglich.

»Weißt du was, Benny«, antwortete die Mutter nachdenklich, »du bist jetzt so alt und vernünftig, daß ich tief in mir weiß, was auch immer du tust, was immer du beschließt, es wird das richtige sein. Gestern sagte Richard ganz von selbst: ›Du kannst stolz sein auf deinen erwachsenen Sohn, Rita. Ich zumindest wäre stolz, wenn es meiner wäre.‹ Das hat Richard wirklich ganz von alleine gesagt. Ich war so gerührt, besonders wenn man bedenkt, was wir zwei durchgemacht haben, mit Papa und allem anderen.«

Benny verschwieg Feos merkwürdige Laute, von denen sie manchmal nachts geweckt wurden und die Lunner geradezu unheimlich vorkamen. Am Anfang hörte es sich an wie ein langgezogenes leichtes Stöhnen oder Seufzen, das jedoch nach einiger Zeit einen tiefen, unheilvollen Klang mit einer gewissen melodischen Kurve annahm, die rasch und in immer helleren Tönen anstieg, um darauf abrupt und beinahe düster abzufallen: Zweimal wiederholte sich das, dann erklang ein nasales, trompetendes und ziemlich schrilles Rufen, worauf die anderen sich vornüberbeugten und die Hände gegen die Ohren preßten, bis Benny das Mädchen wieder beruhigen konnte.

Er erzählte hingegen, er habe eine neue und bislang verborgene Seite an sich entdeckt: die Befähigung, klar zu denken und das Richtige zu sagen, was die Mutter natürlich freute, die das Gespräch mit der Bemerkung beendete, sie sei schon zufrieden, solange sie nur wüßte, daß er und Feo es gut hätten. Benny war nicht völlig frei von Heimweh, als die letzte Zehn-Kronen-Münze im Automaten verschwand. Der metallische Ton, als sie auf dem Boden der Box aufschlug, und das rappelnde Geräusch, bevor sie ganz zur Ruhe kam, zog eine Art Spirale nach sich, einen zirkulierenden Taifun mit einem dünnen, am Geldstück befestigten Stengel, der wuchs und wuchs wie ein schreckliches und unerklärliches Naturschauspiel, das zum ersten Mal Bennys Gemüt erschütterte, etwas Gewaltiges und Sprachloses wachrüttelte, das ihn, beinahe zornig, zum Stottern brachte. Eine geballte Faust schlug gegen die Milchglasscheibe der Telefonzelle; die Knöchel der Hand, die den Hörer umfaßte, wurden weiß, doch es gelang ihm, seine Stimme unter Kontrolle zu bringen, die völlig selbständig hinzufügte, daß, wenn es so wäre, er und Feo doch im August zu ihrem Geburtstag kommen könnten. Es gebe ja zum Glück eine Bahnverbindung. Ein langer, saugender Moment zieht vorüber, genau wie ein von einem Pferd gezogener Umzugswagen. Auf dem Wagen liegen die Möbel, die von einem schwarzen Strick zusammengehalten werden, kreuz und quer durcheinander, und das letzte, das man erkennt, bevor das Bild verblaßt, ist eine Stehlampe mit drei Schirmen, die gelb, schwarz und orange in der Dämmerung leuchten. Die Mutter sitzt auf dem Kutschbock, sie hat einen grauen Schal um den Kopf gewickelt, ihre Stimme wird beinahe von dem Lärmen eines brausenden Schnellzugs verschluckt:

»Fühl dich nicht dazu verpflichtet, Benny!« ruft sie. »Ganz zu schweigen von den Unkosten für die Fahrt. Ruf mich lieber an, Schatz, es tut so gut, deine Stimme zu hören.«

»Find' ich auch«, flüstert Benny, nachdem die Verbindung unterbrochen wurde.

Der Vater neigt sich im bläulichen Winterlicht nach vorne und wird zu einem Jagdflieger, Fallschirmspringer und Kriegshelden.

Was Johnny betraf, war leider keine Besserung in Sicht.

»Alle Frauen verfolgen eine Strategie«, erklärte Lunner, wenn er und Benny über Johnnys Probleme sprachen. »Sie enthüllen diese natürlich nicht gleich, und wenn du ihnen auf die Schliche kommst, ist es meist schon zu spät. Wenn du ihnen überhaupt auf die Schliche kommst. Sie sind mit strategischem Denkvermögen auf die Welt gekommen, genauso wie mit anderen Dingen, die uns fehlen. Auf die ich hoffentlich nicht zu sprechen kommen muß.«

»Du meinst, sie wollen heiraten … oder so was?« fragte Benny.

»Heirat und Heirat, sie werden von ihren Trieben gesteuert. Sie können sie nicht kontrollieren. Ich weiß, was es heißt, wenn sie von ihnen erfaßt werden. Bevor du dich umsehen kannst, haben sie sich alle Klamotten vom Leib gerissen, und dann stehst du da …«

Benny sagte, er könne sich gut an die in Aalborg erinnern, die Große mit den Pailletten, die ihr Bein um den wehrlosen Lunner geschlungen hatte.

Lunner zuckte ergeben mit den Schultern. »Man muß lernen, sich in acht zu nehmen. Immerhin war ich vor ewigen Zeiten schon einmal verlobt. Mit meiner Cousine Lone. Teufel noch mal, das Mädchen hatte wirklich Stil. Die wußte genau, was sie wollte. Nur das Beste war gut genug.«

Erik Lunnermand nickte verbissen und sah Benny plötzlich hilflos lächelnd an.

Benny erklärte, daß er, was die Ehe betraf, nicht völlig abgeneigt sei. Vorausgesetzt, er fände die Richtige. Er hatte aufgehört, von der einzig Richtigen zu sprechen; das hatte immer eine lange und unnütze Diskussion nach sich gezogen.

Lunner bemerkte trocken, daß er eine Heirat auch nicht ausschließe, aber verdammt noch mal geordnete Verhältnisse herrschen müßten.

»Glaubst du, ich will eine Konkursmasse übernehmen? Ich weiß, was es heißt zu sparen. Sich etwas auf die hohe Kante zu legen. Wir hatten dasselbe Haushaltsbuch. Und was hat sie gemacht? Den Tag vor Illums Einrichtungshaus werde ich nie vergessen. Das Wort Illum ist in meine Seele eintätowiert.«

»Ich dachte, wir reden von Mädchen.«

»Wir reden davon, die Birne zu benutzen, Benny. Das ist nichts Unerlaubtes. Ich hatte einen Vetter in Nakskov, der nicht auf den Kopf gefallen war. Er war einem Mädchen mit Haaren auf den Zähnen begegnet, und nach einer gewissen Zeit beschlossen sie, sich offiziell zu verloben. In aller Ruhe sammelten sie Besteck für zwölf Personen und schafften sich mit der Zeit das Wichtigste für ein Eßzimmer in Teakholz an. Die Verlobung dauerte zu diesem Zeitpunkt acht Jahre an.«

»Ganz schön lange.«

»Keine Minute zu lang, nicht eine Sekunde, denn mein Vetter wußte, daß acht Jahre im Verhältnis zu einem ganzen Leben überhaupt nichts bedeuten. Also heuerte er auf einem Frachter an, der gen Osten fuhr. Und war zwei Jahre lang unterwegs. Reiste rund um die Welt, bekam einen Schnurrbart, kehrte nach Hause zurück und war dreißig geworden. Weißt du, was die Freundin geworden war, Benny?«

Benny wußte es nicht, schätzte aber neunundzwanzig.

»Quatschkopf! Sie war schwanger geworden. Von einem Lexikonverkäufer. Was sagst du dazu? Kannst du dir das vorstellen? Sie hatten kaum den Buchstaben K erreicht, da reißt sich die treulose Schlampe auch schon den Hüfthalter runter.«

»Wie gut, daß er gewartet hat ...«

Lunner starrte Benny, der etwas Waschpulver in einen Bottich schüttete, ungläubig an.

»Gut, daß er gewartet hat? Mein Gott, Benny, er liebte das Mädchen. Er war ganz verrückt nach der Kleinen. Mein Vetter verpfändete fünfundvierzig Teller mit Muschelmotiv und Besteck aus Dublee für ebensoviele Gedecke, kaufte sich einen Trommelrevolver und erschoß sich. Er liegt immer noch auf dem Friedhof in Nakskov begraben. Ich habe den Grabstein mit eigenen Augen gesehen. Auf der oberen Kante sitzt eine Taube, ansonsten steht da nur sein Name sowie eine kleine Inschrift: ›Treu bis in den Tod.‹ Was für eine Tragödie. Ist das nicht grauenhaft?«

Erik brach in ein kurzes teuflisches Gelächter aus: »Die Weiber sind voller Zynismus und vollkommen triebgesteuert. Meine Mutter hat einmal als Putzhilfe für eine Familie in Gentofte gearbeitet; dort lebte die Frau mit ihrem Mann und ihrem Geliebten zusammen. In völliger Offenheit. Und weißt du was, Benny, die armen Schlucker waren Kumpel und rannten mit Schürzen in der Villa herum. Während die Alte nach Capri fuhr und sich vollaufen ließ. Schließlich begegnete sie einem jungen Ägypter und warf die beiden Schwachköpfe raus. Sei auf der Hut, Benny, sei auf der Hut, mein treuer Freund.«

»Aber es gibt doch auch nette Mädchen«, wandte Benny verwegen ein.

»Okay, aber kannst du ihnen das ansehen? Das schaffst du nicht, Benny. So was verbergen die doch. Warum, glaubst du, sind Frauen immer so geschminkt? Kannst du dich an die beiden in Allingåbro erinnern? Die wir im Gasthaus getroffen haben? Wo du dein Geld unbedingt für die uralte Jukebox verwenden und Kaffee und Kuchen spendieren wolltest. Wir kannten sie erst seit einer halben Stunde, und schon sollten wir auf ihre Zimmer mitkommen. Schon solltest du einen ausgeben.«

»Sie wollten nur einen Tee machen und uns ihre Kokosmakronen probieren lassen.«

»Hörte sich ja ganz harmlos an.«

Benny seufzte und zuckte mit den Schultern. Er konnte sich gut an die beiden Mädchen erinnern, die einander ziemlich ähnelten, zumindest was die Kleidung betraf. Sie saßen verschämt in der dunklen Gaststube, als Lunner und Benny hereinkamen. Benny hatte sie angelächelt und an ihren Tisch eingeladen. Es zeigte sich, daß die beiden die Hauswirtschaftsschule besuchten. »Wir stehen bis zu den Hüften im Teig«, sagte die eine und brach in ein allzu schallendes Gelächter aus. Die andere bekam Mineralwasser in die Nase. Benny mußte einfach mitlachen, aber Lunner trat ihn vors Schienbein. Kurz darauf erweckte Benny die Jukebox zum Leben, die ein paar alte Schlager spielte.

»Que sera sera, was geschehen soll, wird geschehen, in die Zukunft kann niemand sehen, que sera, sera.« Die Melodie färbte die Luft hellrot und ließ die Mädchen verstummen. Benny fragte, ob sie erkennen würden, wem Lunner ähnlich sehe. Lunner erbarmte sich, nahm die Brille ab und drehte sich zur Seite.

Die Mädchen studierten Lunner eingehend, der sanft den Kopf schüttelte und sagte, der Name fange mit »J« an, und Benny ergänzte, wenn er es verrate, würden sie ihm sofort zustimmen.

»Geh mal rüber zur Jukebox, Lunner«, schlug Benny vor, der wußte, daß Lunner auch in der Lage war, wie James Dean zu gehen. Manchmal, wenn er am VW-Bus lehnte, war die Ähnlichkeit schier unglaublich.

Der kurzsichtige Lunner erhob sich schmollend und schlenderte zur Jukebox, wo er ein Kabel übersah und über einen Schirmständer stolperte.

Die Mädchen schrien vor Lachen, während Benny Lunner die Brille reichte.

»Er sieht aus wie der Kleine von den Blue Boys!« rief diejenige, die Vivi hieß.

»Komm, wir gehen, Benny«, sagte Lunner.

»James Dean!« sagte Benny zurechtweisend zu den Mädchen, die sich förmlich ausschütteten vor Lachen.

Als sie vor dem Wirtshaus standen, hatten sich die Gemüter so weit beruhigt, daß Benny ihnen von ihrer landesweiten Tournee berichten konnte. Die Mädchen sahen sich an und sagten, Benny und James Dean könnten doch bei der Hauswirtschaftsschule vorbeischauen, in deren Nebengebäude sie wohnten. Sie würden eine Tasse Tee bekommen und könnten Vivis Kokosmakronen probieren.

»Meinetwegen gern«, sagte Benny lächelnd, als Lunner ihm seinen Ellbogen in die Seite stieß.

»Dann machen wir uns richtig an die Makronen«, sagte die, die Vivi hieß, und prustete los.

Benny lachte mit, hörte aber auf, als er sah, wie um Lunners Mund die charakteristischen Züge entstanden. Nachher warf er den Kopf dreimal zur Seite, so daß ihm die Brille von der Nase fiel.

»Sei still, Solvej!« rief Vivi. »Und schau dir James Dean an.«

Am selben Abend steuerten sie auf Fyn zu.

Sammy blieb den ersten Monat bei ihnen. Aus irgendeinem Grund zog er es im Augenblick vor, sich in der Provinz aufzuhalten, und so vermittelte er ihnen auch das Engagement im »Laterna Magica«.

Damals war das Tanzlokal »Laterna Magica« nicht nur die anspruchsvollste Vergnügungsstätte Jütlands, sondern auch die einzige, die sich mit denen in Kopenhagen messen konnte. Viele der größten Stars dieser Zeit hatten auf der kleinen, eleganten, von phosphoreszierenden Himmelskörpern beleuchteten Bühne gestanden, und zur Riesenattraktion sollte das Gastspiel von Les Paul und Dolores Sanchez werden, die direkt aus Rio de Janeiro anreisten und nur in Paris einen kleinen Zwischenstop einlegten. Sie hatten sich damit einverstanden erklärt, auf dem Weg nach Stockholm drei Tage in Kolding zu bleiben.

Drei Tage, an denen die Stadt kopfstand und die ihr den verdienten Ruf einbringen sollten, einen der wichtigsten Clubs im Showbiz zu haben.

Sammy setzte Lunner die ganze Angelegenheit auf einer sonnenbeschienenen, ein Stück außerhalb der Stadt gelegenen Wiese auseinander. Sie saßen auf hellblauen Campingstühlen um den kleinen, wackeligen Holztisch, auf dem ihre Kaffeetassen standen. In einiger Entfernung hockte Johnny mit seiner schwarzen Gitarre auf einem Erdhügel und sang »One girl, one boy, some greave, some joy, memories are made of this«.

Es hörte sich unglaublich schön, wenn auch ein wenig schwermütig an. Einiges deutete darauf hin, daß sein verschleierter Gesichtsausdruck mit einer tieferen, sonoren Stimme einherging, welche die Leute zum Philosophieren brachte, so wie das bei jeder guten Musik der Fall ist.

Sammy hatte soeben vom neuen Engagement im »Laterna Magica« erzählt, das Bedarf an drei jungen Männern hatte, als Lunner sein kleines braunes Büchlein hervorholte, in dem seine persönlichen Schriften ihren Niederschlag fanden.

»Es verhält sich so«, sagte er ungelenk, »daß man einen Lyrikband herausgeben möchte.«

»Ach so«, sagte Sammy geistesabwesend.

Benny fügte hinzu, daß Lunners Fähigkeiten auf diesem Felde alles in den Schatten stellten, was man für gewöhnlich in Magazinen und Zeitungen zu lesen bekam.

Sammy murmelte irgend etwas darüber, daß er sich freue, dies zu hören, während Lunner schräg in die Luft schaute. Plötzlich lehnte er sich über den Campingtisch, starrte Sammy an und sagte: »Ich suche den kalten Raum mit dem schwarzlackierten Tisch/Die Kerze im Leuchter/Wo Vögel schreien auf verwesten Früchten/Endlose Tage lang.«

Stille breitete sich aus. Benny flüsterte andächtig, daß Lunner es selbst geschrieben habe.

Sammy lutschte an seiner Zigarre und erkundigte sich, wie gut Lunner und Benny mit den Fingern schnippen könnten.

Die Frage löste zwischen dem Impresario und Lunner einen größeren Streit aus, sollte sich aber noch als ziemlich berechtigt erweisen.

Zu später Stunde am selben Abend, nachdem Sammy in seine Pension zurückgekehrt ist, ratschen Benny, Lunner und Johnny darüber, wie sie im »Broen« am Unteren Fasanenweg damals aufeinandertrafen. Sie reden vom Geruch der feuchten Briefträgerjacken und dem behaglichen, trockenen Kitzeln in der Nase, das von der Druckerschwärze der Zeitungen herrührte. Oder wie der Poet Erik Lunnermand es ausdrückte: als ob man in einer Tasse Mocca schlummerte.

Morgen sollen sie ein Gespräch mit dem Geschäftsführer vom »Laterna Magica« haben, der auf der Suche nach zwei musikalischen, sehr gepflegten, gleich großen jungen Männern sowie einem erfahrenen Kellner ist. Benny und Johnny sind gleich groß, Lunner einen halben Kopf kleiner.

Johnny schlägt einen Akkord auf der Gitarre an und lächelt Lunner zu, der den Job als Kellner auf sich nehmen will. »Auf dem Weg summt der Wind ein Lied für mich, Tammy, Tammy, es dreht sich um dich ...«

»Ich habe ein Loch in meiner Brust«, flüstert Johnny, »ein Schaufenster, damit alle sehen können, wie es um mich steht.«

Lunner starrt ihn an, und Benny murmelt, daß Johnny einen Pakt mit dem Schicksal eingegangen sei. Die Worte fallen aus ihm heraus und hängen an der Trockenleine wie die Kleider eines fremden Mannes.

»Ihr seid meine einzigen wahren Freunde«, sagt Johnny und legt ihnen die Arme um die Schultern. »Es sollte doch einen Unterschied geben ... zwischen Leben und Tod.«

Lunner und Benny schauen sich an wie Eltern, die über dem Kopf ihres fieberkranken Kindes die Blicke tauschen. Johnny nimmt ihre Hände. Ein Schimmer seines alten Ich liegt auf ihm. Seine Elektrizität wird von den Händen weitergeleitet. Sie sitzen wie drei kleine Jungen in einem Sandkasten, so klein, daß sie der Sprache noch nicht mächtig sind. Sie müssen mit den Händen auskommen, ihrer Verbundenheit, dem Puls und der Wärme.

An ihrer Liebe ist nicht zu zweifeln. Und jetzt erkennt man es. Sie sind keine Kleinkinder mehr, sondern drei alte Männer auf einer Parkbank. Sie sitzen jeden Tag am See, stundenlang, und starren mit scheinbar leerem Blick in die Luft. Die Sprache hat sie längst verlassen. Die viel zu großen Hände bedürfen nur einer schwachen Berührung. Die alles erklärt.

»Jetzt sitzen wir hier«, sagt Johnny. »Total abgebrannt. Ohne eine müde Öre. Wir leben von Dosenfutter und Kartoffeln, und dreimal die Woche klauen wir mit dem Gummischlauch fünf Liter Benzin. Ich habe auf der Schule nicht die Bohne gelernt, kann mich aber an ein Buch aus der vierten Klasse erinnern, das von den Ureinwohnern dieses Landes handelte. Ich habe die Zeichnung noch vor Augen. Wenn wir hier auf der Wiese bleiben, werden wir bald aussehen wie sie. Dann enden wir als Jäger und Sammler und essen Schnecken, Früchte, Würmer und Mistkäfer. Und in ein oder zwei Jahren laufen wir mit Häuten und Fellen bekleidet im Schnee herum und haben gelernt, den Acker zu bestellen. Es geht wirklich vorwärts mit Johnny & The Hurrycanes. Aber trotzdem fehlt irgendwas. Besonders wenn die Nächte finster und undurchdringlich sind. Wenn wir, wie jetzt, im Lager beisammensitzen, Schulter an Schulter, und in die Dunkelheit glotzen. Dann fehlt etwas. Und eines schummrigen Morgens im Januar, wenn wir dastehen und grunzen, unsere stockfleckigen Finger betrachten und durch unser verfilztes Haar streichen, hebt plötzlich einer von uns seinen Kopf und fängt an zu singen. Dann wissen wir, was zu tun ist. Dann spüren wir unsere Bestimmung.«

Lunner und Benny schauen sich verstohlen an. Johnny nickt vor sich hin.

»Sind wir Freunde?« fragt er.

»Freunde fürs Leben«, antworten Benny und Lunner.

Am nächsten Donnerstag war Koldings großer Tag. Die Kinder hatten schulfrei, die Büros schlossen um zwölf. Der Marktplatz platzte aus allen Nähten, als wartete man auf das Königspaar. Dann kam er endlich von Süden her, ein pastellblauer Studebaker Commander Sedan. Wie ein Luftschiff glitt er die Konsul Grans Gade hinunter, wo der gesamte Verkehr schon längst zum Erliegen gekommen war.

Es war ohnehin ein wunderbarer, erfrischend nach Sommer duftender Tag. Der Schloßteich glitzert, der Fjord atmet süß, als Miß Sanchez' pechschwarzer Privatchauffeur sich wegen eines rostroten Traktors zum Anhalten gezwungen sieht. Das bringt die Leute zum Lachen; der Chauffeur läßt seine Zähne blitzen und schiebt seine glänzende Schirmmütze in den Nacken. Die Menge drängt zusammen, verläßt den Bürgersteig und berührt andächtig den imposanten Straßenkreuzer; dann kommen die ersten Autogrammjäger, und bald gellt es durch die ganze Stadt. Die Menschen winken mit ihren Taschentüchern und Strohhüten, die Laufburschen betätigen ihre Fahrradklingeln. Benny steht mit Feo auf dem Arm am Bordstein. Sie hält drei Tomaten in der Hand und starrt ergriffen den berühmten Star an, der in die Menge lächelt und mit einem kleinen weißen Handschuh winkt. Durch Kolding geht ein tiefes Seufzen, denn Dolores ist in Wirklichkeit noch viel schöner als auf den Bildern in den Kaugummipackungen. Ihr nougatfarbenes Gesicht wirkt wie illuminiert. Die calypsoroten Lippen, der korallenfarbene Mund, die schneeweißen Zähne, die funkelnden Augen und ihre kanariengelben Kleider im Schatten der elfenbeinhellen Kopfbedeckung ... Konnte man mehr verlangen?

In diesem Augenblick läßt Feo eine Tomate fallen. Benny bückt sich und verfolgt das rollende Gemüse durch Hunderte von Beinen und Füßen hindurch. Als er es endlich zu fassen bekommt und sich aufrichtet, schaut er Dolores Sanchez direkt in die Augen, die ihn sofort fixiert, die Hand nach der Tomate ausstreckt, sie nimmt und ihre milchweißen Zähne in sie schlägt. Ein Raunen geht durch die Menge, und Feo stößt einen Laut aus, der sich wie »Konditor« anhört, sich aber später als »con dios« erweisen sollte.

Als der Studebaker verschwunden ist, bleibt Benny wie versteinert zurück und erklärt den Journalisten, wie sich alles zugetragen hat.

»Haben Sie die Tomate zurückbekommen? Dürfen wir die Stelle anschauen, in die sie gebissen hat?«

Im Kolding Hotel ist die Suite bereits hergerichtet. Als Dolores hinter dem Direktor durch die Türen schreitet wird sie von einem Blumenmeer und der Weltpresse in Empfang genommen. Sie lächelt unermüdlich, begleitet von ihrem Manager und ihrer unentbehrlichen Garderobiere.

Danach ist ein leichtes Diner vorbereitet, das von drei zuvorkommenden Bediensteten serviert wird, die das »Laterna Magica« zur Verfügung gestellt hat. Auf diese Weise erscheint auch von Lunner ein Bild in der Zeitung, das ihn in dem Augenblick zeigt, als er Miß Sanchez eine Schnitte mit Lachs reicht. Lunners Körperhaltung korrespondiert mit der übrigen Komposition des Fotos: Miß Sanchez auf der Kante eines gepolsterten Stuhls, dem Winkel der Ellbogen, der Art des Handgelenks, sich mit der Zigarette zwischen den Fingern in Beziehung zu setzen, dazu Lunners Oberkörper, der im Winkel von 120 Grad abgeknickt ist, sowie dem starren, konzentrierten Ausdruck, der an die grotesken, in Furnier geschnitzten Bilder der Negersklaven in den Südstaaten denken läßt, servil und ewig buckelnd. Lunner wollte diese Sklaven natürlich nicht nachahmen, hatte aber leider im unpassendsten Augenblick einen Hexenschuß erlitten, der ihn zwang, Lachs, Champagner und taufrische Salatblätter in dieser unterwürfigen Haltung zu servieren. Dem Ganzen wurde die Krone aufgesetzt, als der Oberkellner hinterher seine korrekte Haltung hervorhob. Lunner schwieg dazu, akzeptierte das uneingeschränkte Lob und dachte an den Blick, den Dolores Sanchez ihm geschenkt hatte. Die Unergründlichkeit ihrer Augen brachte ihm einen neuen und sehr nützlichen Ausdruck ins Bewußtsein: Frivol! Er sagte es zu sich selbst, als er sich auf dem Rückweg zu ihrer heimischen Wiese befand. Die Frau ist frivol. Sie entblößt nicht sich selbst, sondern alle anderen. So verhält es sich. Sie entkleidet die gesamte Versammlung mit ihren Augen. Splitternackt stehen wir da und sehen sie in einem curryfarbenen Stuhl sitzen, wo sie mit ihren großen Säbelzahntigerzähnen ein Stück Lachs verzehrt. Geschäftsführer, Bürgermeister und Stadtdirektor stehen x-beinig da und halten sich die Hände vor den Schritt. Die Genitalien baumeln, der Koch hat seinen Leistenbruch operieren lassen, und die Frau des Fremdenverkehrschefs, die tugendhafte Spitzmaus, trägt zwischen Nabel und Unterleib eine Tätowierung mit der Aufschrift Cypern '49. Lunner muß sich die Hand vor den Mund halten, als er vornübergebeugt den VW-Bus erreicht. Er wirft sich auf den Rücksitz, der zu einem Bett ausgezogen ist. Die anderen sind weggegangen; glücklicherweise ist er allein und kann sich in aller Ruhe entspannen, kann wieder zu sich kommen, ohne sich lästige Kommentare anhören zu müssen. Er dreht sich zur Seite und bekommt eine neue Zeichnung aus Feos unermüdlicher Produktion zu Gesicht. Sich aufsetzend, reißt er das Papier herunter. Das Bild ist in drei Farben gehalten, nämlich currygelb, schwarz und … lachsfarben. Anfangs gleicht es einer römischen Ruine, der ovalen Arena des Kollosseums. Ein großes, geiferndes Raubtier ist losgelassen worden und sitzt mit gefletschten Zähnen in der Mitte der Arena. Um das Tier herum tanzen oder laufen Menschen im Kreis, die kaum wie Gladiatoren, sondern eher wie übermütige Nudisten aussehen.

Krampfartig zerknüllt Lunner die Zeichnung und beißt sich in die Knöchel. Schließt die Augen und sieht den Journalisten vor sich, der ihn zu einem früheren Zeitpunkt des Tages fragte: »Hat Dolores etwas zu Ihnen gesagt?«

Lunner wirft den Kopf zur Seite und murmelt: »Wir ... haben ein paar Worte gewechselt, ja.«

Der Journalist knabbert an seinem Bleistift.

»Ja, also, was für Worte?«

»Das wollen Sie wohl gerne wissen ...«

»Ja, natürlich will ich das wissen.«

Lunner schnaubt und lächelt bitter.

»Die Essenz schicke ich Ihnen in Form eines Gedichts mit der Post.« Er macht auf dem Absatz kehrt. Der Reporter sieht ihm ungläubig nach.

Der erste von insgesamt vier phantastischen Tagen hat begonnen.

Das Licht ist hinter dem Rücken von Jütland verschwunden. Auf der Wiese steht der VW-Bus, in dem Erik Lunnermand immer wieder dieselben Zeilen umschreibt, bis sie seinen Vorstellungen entsprechen.

Johnny sitzt im Schneidersitz auf dem Dach und schaut sich mit Feo die Sterne an; mit geformten Lippen flüstert sie: »Vaya con dios«.

Unter ihnen übt Benny, mit den Fingern zu schnippen.

Hundert Meter entfernt, in einem petroleumfarbenen Mietwagen, sitzt der Impresario Sammy Joshua Danielle. Seine Zigarre ist erloschen. Sein Mund steht sperrangelweit offen. Sein Anzug ist kraus und sein Hemdkragen schmuddelig. Er sagt zu sich selbst, daß etwas nicht stimmen könne.

»Sie haben den ... wohl nur ... aufgebockt«, murmelt er und legt den ersten Gang ein.

Achtes Kapitel

Die ganze Stadt befindet sich in einem süßen, abenteuerlichen Taumel. In den engen Straßen schweben durchsichtige Schnüre von Tor zu Tor. Die Frauen liegen in den offenen Fenstern, ihre Seufzer fallen wie Perlen auf die Pflastersteine, ja wie der Tau auf die Ulmen, die bei Sonnenuntergang wie durch ein Wunder beleuchtet werden, als hätte der Sternenhimmel selbst beschlossen, in Kolding zu übernachten.

Alles wegen Dolores. Ihr Name ist auf allen Lippen.

In einer Zweizimmerwohnung mit Alkoven lehnt sich ein Mann an den Türrahmen und beobachtet heimlich seine Frau, die letzte Hand an ihr Make-up legt. Mit den Alltagslippen geschieht eine Verwandlung, die Brauen wölben sich und treten in Verbindung zu Nasenflügeln, Wangenknochen und dem Pony, der dem Gesicht eine stärkere Bedeutung, einen fremden Ernst und vor allem eine flammende Empfindsamkeit verleiht. Der Mann reißt sich vom Türrahmen und seinem früheren Leben los, macht drei gleitende Schritte, legt eine entschlossene Hand auf die nackte Schulter seiner Frau und dreht sie leidenschaftlich herum. Sie sieht ihn kampfbereit an und wirft ihren Kopf zurück. Wer hätte gedacht, daß gerade dieses Paar das innerste Geheimnis des Tangos durchschauen würde?

Sammy Joshua Danielle saß im verrauchten, schummrigen und erwartungsvollen »Laterna Magica« ganz hinten. Er trug seinen weißen Smoking und nippte nervös an einem trockenen Martini, während er die Honoratioren der Stadt studierte, die sich im gedämpften Licht der türkisfarbenen Wandleuchten leise unterhielten. Eine gigantische Reflexkugel drehte sich langsam unter der Decke und schickte kleine Lichtblitze durch den Raum, in dem die Bedienung anläßlich dieses Tages rote Tücher und Stirnbänder trug, was ihnen ein spanisches und exotisches Aussehen verlieh. Sammy trommelte auf den Tisch und bekam Blickkontakt mit einem Zigarettenmädchen, das sich mit einem großen Sortiment, das sie über ihrem Bauch präsentiert hatte, durch die Tische schlängelte. Nach ihren Bewegungen und ihren langen, schlanken Beinen, die in schwarzen Netzstrümpfen steckten, zu urteilen, gab es sicher viele, die Lust auf eine Packung Lucky Strike oder Marlborough bekamen.

»Fünf Eiffel«, sagte Sammy mit gedämpfter Stimme und nahm seine Zigarettenspitze aus der Innentasche.

»Da ist Dreck in der Spitze«, sagte das Mädchen mit einer Stimme wie Minnie Mouse.

Sammy reichte ihr seine Karte, während er seinen resignierten und lebensmüden Blick abwandte.

Das Mädchen nahm sofort eine x-beinige Haltung an und sagte: »O Gott, Impresario, heißt das, Sie kennen alle die Berühmten aus Kopenhagen, Herr Danielle?«

»Es sind meine persönlichen Freunde.« Sammy zuckte unvorteilhaft mit den Schultern.

»Auch Klaus Pagh?«

»Er schuldet mir hundert Kronen. Wir haben vorgestern zusammen gefrühstückt. Hörnchen und Zwieback.«

Sammy blickte zu ihr auf. Sie gehörte zu der Sorte, die mit halb herausgestreckter Zunge lächeln. »Wie heißt du, meine Kleine?«

»Bibbi Larsen. Ich habe Steppen und Akrobatik gelernt.«

»Ich sehe eine gewisse Begabung, Bibbi. Überrascht dich das?«

»Überhaupt nicht, Herr Danielle, mein Freund sagt dasselbe.«

»Dein Freund?«

»Ja, der Große drüben neben der Tür. Der Rausschmeißer. Schau mal, wie er uns anglotzt.« Bibbi lachte nervös. Fast ebenso nervös wie Sammy, der eine Schachtel Zahnstocher kaufte, während er eilig seine Visitenkarte zurückzog.

Er hatte Lunner entdeckt, der mit einem Silberteller die Runde machte. Bedachte man, daß er nie zuvor etwas anderes als Kaffee und Kuchen serviert hatte, konnte man mit seinem Auftreten überaus zufrieden sein, wenn er auch wie gewöhnlich Schwierigkeiten hatte zu lächeln. Er hielt sich auch ein wenig steif, und seine Bauchbinde löste sich ständig und baumelte ihm vor dem Schritt.

Doch ansonsten glich alles einem paradiesischen Traum. Sammy fühlte, daß er hierher gehörte. Dies war seine Welt, sein Metier, sein Leben. Kurz gesagt, das Element, in dem er sich am wohlsten fühlte.

Und als Les Paul mit seinem berühmten Orchester endlich die Szene betrat, breitete sich die Magie bis auf den Marktplatz aus, auf dem mehrere hundert Menschen an dem seltenen Ereignis teilhaben wollten.

Die ersten Aufwärmnummern klingen aus: »Carioca«, »Nola« und »Whispering«. Les Pauls Finger tanzen äquilibristisch über das Griffbrett. Die Leute summen mit, die Stimmung steigt, und rauschender Beifall hallt durch die Gassen und Straßen, bevor eine fast übernatürliche Stille die Stadt lähmt. Die Menschen halten den Atem an. Eine fieberhafte Stimmung breitet sich im »Laterna Magica« aus. An den Tischen wird nicht mehr serviert. Im Mundwinkel der Bürgermeistergattin hängt eine nicht angezündete Zigarette. Ein zerstreuter Kellner schüttet Bier in ein bereits randvolles Glas. Und dann, dann steht sie da: Dolores Sanchez. In einem cremefarbenen Kleid, das sich an ihren makellosen Körper schmiegt, an ihre braune Haut, die einer Skulptur aus weichem Nougat gleicht. Die schwarzen Haare fallen wie die Locken einer Meerjungfrau auf ihre nackten Schultern. Eine einzige Rose befindet sich über dem linken Ohr, an dem die Ringe leuchten wie Korallen. Sie ist nicht von dieser Welt, sie ist eine lupenreine Fata Morgana.

Sie verbeugt sich unter rauschendem und doch gehemmtem Beifall. Das Licht wird gedämpft, während sich ein blauer Spot auf Miß Sanchez richtet, die im Schatten von zwei jungen Männern steht, die rhythmisch mit Daumen und Mittelfinger schnippen. Da der Lichtkegel eine feste Ausrichtung hat, schneidet sein Schatten mitten durch die Jungen hindurch. Les Paul hebt den Taktstock. Die sanften Töne nehmen den Raum mit gelassener Selbstverständlichkeit in Besitz. Der Taktstock saust durch die elektrisierte Luft und zeichnet kleine Rauchfiguren in die Luft, als wäre er ein Opiumstäbchen. Miß Sanchez hält die Lider halb geschlossen und betrachtet das große Mikrophon mit verliebtem Blick:

»Now the Village Mission Bells are softly ringing,
If you listen with your heart you'll here them singing:
Vaya con Dios
My darling
Vaya con Dios, my love.«

Der Traum ist Wirklichkeit geworden, und seine unsichtbaren Fäden lösen die Stadt Kolding wie einen verwurzelten Klotz aus Jütlands Humus heraus, fort von der Erde, gewichtlos schwebend. Wie ein zischender Studebaker.

Und als man viel zu früh die obligatorischen Zugaben erreicht hat, ist die Menge wie betäubt. Die Worte des Wiegenlieds passen perfekt zu dem Zustand, in dem die Leute sich jetzt befinden:

»Mister Sandman, Give me a Dream
Make him the cutest that I've ever seen
Give him two lips like roses and Clover
And tell him that his lonesome nights are over.
Sandman, I'm so alone,
Don't have nobody to call my own.
So please turn on your magic Beam,
Mister Sandman bring me a Dream«

Es ist Nacht geworden.

Der Mond schwebt an seinem Platz.

Die letzten Lichter im »Laterna Magica« verlöschen.

Sammy schenkt sich ein Pils auf seinem Zimmer ein, von dem aus man die Ruine und den Schloßsee überblicken kann. Das Licht ist grünlich, das Zimmer braun und entbehrt nicht einer gewissen anheimelnden Gemütlichkeit. Er kommt nicht zur Ruhe. In Wahrheit ist er den ganzen Abend nicht er selbst gewesen. Natürlich war er genauso begeistert wie das übrige Publikum und hat Les Paul und nicht zuletzt Miß Sanchez stehende Ovationen dargebracht, fühlte sich aber durch eine sonderbare Zerstreutheit geradezu mumifiziert.

Die letzte Zigarette brennt. Der Impresario sitzt auf der

Fensterbank und lehnt seinen Rücken gegen die Wand. Sieht dasselbe Bild vor sich, immer und immer wieder. Vielleicht war es eine Halluzination. Das traurige Resultat von zu viel Arbeit, zu viel Tabak und zu wenig Schlaf. Nicht zuletzt zu wenig Geld.

»Erfolg«, murmelt er ergeben, »Erfolg …«

Das Zauberwort steht ihm wie eine Wunderkerze vor Augen, verglüht und stirbt wie eine 40-Watt-Birne.

Ach ja, Les Paul und Dolores Sanchez, ein Duo von Weltniveau, das den Menschen einen winzigen Einblick in das Land der Träume gewährte, die Welt der Illusionen.

»Zauberei«, sagt Sammy laut und betrachtet geistesabwesend die Tabakblätter seiner Zigarre, die industriell gerollte Schlamperei bezeugen.

»Tja, die echte Ware …«, flüstert er und bläst eine blaue Wolke in den Raum, »die echte Ware, meine Damen und Herren …«

Er kann es nicht vergessen. Sie hatten den Wagen nicht aufgebockt. Warum hätten sie das auch tun sollen, wenn alles in Ordnung war? Johnny besaß auch bestimmt keinen Wagenheber.

»Er schwebte …«

Vollständig angezogen legte er sich aufs Bett. Paffte rhythmisch und gedankenversunken an seinem Stummel, rollte sich dann plötzlich zur Seite und erblickte die Tageszeitung, die auf dem Nachttisch lag. Auf der Vorderseite prangte ein Foto des Ministerpräsidenten H. C. Hansen in Minnesota. Aber das interessierte Sammy nicht, der ganz unten auf der Seite fand, wonach er gesucht hatte, nämlich das Bild einer großen Anzahl von Menschen mit verklärtem Blick und erhobenen Armen, im Zustand völliger Ekstase. Daneben das fast suggestive Pressefoto eines leuchtenden, hübschen Gesichts, das irgend jemand durch eine Telefonnummer verunstaltet hatte, die quer über die glatte Stirn des Mannes verlief.

»Bobby Sankt Paul nach Dänemark«, lautete die Schlagzeile.

Sammy nickte vor sich hin. Er selbst hatte die Telefonnummer aufgeschrieben. Er hatte den kurzen Artikel mehrere Male gelesen. Vom Triumphzug des Wundermannes und Wanderpredigers durch Europa. Im Innenteil der Zeitung gab es ein Bühnenfoto von Sankt Paul, der mit ausgestrecktem Armen ein paar Krücken hielt. Hinter ihm leuchtete eine große Tafel, auf der Hunderte farbiger Glühbirnen blinkten und den Satz »Jesus Is Here« bildeten.

Sammy betrachtet seine Zigarre, die langsam verglimmt. Schwermut liegt ihm nicht, doch er kann sich nicht davon freimachen, dies symbolisch zu verstehen. Eine neue, kontrapunktische Wärme durchflutet ihn. Unwillkürlich denkt er an seinen ersten Schultag. An dem er, nachdem alles überstanden war, die Allee mit den frühzeitig vergoldeten Kastanien hinunterläuft. Der Schulranzen schlägt gegen seinen Rücken, die neuen Schuhe drücken. Die Eltern erheben sich, der kleine Sammy vergräbt sein Gesicht im Schoß der Mutter und spürt die Hand seines Vaters zwischen den Schulterblättern. Welches Glück und welche Erleichterung, bedenkt man die vorige Woche, als er mit einer Taschenlampe und einer Brechstange im Wohnzimmer stand. Es ist Viertel vor drei. In der Tiefe der Wohnung schnarcht die Mutter mit der Stärke eines Taifuns. Den Lungen fehlt nichts. Die Frau ist ohnehin von stählerner Gesundheit.

Sammy starrt zielbewußt auf das Gemälde mit den biblischen Patriarchen, die von einem Höhenzug aus ins Gelobte Land blicken. Vielleicht war es Inzucht oder eine

Laune des Künstlers, in jedem Fall hat der ganze Haufen einen deutlichen Silberblick.

Er entfernt das Gemälde und fixiert das graue Metallgehäuse in der Wand. Sammy kennt die Geheimzahl nicht, doch er will sie auch gar nicht wissen. Mit schwitzigen Händen setzt er die Brechstange im Spalt zwischen Metall und Putz an und stemmt. Gütiger Himmel, der ganze Dreck öffnet sich wie eine Spieldose.

Sammy befeuchtet seine trockenen Lippen und leuchtet in das kleine viereckige Depot hinein, in dem eine braune Ledermappe und eine grüne Eisenkassette liegen. Behutsam nimmt er beides an sich und entdeckt zu seiner ungetrübten Erleichterung, daß in der Kassette ein Schlüssel steckt. Er atmet kräftig durch und lauscht. Das Schnarchen der Mutter ist von unregelmäßigem Röcheln abgelöst worden. Es hört sich an, als würde ihr etwas in der Kehle stecken. Hastig legt er die Kassette und die Mappe zur Seite und hastet durch den dunklen Korridor bis in die Küche, wo er Milch in ein Glas gießt, mit dem er das Schlafzimmer der Mutter betritt. Sie liegt wie immer flach auf dem Rücken, die sehnigen Arme sind zur Seite gestreckt. Der Mund steht offen. Auf dem Nachttisch lächelt das Gebiß in einem Wasserglas. Sammys Hand mit dem Milchglas zittert. Die Standuhr tickt mit bedeutungsschwerem Pendel. Dann geschieht es. Die Mutter regt sich, stößt einen Laut aus, der kräftiger wird, akkumuliert und ihr ohnehin verzerrtes Gesicht in eine Grimasse verwandelt, bevor sie schreit: »Samuel …!«

»Hier bin ich, Mami … genau hier …«

Seine nadelstichgleichen Augen sind hellwach.

Er reicht ihr das Glas, doch sie rührt es nicht an, sondern starrt nur auf Sammy.

»Deine Milch, Mami … soll ich sie aufwärmen?«

»Ich habe geträumt, daß du mich erschlagen hast«, flüstert sie machtvoll. »Ich sah dich leibhaftig vor mir. Du hattest das Grammophon voll aufgedreht. Die furchtbare ›Finlandia‹ lärmte und toste. Ich hielt mir die Ohren zu, als ich dich erblickte. Du sahst aus wie Macbeth. Wie Macbeth, Samuel, mit einem Gegenstand in den Händen, einer Mordwaffe, einem nadelspitzen Stäbchen, das du mir quer durch den Schädel getrieben hast, vom Scheitel bis zum Kehlkopf. Ich spürte, wie es den Gaumen durchdrang und sich durch die Zunge bohrte. Ich konnte nichts sagen, nur röcheln.«

»Aber … Mami.«

»Hilf mir auf, Samuel.«

»Auf? Jetzt?«

Sie schwang mit beunruhigender Kraft die Beine aus dem Bett.

Sammy sah die Milch an seinen Händen hinunterlaufen und dachte nur an das Gemälde und das geöffnete Gehäuse in der Wand.

»Die Zeit ist gekommen«, stöhnte die Alte und griff nach ihrem Bademantel.

»Wofür, Mami? Wäre es nicht besser, du würdest …«

»Er soll schweigen.«

Sie öffnete die Tür und stapfte in Richtung Wohnzimmer. Sammy folgte ihr, als ginge es zu seiner Hinrichtung.

Kurz darauf standen sie gemeinsam in der schummrig beleuchteten Stube vor dem großen Ölgemälde, das wie ein geöffneter Fensterladen den Blick auf das Loch in der Wand freigab. Auf dem Regal zur Linken lagen die Taschenlampe und das Brecheisen.

Sammy spürte, wie es ihm die Kehle zusammenschnürte, und vernahm gleichzeitig ein schwaches Trompeten wie von einem Fasan. Als sei der Laut seinem Rachen entwichen und wieder in seinem Körper verschwunden.

Die Mutter drehte sich langsam herum. Und musterte ihn eingehend.

Irgend etwas ließ ihn an Frau Tornheim denken, die »Geh nur immer unbefangen« rezitierte, bevor sie ihrem vierbeinigen Geliebten das Licht ausblies.

»Sammylein«, sagte sie und streckte die Hände aus.

Ein zahnloses Lächeln bemächtigte sich ihres grimmigen Gesichts, das plötzlich vor Stolz und Zuneigung leuchtete. Sprachlos ließ er sich umarmen und auf beide Wangen küssen.

Wiehernd wiegte sie die Brechstange in der rechten Hand, während sie ihm zuzwinkerte. Sammy zuckte die Schultern und wich vorsichtshalber einen Meter zurück.

»Es steckt also doch etwas Männliches in meinem Sohn«, rief sie und knallte die Stange gegen den Rahmen, worauf das Bild mit den Patriarchen zu Boden fiel, wo es sich wie eine Wachsdecke zusammenfaltete.

Sie warf das Brecheisen weg und nahm die grüne Geldkassette aus dem Hohlraum samt der Ledermappe, die sie auf den kleinen Hausaltar legte.

In der Mappe befand sich ein Haufen Fotos von der Mutter und Sammys Vater. An der Seite des riesigen Kinderwagens sahen sie sehr verliebt aus. Die Finger der Mutter berührten das lächelnde Gesicht des Vaters. Er war ein ziemlich gutaussehender Mann.

»Wie sehr ich deinen Vater geliebt habe«, flüsterte sie.

Sammy mußte schlucken und sah zu, wie sie die grüne Kassette öffnete.

»Du weißt, daß er gelernter Gürtler war«, sagte sie leise.

Sammy nickte und dachte, das klänge zumindest besser als Geldfälscher.

»Und nicht besonders musikalisch ... oder romantisch«, fuhr sie fort und holte ein vergilbtes Notenblatt aus dem Kästchen hervor. Sie betrachtete liebevoll das Blatt mit den wenigen Noten. »Stell dir vor, das hat er für mich geschrieben«, sagte sie, »und es war wohl die einzige Melodie, die er auf dem Klavier beherrschte. Ich habe sie seit vierzig Jahren nicht gehört.«

Sie reichte Sammy das Notenblatt, der bewegt lächelte, sich ans Klavier setzte und eine kleine Wandleuchte anknipste, welche die einfache Melodie erhellte. Es handelte sich im Grunde nur um einen simplen Refrain, wie eine Melodie, die einem plötzlich in den Kopf kommt.

Sammy spielte sie dreimal. Doch erst beim dritten Mal traf er die richtigen Töne, machte korrekte Pausen und erweckte die Melodie mit zögerlichem Anschlag zum Leben.

Das junge Paar sitzt auf dem Sofa, dicht beieinander, doch ziemlich gesittet. Der Mann mit den dunklen Locken hat seine flache Hand auf den Bauch des Mädchens gelegt. Was für Erwartungen.

Sammy erhob sich aus seinem weichen Bett, ging zum Waschbecken in der Ecke, drehte den Hahn auf und ließ seine Zigarre erlöschen.

Dann öffnete er das Fenster, betrachtete die prächtige Eiche und sah eine Gestalt in größter Eile über den Marktplatz huschen; sie transportierte einen Gegenstand auf einem Silbertablett. Sammy seufzte, mußte aber einfach die Melodie seines Vaters pfeifen, die zart und fein, fast lieblich durch die Nachtluft klang.

»Wie er schwebte ...«, murmelte er gedankenverloren und holte die Zeitung mit der Telefonnummer.

Neuntes Kapitel

Die hellen Nächte haben sich Koldings Straßen bemächtigt. Die elektrische Straßenbeleuchtung wirkt schal und schlaftrunken. In der Stadt herrscht eine grüne Stimmung. Nicht in der landläufigen Bedeutung. Nicht flaschengrün, nicht grasgrün, meergrün oder gemüsegrün, sondern neongrün. Wie auf dem Grund eines Brunnens oder der Tiefe des Herzens. Genauso das Rot. Nicht blutrot, weinrot oder briefkastenrot, sondern cocktailrot. Die Lichtreflexe der Karibik, die Herzkammer einer Jungfrau. Sieh den bläulichen Schimmer in der Einfahrt. Es ist kein marineblau, königsblau oder himmelblau, sondern bluesblau. Genau wie zurückgehaltene Tränen.

Viele werden es sein, die sich morgen verlegen der abendlichen und nächtlichen Ereignisse erinnern. Die mit einem amoralischen Kater kämpfen werden. Aber es wird noch andere geben, die verstohlen hinter der Morgenzeitung hervorschauen, um für einen Augenblick die Frau anzusehen, mit der sie seit fünfzehn Jahren verheiratet sind. Sie, die mit sicherem Schritt hinunter auf die Gasse geht, mit einer neuen Drehung der Hüften, getragen von zwei hohen Absätzen. Nicht die Mutter seines Kindes, nicht die Frau aus dem Waschkeller, sondern eine andere, eine, die sie versteckt und mit der sie getuschelt hat, wenn der Rest des Hauses schlief. Wenn sie alleine an der Wäscheleine stand oder insgeheim eine Schallplatte aufs Grammophon legte – und den Schlager durch eine lärmende, alarmierende, beunruhigende

Musik ersetzte. Die in den kleinen Räumen etwas losbrechen ließ. Leben und Tod, Eifersucht und Temperament. Pauken, die das Eis brechen, Berge, die kalben – und dunkle, unberührte Kiefernwälder, die plötzlich in Lichtkaskaden explodieren. Die Frau, die nicht als selbstverständlich betrachtet werden will. Und die plötzlich einen Schatten wirft, in dessen Tiefe er nur Leere erblickt, nachdem sie gegangen ist. Fort von ihm.

Die Kulissen der Wirklichkeit brechen zusammen.

Draußen auf der Wiese steht ein neuer Tag hinter den Hügeln, doch immer noch ist es dunkel. Der VW-Bus mit den kleinen Vorhängen ruht schwer im Gras. Als eine kleine Gestalt zwischen den Rädern auftaucht. Der Mann hat einen Zollstock in der Hand. Er richtet sich auf und wischt sich die Kleider ab. Schüttelt verärgert den Kopf, geht zu seinem Auto zurück und fährt in die Stadt.

Sammy war zurecht ein wenig enttäuscht, und als er an dem großen, schönen Hotel mit den orangefarbenen Markisen vorbeifuhr, bemerkte er, daß in der ganz oben gelegenen Suite das Licht brannte. Er parkte schräg gegenüber und dachte eine Zeitlang über sein Leben nach, während er sich süßen Träumen im verführerischen Licht der obersten Etage hingab, dort, wo sich die Suite von Dolores Sanchez befand. Es ist ihr Licht und ihre Nacht. Im Handschuhfach des Autos hat er stets eine kleine Kamera, eine mit Selbstauslöser. Zu Hause in der Farimagsgade hingen reihenweise gerahmte Fotos, die den Impresario Seite an Seite mit den Berühmtheiten dieser Welt zeigten, angefangen von Danny Kaye über Josephine Baker, George Gershwin und Irving Berlin (in diesem Fall ohne Sammy, denn Berlin war dem Vater wie aus dem Gesicht geschnitten) bis zum indischen Premierminister Nehru vor einem Kiosk bei Himmelbjerget. Es hatte den berühmten Politiker amüsiert, daß sich Sammy aus der Tageszeitung ein Käppchen faltete, das seinem eigenen glich. Es gab nicht viele, die solch ein historisches Foto besaßen. Sammy hatte Nehru seine Visitenkarte gegeben. Auch dies hatte den Inder erheitert.

Und jetzt brannte das Licht in der Suite von Miß Sanchez.

Warum schlief sie nicht? Vielleicht schlief sie niemals? Vielleicht war das ihr Geheimnis. Sammy hatte einmal in »Das Beste« gelesen, daß Leute, die zu viel schlafen, jung sterben. Danach versuchte er, sich fünf Tage und Nächte wachzuhalten, fiel auf einem Marktplatz einfach um und wurde mit Verdacht auf Anämie ins Krankenhaus eingeliefert. Später modifizierte er die Lebensweisheit in: Leute, die zuviel schlafen, sterben unglücklich. Und wer wollte schon unglücklich sterben? Wer wollte überhaupt sterben? Dennis de la Motte redete ununterbrochen vom Tod. Besonders wenn er getrunken hatte. Der kleine, gertenschlanke Gauklerdirektor liebte es, vom Ende des Lebens zu sprechen.

Sammy war die Beziehung zu de la Motte in all den Jahren von Nutzen gewesen. Daher mußte er auch seine Launen ertragen. Gelinde gesagt.

»Schließ die Tür, Itzig! Und hol die Flasche.«

Sammy schließt die Tür zu de la Mottes dreizehn Meter langem Wohnwagen. In dem die Frau, die Geliebte und das Kind schlafen.

»Nimm dir selbst ein Glas. Ich sagte, nimm dir selbst ein Glas, Itzig! Wo bist du nur erzogen worden, Mensch. Auf dem Scheißhaus der Synagoge. Halt die Schnauze und komm her. Ich möchte ein bißchen ... mit dir reden.«

»Entschuldige, Dennis, aber es ist schon spät, und wenn ich meinen Nachtschlaf nicht bekomme, platzt die Membran in meiner Eustachischen Röhre. Ein Erbleiden. Ein Ohr meines Urgroßvaters explodierte durch zu wenig Schlaf im Thorvaldsen Museum. Der Fleck befindet sich immer noch auf dem Innenschenkel eines Diskuswerfers. Und was den ›Fakir von Bilbao‹ angeht, so …«

»Zora ist gestern hier gewesen.« De la Motte stocherte mit einem Brieföffner in seinen Zähnen.

Sammy weiß, daß Zora hin und wieder zu de la Mottes rollender Gauklertruppe gehört. Sie ist mindestens achtzig Jahre alt, müde wie eine Rosine und zynisch wie Rizinusöl. Eine berühmte Wahrsagerin mit einer Vergangenheit als Pharmazeutin in Ruds Vedby.

»Ich bin nicht abergläubisch, Sammy, das weiß jeder.« Der Direktor unterdrückte ein Rülpsen.

»Das weiß jeder, Dennis.«

»Aber auf mir … auf mir ruht bereits ein Schatten.« Der Direktor befeuchtete seine Lippen und sah Sammy eiskalt an. Handelte es sich hier um Bösartigkeit, dann wohnte sie im Gehäuse der Sentimentalität.

»Zum Teufel noch mal, Dennis …«

»Unterbrich mich nicht, Jude. Du weißt, wie sehr ich es hasse, unterbrochen zu werden. Besonders von Leuten, die in meiner Schuld stehen. Und Gott weiß, daß du das tust. Gott weiß es. Du stehst in meiner Schuld.«

Sammy ringt die Hände und ist sich nicht sicher, worauf de la Motte hinauswill. »Was die neunundachtzig Kronen angeht, Dennis, so …«

»Du sprichst von Geld, während ich hier sitze und dir sage, es geht mit mir zu Ende? Wie kannst du es wagen, du kleiner, egozentrischer, unfaßbar genußsüchtiger Gnom?«

Sammy läßt den Blick auf die dicken Perserteppiche sinken, die in mehreren Lagen im überladenen Wohnwagen liegen.

De la Motte betrachtet mürrisch seine Zigarre. Seine Stimme nimmt einen sanfteren Ton an. Seine gefährlichste Stimmung.

»Im Angesicht des Todes ... wird ein Mann ... wie soll ich sagen ... einsichtig.« Die aufgequollenen, stechenden Augen, die mit jedem Jahr stärker an grüne Wachteleier erinnern, kommen mit großer Unsicherheit auf Sammys Gesicht zur Ruhe: »Was sitzt du da und nickst, Itzig?«

»Ich nicke, weil ... ja, weil ich angetan bin von deinen Worten. Man sollte etwas davon zu Papier bringen. Ich bin mir sicher, daß ein Verlag ...«

»Du meinst, daß irgend jemand darüber entscheiden sollte, was festgehalten und was vergessen wird. Vielleicht du selbst?«

»Niemals, ich würde mich nicht eignen. Ich habe für so etwas kein Talent. Obwohl ich doch in vieler Hinsicht ...«

»Du verstehst einen Scheißdreck. Du hast keinen blassen Schimmer. Du besuchst mich hier in meinem vornehmen Etablissement und bringst deinen selbstgemachten Katalog voller abgehalfterter Pudel, Furzballons und Glasspieler mit. Drängst uns deinen schlechten Geschmack auf. Deinen abgrundtief schlechten Geschmack. Er ist verfault, Sammy. Ein stinkender, verrotteter Geschmack. Du hast keine Vorstellung, was Schönheit ist, du hast kein Auge für bedeutende Kunst. Ich habe mitangesehen, wie du versucht hast, drei Mongoloide zu verkaufen, die auf Gartenschläuchen Mozart spielen. Du hast Hunde unter Vertrag, die den Champagnergalopp kläffen, und Ziegen, die jodeln können. Ich finde das einfach zum Kotzen, Danielle. Und dann besitzt du die einzigartige Frechheit, hierher, in mein eigenes Zuhause zu kommen und dir einzubilden, auch nur einen Schimmer des Höchsten zu begreifen, das existiert …«

Dennis de la Motte redete, bis sein Gesicht gasblau angelaufen war. »Gib mir die Scheißflasche, bevor du sie unter die Weste steckst. Immer fehlt etwas, nachdem du gegangen bist. Merkwürdig, nicht?«

Er trank jetzt direkt aus der Flasche. Sein Kinn sank auf die Brust. Sammy wußte aus eigener bitterer Erfahrung, daß die Sentimentalität des Direktors jederzeit in Tränen umschlagen konnte. Er hatte persönlich erlebt, daß de la Motte wie ein Kleinkind schluchzte und nur Sekunden später einen seiner Pudel durchprügelte. Man erzählte sich die Geschichte, er hätte eines Tages in einen Vollbluttraber mit dem Namen »Esther-kriegt-ihr-nie« investiert. Ein vielversprechendes Engagement; einmal hätte das Tier fast das Koster Memorial gewonnen, brachte seinem Besitzer aber auch sonst eine Menge hübscher Prämien ein. Doch eines Abends im August, während das Gespann auf der Rennbahn trainiert, trinkt Dennis im Wirtshaus einen über den Durst. Er nimmt sich ein Taxi, fährt auf die Anlage, durchbricht den Zaun, läuft unter Tränen zu der Stute und jagt dem Tier ein Bajonett in die Brust. Nachdem es vom Tierarzt eingeschläfert worden ist, verlangt der jetzt nüchterne und schuldbeladene Direktor, man solle »Esther-kriegt-ihr-nie« ausstopfen, damit sie vor dem Eingang seines Wohnwagens stehen könne. Eine Idee, die ihm seine Umgebung hat ausreden können. Er behauptete später, die Stute sei seine einzige wahre Liebe gewesen, was eine Reihe von Streitigkeiten mit seiner Frau und seiner Geliebten nach sich zog. Abgesehen von der Tragödie an sich gab dies zu verschiedensten Vermutungen Anlaß, was das besondere Temperament und die unvorhersehbaren Reaktionen des Direktors betraf.

Er sah Sammy finster an:

»Ich habe persönliche Bekanntschaft mit dem Engel des Todes gemacht«, sagte er fahl.

Sammy wagte nicht, sich zu rühren, fühlte aber zum ersten Mal eine tiefe Trauer über die Erniedrigungen, die er über sich ergehen lassen mußte. Eine tiefe Trauer im Namen aller seiner Klienten. Aller, die ihre gesamte Existenz für ihre mehr oder minder dubiosen Kunststücke aufs Spiel setzten. In Sammys Augen zählten nur Opferbereitschaft und Freude. Sammy war beinahe gerührt.

Er schaute de la Motte an, der in seinen glänzenden Zigeunerkissen dahinfloß und nichts als seinen schwarzen Kimono trug. Seine Knöchel waren weiß und so dünn wie Blumenstengel, seine Finger so fett wie ein Weißbrotteig. Die wuchtigen Goldringe schnitten tief und ungesund in seinen kleinen Finger, und wenn er sich zurücklehnte, entblößte er sein Geschlecht, das wie gekochter Lachslaich zwischen seinen Beinen lag. Einst war Dennis ein fröhlicher Kerl gewesen, ein ehrgeiziger junger Mann mit Mut zum Leben, der viel lachte und viel weinte. Ein Mann, der einfach jedem etwas aufschwatzen konnte. Auf seine eigene Weise anziehend. Bevor das Fett kam. Bevor der Ekel in seinen Blick trat. Er bildete sich ein, das Leben zu durchschauen. Alles, was es zu bieten hatte.

Auf jeden Fall das, was man für klingende Münze erwerben konnte. Das einzige, was er wirklich respektierte.

»Ich habe mit dem Engel des Todes getanzt, Samuel.« Dennis schaute seine Zigarre an. »Eine Frau von göttlicher Schönheit, verführerisch wie keine andere; weißt du, wovon ich spreche, kleines Männlein?«

Sammy machte eine unbestimmte Handbewegung.

Dennis beugte sich nach vorn. Über den bläulichen Lippen hingen Schweißperlen. »Ich spreche von Erotik, der Erotik des Todes. Sie ist eine göttliche Hure, eine aufreizende Nutte. Aber täusche dich nicht. Täusche dich nicht, Samuel. In ihrem Schoß erwartet dich nur Dunkelheit.«

»Ein ziemlich ungemütliches Thema, Dennis«, flüsterte Sammy.

Der andere nickte friedfertig. Jetzt entgegenkommend.

»Weiß Gott.« Er seufzte tief. »Weiß Gott, Sam. Entschuldige, daß ich vorhin so schroff war.«

»Du warst nicht zu schroff, Dennis.«

»Doch, das war ich. Ich kenne meine Launen. Frag einmal meine Frau. Frag sie alle zusammen. Schau mich an, Sammy: Würdest du sagen, daß Dennis de la Motte erfolgreich ist?«

»Wie kannst du nur etwas so Dummes fragen, Dennis?«

»Antworte mir jetzt, Sam. Wir kennen uns schon so viele Jahre. Und ich respektiere dich in vielerlei Hinsicht.«

»Ich würde sagen, du bist der erfolgreichste Selfmademan in der gesamten Gauklerbranche, und das gilt für ganz Skandinavien und den größten Teil Nordeuropas …«

»Was, glaubst du, bin ich wert? Ich meine auf Heller und Pfennig.«

»Millionen, Dennis. Allein dein Wagenpark … Millionen. Mindestens.«

»Ich kann deinen Arsch kaufen, Sammyboy. Ich kann jeden x-beliebigen Arsch kaufen. Es gibt nichts auf der Welt, das Dennis nicht kaufen könnte. Der Trottel ist noch nicht geboren, den ich nicht kaufen könnte. Wenn ich den Engel des Todes kaufen will, läßt sich vielleicht auch ein Weg finden. Aber ich weiß, er würde mich ruinieren. Manchmal … manchmal wünschte ich, ich wäre ein armer Vagabund. Ein Scherenschleifer. Zum Teufel mit dem Zaster, Sammy.«

Der Impresario hatte selbst oft genug vom großen Gewinn im launischen Lotto des Lebens geträumt. Doch es geschah auch, daß er Barem gegenüber eine ganz andere Einstellung an den Tag legte. So wie bei seinem Jubiläum im letzten Jahr, als er sein Herz aufgehen fühlte und ihm Tränen in den Augen standen angesichts der vielen dankbaren Kunden und Klienten, die das letzte Hemd gegeben hatten, um ihm einen unvergeßlichen Abend zu bereiten. Man sang und spielte auf der Zither, der Concertina und einer verstimmten Maultrommel. Man tauschte Erinnerungen aus, die Sammy als »tausend und ein Lügenmärchen« bezeichnete, die in unendlicher Auflage gedruckt würden, um danach in Vergessenheit zu geraten. Und als er spät in der Nacht den letzten Illusionisten verabschiedete. sagte er zu sich selbst, er sei ein reicher Mensch. Gerührt betrachtete er den großen Gabentisch mit dem trommelnden Schimpansen in Lederhose und Tirolerhut, den selbstgehäkelten Topflappen, die seinen Namen trugen, den Spielkarten aus Havanna, Houdinis Handschellen, Tribinis ersten Milchzahn und den Kopf einer Bauchrednerpuppe namens Georg, die man nach dem Untergang der Titanic aus dem Wasser gefischt hatte. War er vom Leben nicht überreich beschenkt worden?

Er schaute Dennis de la Motte sanft an, der seinen Zigarrenstummel wippen ließ:

»Deinen Arsch, Sammyboy!«

Sammy lachte bagatellisierend. Aber Dennis kehrte wieder den Rüpel heraus.

»Was ist es wert, Sammy? Was ist dein Leben wert? Rein gar nichts! Du bist ein Bettler und Schacherer, ein Pfuscher und ein Stümper, ein ungepflegter Schwindler, der meinen Whisky trinkt und meine Zigarren raucht und der es sich in dem behaglichsten Stuhl bequem macht, als sei er unter seinesgleichen. Du bist der größte Einfaltspinsel auf Erden. Und jetzt willst du mir den ›Fakir von Bilbao‹ andrehen. Ein alter Mann mit Schuhcreme im Gesicht, der brennende Wattebäusche verzehrt und billige Schwerter schluckt. Glaubst du, die Leute wollen sich so was noch länger ansehen?«

»Wenn es nach mir ginge ...«, begann Sammy.

»Glaubst du, die Leute schmeißen ihr Geld für so einen Alkoholiker raus? Für wen, zum Teufel, hältst du uns? Mit diesem Schrott ist es jetzt vorbei. Wir haben nur noch erstklassige Nummern. ›The Flying Eagles‹ kommen direkt vom Tivoli.«

»Zum einen ist er kein Alkoholiker, zum anderen, so ... ja, so finde ich, schuldet man einem verdienten Artisten auf seine alten Tage Respekt.«

»Allright, Samuel Joshua Danielle. Allright, der Fakir bekommt seinen Vertrag, auch wenn ich zufällig weiß, daß er eigentlich Fahrradmechaniker ist.« Dennis lachte. Sammy dachte, er sollte besser auch lachen.

»Weißt du, was das hier ist?« fragte Dennis gutgelaunt und stellte Sammy einen Blechnapf vor die Nase.

»Nee, was ist das, Dennis? Sieht aus wie ...«

»Das ist Neros Futter. Er hat offensichtlich einiges übriggelassen.«

Nero war Dennis de la Mottes Lieblingshund. Ein riesiges Biest mit zwei boshaften Augen, roten Lefzen und Zähnen wie ein Herings-Hai.

»Iß das, Samuel!«

Sammy starrte den Direktor ungläubig an, der sich mühsam aufrappelte und die Tür zum Platz hinaus öffnete, auf dem die jüngeren Mitarbeiter ein Lagerfeuer entfacht hatten. Er rief sie in den Wagen. Eine seltene und ehrenvolle Aufforderung, die man sich nicht zweimal sagen ließ.

Unsicher kichernd, drängten sie sich am Eingang zusammen.

Dennis war in seinem Element.

»Iß das, Sammy«, sagte er ruhig.

»Ehrlich gesagt, Dennis …«

»Wenn du den Vertrag für deinen abgehalfterten, Wattebäusche fressenden Fahrradmechaniker mit nach Hause nehmen willst, ißt du das jetzt. Und zwar alles.«

Als Sammy in dieser Nacht nach Hause fuhr, schwor er sich, nie wieder einen Fuß über de la Mottes Schwelle zu setzen.

Niemals. Er hatte wahrhaftig mit einer wahnsinnigen und für ihn untypischen Idee gespielt, nämlich den Direktor die Bekanntschaft mit dem Engel des Todes machen zu lassen, so daß die Welt hätte erleichtert aufatmen können.

Aber das war, wie gesagt, nicht Sammys Stil. Außerdem sollte er nicht so billig davonkommen. Alles zusammen in Betracht gezogen.

»Wie grausam das Leben doch manchmal ist«, murmelte er.

Vielleicht war Dolores Sanchez im Innersten ein einsamer und unglücklicher Mensch. Es heißt ja, auf dem Gipfel sei es kalt. Doch auch in der Farimagsgade konnte es ganz schön zugig sein.

Erneut betrachtete er das Dachgeschoß des Hotels.

Vielleicht hatte der Star einfach Angst vor der Dunkelheit. Es bestand natürlich auch die Möglichkeit, daß Besuch bei Dolores war. Vielleicht hatte Les Paul seine Gitarre weggelegt und lutschte jetzt an ihren Fußgelenken.

Ein Schauer durchrieselte den Impresario, der einmal einen Vortrag mit dem Titel gehört hatte: »Salat für einen Kannibalen.«

Er gab sich der Phantasie hin und nahm dabei einen erloschenen Ausdruck an: Dolores liegt nackt auf der weißen Decke. Zwischen zwei Kandelabern, einer französischen Originalabfüllung und vier grünen Kristallgläsern. Samuel Joshua Danielle bindet sich die Serviette unter das Kinn und schärft das Tranchiermesser. Dolores verzieht keine Miene, sondern liegt einfach auf dem Eßtisch und saugt die Wangen nach innen. Sammy jammert hysterisch, stampft kräftig auf, wird von einem heftigen Krampf geschüttelt und schneidet sich eine dicke Scheibe von ihrem linken Schenkel ab. Dolores zieht bloß einen Flunsch, also schlägt er seine Zähne in ihre Hüfte, leckt sie unter dem Kinn und bohrt seine Zunge in ihre Achsel. Rasend vor Begierde und Hunger schlemmt er in ihren dampfenden Eingeweiden, winselt vor Verlangen, als die Leber sich öffnet, die Bauchspeicheldrüse gleitet wie eine Mandel nach unten, die linke Niere landet klatschend auf dem Teller mit den obligatorischen Kräutern, wollüstig taucht er sein Gesicht in das immer noch schlagende Herz, badet im warmen Blut und schreit vor Geilheit beim Anblick ihres Geschlechts auf der Platte mit den schwarzen Trauben. Vom Hals abwärts geöffnet, sieht sie ihn flehend an, als Sammy, der Schelm, den heiligen Schnitt vornimmt, der von einem Punkt zwischen den Augenbrauen in einem weichen, geschwungenen

Bogen bis zur Vertiefung im Nacken führt. Der Verstand faltet sich auseinander wie ein Platzdeckchen, liegt entblößt da wie ein Blumenkohlkopf, mystisch wie ein Fötus. Das Innere des Hirns ist grün, genau wie die Neonbeleuchtung über dem »Broen« am Unteren Fasanenweg; die Herzkammer hingegen ist rot wie das tiefe Verlangen, doch der Blick, der sich von der appetitlichen Frau niemals abwenden wird, ist bluesblau. Zum Schluß fällt er über den großen Tisch her, auf dem sich Miß Sanchez' Skelett, um nicht zu sagen ihr Gerippe, erhebt wie eine tschechische Kathedrale. Es tropft sporadisch vom Schlüsselbein, ansonsten ist es still. Sammy beträufelt die Knochen feierlich mit einem griechischen Grappa und entzündet ein Streichholz. Der Geruch des Flambierens muß alle Götter besänftigen.

Sie verbrennt wie der geheimnisvolle Aga Khan und erhebt sich wie der Vogel Phönix aus der Asche, um neue Generationen zu verzaubern. Wie der lichtscheue Bogart, dessen Drive-in-Unsterblichkeit genauso unakzeptabel ist. Die Pauken des Jenseits donnern wie südamerikanische Wasserfälle, isländische Vulkane oder das Ticken der Standuhr in der dänischen Provinz und werden bis in alle Ewigkeit grollen gleich dem Donner über den alles andere als verlorenen Horizonten des Menschen. Ein klingender Regenbogen.

Er biß ins Lenkrad und schlug mit der Hand hart gegen den Sitz.

»Wer nicht wagt …«, murmelte er und sah ärgerlich auf den Zollstock, bevor er die Autotür öffnete.

Es gelang ihm, sich am Nachtportier vorbeizustehlen, an der verdunkelten Bar um die Ecke zu biegen und zum Fahrstuhl hinüberzulaufen. Mit zitternder Hand drückte er auf den Knopf mit der Aufschrift »Admiralsuite«. Er hatte ein saugendes Gefühl im Magen. Den Mut, der seine Bewegungen steuerte, schrieb er der Erinnerung an de la Motte zu.

Eine Minute später trat er hinaus auf den weichen Teppich und begab sich zur cremefarbenen Tür ohne Zimmernummer. Sammy stoppte unwillkürlich und lauschte. Frank Sinatra. Die wohlbekannte weiche Stimme. Passend zum sauren Regen, dem Mondschein und den Sternschnuppen in dieser Nacht. Er sang eines der Lieblingslieder des Impresarios, nämlich »Laura«. Was sonst? Als großer Junge hatte er oft in seiner dunklen Schlafkammer gelegen, Dorsets Orchester gehört und von »Laura« geträumt, während drei Engel durch den Raum schwebten – schuldbeladen, aber erleichtert –, weil ihr Stubenarrest vorüber war.

Sammy mußte sein Ohr an die Tür halten und die Augen schließen. Einfach für einen Augenblick stehenbleiben und von Miß Sanchez' schmaler Taille träumen, ihrer Hand auf seiner Schulter und ihren vollen Lippen. Sieh ganz genau hin, Sammy: Dolores und Frank Sinatra. In diesem Moment hörte er ein Geräusch auf der Treppe und eilte zur Glastür, die zur kleinen Galerie hinausging, die um das Penthouse herumführte. Sie war nicht geschlossen. Sammy biß die Zähne zusammen und trat auf den dunklen Gang hinaus, der vom milden Licht, das aus der Suite drang, schwach erleuchtet war. Mit angehaltenem Atem schlich er sich zum großen Panoramafenster, dessen Vorhänge zur Seite gezogen waren, damit die Gäste in der Suite Kolding by night genießen konnten. Sammy spürte beinahe ihre Nähe, und obwohl dies natürlich gegen alle ungeschriebenen Regeln verstieß, konnte er sich einen kurzen Blick in das Allerheiligste einfach nicht verkneifen. In den exklusiven Tempel der Königin. Sammy kniete sich hin und spähte über den Fensterrahmen.

Die Suite war kolossal und bestand offenbar aus einem großen Wohnzimmer und einem Schlafzimmer. Auf einer niedrigeren Ebene des Wohnzimmers befand sich ein weißes, vierflügeliges Sofa. Das Licht war gedämpft und kam vermutlich von dem Frank Sinatra-Plattenspieler. Sammy konnte Miß Sanchez nicht sehen, erkannte jetzt aber einen Diener, der mit einer Magnumflasche Champagner das Zimmer betrat. Auf dem Tisch neben der Sitzgruppe stand noch eine weitere in derselben Größe, die bereits leer war. Sammy schrak zusammen, als er Erik Lunnermand erkannte, der sich auf eigentümliche Art bewegte; entweder war er berauscht oder hatte noch dazu einen steifen Nacken. Er füllte zwei hohe Gläser, als Miß Sanchez aus dem Schlafzimmer kam. Sie trug einen tiefroten Seidenkimono, der mehr zeigte als verbarg. Der sie wie Wasser umfloß. Ihr langes schwarzes Haar war geöffnet und flutete wie Niagara by night ihren Rücken hinab. »Ich würde alles dafür geben …«, flüsterte Sammy und biß sich in die Fingerknöchel, als Dolores mit leichter Hand Lunners Brille abnahm.

Um Himmels willen.

Danach ging sie zur Stereoanlage, während Lunner den Rest des Champagners in einen Kristallaschenbecher füllte.

Sammy meinte, daß er eine gewisse Berechtigung hätte sitzenzubleiben, als ihn der erste Tropfen erreichte. Eine dunkle Wolke war über Koldings Himmel aufgezogen und begann nun damit, kleine, weiche Regentropfen auf die Stadt fallen zu lassen.

Sammy kümmerte sich nicht darum, sondern folgte

Dolores mit den Augen, die sich zur behaglichen Stimme Sinatras herumdrehte, wobei ihr Kimono mehr und mehr auseinanderglitt. Aus verschiedenen Gründen hoffte Sammy, der Knoten im Gürtel würde standhalten. Vor allem, weil er wußte, daß ihm das Bild der nackten Nutellaprinzessin nie wieder aus dem Sinn gehen, sondern wie eine Höhlenzeichnung auf seiner Netzhaut eingeritzt bleiben würde. Sollte es dem gütigen Gott in Samuels letzter Stunde doch noch einfallen, sich zu offenbaren, würde er doch ziemliche Probleme damit haben, sich das Bild von Miß Sanchez ohne Kimono aus dem Kopf zu schlagen. Andererseits erforderte es nicht einmal fünf Gramm Phantasie, um sich den Körper vorzustellen, der unter dem weichen Stoff hin und her wogte.

Drüben bei der Anrichte leerte Lunner den Aschenbecher in einem Zug und begab sich mit steifen Schritten zum Sofa, wo er, als wäre er zu Hause, ein Bein hob und sich auf dem anderen herumdrehte, bevor er sich in die weichen Kissen fallen ließ. Dolores betrachtete ihn und sagte irgend etwas. Lunner antwortete und schnitt eine Grimasse. Währenddessen schlängelte sich Sammy drei Meter den Gang hinunter, um einen größeren Ausschnitt zu sehen.

Dolores war jetzt verschwunden, kam aber rasch mit einer bronzefarbenen Tube zurück, legte sie auf den Couchtisch, setzte sich zu Lunners Füßen und schnürte seine Schuhbänder auf. Zu diesem Zeitpunkt hatte sich der »Diener« pathetisch einen Arm auf die Stirn gelegt, während er sich gnädig von Schuhen und Socken befreien ließ. Sammy starrte mit aufgerissenen Augen auf die Szenerie; Dolores begann damit, Lunners geschwollene Füße mit der Salbe einzuschmieren. Der Regen war stärker geworden, ja es goß jetzt in Strömen, doch

Sammy scherte sich nicht darum. Er gaffte nur das kleine Bürschchen an, das sich herumgedreht hatte, damit Dolores ihm den Lendenwirbelbereich massieren konnte. Es sah wirklich so aus, als würde der Schwachkopf ihre Bewegungen dirigieren. Sammy war jetzt völlig durchnäßt und hatte den Gedanken aufgegeben, ein mit dem Selbstauslöser gemachtes Foto mit nach Hause zu nehmen. Ein wütender Zorn, um nicht zu sagen Haß, flammte in ihm auf, um unmittelbar in einen latenten Pessimismus, um nicht zu sagen Fatalismus überzugehen, der die Kehrseite seiner manischen Veranlagung war. Dolores brachte Lunner dazu, sich hinzusetzen, so daß sie seinen Nacken massieren konnte. Sammy sah Lunner die Augen schließen und den Kopf hin und her rollen, während die langen, schlanken, gepflegten Finger mit dem calypsofarbenen Nagellack seinen dünnen Nacken glattstrichen. Lunner legte den Kopf zurück, so daß sein Nacken zwischen Miß Sanchez' formvollendeten Brüsten landete. Er hatte immer noch nackte Füße. Während der Behandlung flößte sie ihm etwas Champagner ein. Aus Gründen, die Sammy geradezu blasphemisch vorkamen, schien Lunner mit ihrem Vorgehen gar nicht zufrieden zu sein. Unabhängig davon, was sie machte, korrigierte er sie, nörgelte oder rollte mit den Augen. Und als sie sich ratlos an ihn schmiegte und mit ihrer zarten, kühlen Hand seine Wange streichelte, wedelte Lunner mit dem Zeigefinger, wie ein zurechtweisender Lehrer gegenüber einem ungezogenen Schüler. Sammy schloß die Augen und spürte das Regenwasser in seinen Schuhen schwappen. In dieser Sekunde erhob sich Dolores Sanchez vom Sofa und löschte das Licht in der Suite. Lunner glotzte kurzsichtig hinter ihr her, als sie langsam in Richtung Schlafzimmer schritt, dessen Tür offenstand.

Dolores' Silhouette zeichnet sich scharf und schwarz ab, als ihr weicher Kimono von ihren Schultern gleitet. Die Zeit steht still, und Sammy schnappt nach Luft, als sie sich halb umwendet und irgend etwas sagt. Erik Lunnermand kommt widerwillig auf die Beine, beugt sich etwas in den Hüften, bevor er auf steifen Beinen der Türöffnung entgegenstakst und in den Rahmen tritt. Miß Sanchez ist verschwunden. Sammy wettet darauf, daß sie im runden Bett mit den alabasterfarbenen Seidendecken liegt. Erik Lunnermand richtet irgendwelche ermahnenden Worte an sie. Und wirft die Tür zu.

Zehntes Kapitel

Die Eislaufhalle lag in Vojens und gehörte dem Schützen- und Turnverein. Aus verschiedenen Gründen war sie in den letzten beiden Jahren nicht benutzt worden, obwohl sie fast 6000 Menschen Platz bot und damit die größte des Landkreises war. Heute befindet sich die berühmte Speedwayanlage auf ihren Ruinen. Die Leute aus dieser Gegend behaupten hartnäckig, daß die Schlacke der Speedwaybahn noch von der großen Anlage der fünfziger Jahre herrührt.

Samuel Joshua Danielle beobachtete Benny, der mit seiner kleinen Schwester am Campingtisch saß. Es war ein prachtvoller Sommermorgen mit einer hoch am Himmel stehenden Sonne, dem Gezwitscher der Lerchen und dem aromatischen Duft nach Zichorienkaffee. Erik Lunnermand war mit einem langen Brief beschäftigt. Soweit Sammy sehen konnte, wurde er in einem bestimmten Versmaß verfaßt. Johnny hatte sie einmal mehr in Richtung Norden verlassen, um eine Entscheidung zu fällen, wie er sich ausdrückte, als er sich mit hängendem Kopf und schlaffen Schultern von ihnen verabschiedete.

Der VW-Bus parkte in der Nähe der alten Heerstraße. Sammy meinte, man spüre den Atem der Geschichte, und glotzte ergriffen auf Feos bleiche Wurstfinger, die einen Lehmklumpen kneteten. Während Benny eifrig einen Aschenbecher formte, rollte das Mädchen den graublauen Klumpen zu einer Kugel zusammen, bevor sie vorsichtig, beinahe geheimnisvoll, eine Stricknadel wie eine Achse durch den Lehm trieb.

»Sie hat ihre eigene Methode«, sagte Benny mit bescheidenem Lächeln.

Bestimmt hat sie diesen häßlichen Affenkopf zu oft angeschaut, dachte Sammy und schüttelte sich.

Kurz darauf erschien Lunner auf der Bildfläche. Er hatte sein eigenes Gymnastikprogramm. Beug- und Streckübungen, die er jeden Morgen absolvierte. Sammy blickte verstohlen zu ihm hinüber und dachte an ihr Gespräch über Dolores Sanchez.

»Du Glückspilz!« begann Sammy.

»Ich habe immer noch taube Füße und einen steifen Nacken. Schon möglich, daß sie singen kann. Massieren kann sie jedenfalls nicht.«

»Die Jugend von heute ist mir ein Rätsel«, stöhnte Sammy.

»Ich will jetzt über unsere künftigen Engagements sprechen«, sagte Lunner und schlug auf den Tisch.

»Als ich in deinem Alter war«, knurrte der Impresario, »war ich männlicher als die braune Ratte der Victoriawüste im Inneren Australiens. Schon vor meinem Bar Mizwa war ich komplett ausgerüstet und erwachte morgens mit kürbisgroßen Eiern.«

Lunner warf kopfschüttelnd ein, daß er den Zusammenhang nicht begreife, es sei denn, Sammy wolle mit seinen Hoden auftreten.

Sammy ließ das Thema fallen und ging rasch zu einem näherliegenden über. Es ging um das Phänomen des schwebenden Volkswagens. Eine Vision, die er mit Erik Lunnermand gemeinsam hatte. Sammy sagte, es müsse sich um eine Sinnestäuschung handeln. Er hatte während seiner Laufbahn schon mit den verschiedensten Illusionisten zusammengearbeitet, unter anderem einem bekannten Norweger, der vor den Augen des geladenen Publikums ein ganzes Eßzimmer verschwinden ließ. Lunner verzerrte resigniert das Gesicht. Und schüttelte den Kopf.

Später am Abend, als die anderen schliefen, kam Sammy erneut zu ihm. Wenn es keine Sinnestäuschung war, was geschah dann?

Es war zwei Tage nach ihrem Aufenthalt in Kolding, in einer Ortschaft namens Sommersted.

»Es liegt an ... ihr«, flüsterte Lunner verkniffen.

»An wem?«

»Bennys Schwester. An wem sonst? Sie ist nicht normal.«

»Nein, das sieht man«, sagte Sammy friedfertig, »aber Herrgott, sie stört doch niemanden.«

»Du verstehst es einfach nicht. Benny hat ein Bild von der Budolfi-Kirche in Aalborg, das sie gezeichnet hat.«

»Sie hat eine zeichnerische Begabung, das habe ich bemerkt.« Sammy suchte nach einem Zigarillostumpen.

»Mensch, sie war noch nie in Aalborg. Sie hatte keine Ahnung, daß etwas wie Budolfi existierte. Sie hat die Kirche gemalt, bevor wir dorthin gekommen sind. So ist sie veranlagt.«

Sammy bat Lunner aufzuhören. Der Gedanke jagte ihm kalte Schauer über den Rücken. Er war einmal in ein Mädchen namens Benbiella verliebt gewesen, die über die seltene Gabe verfügte, in die Zukunft blicken zu können. Heute verkaufte sie Seife, Pflaster und Lippenstifte und war im übrigen bildhübsch. Sie hatte etwas Ägyptisches an sich. Die gebogene Nase, die olivgrüne Haut und der verschleierte Blick. Samt der längsten Finger, die Sammy jemals gesehen hatte. Ehrlich gesagt, waren es ihre Hände, in die er sich zuerst verliebte – als sie das Badesalz über den Ladentisch schoben, es einpackten und das Geld entgegennahmen. Vielsagend, raffiniert und entschieden erotisch. Ihretwegen kaufte er auch noch einen Lippenstift. Nur um den Augenblick zu verlängern. Die Frau ließ sich viel Zeit und malte fünf Proben auf seinen Handrücken. Gemächlich, versonnen und mit abwesendem Gesichtsausdruck. Sammy fragte, ob es zuviel verlangt sei, wenn sie den rubinroten Stift auf ihre eigenen Lippen auftrüge. Sie antwortete nicht, holte nur einen kleinen Spiegel und legte sich die Farbe auf ihren breiten, voluminösen Mund. Die Augen leuchteten wie Datteln.

»Es ist für Sie selbst, nicht wahr?« fragte sie ruhig.

Bevor Sammy verneinen konnte, malte sie den ersten Strich auf seine Oberlippe. Unfähig zu protestieren, fühlte er sich wie in Trance, berauscht von ihrer Nähe und ihrer Berührung, kurz gesagt, ihrem Geheimnis. Er war gefangen in Benbiellas Oase.

So verwirrt war er, daß er ihr gerade noch seine Visitenkarte zu geben vermochte, bevor er aus dem Geschäft und nach Hause taumelte, wo er sich auf die Chaiselongue warf. Am selben Nachmittag wollte er mit zwei Anwälten über drei von ihm verletzte Verträge diskutieren, doch nachdem sie Sammys rubinrote Lippen erblickten, ließen sie die Anschuldigungen fallen. Bei Benbiella ließ er nicht locker und lud sie ins Kino ein. Händchen haltend sahen sie »Der versteinerte Wald«. Danach tranken sie einen Mocca, und Sammy erzählte ihr von seiner Berufung, seiner Liebe und seinem Geschäft, dessen Größe und Umsatz zu schildern er allzu bescheiden war. Es geschah, daß er sich kleine Übertreibungen erlaubte, um sein Ego zu befriedigen, und wußte auch, das dies Probleme nach sich ziehen konnte, war aber in diesem Moment zu euphorisch, um sich mit so etwas trivialem wie der Realität abzugeben. Er erzählte ihr, sein Büro läge in der Farimagsgade, doch sein Wohnsitz sei in Paris.

»Ich kann ohne meine Heimatstadt nicht leben. Meine Eltern sind auf den Champs-Élysées aufgetreten.« Er senkte den Kopf. »Meine Kindheit auf dem Montmartre werde ich niemals vergessen. Mein Vater liegt in Sacré-Cœur begraben. Warum siehst du so melancholisch aus, mon ami?« Unwillkürlich legte er sich einen französischen Akzent zu.

»Manchmal ist es mühsam, den Charakter eines Menschen lesen zu können«, sagte die Frau in lupenreinem Dänisch. »Es kann schon eine Bürde sein, wenn man quer durch die Menschen hindurchsehen kann. Alle ihre Darbietungen und Ausweichmanöver, die kleinen und großen Lügen zu durchschauen, mit denen wir uns alle umgeben. Ich bin vielen Männern begegnet, großen Männern, kleinen Männern, verheirateten Männern und berühmten Männern. Allen gemeinsam waren ihre Lügen und Strategien, mich ins Bett zu kriegen. Am meisten verabscheue ich ihren Rückzug. Aufgewachsen bin ich in Algier.«

Nach dieser Bemerkung spürte Sammy, wie sein Akzent förmlich aus ihm heraussickerte. Im Grunde war er kurz davor, das Ganze aufzugeben, doch ihre nächste Bemerkung ließ ihn neue Hoffnung schöpfen.

»Irgend etwas an dir zieht mich an, Samuel. Vielleicht ist es dein Torso.«

Sammys Körper war niemals ein Gegenstand weiblicher Aufmerksamkeit gewesen. Tatsächlich vermied er es, sich nach dem Baden im Spiegel zu betrachten. Doch warum übertrieben selbstkritisch sein? Er sagte, er habe immer versucht, in Form zu bleiben, und ließ einige belanglose Bemerkungen über das Geräteturnen folgen.

»Ich wohne gleich um die Ecke«, unterbrach ihn Benbiella mit ihrer tiefen Stimme.

Die Wohnung war größer, als er erwartet hatte, aber dennoch gut sortiert. Verschiedenste Stilarten gingen eine glückliche Verbindung ein und verliehen dem Ganzen eine exotische Aura. In Verbindung mit ihrem Duft und ihrer Ausstrahlung fühlte sich Sammy in den Orient versetzt.

»Sind Sie ein Sammler?«

Sie sah ihn herausfordernd an. Benbiella war zehn Zentimeter größer als Sammy, der beobachtete, daß ihre Nasenlöcher sich weiteten wie bei einem Vollbluttraber kurz vor dem Start.

»Ich bewahre schöne Erinnerungen«, sagte er unsicher und folgte ihr erwartungsvoll durch den schmalen Gang. Sie knipste das Deckenlicht an – eine lange, metallisch blaue Neonröhre –, das ihn an das gerichtsmedizinische Institut erinnerte.

»Das ist meine Sammlung«, sagte sie und verschränkte die Arme.

An der Wand hingen ungefähr fünfzig gerahmte Schwarzweißfotos lächelnder Männer.

»Ich muß schon sagen …«, sagte Sammy, der nicht wußte, was er sonst sagen sollte. Erst jetzt entdeckte er die Jahreszahlen unter den Bildern. Und als er sie näher betrachtete, bemerkte er, daß es ein ethnisches System gab.

»Haben Sie … alle diese … reizenden Männer … wirklich gekannt?«

»Für kürzere oder längere Zeit, ja. Ganz links hängen die Europäer, dann die Asiaten, Araber und Afrikaner.

An der anderen Wand hängen vier Inder, ein Chinese und ein junger Mann von den Philippinen. Der letzte hat noch keinen Platz bekommen, er kam aus Godthåb.«

Sammy starrte wie gelähmt auf den teils zahnlosen Grönländer, aus dessen schwarzem Blick man eine gewisse Resignation herauslesen konnte.

»Ich muß schon sagen ...«, wiederholte Sammy.

»Allen gemeinsam ist, daß sie den Preis bezahlt haben.«

»Ach ja, den Preis ...«

Die Alte ist nicht nur bekloppt, ging ihm durch den Kopf, sie prostituiert sich auch noch. Er blickte sich nach einer womöglich vorhandenen Küchentür um.

»Die meisten habe ich als Tramperin unmittelbar nach dem Krieg kennengelernt.«

»Aber Sie sind doch so jung, Benbiella«, sagte er schmeichlerisch.

»Ich war zwölf, als ich Karl-Heinz Müller begegnet bin.«

Sie zeigte auf einen albinoähnlichen Mann mit gewinnendem Lächeln.

»Er nahm mich bei Hildesheim mit seinem Auto mit. Ihm gefielen Mädchen mit dunklem Teint.«

»Wirklich?«

»Ich habe sein Paßfoto vergrößert.«

»Er brauchte vielleicht einen neuen ... Paß«, stammelte Sammy.

»Was sollte er nach seinem Tod damit anfangen?«

Aus irgendeinem Grund fühlte sich der Impresario wie mit Luft gefüllt. Sie drückte in seinem Brustkasten, im Magen, in den Lungen und den aufgeblähten Wangen.

»Edward kam aus Oxford, Peer aus Oslo, Maurice aus Lyon und Lim aus Indonesien. Sie alle bilden meine

Geschichte. Sie gingen mir ins Netz und wollten mich unbedingt haben. Das erreichten sie auch.«

Aus Sammy entwich die Luft wie aus einem beschädigten Jahrmarktballon.

»Ich fühle mich nicht gut«, murmelte er.

»Vielleicht sollten Sie sich kurz hinlegen«. Sie streckte die Arme aus.

Die anschließende Verfolgungsjagd bereitete der Ruhe und Ordnung, die in ihrem ansonsten so kosmopolitischen Zuhause herrschte, ein Ende, doch Sammy gelang es schließlich, zur Haustür vorzudringen und sie aufzureißen. Vom Treppenabsatz aus erblickte er sie im Türrahmen. Sonderbar unbeteiligt. Bis er begann, die Stufen hinunterzusteigen. Dann erschallte ihr Gelächter. Sich überschlagend. Später sagte er zu sich selbst, daß es gar nicht höhnisch geklungen hatte, sondern einfach so, als ob sie sich amüsierte.

Als er am selben Abend in der Farimagsgade einen Kamillentee trank, sagte er zu den beiden Synchrontänzern aus Lolland, die im Wohnzimmer bei der Arbeit waren, daß die Menschen aus Arabien doch einen merkwürdigen Humor hätten.

»Femme fatale«, seufzte er und betrachtete Erik Lunnermand, der wieder angefangen hatte, wegen ihrer finanziellen Situation auf ihm rumzuhacken.

Sammy nickte und breitete die Arme aus.

»Lieber Erik Glunnermand«, sagte er leise. »Ich besitze auch keine Reichtümer. Ich dachte, ich sei der Alleinerbe des Vermögens meiner Mutter. Das war ich auch, es bestand aus einem Notenblatt mit einem Lied, das mein Vater für sie geschrieben hatte. Übrigens eine ausgezeichnete Melodie. So gibt es zwar kein Vermögen für den kleinen Sammy, aber sie hat immerhin aufgehört, mich auszunehmen. Wußtest du, Ewald, daß du etwas Biblisches an dir hast?«

»Erik«, verbesserte ihn Lunner kopfschüttelnd. »Mein Name ist Erik Bob Lunnermand. Kannst du dir das nicht bald einmal merken?«

Sammy sah ihn liebevoll, beinahe väterlich an.

»Dein zweiter Vorname ist Bob?«

Erik antwortete, es handle sich um eine Art Künstlernamen.

Sammy rückte ganz nah an ihn heran. »Morgen«, sagte er bedeutungsvoll, »fahren wir südwärts, nach Vojens.«

»Tun wir das?«

»Ja, das tun wir, Bob-Erik. Jetzt gilt es, die Chance zu nutzen. Und mit deinem biblischen, um nicht zu sagen apokryphen Aussehen wirst du wie ein Auszug aus den Schriftrollen von Qumran wirken.«

»Liegst du im Delirium?«

»Bob-Erik: Hör zu, nein ... sieh her!«

Sammy holte die Zeitung mit dem Foto des Wanderpredigers Bobby Sankt Paul heraus.

»Was ist mit dem da? Wenn das wieder so ein Starpsychopath ...«

»Ich bitte dich, Erik. Ich kenne ihn, beziehungsweise meinen besten und treuesten Freund, Father Young. Er ist Agent und die rechte Hand dieses Wunderapostels. Bob-Erik, schau mich an. Read my lips: Ich selbst bin Mormone.«

»Was für ein Zeug?«

Sammy nickte eifrig und schob seine Schultern nach vorne.

»Damit geht man schließlich nicht täglich hausieren,

aber ich bin einer. Und warum? Weil Father Young mich getauft hat.«

»Ich dachte, du wärst Jude?«

»Ich bin Jude, aber ich bin auch Mormone. Wir heilen durch Handauflegen. Ich besitze ein Buch, das du lesen solltest, Erik. Dann wirst du ein neuer Mensch. Nimm mich als Beispiel. Ich spürte, daß irgend etwas fehlte in meinem Leben. Zuerst glaubte ich, es seien Geld, Liebe, Sex, Erfolg und Frauen. Ich hatte mir immer eingebildet, wenn ich in Geld schwimmen würde und massenhaft willige, schöne Frauen besäße, mit denen ich morgens, mittags und abends Sex hätte, dann wäre ich ein glücklicher Mann. Aber seien wir ehrlich, Schlummermand – ist das Glück? Erfolg, Geld, Sex und Liebe ... ist es das, wonach wir streben?«

»So für den Anfang ...«, sagte Lunner nachdenklich.

»Ja, in Ordnung, aber was kommt danach? Frauen, Sex, Erfolg, Geld. Immer dasselbe Einerlei. Schließlich erreichst du einen Punkt, an dem du dich fragst: Kann das alles gewesen sein? Bin ich dafür auf diese Erde gesandt worden? Um der Beste, Größte und Reichste zu werden? Der gefragteste Mann im Land? Ist das alles? Gütiger Himmel, Erik. Welche Leere.«

Sammy, dessen Mund völlig ausgetrocknet war, starrte mit leerem Blick in die Luft.

»Erzähl mir davon«, sagte Lunner.

Sammy nickte schwerfällig.

Die Geschichte war die:

Bobby Sankt Paul hatte im Bundesstaat Illinois unter dem bürgerlichen Namen Robert Parker das Licht der Welt erblickt. Im Gegensatz zu den vielen, die nach Salt Lake City zogen und 1896 den Mormonenstaat Utah gründeten, hatte Bobby sich die Grundüberzeugungen von Smiths erster Kirchengemeinde bewahrt. Er brach mit der Gemeinde in Utah und ging seine eigenen Wege. Seine drei Frauen schenkten ihm insgesamt elf Kinder. Einst war er ein geschätztes und respektiertes Mitglied der strengen Priesterhierarchie, bis er während einer privaten Sitzung zwei Frauen von Kollegen schwängerte, um anschließend seine spirituellen Fähigkeiten zu verkünden, von denen die Heilung durch Handauflegen, die magische Kraftübertragung sowie seine große Musikalität sich zu einem religiösen Spektakel, um nicht zu sagen einer Show vereinigten, die selbst die von Ed Sullivan in den Schatten stellte.

Bobby Sankt Paul war einundfünfzig Jahre alt, ein Mann in den besten Jahren. Sein treuer Kreis von Diakonen folgte ihm überallhin, gleichermaßen natürlich das große Team der Techniker, Musiker und Bühnenarbeiter, fünf Refrainsängerinnen, ein Gospelquartett und nicht zuletzt der Geschäftsführer, Father Young.

Father Young, der zehn Jahre älter war als sein Chef, blickte auf eine erfolgreiche Vergangenheit als Verkäufer von Armbanduhren mit biblischen Motiven zurück. Tausende glücklicher Menschen von Chicago bis Maine besaßen Youngs Produkte und studierten, wie die Zeit zwischen den Augen Abrahams, Davids oder der Jungfrau Maria verstrich. Des weiteren gab es Johannes-der-Täufer-Uhren, die am meisten kosteten, weil sie als einzige wasserdicht waren.

Neben seiner Verkäufertätigkeit nahm sich Young der elternlosen Jungen der Großstadt an und knüpfte durch einen nie geklärten Vorfall, bei dem es um »unmotiviertes Handauflegen« gegangen sein soll, Kontakt zum damals erst dreißigjährigen Bobby Sankt Paul, der Young sofort in seine Gemeindearbeit miteinbezog. Jetzt als Father Young.

Samuel Joshua Danielle begegnete Father Young in dessen Kopenhagener Hotelzimmer, eine kurze, aber warmherzige Zusammenkunft, die zur beiderseitigen Zufriedenheit ausfiel. Man einigte sich auf einen Vermittlervertrag, falls die große Bibelshow einmal nach Dänemark kommen sollte, und nachdem alle Details geklärt waren, ließ sich Sammy im Zimmerwaschbecken taufen und erwarb zum Mitgliedspreis von fünf Dollar eine kleine, unabdingbar notwendige Publikation über Sankt Paul.

»Und jetzt, Erik-Bob, ist die Chance da. Jetzt war Sammy wieder mal so flink wie der tibetanische Frühlingshase und hat dir und Benny ein großartiges Engagement in Vojens verschafft.«

Lunner sah zu Benny und Feo hinüber, die immer noch Lehm knetete.

Soweit er sehen konnte, hatte Benny vier Aschenbecher geformt, während Feo letzte Hand an eine Art Büste legte.

Sammy sagte, er spüre die Nähe der Heerstraße, und Lunner fragte, was er und Benny denn diesmal über sich ergehen lassen müßten.

»Warst du mit deiner Aufgabe in Kolding etwa nicht zufrieden? Eine ganze Nacht in Gesellschaft von Dolores Sanchez. Andere Männer würden alles dafür tun, um eine Stunde lang mit ihr zusammen zu sein. Undankbarkeit ist gar kein Ausdruck. Ich habe mir erlaubt, ein bißchen zu investieren, wenn es dem Herrn genehm ist. Dieses Mal werden wir gut vorbereitet sein, und wer weiß, vielleicht springt ein langfristiges Engagement für euch heraus.«

Sammy ging zu seinem Auto hinüber und öffnete den Kofferraum.

Lunner setzte sich zu Benny, der sich besorgt hinsichtlich Johnnys zeigte, der immer mürrischer und verschlossener wurde.

»Glaubst du, wir werden jemals unseren alten Johnny zurückkriegen, Erik? Manchmal lehnt er einfach seufzend seinen Kopf an meine Schulter. Ich weiß nicht, was ich mit ihm anstellen soll.«

»Das liegt an der Kleinen aus Aalborg, die hat ihm den Kopf verdreht«, knurrte Lunner und blickte zu Sammy, der mit zwei Krücken zu ihnen herüberkam. Er zog ein Bein nach und lächelte glücklich wie ein Säugling, der seine Mutter zum erstenmal sieht.

»Die Zeit der Wunder ist noch nicht vorbei, Jungs!« jubelte er. »Eine neue Ära nimmt ihren Anfang.«

Lunner ließ seinen Blick zu Feos Lehmbüste schweifen, die offenbar fertiggeworden war. »Sie hat Johnny geformt«, flüsterte er vor sich hin. »Johnny, wie er wirklich ist.«

Elftes Kapitel

Father Young empfing Sammy und Lunner am späten Abend im Hotel Tørning Mølle. Wie immer trug er seinen schwarzen Anzug mit dem weißen Priesterkragen. Ein stattlicher Mann, den das Alter mit einem hübschen grauen Bart bedacht hatte, der wie ein weißer Rahmen um sein sonnengebräuntes, leicht bläuliches Gesicht stand. Er bewegte sich mit gelassener Würde, roch süßlich nach Bourbon und blickte seine Gäste mit durchdringender Milde an. Er hatte etwas Sanftes und gleichzeitig Brutales an sich. Wie ein erfahrener Richter, der befugt ist, Gutes von Bösem zu unterscheiden und die Ungläubigen zu strafen. Es war deutlich zu erkennen, daß sich unter der abgeklärten, väterlichen Oberfläche ein schwarzer Rost mit leicht entzündlichen Briketts befand. Ein flackerndes Gemüt, ein potentielles Flammenmeer, das jederzeit die Oberfläche durchdringen und das Haus in Brand setzen konnte. Father Young war den meisten Übeln dieser Welt begegnet; er hatte einen Großteil der Erde bereist, viele Sprache sowie Sitten und Gebräuche kennengelernt. An viele Orte knüpften ihn lebenslange Bindungen, besonders an jene, an denen er schwangere Frauen hinterließ; oftmals kehrte er selbst zurück, um sein Werk zu vollenden. An anderen Orten hatte man einen abweichenden Eindruck von seiner doppelbödigen Natur gewonnen, und in bestimmten Gegenden wurde er steckbrieflich gesucht. Er war ein Mann, der alle diese Dinge in sich vereinigte und ihnen das tapfere Wagnis der Selbstdisziplin entgegenzusetzen versuchte. Ein Mann, der sich immer noch über sich selbst wunderte und von bohrenden, ja brennenden Zweifeln bedrängt wurde. Er war, wie gesagt, Sankt Pauls Geschäftsführer, ein unentbehrliches, übergeordnetes Glied des Ganzen, der alles zusammenhielt und nicht vor harten Methoden zurückschreckte, sofern sie ihm notwendig erschienen. Gegen gewisse körperliche Züchtigungen hatte er nichts einzuwenden und mußte die Schmach über sich ergehen lassen, in einigen Ländern als unerwünschte Person zu gelten, unter anderem in Schweden, wo er wegen mehrfachen »unmotivierten Handauflegens«, oft in Verbindung mit jungen Männern, zu einer Bewährungsstrafe verurteilt worden war. (Auf Neuseeland kursierte gar das peinliche Gerücht, Father Young habe Umgang mit Tieren gepflegt.)

Sammy hatte die Krücken mitgebracht und fungierte vor allem als Dolmetscher, obwohl Eriks Schulenglisch gar nicht so übel war.

Sie bekamen eine Tasse Tee angeboten, und nachdem Father Young ein kurzes Gebet gesprochen hatte (wobei sowohl er selbst als auch Sammy neben dem großen Bett knieten), schaute er Lunner mit dem Ausdruck alles durchdringender Liebe an. Fachmännisch prüfte er die Schultern des jungen Mannes, seine Arme, Hüften, Knie und Fußgelenke, bevor er den dürren Jungen an sich preßte und seine Wange an Lunners Kopf schmiegte.

»What an innocent child«, seufzte er.

Sammy nickte bestätigend und dachte kurz an Lunners Auftreten in den Gemächern von Miß Sanchez. Vielleicht war das Wort »unschuldig« gar nicht so fehl am Platze.

»He reminds me of somebody …«

»Das habe ich doch gesagt«, ereiferte sich Sammy.

»Schlummer hat einen biblischen Ausdruck in seinen hübschen Augen. Ich habe einmal ein Abendmahl-Gemälde gesehen …«

»Let me have a good look at you, son«, sagte Father Young.

Lunner drehte sich herum und sog die Wangen nach innen.

»Anämisch«, murmelte Young. »Poor manchild, must be protected … such a waste. Would you be so kind and take your clothes off, son?«

Lunner sah Sammy verwirrt an, der gleichgültig mit den Schultern zuckte.

Erik zog die Jacke, das Hemd und die Hose aus und stand somit in Unterwäsche und Strümpfen vor Father Young.

»Please turn around, child.«

Lunner drehte sich langsam herum. Im Heizkörper gluckerte es leise. Ansonsten war es still.

Young stellte sich hinter Lunner, trat ganz dicht an ihn heran und drückte ihn über der Leiste.

»Ever feel any pain here, son?«

»No, sir …«

»How about … here?«

Father Young hatte nun Lunners Hodensack umfaßt und hob ihn fachkundig an, vorsichtig wie ein Vogeljunges, das aus dem Nest gefallen ist.

Sammy blickte ein wenig verstört auf den Boden. Ihm war schon zu Ohren gekommen, daß Father Young ein sehr gründlicher Mann wäre, dessen Methoden oft in Zweifel gezogen wurden. Lunner dachte verwirrt an Agnete, das Mädchen von der Heilsarmee, deren Finger genauso versiert gewesen waren.

»Äh, Father Young …«, warf er vorsichtig ein.

Der Amerikaner ließ sofort seine Hoden los und bat darum, den Jungen »in action« zu sehen.

Sammy hatte Lunner schon vorbereitet, der sich bühnenerfahren die beiden Krücken schnappte, sie unter die Achseln klemmte, einen resignierten Gesichtsausdruck aufsetzte und ein Bein nachzog.

»Not bad, not bad, son«, sagte Father Young ernst, während er sich mit dem Hotelhandtuch den Nacken trocknete. Sammy zwinkerte Erik zu. Young sagte heiser, daß die wirkliche Nagelprobe der Moment sei, in dem Schlummer das Wunder erlebe. Wenn das Blut erneut beginne zu zirkulieren, das Gefühl zurückkehre und ihm gleichsam das Leben geschenkt würde. Wenn er Gottes Geist in seinen gefühllosen Gliedern spüre.

»Selbst die am besten Geschulten und Tüchtigsten unter uns neigen manchmal zur Übertreibung. Wir wollen den Menschen ihre Gefühle nicht nehmen. Wir wollen geben. Geben, Schlummer.« Young faltete die Hände. Sammy sagte, er könne sich voll und ganz auf Erik verlassen. Der im übrigen versprechen mußte, in den nächsten Tagen mit seinen Krücken die Hauptstraße auf und ab zu gehen, um von so vielen Menschen wie möglich gesehen zu werden.

Father Young schaltete jetzt ein Tonbandgerät ein, das gemeinsam mit fünfzehn Flaschen Lebenselixir auf einem kleinen Tisch stand. Eine monumentale Musik erfüllte den Raum, ergänzt durch salbungsvolle Stimmen, donnernden Applaus, rhythmisches Klatschen und eine hohe, klare Stimme, die sich als die des exaltierten Father Young herausstellte.

»Listen!« sagte er zu Sammy und Lunner.

Sekunden später wurde es totenstill, als eine andere Stimme, eine dunklere, gebieterische erklang. Sie wurde von einem schwachen Echo begleitet, und obwohl sie sehr laut sprach, klang es dennoch wie ein Flüstern, ein intimes Gebet um Erlösung.

»Sankt Paul …«, sagte Sammy andächtig. »In den USA hat er eine eigene Fernsehshow.«

In diesem Moment brach ein Jubelsturm los, gefolgt von einem enthusiastischen Gospelchor; Musik setzte ein, ein Gewirr von Stimmen, Rufen, Schluchzen und Lustschreien war zu hören, das Lunner unwillkürlich einen Schauer über den Rücken jagte.

»Das Wunder!« rief Father Young, der ein kleines Kruzifix aus seinem Koffer geholt hatte, das er vor Lunner in die Höhe hielt. »Das Wunder, als Sankt Paul der blinden Frau die Binde abnimmt und diese wieder sehen kann. Ein großer, großer Augenblick. Es gibt keine Show auf der ganzen Welt, die sich daran messen könnte. Wenn es richtig gemacht wird. Wenn wir zusammenarbeiten. Wenn wir uns hingeben. Wenn die Lichtgestalt nicht berauscht ist. Wenn wir Gottes Nähe spüren, wenn wir zusammenstehen, wenn wir füreinander beten, wenn wir wirklich wollen, wenn du Jesus Christus und seine Größe spürst. My God, what a feeling. Es ist wie eine Befreiung. Die wahre Vergebung. Die ganz jungen Burschen mit ihren kleinen … did I say something about boys?«

Father Young ballte die Hände, während sein Gesicht einen verbissenen Ausdruck annahm. Danach schneuzte er sich heftig und nahm einen tiefen Schluck aus einer kleinen, flachen Flasche.

»Must have my medicine«, murmelte er und lehnte sich gegen das große Bett. »Last year Elvis came to see our show. In Vegas. Never forget that day. Even if I live to be a hundred …«

»Elvis ... Presley«, flüsterte Erik.

Sammy faltete die Hände. Young küßte das Kruzifix: »The one and only, my friend, the one and only. And he cried like a baby. Man, what a night. Fans all over. TV and radio, reporters, agents, priests and a lot of young boys. Never forget that day. But the mighty Sankt Paul cured him, yes indeed. Presley had a disease, my God, I cannot tell you what it was. Only the Lord knows and the whore that infected him. But he was clean when he left. Thanks to the Lord. It's now or never. Two weeks later Elvis appeared on our show. Halleluja. I watched it from my room, all alone except for that little latin boy from ... did I say ... excuse me, but did I say something about a little latin boy? Jesus I'm so tired, gentlemen.«

Lunner sah weg. Sammy blickte mit Leidensmiene und ein wenig schielend zu Father Young auf, der den Kaltwasserhahn des Waschbeckens in der Ecke aufdrehte.

»Schlummer, my son, please prepare yourself.«

Lunner schaute verwirrt zu Sammy, der bewegt mit dem Kopf nickte und ihm die beiden Holzkrücken abnahm.

Lunner beugte sich über das Waschbecken und spürte das eiskalte Wasser in seinem Nacken. »Mazel tov«, flüsterte er, was bekanntlich viel Glück bedeutet.

»Ich taufe dich im Namen des wahren Gottes. Rise and shine, Mr. Schlummer.«

Father Young küßte Lunner auf die Stirn.

»Ten bucks now and ten bucks when the show's over.«

Es trug sich zu im April, nur wenige Jahre nachdem Indien unabhängig geworden war, daß der Aga Khan von einer Handvoll alter englischer Freunde Besuch erhielt. Sie hatten verabredet, gemeinsam an den Festlichkeiten in Delhi teilzunehmen, wenn die Hindus die Göttin des Glücks und des Reichtums feierten. Die Gäste kannten den Fürsten so gut, daß sie sich nicht fragten, warum er als Moslem es sich nicht nehmen ließ, an jedem hinduistischen Fest persönlich teilzunehmen.

Die ganze Stadt war in einem Rausch, und die ausländischen Gäste amüsierten sich prächtig. Am Abend richtete Aga Khan ein traditionelles indisches Abendessen aus, bei dem »Safed Maas« serviert wurde. Der viereckige Hof wurde von glühender Kohle erhellt, die sich in steinernen Filigranlampen befand.

Nach einem Begrüßungscoctail klopfte der Gastgeber an sein Glas:

»Das indische Königreich Rajasthan war bekannt für seine furchtlosen Krieger und seine schönen Frauen. Darum werden wir heute abend eine indische Spezialität essen, nämlich Lamm mit Joghurt und Mandeln.«

Die Gäste saßen um einen langen, schmalen Tisch mit einer leuchtend weiße Decke. Der Aga Khan nahm in der Mitte Platz, und nachdem die Diener den Hof verlassen hatten, wichen die Kohlelampen einer Gruppe einheimischer Tänzer, deren Bewegungen und spezifische Aura den Abend zu einem unvergeßlichen Erlebnis machten. Nachdem das Essen beendet war und die Briten ihre Gläser aufgefüllt bekamen, betrat ein sogenannter Sadhu den Raum, ein heiliger Mann, der in der Gegend für seine eigentümlichen Künste bekannt war. Nachdem er sich in einen tranceartigen Zustand versetzt hatte, nahm sein Schüler, ein kleiner, dreckiger Kerl, einen Speer, den er dem Fakir zunächst durch die Halsmuskeln und danach quer durch den Kopf jagte, von einer Schläfe zur anderen. Die Briten lachten und applaudierten, während ihren Frauen ein wohliger Schauer über den Rücken lief. Der Aga Khan hatte für diese Selbstpeiniger und ihre Auftritte nie besonders viel übriggehabt, behielt dies aber für sich. Im Grunde fand er sie würdelos und unvereinbar mit seiner Religion. Viele waren im übrigen gewöhnliche Scharlatane. Aber die Fremden amüsierten sich jedesmal köstlich und fühlten sich beinahe betrogen, wenn er nach dem Essen nicht mit solchen Vergnügungen aufwartete.

Meistens war es ein Problem, die heiligen Männer wieder zum Gehen zu bewegen. Sie klebten förmlich an der Veranstaltung, und dieser Sadhu machte da keine Ausnahme. Kaum hatten sie ihm die Tür gewiesen, da tauchte er wieder auf, diesmal mit einem brennenden Schwert, mit dem er sich den Brustkasten durchbohrte.

»Enough, enough«, prusteten die Briten.

Die Kellner beförderten den Mann und den Jungen vom Hof hinunter.

Es war ein schöner Abend mit Tausenden von Sternen, einem lauen Wind und einer heiteren, gelösten Stimmung. Die weißen Smokingjacken der Männer leuchteten bläulich in der Dämmerung, und die Wangen der ansonsten so milchweißen englischen Frauen hatten etwas Farbe angenommen. Doch dann kehrte der Fakir erneut zurück. Vielleicht hatten sie ihm zu wenig Geld gegeben. Der Aga Khan gab seinem Oberkellner ein Zeichen, als der Fakir den Speer ergriff und ihn seinem Schüler quer durch den Kopf trieb. Der Junge öffnete den Mund, so daß die Gäste den Speer in der Mundhöhle begutachten konnten.

»Pay the man!« rief ein junger Anwalt aus Cambridge.

Seine Tischdame brachte einen gewissen Überdruß

an diesen Fakiren, die einfach kein Ende fänden, zum Ausdruck.

Der Aga Khan wollte sich gerade erheben, um den Kellnern klarzumachen, daß er es ernst meinte, als der hufeisenförmige Tisch begann, sich ganz langsam vom Schotter des Hofes zu lösen. Das Porzellan klirrte, das Besteck klapperte. Die Gäste blieben sonderbar entblößt zurück, als der Tisch einen Meter über dem Boden schwebte.

»Now really«, brummte ein Oberst aus Kent.

Den Aga Khan erfüllte in diesem Augenblick ein eigentümlicher Stolz, gepaart mit einer tiefen Sorge, die sich ihm auf die Brust setzte. Und als der Spuk vorüber war und der Tisch wieder auf der Erde stand, verließ er die Gesellschaft und begab sich in sein Schlafzimmer, wo er eine Schallplatte aufs Grammophon legte. Eine Platte mit fremdartiger, gewaltiger, stolzer Musik, die er von seiner Tochter bekommen hatte. Sie studierte Musik in Lund und hatte ihm außerdem ein Farbfoto mitgeschickt, das sie vor einem Würstchenstand in Skåne zeigte. Sie wirkte kaum indisch, strahlte dafür aber ein schier unfaßbares Glück aus. Schaute man nicht genauer hin. Aga Khan, der seine Tochter mehr als alles andere vermißte, hatte das Foto oft betrachtet und die großen, schönen Augen des Mädchens angestarrt, die in vorgetäuschter Lebensfreude und infolge der Disziplin, mit der sie erzogen worden war, leuchteten. In welchen Abgrund er doch schaute. Ein armer Tropf, gefangen im Niemandsland, mit einem Bein auf jeder Seite. »Never a moment's rest, a peace of mind«, flüsterte der Aga Khan. »Die Alte Welt ist dahin. Begreifen wir das?« Unten im Hof hatten sie ein Reisegrammophon aufgestellt, das Sarah Vaughan spielte: »The one I love, belongs to somebody else.«

Auf dem Ganges treiben die Leichen einer entschwundenen Zeit.

Ein sehr präziser Ausdruck für die traurige, illusionslose Leere, die ihn diese Nacht heimsuchte, in der sich der Fürst einmal mehr als Gefangener zweier Welten fühlte. Ein ähnliches Gefühl läßt Humphrey Bogart am ganzen Körper erzittern, weit, weit entfernt im schwarzen Afrika, während er neben John Huston und Tennessee Williams sitzt, die zu Besuch gekommen sind. Der Autor spricht über die Grenze zwischen Traum und Wirklichkeit – Worte, die im Dschungel ein besonderes Gewicht erhalten, wo das Zirpen der Zikaden und das unheilvolle Brüllen hungriger Tiere die Sinne erregt.

»You are a streetcar named desire«, sagt Williams lächelnd zum dämonischen Fimregisseur, der zu Bogart hinüberschielt, der nur mit Mühe auf die Beine kommt. Ihm ist merkwürdig zumute. Vielleicht hat er zu viel Bourbon abbekommen, vielleicht zu wenig. Mit matten Augen starrt er auf die Kulisse des Betsaals, in dem Robert Morley morgen ums Leben kommen soll. Wenn das Wetter mitspielt. Die schwarzen Statisten sitzen alle ein Stück entfernt. Irgendwo im Dunkeln. Man hört ihr Lachen. Bogart weiß, woher die Übelkeit kommt. Wundert sich jedoch über den Trübsinn. Die Eingeborenen hatten früher am Tag einen Affen gefangen. Zur Freude aller. Nicht zuletzt der Hepburn. Vermutlich ist Williams ihretwegen aufgetaucht. Damit die beiden in den endlosen Pausen zwischen den Takes über moderne Dramatik diskutieren konnten. Der Affe wurde an einen Baum gebunden und schrie eine Stunde lang, bis es dem Regieassistenten zuviel wurde und er den Dolmetscher bat, den Affen freizulassen.

»Please no, bwana, it brings you all luck«, sagte der

Dolmetscher grinsend. Ein aufgeweckter junger Bursche mit zu vielen Zähnen. Und sonderbar spöttischem Benehmen. Allzu höflich. Allzu servil.

Die Aufnahmen könnten etwas mehr Glück vertragen. Etwas besseres Wetter und nicht zuletzt eine bessere Atmosphäre.

Es endete damit, daß Huston dem Dolmetscher eine knallte: entweder er oder der Affe, der übrigens ein junger Pavian war.

Kurz darauf hatten dessen verzweifelte Schreie ein Ende. Sie fanden seinen abgeschlagenen Kopf auf einen Stab gesteckt in der Nähe des Flusses.

Bogart geht zurück zu seinem Wohnwagen und sagt zu sich selbst, daß ihm seine gewohnte Umgebung fehle. Sein Bett, seine Autos, seine Frau, sein Fernseher und sein Haus, das von den alten glamourösen Hollywoodzeiten zeugt, als Paramount und MGM Drehbücher für die ganze Welt schrieben.

Am meisten fehlt ihm sein geliebtes Boot. An Bord der Yacht »Baby« fühlt er sich frei. Auf blauen Wellen treibt er dahin wie ein Albatros; alle Bindungen sind gekappt. Er denkt an den kleinen farbigen Schiffsjungen, der ihn einmal fragte, was er eigentlich täte, wenn er nicht Sam Spade spielte.

»Dann spiele ich Humphrey Bogart«, hatte der Schauspieler ernst geantwortet.

What a movie.

Unweit von Imatra im südöstlichen Finnland, an einem See namens Seimaa, schluckt Sibelius drei Kopfschmerztabletten. Ansonsten war es ein guter Tag gewesen. Ein Morgen wie geschaffen für einen alten Mann. Die Einsamkeit im Haus macht ihm nicht länger zu schaffen.

Und der Ofen hat die Kälte nach und nach in den Griff bekommen. Es ist im April 1950. Er trinkt seinen Tee, ißt sein Roggenbrot mit Kümmelkäse und lauscht dem Tauwetter. Denkt zurück an seine Jugend, seine vaterlose Kindheit und seine gute Laune. »Polyphonie«, flüstert er. Daß Beethoven so groß war, liegt vor allem an seiner Wärme. Seinen menschlichen Eigenschaften. Die Pauken trommeln auf den Dachfirst, und die Posaunen erheben sich von den Baumwipfeln. Gefolgt von ein paar Celli, die ein Band über den Himmel spannen. Ein Band, das aus Linien besteht, aus denen Tropfen fallen wie schwarze Noten. Der Komponist lächelt; eine kindliche Freude erfaßt ihn. Tagelang stapft er am späten Nachmittag summend zum Seeufer hinunter, an dem er spürt, wie der Atem Gottes seinen ganzen Körper durchdringt. Wie festgenagelt an diesen Ort, fühlt er sich seinem Land verbunden. Er erinnert sich kurz an den 11. April 1918, einen Donnerstag, als er das Dröhnen der Kanonen bei Alberga vernahm. Die ihm ein künstlerisches Erlebnis verschafften: »Ein fürchterliches Crescendo, aber auch großartig«, schrieb er in sein Tagebuch. So viele Jahre lag das zurück. So viel Musik. Auf einem grauen Stein sieht er eine Ringelrobbe. Das Tier liegt in der gleißenden Sonne. Für einen kurzen Augenblick ist er von unsagbarer Dankbarkeit erfüllt. Die Inspiration hat endlich Gestalt angenommen. Bis sich sein Gemüt wieder verdunkelt, nun mit frischer Kraft. »Relikt!« brüllt er zwischen den Baumstämmen, »Relikt! Ich bin ein Relikt.« Laß mich mit dir tauschen, Ringelrobbe, laß mich an deinem Mythos teilhaben, deinem ewigen Geheimnis, und du sollst Beine bekommen zum Gehen und Kleider auf deine Schuppen.

»Ringelrobben komponieren nicht«, flüstert er, als er

nackt aus dem Haus und zur Sauna hinübergeht. »Ringelrobben lauschen. So wie ein alter Mann lauscht.«

Er denkt an seine beiden größten musikalischen Erlebnisse, die nie Erwähnung fanden, weder privat noch später in der Literatur, um seinem Nachruhm ein Denkmal zu setzen: die Musik zu »The Dude Goes West« und das Titelstück von »Indianerangriff auf die Eisenbahn«.

»Oh, Dimitri, der Größte von allen. Gib mir eine Stimme wie Tex Ritter.«

Relikt. Relikt.

Zwölftes Kapitel

Am Abend saß Erik Lunnermand mit Sammy zusammen und beobachtete Benny, der mit Feo auf den Schultern herumspazierte. Ein liebliches Summen erfüllte die Luft. Blütenstaub, Samen und glänzende Insekten schwärmten wie bei einem afrikanischen Grashüpfertreffen in der indianischen Sonne umeinander. Ein intensiver Geruch nach feuchtem Gras, trockener Rinde und süßlicher Fäule mischte sich mit dem Gestank von Sammys Zigarre. Zwischendurch trainierte Lunner mit den Krücken. Er war mit seinem künftigen Auftreten alles andere als zufrieden, wenn ihm auch seine Rolle als Invalide in mancher Hinsicht entgegenkam, ihn geradezu erregte. Es ging nicht um die physische Simulation, sondern die gesamte Figur, den Ausdruck des Leidens, die schwache Hoffnung in den Augen. Tatsächlich ging er so auf in der Rolle, daß Sammy mehrmals auf die Gefahr hinwies zu überspielen. Doch es war natürlich anstrengend, sich mit der Kraft der Arme vorwärtszuschleppen, so daß er während des Trainings Pausen einlegen mußte. In einer rief Sammy ihn zu sich und deutete, nachdem Lunner sich vor dem VW-Bus niedergelassen hatte, auf Benny und Feo und erkundigte sich nach der Vorgeschichte des Mädchens.

Der Impresario hatte vor ewigen Zeiten auf seiner ersten »Jeschiwa« einen Lehrer gehabt, der sie unter anderem im Talmud unterwies. Sein Name war Leon Tortshiner, und er hatte nicht nur ein eigentümliches Verhältnis zur Hygiene, sondern indoktrinierte seine Schüler mit folgendem Grundsatz: Alles hat seine Geschichte! Das war natürlich das Konzentrat einer weitgefaßten Philosophie, das in den einunddreißig Jungen der Klasse Wurzeln schlug. Natürlich bedeutete es auch, daß jeder Mensch seine eigene Geschichte und mehr oder minder verborgene Motive für sein Verhalten besaß. Als großer Junge hatte es Sammy gefallen, diese Lebensanschauung als Ausdruck von Offenheit und Toleranz zu verstehen – auch an dem Tag, an dem Tortshiner auf das Verständnis seiner Umwelt besonders angewiesen war. Wenn Sammy als Heranwachsender Roheit, Abgestumpftheit und Unaufrichtigkeit begegnete, nahm er sich mit einem großherzigen Versuch, hinter die Lebensgeschichte der Betreffenden zu kommen, immer besonders viel Zeit, bevor er sich ein Urteil erlaubte. Selbst als Leon Tortshiner im Januar '32 wegen Wertpapierschwindels von der Polizei festgenommen wurde, hegte der damals zwölfjährige Junge keinen Groll, nur Mitleid. Er erzählte davon zu Hause, wo die Reaktion genauso verhalten war. Wie der Vater sagte: »Wenn man außerhalb des Gesetzes leben will, muß man ehrlich sein.« Und die Mutter fügte hinzu, daß Tortshiners heimische Arbeit an der Druckmaschine zumindest erklärte, warum seine Fingernägel immer so schwarz gewesen seien. Sammy hatte diesen Abend als sirupbraun in Erinnerung. Eine gemütliche Zeit am Grammophon. Die Mutter stopfte bei sparsamer Beleuchtung Strümpfe, und der Vater saß am Tisch, hatte sich seine selbstgefertigte Grubenlampe vor die Stirn geklemmt und arbeitete an den zierlichen Stempeln der teilweise fertigen Geldnoten. Außer Carusos knisterndem Tenor hörte man nur die Straßenbahnwagen in der Farimagsgade. Sammy hatte das Bild des rundlichen Tenors am Fenster in der Linie 5 nie vergessen können. Damals, als der Vater noch lebte, aßen sie nur koscheres Essen, und Sammy gefiel der Geruch weitaus besser als der Geschmack. Besonders eine bestimmte Legierung aus Mehl, Brot, Fett und Zwiebeln konnte lange in den Räumen hängenbleiben. Oft sprachen sie von der Zukunft des Sohnes. Und den Fähigkeiten, die er hoffentlich geerbt hatte. Sowohl mütterlicher- als auch väterlicherseits gab es begabte Köpfe. Der Vater stellte sich den Jungen vorzugsweise als Börsenmakler vor, während die Mutter etwas Musischeres im Sinn hatte: Konzertpianist oder Dirigent. Der kleine, schmächtige Sammy liebte es, ihren sprunghaften Diskussionen über seine Zukunft zu lauschen, obwohl es vorkam, daß der Vater – sicher ist sicher – seinem Nachkommen einen Nackenschlag versetzte, denn schließlich erreichte man gar nichts, wenn man seine Hausaufgaben nicht machte. Wofür der Vater bekanntlich ein leuchtendes Beispiel war. Später, als die Mutter alleine war und Krankheit und Sehnsucht sie ans Bett fesselten, entdeckte Sammy, daß seine Talente mehr indirekter Natur waren. Seine große Umsicht und sein Geschäftssinn, verbunden mit dem, was man im historischen Zusammenhang dem Zufall zuschreiben muß, trieben ihn schnell der Agententätigkeit in die Arme. Was den Zufall betraf, so geschah es, daß er mit dreiundzwanzig Jahren zwei Zwillingsschwestern aus Slangerup begegnete. Nach seiner Schulzeit lernte er in einer Anwaltskanzlei, wurde jedoch aufgrund von Ungereimtheiten in Verbindung mit zwei verschwundenen Kupferstichen entlassen. Als der Krieg kam, schickte man die Mutter nach Malmö, und Sammy erhielt eine Anstellung in einem Trödelladen, der einen umfassenden Handel mit nicht banderolierten Waren und Rabattmarken betrieb. Eine Arbeit, die er sehr schätzte und die ihn bald von der Güte der Vorsehung überzeugte. Als er dann zufällig auf die Slangerup-Zwillinge stieß, die zweistimmig sangen, während sie rollschuhliefen, verschaffte er ihnen blitzschnell die ersten Verträge und sich selbst die ersten Prozente. Daß die Mädchen ihn ein Jahr darauf zugunsten eines jütländischen Agenten fallenließen, zeugt von der Launenhaftigkeit des Schicksals und der Schwierigkeit des Prozentrechnens.

Jeder hat seine Geschichte. Auch Samuel Joshua Danielle.

Er wandte seinen Blick von Feo ab, die ihre Wange an den Kopf ihres Bruders gelegt hatte. Während Lunner seine tauben Schultern massierte.

»Was meinst du mit Vorgeschichte? Sie ist schwachsinnig, und damit basta.«

»Aber wie alt ist sie?«

»Keine Ahnung, frag Benny. Sechs, sieben Jahre vielleicht ...«

Sammy rückte näher an Lunner heran, den er mit der Zeit als seinen Protegé betrachtete. Um die Wahrheit zu sagen, so war ein gewisses Bündnis, um nicht zu sagen eine Freundschaft zwischen ihnen entstanden. Es war etwas an Lunners empfindsamer Seele, seinem notorischen Existenzkampf und seinem unverkennbaren poetischen Schmerz, das Sammy anzog. In seinem tiefsten Innern etwas weckte. Ein Vatergefühl. Ein Bedürfnis, Fürsorge zu zeigen. Eine Form der Liebe, die ihn zugleich erschreckte und wärmte. Wenn er beobachtete, wie Erik sich mit flehendem, anämischem Gesichtsausdruck auf seinen Krücken hin und her schleppte, war der Impresario zutiefst bewegt. Wie bei der Begegnung mit großer Kunst. Im stillen nannte er Erik »Ofanim«, ein Name, den sein Vater oft gebraucht hatte, wenn er seinen einzigen Sohn ins Bett brachte. Der Name eines weiter unten rangierenden Engels.

»Du lebst dich so sehr in die Rolle hinein, Erik«, flüsterte er, »daß ich es kaum ertragen kann. Ich besaß einmal zwei Kupferstiche mit Golgatha-Motiven. Herrgott, ich verkaufte sie zu Spottpreisen, nur weil ich Freddys ›Heimweh‹ im Radio hörte. Du erinnerst mich an die Via Sacra.«

»Das ist noch nicht alles!« rief Lunner aus einiger Entfernung und ließ seinen Vogelkopf mit den kurzsichtigen Augen zwischen die dürren Schultern sinken, während er seine Beine wie Pasta nachzog.

»Schluß ... genug für heute, Erik«, stöhnte Sammy. »Ich begreife nicht, wo du das hernimmst.«

»Es symbolisiert unsere ganze Situation«, sagte Lunner mit Leidenschaft. »Ich versinnbildliche das Leiden, das wir im Gepäck haben.«

Eine phantastische Formulierung für einen Lehrling im Holzhandel, dachte Sammy.

»Aber was ist mit Feo? Sie sieht aus, als verstünde sie alles.« Der Impresario knetete seine Unterlippe und winkte Benny zu, der mit der Kleinen herumhüpfte, die wie üblich keinen Laut von sich gab, aber den Abend förmlich aufzusaugen schien. Eine Kombination aus Mensch, Tier und Himmelskörper.

Lunner erzählte von seinem Erlebnis in Aalborg. Von Feos Zeichnung der Budolfi-Kirche.

»Sonderbar«, mummelte Sammy, »sehr sonderbar. Aber solche Individuen existieren eben.«

Und dann erzählte er die Geschichte vom »Idioten aus Bratislava«:

»In einem Zirkus in Böhmen gab es einmal einen jungen Mann. Man nannte ihn den ›Idioten aus Bratislava‹, denn dort war er geboren. Zigeuner fanden den Säugling unten am Fluß. Und steckten ihn in einen Käfig, denn er war weder Mensch noch Tier. Am ganzen Körper behaart. Mit wildem Blick und, gelinde gesagt, unartikulierte Laute von sich gebend. Er fraß wie ein Tier. Man sagte, er sei ein Werwolf aus Rumänien. Solches Gerede erregt die Neugier der Leute ... Und die Zigeuner sind bekanntlich ein Volk, das sich auf Handel und Wandel versteht. Sie verkauften ihn an einen Zirkus in Böhmen. Wo man ihn in einen vergitterten Käfig steckte und fütterte wie ein Tier. Er wurde *die* Attraktion. Alle wollten den Wilden sehen. Doch der Direktor war ein weiser und erfahrener Mann, der rasch erkannte, daß das Interesse für einen behaarten Schwachkopf nicht ewig anhalten würde. Also fragte er sich, ob es nicht ratsam sei, ihm ein paar Kunststücke und ein wenig Arithmetik beizubringen. Dies trug sich vor dem Ersten Weltkrieg zu, in einer Zeit, in der die Leute dieser Gegend noch überwiegend Analphabeten waren und kaum in der Lage, zwei und zwei zusammenzuzählen, ohne die Finger zu benutzen. Also begann der Direktor mit dem Idioten zu arbeiten, der einen Rechenschieber bekam, und, weiß Gott: er lernte zu addieren, zu subtrahieren und sogar zu multiplizieren. Und eines Winters, als der Zirkusbetrieb ohnehin ruhte, brachte ihm der Direktor die ersten Wörter bei. Lehrte ihn zu sprechen. Nicht wie die einfältigen Bauern auf der Weide, sondern wie ein gebildeter Mensch. Der Direktor war nämlich klug genug, dem Biest jeden Abend aus einem gelehrten Buch vorzulesen. Er ließ ihn die zartesten Gedichte hören und darüber hinaus auf dem Grammophon abgespielten ungarischen Rhapsodien lauschen. Als das Frühjahr kam, reiste der Direktor nach Prag, wo er die schicksten Kleider kaufte: cognacfarbene Velourshosen, Weste und Brustkrause, Schnallenschuhe und einen dreieckigen Hut.«

»Er wurde wohl auch rasiert?«

»Papperlapapp. Verstehst du, Erik? Unser Direktor verstand mehr als sein Vaterunser. Der Idiot sollte schließlich nicht völlig normal aussehen. Er sollte immer noch ein Tier sein, das die Frauen zum Kreischen und die Männer zum Brummen brachte. Kindern sollte der Zutritt weiterhin verwehrt bleiben. Kurz und gut: als das Frühjahr kam und der Zirkus hinaus auf die Landstraße rollte, geschah dies mit einer völlig neuartigen und faszinierenden Attraktion. Und die Leute waren wie verwandelt. Die sich früher gegraust hatten, amüsierten sich jetzt; man bog sich vor Lachen über diesen lächerlichen Idioten, der in vornehmen Kleidern steckte und sprach wie ein Gedichtband. Dieser bemühte, affektierte Kerl. Der Direktor hatte ihn auch gelehrt, sich zu benehmen, kann ich dir sagen. Er war weiterhin im Käfig und immer noch in Ketten, aber das machte ihm nichts aus. Nicht einmal das Lachen der Leute. Er rezitierte einfach die großen Dichter Shelley und Byron und wie sie alle heißen, aber die Bauern kapierten natürlich gar nichts und schlugen sich vor Lachen auf die Schenkel. So verging die Zeit. Der Direktor war ein gemachter Mann, der Zirkus trat in immer größeren Städten auf, und eines Sommertags kamen sie bis nach Österreich, wo das Gerücht von dem wohlgesetzt redenden Idioten im voraus die Runde gemacht hatte. Und hier geschah etwas Merkwürdiges. Anstatt zu lachen, waren die Leute beleidigt. Ja, sie fühlten sich beinahe auf den Arm genommen durch den herausgeputzten Idioten, der in seinem Käfig stand und sich einbildete, wortgewandter zu sein als die Leute im Provinzstädtchen. Auf dem vor dem Rathaus gelegenen Marktplatz begannen sie mit Steinen und Obst zu werfen und ihn zu beschimpfen. Und so ging es weiter, von Stadt zu Stadt, von Markt zu Markt. Einmal hatte der Zirkus sogar Hals über Kopf die Flucht ergreifen müssen, um nicht vollständig niedergebrannt zu werden. Alles wegen des Idioten aus Bratislava. Das Schlimmste war inzwischen, daß der Direktor ihn nicht mehr beeinflussen konnte. Wenn er am Abend an den Käfig trat, in dem sich das Biest mit seinen Büchern beschäftigte, um ihm zu sagen, es solle sich besser benehmen und das Volk nicht erzürnen, so antwortete der Idiot, daß die Leute sich vielleicht gesitteter aufführen würden, wenn nicht ein Tier zu ihnen spräche, sondern ein Mann. Ein Mann ohne Fesseln und ohne Haare im Gesicht, ein Mann, der nicht eingesperrt war. Wissenschaftler eilten herbei, die das Phänomen untersuchen wollten, und einige von ihnen stellten fest, daß der Idiot nicht idiotischer war als die meisten anderen Menschen, einschließlich des Zirkusdirektors. Jetzt bezichtigte man die Truppe des Schwindels, und das Ganze endete damit, daß der Direktor den Idioten inmitten eines eiskalten Winters einfach an der Donau aussetzte, und da stand er nun, in seinen altmodischen Adelskleidern und mit einem Gedichtband von Neruda.«

»Unanständig.«

»Dann kam der Krieg, also der Erste Weltkrieg, der 1918 endete, als die Welt glaubte, nun wieder freier atmen zu können. Unser tschechischer Direktor war inzwischen gealtert. Er reiste nicht mehr, sondern blieb zu Hause in der Slowakei. Wo man die Entwicklungen in Rußland natürlich mit großem Interesse verfolgte. Die Zeitungen füllten sich bald mit Reportagen und Bildern der Revolution, und eines Tages entdeckte der Direktor auf der Titelseite einer Tageszeitung ein Bild von Lenin in Moskau. Zwei Männer standen an seiner Seite, jeder mit einer blutroten Fahne in der Hand. Einen von ihnen kannte der Direktor: den Idioten aus Bratislava.«

Sammy zuckte mit den Schultern und zündete seine Zigarre an. »Meine arme Mutter erzählte mir, als ich noch ziemlich klein war, diese Geschichte in der Dämmerung, damit ich begriff, wie der Kommunismus wirklich beschaffen war. Gesteuert von Idioten.«

Erik Lunnermand sah gedankenverloren auf den Boden und blickte dann zu Benny und Feo hinüber, die gerade einen Strauß Feldblumen pflückten.

»Ich sage nichts anderes«, fuhr Sammy fort, »als daß man vielleicht auch ihr das Lesen beibringen könnte. Nicht, daß dies unbedingt notwendig wäre, aber vielleicht könnte sie doch mehr als einfach dazusitzen und in die Luft zu stieren. Schwer zu sagen. Du sagst ja selbst, daß sie eine begabte Zeichnerin ist.«

Lunner fuhr herum und starrte den Impresario erregt an.

»Sie ist keine begabte Zeichnerin. Sie hat Budolfi gezeichnet, bevor sie die Kirche gesehen hat. Das hat nichts mit Zeichentalent zu tun. Außerdem ... außerdem ist da ...«

»Was, Erik?« Sammy nahm die Zigarre aus dem Mund und lächelte Lunner mit halb geschlossenen Augen an.

»... ist da noch etwas anderes«, murmelte Erik leise.

»Du meinst das ... mit dem Auto?«

Lunner nickte.

Sammy steckte sich die Zigarre wieder in den Mund, sog ein bißchen an ihr, lehnte sich mit hinter dem Nacken verschränkten Händen zurück, wippte behaglich mit seinem Stuhl und zwinkerte mit einem Auge.

»Die Zeit der Wunder ist nicht vorbei«, sagte er lächelnd. »Jetzt trainierst du ein bißchen mit deinen Krücken und überläßt Sammy den Rest.«

Dreizehntes Kapitel

Der Ansturm auf die große Halle des Schützen- und Turnvereins von Vojens übertraf alles, was man in dieser Gegend je erlebt hatte. »Alles, was gehen und kriechen kann, ist an diesem Abend anwesend«, schrieb ein Lokalreporter, womit er auf die Tatsache anspielte, daß die beiden Altersheime der Gemeinde und ein kleines pittoreskes Krankenhaus wie leergefegt waren. Kurz gesagt erschienen Bauern und Kaufleute, Staatsbedienstete, Tagelöhner, kommunale Angestellte, Patienten, Schulkinder und – mehr oder minder vermummt – ein großes Kontingent von Pfarrern der städtischen und der benachbarten Gemeinde. Es waren Gläubige, Zweifler, Skeptiker, Träumer und Indifferente, unter ihnen Gesunde und Kranke, Invalide, Kränkelnde, Hysteriker und Hypochonder sowie eine Frau aus Skrydstrup, die neun tote Wellensittiche mitgebracht hatte. Die Erwartungen waren groß. Und das Gedränge am Eingang nicht zu überbieten. Father Youngs Leute achteten nämlich sehr darauf, wo die Leute plaziert wurden. Viele Frauen in den ersten Reihen. Vor allem die vierzig- bis fünfzigjährigen, deren Feuer so leicht zu entfachen war. Die Erfahrung hatte gezeigt, daß Sankt Pauls männliche Ausstrahlung, diese spezielle Mischung aus Sünder, Richter und Magiker, bei ihnen sehr gut ankam. Die Reihen hinter den Frauen wies man gerne den Ältesten zu, danach kamen die Familien, Kinder und Jugendliche, und ganz hinten saßen diejenigen, die gekommen waren, um ihr Gehör wiederzuerlangen, ihre Arthrose gelindert oder ihre Haare wieder wachsen zu sehen. Es hatte

Zwischenfälle gegeben, bei denen völlig enthemmte Invaliden ekstatisch die Bühne gestürmt und eine Behandlung hinter Sankt Pauls »Wonder Curtain« verlangt hatten.

Zu Beginn der Show hing der blutrote Vorhang oder Gobelin unter der Decke, konnte durch das Ziehen einer Kordel aber gesenkt werden, wenn die Stimmung ihrem Höhepunkt entgegentrieb. Hinter dieser Stoffbahn ereigneten sich die Wunder, hinter diesem Vorhang erhielten die Menschen ihr Augenlicht zurück, und Stumme begannen zu singen. Dergestalt sollte auch Erik Lunnermand seine Krücken wegwerfen.

Der Bühnenaufbau folgte einem traditionellen Muster: Ganz hinten auf einer Reihe von Bänken stand der Gospelchor, der aus kräftig gebauten farbigen Frauen und einer einzigen weißen, sehr lieblichen Sängerin bestand, die leuchtete wie eine Fackel, keinen Tag über achtzehn und eine der Hauptakteurinnen der folgenden Veranstaltung war. Im übrigen war sie Sankt Pauls dritte Ehefrau und kam eigentlich aus Florida, wo sie nicht nur gesungen, sondern auch Delphine betreut hatte.

Von der Decke hing ein großes goldenes Kreuz herab, noch unbeleuchtet, und vor dem Kreuz stand ein dunkles Rednerpult aus Mahagoni, das angeblich aus den Tagen Joseph Smiths stammte.

Benny wurde ein Platz in der letzten Reihe zugewiesen, in der er mit Feo auf dem Schoß neben einer Bauersfrau mit Ekzem und einem vormaligen Konrektor saß, der unter Gedächtnisproblemen litt. Bereits vor dem Beginn der Show hatten diese drei Menschen ein äußerst herzliches Verhältnis zueinander gewonnen.

Die Türen wurden geschlossen, und eine erwartungsvolle Stille bemächtigte sich des Publikums. Als dann gleichzeitig das Deckenlicht erlosch und nur noch die Kerzen an der Bühnenrampe brannten, breitete sich eine andächtige Stimmung aus. Weggeblasen war die Erinnerung an die zahlreichen Tierschauen, die diese Halle früher beherbergt hatte.

Der Chor sang gedämpft eine Hymne. Nach dem Gesang fielen die Frauen in ein sanftes Summen, von dem sich der helle, engelsgleiche Sopran abhob, der aus dem Buch der Psalmen rezitierte. Danach stimmte der Chor zwei Gospels mit sich steigerndem Rhythmus und mitreißendem Klatschen an, das sich in der Halle ausbreitete – die Stimmung stieg spürbar.

Demütig trat Father Young hinter das Rednerpult, faltete die Hände und sprach ein Gemeinschaftsgebet für diesen Abend und für diese Menschen, die von so weit her gekommen waren, »im Vertrauen auf Dich, O Herr, im Glauben an die Heilige Schrift«.

Danach bedankte sich Young für den freundlichen Empfang und rief einige der sogenannten Erweckungsabende in Erinnerung, die während ihrer Europatournee stattgefunden hatten. Er erwähnte auch die Möglichkeit, eine kleine Drucksache samt einer Fotografie von Sankt Paul zu erwerben. Auf dem Foto glich Sankt Paul dem Schauspieler Orson Welles in seiner Paraderolle als Prediger in »Moby Dick«. Im Laufe des Abends veränderte sich Youngs Stimme, schwoll mehr und mehr an und wurde immer gewaltiger, beinahe drohend. Er lehnte sich über das Rednerpult und ballte die Fäuste, schwitzte enorm und geiferte nicht weniger. Die Leute zogen die Köpfe ein und blickten sich verstohlen an. Spürten, daß Vojens von einer fremdartigen, richtenden Macht in Besitz genommen worden war. Bis Father Young plötzlich innehielt. Es herrschte lähmende Stille.

»Brüder und Schwestern im Geiste«, flüsterte er, den Tränen nahe: »Bobby ... Sankt Paul!«

Wo genau sich die Posaunen befanden, konnte nie geklärt werden, vielleicht kamen sie vom Band. Sie setzten jedenfalls mit einem Getöse ein, das die Menschen in den vordersten Reihen nach Luft schnappen ließ. Einige erhoben sich und brachen in spontanen Jubel aus, während eine Frau aus Aabenraa begann, herzzerreißend zu schluchzen.

Der Lichtkegel folgte Sankt Paul bis zur Bühnenrampe, wo er, bescheiden und effektvoll, die Hände faltete und das Haupt beugte. Er trug einen schwarzen Anzug und das schwarze Hemd eines Geistlichen. Der einfache Aufzug eines demütigen Mannes, dessen Aura nicht zu beeinträchtigen war. Sein blauweißes Haar und sein gleichfarbiger Vollbart erstrahlten in himmlischem Glanz, der das Publikum aufseufzen ließ.

Sankt Paul streckte die Arme aus, worauf sofort der Chor einsetzte. Die Musik erhob sich und mit ihr der ganze Saal, in dem die allermeisten inzwischen auf den Beinen waren. Und inmitten dieses Infernos griff Sankt Paul zum Mikrophon und ratterte einige Stellen der Heiligen Schrift mit einer die Gemeindepfarrer irritierenden Geschwindigkeit herunter. Als wollte der Prediger binnen fünf Minuten nicht nur die Evangelien, sondern auch das Buch Hiob, das Hohelied, die Apostelgeschichte sowie die Briefe des Paulus zitieren.

Das Ganze steigerte sich zu einem gewaltigen Crescendo, das die Leute in Ekstase versetzte, die Wände erzittern und einen jungen Mann in Ohnmacht fallen ließ.

Zu behaupten, der Schützen- und Turnsaal sei wie verzaubert gewesen, wäre eine allzu nüchterne Betrachtungsweise. In der letzten Reihe lehnte sich der frühere

Konrektor zu Benny hinüber und sagte, seit dem Verbrennen des sogenannten Krähenweibs im Jahre 1299 hätte Vojens keinen ähnlichen Tumult mehr erlebt.

Die Leute schwitzten, ohne davon Notiz zu nehmen, einige hatten das Stadium erreicht, in dem sie sich monoton hin und her wiegten, während andere versuchten sich zu beherrschen, unter ihnen der Bischof von Ribe, der sich mit eisiger Miene an den äußersten Rand der letzten Reihe gesetzt hatte und seine Frau mit hündischem Blick anstarrte.

»Silence, brothers«, hauchte Sankt Paul ins Mikrophon.

Er hatte das Publikum völlig in der Hand. Die Stille war absolut. Nur ein leises Schluchzen war zu hören.

»Ich spüre seinen Geist«, begann Sankt Paul. Ein Schauer durchfuhr ihn. Vom Bühneneingang eilten zwei junge, schwarzgekleidete Männer herbei und stützten den Prediger, der jetzt am ganzen Körper zitterte. Der Chor begann zu psalmodieren, das Licht flackerte. Im Saal fielen mehrere Menschen in Ohnmacht, während der Bischof einen langgezogenen Heulton ausstieß, der sich wie eine Alarmsirene anhörte. Eine Frau mittleren Alters zerriß sich die Kleider, zwei andere folgten ihrem Beispiel. Eine für die Show bedenkliche Reaktion, die Sankt Paul oft aus der Fassung gebracht hatte. Glücklicherweise bewahrte er die Konzentration, schüttelte seine beiden Helfer ab und brüllte etwas in die Menge hinein, das den meisten unverständlich blieb. Es klang wie hebräisch, war aber das, was man in biblischem Sinn als Zungenreden bezeichnet.

Die unterschwellig bedrohliche Stimmung löste sich im sanften Chorgesang, und siehe da: Sankt Paul ließ sich besänftigen, die Leute wiegten sich, beglückt und von Liebe erfüllt; die Ohnmächtigen kamen zu sich, die

Frauen brachten ihre Kleider in Ordnung. Die Schwingen der Harmonie entfalteten sich bis in den letzten Winkel, und die Menschen summten die Melodie mit, die simpel und hübsch war. So ging es annähernd eine halbe Stunde, während der Father Young die Kinder zu sich auf die Bühne holte, damit sie sich unter den Chor mischen und gemeinsam Sankt Paul begrüßen konnten. Young hatte einen kleinen Jungen auf den Arm genommen. Dann leerte sich die Bühne wieder. Erneute Stille. Die meisten würden wohl sagen, eine unheilschwangere Stille. Eine gewisse Unsicherheit machte sich in den Stuhlreihen breit, als Father Young erschien und seine langen Arme vorstreckte. Die Menge verurteilend anstarrte.

Und sagte: »The Curtain!«

Von donnernden Pauken begleitet, senkte sich der große, düstere Gobelin von der Decke. Young forderte die Leute auf, sich an den Händen zu nehmen. Und kündigte erneut Bobby Sankt Paul an, der in der Zwischenzeit einen phosphoreszierenden Anzug angezogen hatte, ähnlich der schimmernden Garderobe, die Elvis in Las Vegas benutzte. Seine Augen schienen irgendwie verändert, als hätten sie sich zwei Zentimeter weit in ihre Höhlen zurückgezogen.

Er schaute sie mit brennendem Blick an. Und begann einen erregten, suggestiven Monolog über das Wunder und den Glauben an den wahren Gott, ehe er sich direkt an das Publikum wandte und es des Aberglaubens, der Verwahrlosung und der Unzucht bezichtigte. Alkohol, Tabak und Prunksucht fielen der Verdammnis zum Opfer. Maßlosigkeit, Genußsucht und Neid, Raffgier, Gewalt, Verleumdung, Lüge, Egoismus und Eitelkeit ...

»Laßt uns beten ...«

Nach dem gemeinsamen Gebet senkte Sankt Paul das

Haupt, und das anmutige, sehr helle Mädchen sang mit hoher, klarer Stimme a capella ein melodisches Kirchenlied.

Während des Gesangs halfen die beiden jungen Männer, die etwa die Funktion von Meßdienern erfüllten, einer älteren Frau auf die Bühne. Ein Raunen ging durch die Menge, als das Spotlight sie erfaßte. Ihr Gesicht war mit Geschwüren übersät. Ein erschütternder Anblick, der jedermanns Mitleid herausforderte.

Sankt Paul trat hinter sie und schloß ihre Augen. Der Chor fiel, angemessen gedämpft, in den Refrain des Liedes ein. Die Frau wurde hinter den großen roten Gobelin geführt. Jetzt schwollen die Stimmen des Chors zu nie gehörter Lautstärke an, während die weiße Frau aufschrie und ohnmächtig zu Boden sank. Sankt Paul brachte mit einer Handbewegung alles zum Schweigen. Zu vollkommener Stille.

Er betete für die unglückliche Frau hinter dem Vorhang, in dem er plötzlich einen Spalt entdeckte, durch den er seine Hand steckte. Sein Körper wurde erneut von einem Zittern ergriffen, dann faßte er sich und bat die Frau hervorzutreten.

Für einen kurzen Augenblick war es stiller als je zuvor. Was in einer Stadt wie Vojens schon etwas heißen will. Dann brach der Jubel los. Das Gesicht der Frau war wie verwandelt. Anstelle der Geschwüre war die zarteste und reinste Haut zu sehen. Sie weinte vor Glück und fiel spontan vor Sankt Paul auf die Knie, der die Hände faltete und zu seinen Mitarbeitern schielte, die wie gewöhnlich vollauf damit beschäftigt waren, die Menge vom Bühnenaufgang fernzuhalten. Ein Mann mit Fußwarzen befand sich am Rande des Zusammenbruchs.

Dann waren ein Mann mit Sprechschwierigkeiten, ein

Mädchen mit Haarausfall und schließlich, als Höhepunkt des Ganzen, ein junger Mann mit Holzkrücken an der Reihe, den viele bereits auf der Hauptstraße und an der Bushaltestelle hatten herumhumpeln sehen.

»Lunnermand«, flüsterte Benny und stand auf. Er hatte die Veranstaltung mit tränenerstickter Begeisterung verfolgt, wurde jetzt aber von gemischten Gefühlen ergriffen. Man konnte sich des Mitleids mit dem armen Burschen kaum erwehren, der sich beschwerlich die Stufen hinaufschleppte. Der Leidensausdruck stand ihm so überzeugend in seinem bleichen Gesicht, daß die Menge unwillkürlich in Rufe und Gebete ausbrach.

Sankt Paul schüttelte resigniert den Kopf. Die Aufgabe schien selbst ihm unmöglich. Doch seine Mitarbeiter flehten ihn an und wurden bald vom ganzen Saal unterstützt. Vielleicht insbesondere von Father Young, der mehrere Male die Beine des Jungen betastet und sich versichert hatte, daß sie völlig gefühllos waren.

Schließlich wurde der Invalide hinter den magischen Gobelin geführt, und der Chor hielt inne. Sankt Paul wiegte sich, schritt ruhelos vor dem Vorhang auf und ab, bis er sich auf die Knie warf, die Arme ausstreckte und von erneutem Zungenreden übermannt wurde. Mühsam drehte er sich herum und sah sich dergestalt mit dem Publikum konfrontiert, das atemlos zu ihm aufschaute.

»Hear me«, flüsterte Sankt Paul, »please hear me ...«

Der Gobelin öffnete sich unerträglich langsam, begleitet vom sich eintönig steigernden Gesang des Chores. Ein heller Scheinwerfer flammte auf, und da stand Erik Lunnermand, immer noch mit den Krücken unter den Achseln. Sankt Paul erhob sich und bat ihn, sie fortzuwerfen. Erik schwankte, und die Krücken fielen zu Boden. Er stand ganz von selbst. Ganz von selbst. Auf neuen Beinen wackelte er Sankt Paul entgegen und fiel ihm um den Hals.

Jetzt brach der Chor mit Dankgesängen los, die Leute schrien und tobten, und Erik Lunnermand biß die Zähne zusammen. Father Young nickte ihm zu.

Ganz hinten saß Benny. Er hatte Feo auf den Schultern. Die Menschen standen auf den Stühlen und klatschten. In diesem Moment bemerkte Benny, wie Feo ihm die Hände vor die Augen hielt. Das tat sie manchmal zu Hause, im Spiel, aber er spürte rasch, daß es diesmal anders war. Sie nahm sie erst wieder weg, als die Leute anfingen zu kreischen. Benny starrte auf die Bühne, wo der Chor sich in Auflösung befand. Die Menschen liefen durcheinander, als der Vorhang zu Boden fiel und Feuer fing. Das Publikum kümmerte sich gar nicht darum, sondern starrte nur auf Bobby Sankt Paul, der mit offenem Mund und leicht verdrehten Augen vier Meter über der Bühne schwebte. Das Deckenlicht wurde ausgeschaltet, und den Leuten wurde reihenweise schwindlig, während Sankt Paul immer mehr an Höhe gewann, bevor er auf einen Luftkanal an der Südseite der Halle zusegelte. Der Sturmlauf auf die drei Ausgänge erinnerte an die Panik bei einer Naturkatastrophe. Im Laufe weniger Minuten entschwanden zweitausend zutiefst verstörte Menschen sowie neun quicklebendige Wellensittiche in die Sommernacht, deren Sternenhimmel über Vojens und den umliegenden Gemeinden entzündet worden war.

Feo saß auf Bennys Schultern. Sie schaute in die Luft, wo Bobby Sankt Paul ganz gemächlich, still wie ein Luftschiff, unerbittlich wie eine Seifenblase, kleiner und kleiner wurde, bevor er als Punkt am nächtlichen Himmel aufblinkte und verschwand.

Die Laute eines einsamen Grashüpfers sind das einzige, das man in der Nähe des buntgescheckten VW-Busses vernimmt, der auf einem Feld unweit der alten Heerstraße steht. Vor dem Wagen sitzen Benny und Erik Lunnermand. Sie schauen sich an und hängen ihren Gedanken nach; um ihre Köpfe schwirren Feuerfliegen, Kupferwespen und glasierte Mücken. Ein Bild zieht an Lunner vorbei, wie ein Rochen in der Tiefe des Ozeans. Eine Frau im weißen Kittel fragt: »Was willst du sehen?« Er schaut Benny verloren an, der spürt, wie das bolivianische Stäbchen langsam, aber sicher aus dem Kopf herausgezogen wird. Dann stürzen die Kulissen ein, kippt die Ladung, verschwindet Bobby Sankt Paul. Eine eigentümliche Erleichterung erfaßt ihn. Ein Joch ist von seinen Schultern genommen. Als wenn eine Lüge endlich entschleiert wird. Erik Lunnermand sieht es ihm an. Streckt seine Hand aus und legt sie ihm auf die Schulter. Sie lächeln sich an, und Benny denkt, es wäre schön, Lunner für einen Moment in den Arm zu nehmen, als wären sie Brüder. Doch er läßt es bleiben.

»Erhaben«, flüstert Lunner und betrachtet die dunkle Gestalt, die mit einem Bündel auf dem Rücken vom Hügel zu ihnen herunterkommt. Ein großer, schlanker Mann in grauen Kleidern. Erst als er sie fast erreicht hat, erkennen sie ihren Johnny wieder, der sie mit schwachem, in sich gekehrtem Lächeln ansieht. Das früher so schimmernde, einst streng zurückgekämmte Haar, glänzend wie ein Slogan, flattert jetzt im Nachtwind. Wie bei einem kleinen Jungen. Seine alten Kleider sind verschwunden. Dafür diese strammen Hosen und das schwarze Hemd mit den aufgenähten Taschen. Sein Nacken ist ausrasiert, und seine Haare sind nicht mehr schwarz, sondern blond. Der wölfische Blick ist einem sanften Schleier gewichen. Er setzt sich zu ihnen.

Was für eine sonderbare Nacht.

»Ich bin gekommen, um zu bleiben«, flüstert er und nimmt ihre Hände.

»Sag, daß wir uns das Land zu Füßen legen«, sagt Benny leise.

Johnny nickt ernst, sieht ihn jedoch wehmütig an: »Wir werden uns das Land zu Füßen legen, Benny. Wir haben keine andere Wahl.«

Lunner lehnt sich zurück und schließt für einen Moment die Augen.

»Wo kommst du her?« fragt er vergnügt.

Johnny stellt die Tasche beiseite und schaut Benny durchdringend an.

»Ich komme direkt aus der Zukunft«, sagt er.

Lunner und Benny tauschen Blicke. Dann beginnt Johnny zu lachen.

Sie lachen alle drei, und Lunner holt drei deutsche Pils in braunen Flaschen, die sie öffnen. Benny erzählt vom Erweckungsabend, und Lunner muß aufstehen und auf Krücken gehen. Johnny hat Tränen in den Augen, lacht aber immer noch. Umarmt Lunner und küßt Benny auf beide Wangen.

»Sind wir Freunde?« flüstert Benny glücklich.

»Bis ans Ende unserer Tage«, antwortet Johnny und sieht ihn zärtlich an.

Plötzlich beginnt Erik Lunnermand »Der fröhliche Wanderer« zu singen, doch mit dem Text eines Kirchenlieds. Benny und Johnny fallen in den Refrain ein. Danach erzählt Lunner von seiner Begegnung mit dem Mädchen von der Heilsarmee. Zum erstenmal in seinem Leben kann er über sich selbst lachen.

»Und, bist du's geworden?« fragt Benny.

»Was?«

»Geheilt.«

Ganz still wird es. Johnny läßt seine sanften Augen zu Erik Lunnermand schweifen, der so viele anders klingende Namen trägt. »Ja«, sagt Lunner leise, »ich glaube, das bin ich.«

Johnny fängt erneut an zu lachen, während Lunners Gesichtsausdruck sich von aufrichtiger Verblüffung in reine Euphorie verwandelt. »Ich bin geheilt!« ruft er freudestrahlend aus.

Feuerfliegen, Kupferwespen und glasierte Mücken.

Johnny holt seine Maultrommel, Lunners akustische Gitarre und Bennys Bongos.

»Was hast du mit deinen Haaren gemacht?« fragt Benny vorsichtig.

»Gar nichts«, sagt Johnny lächelnd.

Lunner schlägt den ersten Akkord an. Benny legt die Trommeln weg und nimmt seine braunen Marraccas.

Dann fängt Johnny zu singen an:

»Long time ago in Bethlehem
The Holy Bible say
Mary's boy child Jesus Christ
Was born on Christmas Day

Listen hear the Angels sing
A new King born today.
Man will live forever more
Because of Christmas Day

While shepherds watch their flock by night
Them see a bright new Star
Them hear a choir sing music
That seem to come from afar ...«

Auf der Anhöhe hinter der Wiese hat ein Auto mit erloschenen Lichtern geparkt.

Sammy war nach einem emotionsgeladenen Telefongespräch mit seiner Mutter nach Hause gefahren. Als er die Wohnungstür in der Farimagsgade aufschließt, findet er sie im Wohnzimmer vor, vollständig angezogen, in ihrem marineblauen Kostüm von 1939, mit Hut und Einkaufstasche, auf dem einzigen Stuhl des Raumes. Alles ist fort, Möbel, Teppiche, Nippsachen und Gemälde, von denen man ein einziges – wie zum Spott oder zur moralischen Ermahnung – hängengelassen hat.

Sammy muß am Türrahmen Halt suchen, als die Mutter sagt:

»Soweit ist es gekommen, mein Sohn ...«

Hier gibt es keine unnötige Aufregung, keine Dramatisierungen und schon gar kein Teufel-an-die-Wand-malen. Der war vermutlich schon vorher da. Sammy kann sich tatsächlich nicht daran erinnern, daß die Mutter jemals hysterisch oder vorwurfsvoll reagiert hätte, wenn wirklich eine Katastrophe ins Haus stand. Was ununterbrochen der Fall war, als der Vater noch lebte. Sie fand sich offenbar mit ihrem Los in diesem Leben ab und schöpfte Kraft im Unabänderlichen und der Hoffnung, die wie ein kleines Licht vor einem langen, dunklen Tunnel brannte.

»Aber ... wie ist das möglich, Mami? Ist Maske-Mortensen dagewesen?«

Mortensen war ein ehemaliger Gemüsehändler, der zu dieser Zeit in großen Teilen Kopenhagens sein Unwesen trieb und der aufgrund seiner fast übernatürlichen Fähigkeiten in der Lage war, ein ganzes Einfamilienhaus in einer Nacht leerzuräumen. Andere Male gab er sich mit einer Sitzgruppe, Terrassenmöbeln oder dem Küchenmobiliar zufrieden. Als Visitenkarte hinterließ er stets einen

Apfel, für gewöhnlich einen Gravensteiner. Seine wahre Identität war nicht bekannt, doch eines Tages nahm er an einer Radiosendung mit dem Titel »Raten Sie, was ich mache« teil. Die ging folgendermaßen vonstatten, daß der Betreffende Arne Honoré anrief, der zusammen mit einer festen Mannschaft, bestehend aus Grethe Klitgaard, dem Fabrikanten Sven Holm und dem Magister John Danstrup, im Studio saß. Diese Mannschaft hatte fünf Minuten Zeit, den Beruf des Anrufers zu erraten. Während der Sendung hatte sich der Mann als Herr Mortensen vorgestellt. Und als hilfreiche Ergänzung mitgeteilt, er sei in der Möbelbranche tätig und arbeite vorwiegend nachts und allein. Nach kurzer Diskussion äußerte man die Vermutung, Mortensen sei Möbelpacker, doch als dieser hinzufügte, daß er aus Sicherheitsgründen eine Maske trage, änderte John Danstrup seinen Tip in Fußbodenschleifer (was später zu einem landesweit bekannten Scherz wurde). Nachdem die Zeit abgelaufen war, mußte Arne Honoré nach dem Beruf fragen.

»Ich bin Einbrecher«, antwortete Mortensen, der seitdem nur noch Maske-Mortensen genannt wurde.

Den Regeln der Sendung folgend, bekam er daraufhin seinen Plattenwunsch erfüllt.

Doch in Sammys Fall hatte der berühmte Mortensen nicht seine Finger im Spiel gehabt.

»Der Gerichtsvollzieher«, antwortete die Mutter lakonisch. Eine Aussage, deren Mangel an rhetorischem Feinschliff auch einer Hausfrau eigen ist, die sagt: »Fischfrikadellen.« Unausgesprochen: Und damit basta.

Erst jetzt bemerkt er, daß sie eine Quittung in der Hand hält.

»Man hat uns zum Ersten gekündigt, wenn wir nicht innerhalb von zehn Tagen die Miete bezahlen.«

Im Gang schwebt ein kleiner grüner Ballon vorbei, den die Zugluft vom Büro bis zur Kammer weht.

Der Impresario legt den Arm um sie und ruft sich den vertrauten Duft nach Rosmarin, Winteräpfeln und Zimt in Erinnerung.

Auf einem bräunlichen Foto, aufgenommen mit einer Vaselinelinse, steht die Mutter in der geräumigen, gemütlichen Küche. Sie dreht sich langsam herum und hat eine Pyramide aus Kandiszucker in der Hand. Die Locken in der Stirn glänzen mahagonifarben, genau wie die Augen. Die Haut gleicht der obersten Sahneschicht in den Flaschen. Im Wohnzimmer hört der Vater »Porgy and Bess«. Der neunjährige Sammy trägt einen Pyjama, und der Vater sagt, daß die Börse an der Wall Street Amok liefe. Der kleine Sammy lutscht weiter an seinem Kandis und kümmert sich nicht um Börsenkrach oder Aktienkurse.

Eine Haltung, die er gegenüber so etwas Abstraktem wie der Wirklichkeit stets beibehalten hat.

»Ich mache das schon«, sagt er und küßt die Mutter auf die Stirn. »Mach dir keine Sorgen. Ich kümmere mich darum. Das muß ein Mißverständnis sein.«

»Ein Mißverständnis? Du hast seit Februar keine Miete bezahlt. Wir stehen beim Kohlenmann, beim Kaufmann und bei Frau Frandsen in der Kreide.«

»Mami, ich kümmere mich darum. Mach dir keine Sorgen.«

»Aber wie, Schätzchen, wie denn? Die Zeit für Glasspieler, Zauberkünstler und tanzende Pudel ist vorbei.«

»Das weiß ich, Mami, das weiß ich.« Im leeren Raum verändert Sammys Stimme ihren Klang und verliert Resonanz, Farbe und Volumen. Langsam wendet er ihr den

Rücken zu, dreht sich wie ein Ballettänzer in einer Spieldose, deren Mechanik langsam den Geist aufgibt. Er starrt eine Allee düsterer Pappeln hinunter, an der sich im Abstand weniger Meter folgende Salzsäulen befinden: Die Zwillinge aus Slangerup, Hector, der Eisenmann, sowie die Kleine Conny vom Kohlenmarkt. Er defiliert vorbei und erblickt zuletzt zwanzig versteinerte Wellensittiche.

Die Mutter trat ans Fenster und sah auf die Straße.

»Erinnerst du dich daran, daß wir jeden Sonntag in den Botanischen Garten gingen?«

Sammy nickte. Die Mutter hatte sämtliche Pflanzennamen gekannt und gemeinsam mit dem Vater von einem eigenen Garten geträumt. Gar einer eigenen Gärtnerei.

»Manchmal ist Ruth mitgekommen. Kannst du dich an Ruth Gleimann erinnern? Die sich während des Krieges in Schweden verheiratete. Und völlig bankrott zurückkam. Ich habe sie gestern getroffen. In der Krystalgade. Sie hat wieder geheiratet und trägt Hut und Schleier.«

»Warum erzählst du mir das?«

»Ihr Mann verkauft Fernseher. Es läuft wie am Schnürchen. Und wir haben nicht einmal eine Musiktruhe. Er fragte nach dir. Was sollte ich sagen?«

»Mutter, verlaß dich auf mich. Die Zeit der Wunder ist nicht vorbei.«

Am selben Abend zu später Stunde: Der Ort heißt Kerteminde. Achtzehn große Wohnwagen parken um einen rollenden Vergnügungspark mit Schiffschaukeln, Schießbuden und Tombolas herum. Die Lampions leuchten in der Dämmerung.

Sammy war früher schon in der Klemme gesessen, aber noch nie so schlimm. Noch nie so ernsthaft, daß er das Gefühl hatte, seine Seele würde entblößt. Es ging nicht mehr um seine Zahlungsfähigkeit. »Sie wollen mein Herz«, murmelt er.

Unglücklicherweise kann er sich nur zu gut an de la Mottes Lieblingsfrage erinnern: »Was ist dein Arsch wert, Danielle?«

Das sollte sich jetzt zeigen.

Das Treffen dauert zwanzig Minuten. Der Direktor erhält gerade Maniküre. Er sagt, die Zeiten änderten sich. Die Leute verlangten mehr für ihr Geld. Qualität.

»Die Goldenen Zeiten sind vorbei. Geht das in deinen Schädel, kleine Krummnase? Qualität … Au! – Herrgott, du sollst doch nicht meine Finger abschmirgeln.«

Sammy sieht den Direktor nicht an, als er sagt: »Ich verspreche dir, du wirst nicht enttäuscht sein. Das ist keine Illusion, sondern die leibhaftige Wirklichkeit.«

De la Motte nippt an seinem Becher mit Bourbon. Und schüttelt lächelnd den Kopf. Ist in erträglicher Laune. Er beginnt zu lachen. Schiebt das Mädchen beiseite und zeigt mit der Nagelfeile auf Sammy.

»Ich habe eine Schwäche für dich, Danielle. Zum Teufel noch mal, das habe ich. Das muß ich wohl haben, weil ich schon lange nicht mehr den Hund auf dich gehetzt habe. Erinnerst du dich, wie du sein Futter gegessen hast? Hahaha …«

»Wäre es nicht für Mami gewesen …«

Sammys Murmeln dringt nicht durch. De la Motte ist aufgestanden und wechselt die Kleider. Er ruft einige Anweisungen aus einem Fenster heraus. Vermutlich für seine Frau, seinen Vorarbeiter oder seine Geliebte. In einiger Entfernung ringt eine Drehorgel nach Atem.

»Also spannen wir die Pferde an, Sammy!« ruft der Direktor aufgeräumt.

Der Impresario schaut zu den drei jungen Männern hinab, die eine höchst unpassende Weihnachtsmelodie spielen und singen.

De la Motte lehnt sich auf dem Rücksitz nach vorne, nimmt die Zigarre aus dem Mund und fragt: »Wer zum Teufel ist das?«

»Das sind ›Johnny & The Hurricanes‹«, flüstert Sammy und fühlt sich merkwürdig ergriffen. Er kann sie im Moment nicht sehen, verspürt aber einen Zusammenhang zwischen seiner komplett angezogenen Mutter im geplünderten Wohnzimmer und den drei glücklichen Einfaltspinseln neben ihrem hoffnungsvollen VW-Bus.

»Die drei Jubelidioten? Willst du mir etwa die verkaufen? Hat dich der Verstand verlassen, Mann? Ich hätte Nina & Frederik haben können.«

Sammys Stimme ist kaum vernehmlich, als er sagt: »Es geht nicht um sie, Herr Direktor, sondern um das, was sie im Wagen haben.«

»Im Wagen?« De la Mottes Mund steht offen. Er kneift die Augen zusammen.

»Achten Sie ... achten Sie auf die Räder, Herr Direktor«, sagt Sammy und sieht durch den Tränenschleier zu Benny hinüber, der die zweite Stimme singt und glücklich mit seinen beiden braunen Marraccas rasselt, zu Erik Lunnermand, dessen gesamtes Vermögen auf der Ladefläche liegt, und zu Johnny, der direkt aus der Zukunft kommt.

»Himmelherrgott«, sagt de la Motte, »der ganze Dreck steht ja nicht auf dem Boden.«

Feuerfliegen, Kupferwespen und glasierte Mücken umschwärmen sie.

Vierzehntes Kapitel

Sammy saß auf dem unbequemsten Stuhl des Zimmers und betrachtete Dennis de la Motte, der ihm den Rücken zugekehrt hatte und seinen leeren Blick vom Grand Hotel aus über Odense schweifen ließ. Draußen goß es in Strömen. Sammy konnte sich nicht erinnern, wann es zuletzt so geregnet hatte. Im Grunde konnte er sich nicht daran erinnern, wann es überhaupt geregnet hatte, und das war wohl auch völlig gleichgültig.

Er hatte nie zuvor eine so geschmackvoll eingerichtete Suite gesehen. De la Motte zeigte sich wirklich von seiner großzügigsten Seite. Es gab eine Bar, ein Radio und gepolsterte Türen. Aus dem Lautsprecher drang »Stardust«, was vorzüglich zum zwischen Boden und Decke dahintreibenden Rauch und der halb geleerten Whiskyflasche paßte. Sammy dachte unwillkürlich an seinen Talmudlehrer namens Leon Tortshiner. Ein liebenswürdiger Mann mit schwarzen Nägeln und einer entspannten Einstellung zum Eigentumsrecht. Er hatte ein sympathisches Motto, das davon ausging, jeder habe seine persönliche Geschichte. Sammy hatte das damals wie heute so verstanden, daß es immer mildernde Umstände gab. Dies sagte er unablässig zu sich selbst, während er de la Mottes Rauchkringeln nachblickte. Und meine Geschichte, dachte der Impresario, endet hier. Hier, in der Suite des Grand Hotels in Odense. In den vierzehn Jahren seiner Tätigkeit hatte er zahlreiche Stunden in verschiedensten Hotelzimmern der Provinz verbracht. Hatte sich zur Verfügung gestellt, sich aufgeplustert und dieselbe Form und Farbe angenommen wie die Ballontiere, die seine Klienten – unter dem zerstreuten Wohlwollen des Publikums – mit großer Geduld im nahegelegenen Gemeindehaus formten: eine Giraffe, ein Löwe und ein Orang Utan. Voilà!

Er fixierte de la Motte, der energisch eine Zigarre mit der anderen anzündete. Verraten und verkauft, dachte Sammy. In der Brieftasche befand sich ein erklecklicher Vorschuß. Genug, um die Wohnungsmiete sechs Monate im voraus zu bezahlen. Vielleicht länger. Und was Benny, Johnny und den verletzlichen Erik Lunnermand anging, sprang wohl auch etwas für sie heraus. Zum Teufel noch mal, Sammy, dachte er, alle sollen schließlich leben. Die Zeit verlangt nicht nach ehemaligen Lehrerinnen, die auf Kristallgläsern »White Christmas« spielen. Wer wollte sich so was heute noch anhören? Wer wollte dafür bezahlen? Das konnte sich einfach nicht rentieren. Die Gläser ließen sich nicht versichern. Außerdem traf die Frau den Ton nicht. Ruth Gleimanns Mann verkaufte zwei Fernseher am Tag. Und Ruth ging mit Hut und Schleier in die Stadt. Er gönnte es ihr. Als Elfjährige hatte sie sich mit einem Farbstift einen Saum auf die Beine gemalt. Ein erotisches Erlebnis, das ihn immer noch außer Atem bringen konnte. Ruth Gleimann. Mit Kniekehlen wie offene Muschelschalen. Von den Bahamas. Die Gedanken wollen zurück. Was wollen sie dort? Was wollen sie von ihm?

Er öffnet die Haustür. Draußen stehen drei junge Männer. Der eine ist hübsch, der andere gedrungen und der dritte kurzsichtig. Sie schauen den Impresario erwartungsvoll an, und er verschafft ihnen ihren ersten Job in Helsingør, wo er einem Geschäftsführer noch einen Gefallen schuldet. Sammy kann sich immer noch an ihre Hemden erinnern. Und an ihre Unschuld. Später hörte er eine unglaubliche Geschichte über den Großmogul Aalborgs, Sigurd Wandy Wehl. Mr. Nightlife. Der an seinem Geburtstag in ein lallendes Etwas verwandelt wurde. Man sagte, die alte Frau Wehl habe den Gashahn aufgedreht, und die Witwe sei nach Rio de Janeiro gereist. Der Impresario seufzt und wischt sich einen imaginären Fussel vom Hosenbein. »Johnny & The Hurrycanes«, seine drei letzten – unwiderruflich letzten – Kunden. Genauer gesagt vier. Er hat sich die Zeichnung von Budolfi angesehen und ist sich nicht sicher, ob es wirklich Budolfi ist, erkennt aber, daß es sich nicht um die Phantastereien einer Geisteskranken handelt. Schlimmer ist es um Feos Selbstporträt bestellt. War es ein Selbstporträt? Wir leiden wohl alle an der einen oder anderen Form des Selbstbetrugs. Die Farben strahlen unglaublich. Der Gesichtsausdruck des Mädchens ist gleichermaßen resigniert, gedankenvoll und stolz. Sammy beißt in seine Fingerknöchel. Sein Kunstverständnis unterlag einer gewissen Begrenzung, doch sein Vater hatte aufgrund seiner Reproduktionstätigkeit ein Interesse an den großen Meistern gewonnen. Darunter Gauguin. Sammy hätte ein Pferd darauf verwettet, daß Feo ein Gemälde reproduziert hatte, das womöglich gerade in New York hing, samt eines VW-Busses an der Stadtgrenze von Vojens. Ein stämmiges Mädchen aus Tahiti. Ganz oben in der Ecke der Zeichnung, es wirkte wie ein Fresko, schwebten drei leuchtende Engel.

Der Vertrag in der Innentasche war ein Vermittlungsvertrag. Sammy und de la Motte waren sich schnell einig geworden.

»Dennis riecht Kohle«, hatte der Direktor gesagt, als er das Grand Hotel für sie buchte. »Und wenn Dennis erst mal Witterung aufgenommen hat, dann könnt ihr schon anfangen, die Ärmel hochzukrempeln.«

Im Aufzug summte er »Das Herz von St. Pauli«.

Das hätte Sammy beinahe aus der Fassung gebracht. Warum, wußte er nicht.

In einem violett getönten Spiegel erblickte er sich selbst mit einer der Havanna-Zigarren de la Mottes und einem Glas Bourbon in der Hand. Angeber. Mit kariertem Anzug, Fliege und Golfschuhen mit Sohlen aus Autoreifen. Gummischuhe und Trompetensocken. Früher war das originell gewesen. Heute nacht war es alles andere als lustig.

Er hört sich selbst sagen: »Ja, ich habe volle Verfügungsgewalt. Mein Vertrag mit den Jungs erstreckt sich natürlich auch auf sie. Glaubst du, ich bin von gestern?«

Auch sein Lachen dröhnt durch den Hinterhof des Grand Hotels. Ein dämonisches Lachen. Ein Echo aus Gehenna. De la Motte geht schwergewichtig den Hotelflur entlang. Er folgt dem Portier, der einen Diener macht, als der massige Mann ins Zimmer stampft, die Tür zum Badezimmer aufstößt und uriniert, daß es platscht. »Halt die Fresse, Sammyjud, ich glaube, wir sind auf eine Goldader gestoßen!« ruft er und räuspert sich.

Der Impresario hört sich selbst sagen: »Das hat etwas mit Psychologie zu tun, Dennis. Vielleicht solltest du das einfach mir überlassen. Ich kenne sie immerhin.«

»Es darf nichts nach außen dringen, bevor wir bereit sind. Verstehst du, kleine Krummnase? Das hier darf nicht scheitern, nur weil einer von uns kein Format hat.«

»Ich sage doch nur …«

»Du sagst gar nichts, sondern tust, was dir gesagt wird. Deine elende Unterschrift steht an drei Stellen im

Vertrag, das genügt, also halt deine Klappe, während ich mir für uns beide den Kopf zerbreche.«

So weit waren sie gekommen.

Dennis de la Motte hatte sich jetzt eine ganze Stunde lang den Kopf zerbrochen. Eine Zigarre mit der anderen angezündet, stetig, wenn auch in kleinen Mengen, von seinem Whisky getrunken und den Regen betrachtet, der goldene Streifen ans Fenster malte. Sie hören, wie sich der Zimmerkellner auf dem Gang mit Nachschub nähert.

»Das ist eine schicksalhafte Nacht«, murmelt Sammy bedrückt. »Alle Ballons zerplatzen. Verschwunden sind die verstimmten Rotweingläser und die kecken Mädchen auf Rollschuhen. Der Schlüssel dreht sich; im Gemeindehaus werden sie in Zukunft Bingo spielen und in den Städten zu zweit vor Gleimanns Fernsehapparaten hokken. Ein Ära geht ihrem Ende entgegen.«

»Kannst du dich an Kalimar erinnern?« Der Direktor bläst bläulichen Rauch in die Luft und läßt sich das Wort auf der Zunge zergehen.

Es klopft an der Tür. Der Zimmerkellner bringt einen nächtlichen Imbiß und geht wieder. »Kalimar, der Mann, der die Leute an den Händen nahm und sogleich ihre intimsten Gedanken lesen konnte. Kalimar.«

De la Motte beugte sich zu Sammy hinüber.

»Nein, du kannst dich nicht an ihn erinnern, das sehe ich dir an. Du bist schon mit deinen Prozenten beschäftigt, kleiner Itzig. Eine große Nummer damals. Las die geheimsten Gedanken der Leute ... Ach was! Eine Null, ein Hochstapler, ein früherer Aushilfsbriefträger aus Rødovre. Herrgott noch mal. Aber die Leute waren ganz wild nach ihm, und warum? Weil Kalimar eine Agentin hatte, eine kleine, unscheinbare Frau, mausgrau und dürr wie eine Draisine. Rasmussen hieß sie. Ein durch und durch zynisches Frauenzimmer, das auch als Garderobiere in unserem Hauptzelt arbeitete, wo der Gedankenleser die große Nummer war. Die hatte im kleinen Finger mehr Talent als du jemals in deinem ganzen Kadaver haben wirst, Samuel Joshua Danielle. Ich glaube, die Frau hatte sich in Kalimar verguckt, dessen bürgerlicher Name irgendwie Børge oder so ähnlich lautete. Sie verpaßte ihm eine schwarze Gesichtsmaske und wies ihn an, so zu tun, als habe er ein steifes Bein. Dann trieb sie ihm den Postboten aus und pumpte das Nichts mit Mystik voll. Die Maske verbarg seine unglaublich dämliche Visage, doch das Geniale an dieser Frau Rasmussen waren ihre flinken Finger und ihr gutes Gedächtnis. Es ist unfaßbar, was die Leute alles in ihren Mänteln lassen. In ihren Mappen, Taschen und Geldbeuteln. Ganz enorm, was ein begabter Mensch alles herauskriegt, wenn er sich die Notizzettel der Leute ansieht. Und eine reine Goldgrube für einen Gedankenleser wie Kalimar. Frau Rasmussen, kleiner Sam, Frau Rasmussen ...! Sie könnte unsere kleine Idiotin aus Vojens lancieren. Mit Gesichtsmaske, so daß nur die leeren Augen ... Mensch, Sammy, das Geld wird nur so hereinströmen. Wenn wir nichts überstürzen.«

»Aber, Dennis ...«, warf der Impresario nervös ein. »Bist du dir darüber im klaren, daß das Mädchen ... keine Hochstaplerin ist? Ich habe keinen Schimmer, wie sie das anstellt. Laß mich bitte ausreden, Dennis.«

De la Motte nickte übertrieben zuvorkommend und machte es sich entspannt und zufrieden vor Sammy bequem.

»Du hast sie ja, wie gesagt, noch nicht gesehen. Doch ich gebe dir recht. Das wird eine Sensation, ein Knüller, ja, ein Mirakel ...«

»Sprich weiter ... sprich weiter ... ich liebe das.«

»Aber sie hat auch eine sonderbare Ausstrahlung, Dennis. Übernatürlich, eigentümlich. Was ich meine, ist, daß wir nicht in derselben Art an die Leute herangehen können wie bei Kalimar. Wir befinden uns auf schwankendem Grund. Auf dünnem Eis.«

»Genug jetzt. Was ist los, willst du aussteigen?«

»Nein, natürlich nicht, aber du kennst doch die Behörden. Wenn die Wind davon bekommen, daß sie ...«

»Tun sie nicht.«

»Und die Presse? Ist nur eine Frage.«

»Was ist hiermit, was ist damit!« rief de la Motte. »Was zum Kuckuck ist los mir dir? Okay, wenn dir die Sache zu heiß ist, überlaß sie einfach uns.«

Der Direktor stand plötzlich vor Sammy und zog ihm die Brieftasche aus dem Jackett. »Aber was das hier ist, das weißt du ganz genau, nicht wahr? Das kannst du gut gebrauchen, oder? Mein Geld ... in deiner Tasche. Nimm's und halt's Maul!«

Die Brieftasche landete hart in Sammys Schoß.

»Ich kenne niemand, der anderen so die Laune verderben kann wie du.«

Der Direktor ging zur Fensterbank und öffnete seinen Hemdkragen. Beide schwiegen eine Weile. Dann machte sich de la Motte über die Schnittchen her.

Er sah Sammy gereizt an.

»Du willst vermutlich nichts essen.«

»Das sieht wirklich lecker aus, Dennis, aber ... ich mache eine Art Diät. Ich will dich nicht langweilen, aber es geht um eine Allergie. Yes, Allergie. Ich bin ... Allergiker. Auf einer japanischen Insel leben Silberäffchen, deren Immunsystem ...«

Sammy fuchtelte entschuldigend mit den Armen und gab es auf, den Satz zu beenden.

Zugleich schob sich de la Motte zwei aufeinandergestapelte Schnittchen in den Mund. Er hatte niemals Probleme gehabt, mit vollem Mund zu sprechen. Auch jetzt nicht: »Okay, du bist also Allergiker. Was geht mich das an? Ich weiß nur, daß du nicht gegen mein Geld allergisch bist. Soviel steht fest. Das konntest du immer gebrauchen.«

»Man muß ja irgendwie leben, Dennis.«

»Ja, und am besten auf Kosten anderer Leute, nicht wahr, Danielle? Halt endlich die Fresse, mein Gott, wie du mich langweilst. Da glaubt man, wir könnten ein bißchen Spaß haben und was Großes feiern, uns einen hinter die Binde gießen, vielleicht ein paar Weiber kommen lassen, und dann sitzt er da rum und ist Allergiker und mault … du kannst mich mal!«

De la Motte spülte mit Bourbon nach und zeigte mit dem Flaschenhals auf Sammy. »Morgen schnappst du dir den Dicken, ihren Bruder. Und dann kommt ihr zu mir und bringt das Mädchen mit. Wir sind in Bogense morgen. Ich versuche, die Rasmussen zu erreichen und ein paar andere, die ich auf dem Kieker habe. Bevor die Woche zu Ende geht, seid ihr bei mir. Keinen Moment später.«

Dennis warf Sammy einen Schlüssel zu.

»Und jetzt sieh zu, daß du verschwindest. Dein Zimmer ist im zweiten Stock.«

Fünfzehntes Kapitel

Es war am späten Vormittag, als Sammy wieder in Vojens ankam. Es hielt den Wagen kurz an, um sich eine Zigarre anzuzünden und die Situation zu durchdenken.

Die Atmosphäre unten auf der Wiese beim kunterbunten VW-Bus war abwartend. So nahm er sie wahr. Niemand ließ sich sehen. Vielleicht schliefen sie noch. Vielleicht waren sie in der Stadt.

Der Impresario hatte schlecht geschlafen. Ein Alptraum jagte den anderen. Als Junge hatte er oft geträumt, wie er sich, die Taschen voller Diebesgut, bei Crome & Goldschmidt herausschlich. Keine besonderen Dinge, nur ein paar Spielsachen, mehrere Plastiktiere und elektrische Autos, ein Mikroskop und ein Monopoly. Das Kaufhaus ist rappelvoll, es geht auf Weihnachten zu, und er muß sich den Weg bahnen. Überall begegnet er wissenden Blicken und glotzenden Menschen, die sich etwas zuraunen. Doch sie unternehmen nichts und lassen ihn einfach passieren. Der kleine Sammy ächzt und stöhnt und stellt das Mikroskop beiseite. Jetzt kämpft er sich durch die Kosmetikabteilung. »Du hast etwas verloren!« Eine Dame in blauem Kittel hält das Monopoly in der Hand. Er schüttelt den Kopf und drängelt sich an einem Pulk Erwachsener vorbei. Alle Spielzeugautos fallen zu Boden, doch das kümmert ihn nicht. Er spürt, daß ihm jemand folgt. Direkt auf den Fersen. Er läuft schneller. Die Leute stehen ihm ständig im Weg. Die Plastiktiere verstreuen sich überall hin wie die Reiskörner im Märchen. Dann erreicht er endlich die Glastüren. Als er sie öffnet, legt sich ihm eine Hand auf die Schulter. »Samuel, was hast du in der Tasche?«

»Gar nichts, wirklich gar nichts.«

Der große Mann faßt mit einer Hand unter seine Jacke und zieht ein Tier heraus.

»Glaubst du wirklich, du könntest aus Crome & Goldschmidt mit einem Elefanten herauskommen?«

Ein andermal sitzt er im Schornstein fest oder wird beim Sechstagerennen im Forum vergessen, doch die Episode mit dem Elefanten setzt sich fort. Der Weg mit ihm durch die Kosmetikabteilung dauert das gesamte Leben an. Selbst vorher noch, als er in vorgerücktem Alter im Grand Hotel lag, selbst jetzt noch, wo schon fast die Endstation in Sicht ist, selbst jetzt spürt er ihre Gegenwart. Der Rüssel schaut aus dem Ärmel hervor.

»Glauben Sie wirklich, Sie könnten aus dem Grand Hotel mit dem größten Landlebewesen der Erde herauskommen, Herr Danielle?«

»Wir alle haben unsere Geheimnisse, Herr Abteilungsleiter. Schauen Sie sich um. Die Leute strahlen es aus. Und, Hand aufs Herz, haben Sie keine Leichen im Keller, nichts zu verbergen hinter ihrem Maßanzug und dem konfektionierten Gesichtsausdruck? Ich sehe, Sie zögern. Sie wissen es nur zu gut. Meine Gier wurde mir zum Verhängnis. Ein Elefant war mehr, als ich zu tragen vermochte.«

»Delirium«, sagt John Houston in Afrikas Dschungel, als er unter dem nächtlichen Sternenhimmel spazierengeht. Die langgezogenen, angsterfüllten Schreie aus Bogarts Lager werden leiser und verwandeln sich in ein heiseres Winseln. »Poor man«, flüstert der dämonische, despotische Filmregisseur seinem Assistenten zu. »What's the problem, John?« fragt der Assistent und sieht den reptilartigen Mann an. »Too much reality makes him jump«, brummt Houston, »he is a true star, pure fiction. But keep your mouth shut about it. Even better: Forget I ever mentioned it.«

Nach dem Konzert in Boston geht Sibelius in Gesellschaft des Senators und dessen Frau durch das Schneegestöber. Sie sprechen von Wagner, mit dem sich Sibelius abgefunden hat. Vor dem Hotel trennen sie sich, wo Sibelius von seiner privaten Krankenschwester abgeholt wird, die ihm ins Bett hilft, ihn zwingt, seine Medizin einzunehmen und, als letztes, die Schallplatte mit der anregenden Filmmusik auflegt. Eine leicht schluchzende männliche Stimme singt: »Do not forsake me, o my darling.«

»Tiomkin«, flüstert der Altmeister hingerissen, »du bist der Größte. Wagner soll der Teufel holen.«

Schließlich stellte sich Sammy vor den Spiegel:

»Das ist nicht meine Schuld. Alle haben ihre Geschichte. Frag nur Leon Tortshiner. Ich habe auch das Recht auf eine.«

Auf dem Weg nach Jütland kam ihm ein Gespräch in den Sinn, das er kürzlich mit Benny geführt hatte. Er hatte in Middelfart angehalten, um sich die Tageszeitung zu kaufen, in der sich, vom üblichen Politiker-Foto abgesehen, ein Bericht über einen Mann namens Habib Bourguiba befand. Ein Name, den sich Sammy unwillkürlich auf der Zunge zergehen ließ. Der ihn in gute Laune versetzte. Auf der zweiten Seite gab es einen Bericht über eine sensationelle Erweckungsveranstaltung mit dem bekannten Prediger Bobby Sankt Paul, der, wie es hieß, das Publikum in Südjütland völlig aus der Fassung gebracht hatte. Augenzeugen sagten aus, daß der Prediger einfach von der Bühne aus in die Luft gestiegen und aus der Halle entschwunden sei. In Vojens hatte man nie etwas ähnliches erlebt, und die diensttuenden Psychiater des Kreiskrankenhauses betonten, daß ihre Abteilung inzwischen eine Warteliste für die Patienten führe, die in der Schützen- und Turnhalle seelischen Schaden erlitten hätten. Der Bürgermeister erteilte die beruhigende Auskunft, die nächste Großveranstaltung sei der Jahreskongreß der Pelztierzüchter, und der Kirchgang nehme wieder seinen üblichen Verlauf.

Sammy faltete die Zeitung zusammen und schloß die Augen.

Er litt seit neuestem unter höchst unangenehmen Hitzewallungen und rief sich das besagte Gespräch mit Benny in Erinnerung. Ein Gespräch, das sich um Bennys kleine Schwester drehte. Der Junge war sehr offenherzig gewesen und hatte erzählt, wie das Mädchen stets auf dem Dachboden der Familie kauerte, wo es ihr im übrigen sehr gut gefallen habe. Er hatte auch den neuen Mann der Mutter, Richard, erwähnt, sowie seinen leiblichen Vater, der sich aus unerfüllter Liebe das Leben genommen habe.

»Interessant«, unterbrach ihn Sammy, »aber ich wollte eigentlich etwas über deine Schwester erfahren.«

»Man kann sagen, daß Feo eigentlich gar nicht existiert«, sagte Benny freundlich.

»Nicht ... existiert«, murmelte Sammy, der fühlte, daß sich in seinem Plasma ein Unbehagen breitmachte.

»Sie existiert nur für uns«, sagte Benny hilfsbereit. »Sie ist unser kleines Geheimnis, Herr Danielle.«

»Hör einmal zu, Benny: Hat deine Mutter sie zu Hause bekommen?«

»Nein, im Krankenhaus.«

»Wo genau?«

»Im Sankt Josef Hospital. Bei den Nonnen. Ich bin selbst dort gewesen.«

»War es eine normale Geburt? Nein, das weißt du natürlich nicht, mein Freund. Ich dachte nur daran, ob deine Schwester eventuell ... vertauscht worden sein kann.«

Dieser Gedanke amüsierte Benny sehr.

»Nein, Herr Danielle, damit hätte sich meine Mutter niemals abfinden können.«

Nach diesen Worten hatte sich Sammy auf einem unbequemen Stuhl auf der Wiese niedergelassen, um zu rauchen und in Ruhe nachzudenken, bevor er zu Benny zurückging, der mit der Handwäsche beschäftigt war. Aus irgendeinem Grund hatte er sich angewöhnt, alle zu bemuttern.

»Sie macht ja ein paar merkwürdige Sachen«, begann Sammy und wippte auf den Fußballen.

»Findest du?«

»Ja, ich finde, das kann man mit Fug und Recht behaupten.« Sammy spähte in den Wagen hinein, in dem die Kleine stets, halb durch Decken und Kissen verborgen, ganz hinten saß.

Sammy brachte Benny dazu, sich hinzusetzen.

»Hör zu«, sagte er, »ich bin doch schließlich euer Impresario. Euer Freund. Ich braucht mir nichts zu verheimlichen. Wir können uns vertrauen, Benny.«

Benny nickte eifrig.

»Willst du denn leugnen, daß der VW-Bus ... manchmal ... in der Luft ... schwebt? Willst du das leugnen, Benny?«

Benny blickte auf den Boden und lächelte, schüttelte leicht den Kopf und sagte dann: »Also, dasselbe behauptet Lunner auch. Ich selbst habe es nie gesehen. Aber wenn ihr es sagt, dann wird schon etwas dran sein ...«

Sammy ergriff Bennys große, weiche Hand. »Benny, hör mir zu. Die Schwerkraft. Sagt dir das etwas – die Schwerkraft?«

Benny zuckte bedauernd mit den Schultern und entgegnete, er wisse einzig und allein, daß dies jene Kraft sei, die einen Körper im Gravitationsfeld der Erde beeinflusse und daß die Schwerkraft ein Resultat zweier Kräfte sei, nämlich der Zentrifugalkraft infolge der Erdrotation sowie der Gravitation; im übrigen sei die Schwerkraft selbst keine konstante Größe, sondern variiere in Abhängigkeit vom Breitengrad, von der Höhe über dem Meeresspiegel sowie den örtlichen Gegebenheiten. Vor allem die Sache mit den örtlichen Gegebenheiten schien ihn zu interessieren.

»Hör jetzt auf mit dem Quatsch, Benny!« rief Sammy und schloß für einen Moment die Augen. »Sei so gut und hör mir zu: Schon im 17. Jahrhundert entdeckte Poul Newman, daß sich tief im Erdinnern ein Magnet von enormer, unveränderlicher Kraft befindet, der sich kein Säugetier auf Erden entziehen kann. Schau mich an, Benny. Hast du dich niemals gefragt, warum der Kattegat, der Pazifische und der Indische Ozean nicht einfach in den Weltraum fließen? Das liegt an der Kraft des Magneten, Benny. Ich will dir keinen langen agronomischen Vortrag halten, sondern dich einfach fragen: Du weißt doch vermutlich, daß die Erde sich unablässig – unablässig, Benny! – dreht?«

Benny antwortete, er wisse bloß, daß man die Umlaufzeit der Erde in bezug auf die Fixsterne als siderisches Jahr bezeichne. Es dauere 365,2422 Tage bei einer Umlaufgeschwindigkeit von 29,67 Kilometern pro

Sekunde sowie einer Bahnlänge von 951 Millionen Kilometern.

»Die Erde dreht sich also um die Sonne, deshalb geht auch die Sonne unter, und all den anderen Plunder kannst du für dich behalten. Ich sage dies in deinem eigenen Interesse und frage dich jetzt: wenn alles andere, vom australischen Zwergkänguruh, das im übrigen ein hervorragender Springer ist, bis zu dem kleinen Stein, den ich in der Hand halte, wenn also der ganze Krempel gezwungen ist, auf dieser verdammten Erde zu bleiben, wie, zum Henker, ist es ihr möglich, ein Auto von mindestens einer Tonne zum Schweben zu bringen? Erklär mir das, Benny!«

»Von wem sprichst du? Meinst du etwa, Feo würde dies tun? Ja, das meint Lunner auch, aber ich glaube, er hat sich damit abgefunden. Ich habe es selbst nie beobachtet. Auf der anderen Seite gibt es doch so viele Dinge, die man nicht versteht, Herr Danielle. Man denke nur an ein klitzekleines Samenkorn, das sich zu einer riesigen Eiche entwickelt. Das versteht man doch genausowenig.«

Sammy hatte ungläubig in die Luft gestarrt, im klaren darüber, daß hier alle Worte vergebens waren. Beiläufig erinnerte er sich an seine Begegnung mit Rebecca Laumann, deren wohlhabende Eltern einen Hauslehrer gesucht hatten, damit ihre hoffnungsvolle Tochter die Abiturprüfung bestand, vorzugsweise mit Auszeichnung. Jüdische Eltern stellen große Anforderungen an ihre Kinder. Manchmal regelrecht unzumutbare.

Samuel war damals achtundzwanzig Jahre alt und die Familie Laumann soeben von einem fünfjährigen Aufenthalt in Schweden zurückgekehrt. Aus diesem Grund war die Schullaufbahn des Mädchens unterbrochen worden, dem jedoch nur noch wenige Prüfungen zum Bestehen des Abiturs fehlten. Selbstverständlich hatte sie in Göteborg in einer Tour gebüffelt, aber »das ist natürlich niemals dasselbe wie mit einem richtigen dänischen Lehrer«, wie Frau Laumann Sammy gegenüber erwähnte, der sich als Studienassessor Danielle vorgestellt hatte. Es haperte vor allem in Mathematik und Französisch. Sammy hatte ein kurzes bilaterales Gespräch mit dem Oberhaupt der Familie, Benjamin Laumann, geführt, der Sammy gastfreundlich den bequemsten Stuhl des Hauses und ein Glas weißen Portwein anbot. Laumann senior war Rechtsanwalt beim Landgericht und legte großen Wert auf traditionelle Tugenden. Eine imposante Erscheinung, mit dem Ansatz eines Buckels, einem schneeweißen Gesicht samt einem krausen Vollbart. Ein stiller Mann von großer Würde. »Die Sorbonne ...«, sagte er bedächtig und schob die Unterlippe vor. »Das muß sehr aufregend gewesen sein, Herr Danielle.« Sammy entgegnete kryptisch, er habe in diesem Jahr mehr über französische Kultur gelernt als in den folgenden sechs Jahren an der Universität.

»Aber Sie sind ... Däne, nicht wahr?«

»Meine Mutter stammt eigentlich aus Paris, wo sie Kunstgeschichte unterrichtete; mein Vater lebt leider nicht mehr. Er wurde eines der zahllosen Opfer der Fremdenlegion. Meine Mutter besitzt immer noch eine kleine Tüte mit Sand. Aus der Sahara. Das letzte Lebenszeichen, das wir erhalten haben.«

Der ernste, aber warmherzige Landgerichtsanwalt schenkte ein weiteres Glas Portwein ein. Sammy fühlte sich genötigt, es in einem Zug zu leeren.

»Ich habe einen schwachen Akzent bei Ihnen bemerkt, Herr Danielle.«

»Das … tut mir leid«, sagte Sammy, der sich unbewußt auch ein leichtes Hinken des linken Beines zugelegt hatte. »Aber die Sprache sitzt … im …« – er zeigte auf seine Schläfe – »… im … ja, wie heißt es noch gleich?«

»… im Ohr«, riet Laumann.

»Nono … äh, wie sagt man noch auf dänisch?«

»Gemüt?«

»Genau, Gemüt. Dort sitzt sie fest. Wird nicht vergessen. Genau so wenig, wie man Großmutter und Großvater vergißt.«

Sammy wußte aus Erfahrung, daß ein Mann wie Benjamin Laumann vor allem ein Familienmensch war.

Der Händedruck, den Sammy erhielt, als er die Villa in Hellerup verließ, war nicht nur warmherzig, er war dankbar. »Grüßen Sie Ihre Mutter, Herr Danielle.«

»Mami ist chronisch bettlägerig. Die Höfte …«

»Höfte, Herr Danielle?«

»Ja, die Höfte … sitzt hier … an der Seite.«

»Ach, die Hüfte! Tut mir leid, das zu hören.«

»Ja, huren kann sie auch nicht. Ich meine … mit den Ohren.«

Als er hinkend das Haus verließ, dachte er, daß man alles übertreiben konnte, auch den schönsten Akzent.

Rebecca war fünfundzwanzig, doch in ihrer Entwicklung merkwürdigerweise etwa bei vierzehn stehengeblieben. Sie benahm sich oft kindlich und war entweder unglaublich mürrisch oder übertrieben offenherzig.

»Erzählen Sie mir von Paris, Herr Danielle.«

»Ich, äh, bin nicht hier, um jungen Dammen solche Geschichten zu ersählen …«

»Och, Herr Danielle, nur eine kleine Geschichte. Erzählen Sie mir von Yvette aus der Rue de la Notre.«

»Also gut.« Sammy sah auf seine Taschenuhr, die an einer Similikette hing, die er am Gürtel befestigt hatte. Im Grunde hatte er nichts dagegen, die Arithmetik zu überspringen. »Ich war einmal, wie schon gesagt, mit dieser Yvette verlobt.«

Rebecca warf sich bäuchlings auf die Ottomane und lächelte erwartungsvoll.

»Ein junges, warmblütiges, reizendes Mädchen, das zweimal in der Wooche kam, um in der Rue de la Notre, viertes Stockwerk links, sauberzumachen. Sie hatte dichtes schwarzes Haar ...«

»Rot«, sagte Rebecca, »am Montag war es rot.«

Der falsche Assessor ließ seinen Blick gedankenvoll über die Bäume schweifen:

»Le petit Yvette«, entgegnete er unbeirrt, »färbte ständig ihre Haare, mal waren sie rot, dann wieder schwarz. Am Samstag waren sie manchmal violett. Voilà.«

Sammy ließ sich vom trägen Strom der Erinnerungen und der Inspiration treiben.

»Sie verliebten sich ineinander ...«

»Ach ja, Amor hatte seinen Pfeil schon abgeschossen, wie man so sagt. Waren die Tage in Paris schon heiß, so waren es die Nächte um so mehr. In Algier gibt es ein Sprichwort: ›Cruppe, cruppe de la Cryp/avec ai tut de la Plyp.‹ Das bedeutet: Diese Nacht gehört uns. Mein Vater starb in der Sahara, fünfzehn Räuber schnitten seine Zunge ab und warfen sie den Geiern zum Fraß vor. Doch Papa überlebte und kehrte heim nach Paris. Erst Jahre später konnte er uns von dem Vorfall erzählen.«

»Ohne Zunge?«

»Mit Zeichensprache. Papa war der einzige Mensch nördlich der Alpen, der mit den Händen rufen konnte. Oh, mon dieu ...«

Rebecca vergriff sich unterdessen an einer Tüte Pfefferminzbonbons.

Sie hatte die Angewohnheit, sich drei Kugeln gleichzeitig in den Mund zu stecken. Sie sprangen zwischen ihren hübschen Zähnen umher, wobei sie Laute wie eine Marimba erzeugten.

»Aber Yvette war nicht das Mädchen, für das Sie es gehalten hatten.«

Sammy konnte sich nicht daran erinnern, welche Version er Rebecca erzählt hatte. Ob es die war, in der sie als Prostituierte enttarnt wurde, oder jene, in der sie mit einem Nachkommen des russischen Zaren verheiratet war.

»Das herzlose Flittchen hatte ... einen anderen.«

»Einen? Sie muß Hunderte geliebt haben.«

»Das ist kein Grund, einen Mann, der ... daniederliegt, mit Füßen zu treten, petit Rebecca«, sagte Sammy und schielte auf seine Uhr.

Jede Woche informierte sich der Vater über den Fortgang der Studien. Und in dieser Hinsicht waren die Auskünfte des Hauslehrers nicht kleinlich, der ein Examen mit besten Noten in Aussicht stellte. Eine Vorhersage, deren Dreistigkeit durch die Tatsache verstärkt wurde, daß er die Mittelschule einst abgebrochen hatte und auf französisch nicht mehr als Guten Tag und Auf Wiedersehen sagen konnte, sowie durch das Faktum, daß Mathematik für ihn seit der Grundschule ein unbekanntes Land war. Seit zwei Monaten kassierte er einen ordentlichen Stundenlohn und ertrug ihre Launen, ihre Kleinmädchenattitüden und ihre aparte Vergnügungssucht.

Doch im Dezember '47 geschah etwas, das Rebeccas Leben von Grund auf verändern sollte. Sammy war rechtzeitig erschienen. Er hatte in eine Baskenmütze, ein

Kassengestell mit Fensterglas sowie eine kurze Pfeife investiert, was seinem Auftritt zu mehr Intellektualität verhelfen sollte. Gleichzeitig hatte er sein körperliches Gebrechen dadurch verfeinert, daß er den Absatz seines linken Schuhs entfernte, um noch glaubwürdiger als französischer Kriegsversehrter herumhumpeln zu können. Seit seinem zehnten Lebensjahr hatte Sammy eine Vorliebe für Verkleidungen, und besonders gern schlüpfte er in die Rolle eines Invaliden. Es fing bescheiden mit Pflastern und Verbänden an; später kam er schon mal mit einer Armschlinge in die Schule. In der vierten Klasse litt er unter einem Halskatarrh und knurrte wie ein Hund, worauf ihm vom Schularzt der Mund ausgepinselt wurde. Als Erwachsener konnte er dann aufgrund größerer finanzieller Mittel sowie seines unbestrittenen Talents noch mehr aus den Charakteren machen. Geraume Zeit, direkt nach dem Krieg, trug er Strohhut und Monokel sowie über den Schultern einen schwarzen Umhang, der zu seinem gepolsterten Buckel paßte.

Der Höhepunkt sowie das vorläufige Ende des Ganzen war erreicht, als einige Pressefotos von Alligator-Aphrodite aufgenommen werden sollten. Man traf sich im Tiergarten, und Sammy überraschte alle damit, daß er im Rollstuhl erschien. Alles verlief planmäßig – selbst der Alligator tat, worum man ihn gebeten hatte –, bis man vor dem Haupteingang voneinander Abschied nahm. Das Wetter war strahlend und die Aussicht vom Hügel großartig. »Gute Besserung für deine Beine, Sam«, sagte Aphrodite und gab ihrem Impresario einen flüchtigen Kuß auf die Stirn. »Denk nicht an mich, sondern an deine Karriere«, entgegnete der Impresario und schob sich zwei Meter nach hinten. Er hatte natürlich nicht überprüft, ob die Bremsen auch funktionierten, widmete der

Verleihfirma aber einen freundlichen Gedanken, als er mit fünfzig Stundenkilometern rückwärts den Hügel hinunterraste. Als er vier Tage später entlassen wurde, schwor er sich, daß sein Bedarf an körperlichen Gebrechen gedeckt sei.

Aber an diesem Nachmittag war Rebecca geradezu ausgelassen. Man hätte auch kokett sagen können, wenn der Grund für ihre Ausgelassenheit nicht der französische Roman gewesen wäre, mit dem sie durchs Zimmer tanzte. Sammy, der davon ausging, es handele sich um eine ihrer Launen, versuchte dies zu ignorieren und bat sie, sich auf die Lösung der geometrischen Aufgabe zu konzentrieren, indem er, der Optik wegen, einen soeben erstandenen Winkelmesser auf den Schreibtisch warf.

»Lesen Sie, Monsieur Danielle«, sagte Rebecca. »Lesen Sie.«

»Wir haben keine Zeit für diesen Unsinn«, sagte Sammy und sog kräftig an seiner Stummelpfeife, als er die Mutter auf der Treppe hörte. Sie servierte für gewöhnlich Tee und Pfefferkuchen und war ohnehin ein angenehmer und liebenswürdiger Mensch. »Ich hoffe, unsere Rebecca macht Fortschritte, Herr Danielle«, sagte sie stets und lächelte den Hilfslehrer hoffnungsvoll an, der entgegnete: »Rebecca muß sähr arbeiten, sonst ... wird sie nicht studini ... fini und basta, Madame Laumann.«

Als die Mutter gegangen war, sah Rebecca ihrem Lehrer direkt in die Augen und sagte folgendes: »Herr Danielle, Herr Samuel Joshua Danielle, Sie sprechen nicht ein Wort Französisch und haben keinen blassen Schimmer von Mathematik. Sie haben ihre kurzen krummen Beine vermutlich niemals nach Paris gesetzt und daher auch kein Luder namens Yvette gekannt. Sie sind ein

Schwindler und Hochstapler und schulden meinem Vater über hundert Kronen. Nein, sagen Sie jetzt nichts. Zwei Freundinnen, die singend Rollschuh laufen, haben mir alles über Sie erzählt. Außerdem wurde mein Mißtrauen dadurch geweckt, daß Sie sich niemals erinnern konnten, welches Bein denn nun steif ist.«

Die Zwillinge aus Slangerup, dachte Sammy, bekam den Pfeifensud in den Mund und hustete gewaltig.

Rebecca trommelte abwartend mit ihren langen Nägeln auf den Tisch.

»Ich bin schon gespannt, was Sie meinem Vater heute abend sagen werden.«

»Rebecca«, entgegnete Sammy in entschiedenem Tonfall, »bist du imstande zu improvisieren?«

Rebecca Laumann wurde niemals Studentin, sondern assistierte sechs glückliche Jahre lang ihrem Zukünftigen, dem Gedächtniskünstler Milow, an dessen Gastspiel im Prater sich viele erinnern werden. Sie brach mit ihrer Familie und nahm, im Gegensatz zu Sammy, nicht am Begräbnis ihres Vaters teil, der das Zeitliche in einer Schlinge und im Bewußtsein segnete, daß seine Ermahnungen – ebenso wie die Sammys gegenüber Benny – vergebliche Liebesmüh gewesen waren.

Jetzt schritt der Impresario auf den Wagen zu und erkannte sofort, daß der rechte Vorderreifen platt war. »Hallo«, rief er, »ist da jemand?«

Keine Menschenseele.

»Schlummermand?«

Er ging nach hinten, wo, wie üblich, die Gardinen vorgezogen waren.

Die Luft steht still. Seine Hände zittern ein wenig, als er die Vordertür öffnet, die mit leichtem Klicken aufspringt. Die Luft in der Kabine ist drückend. Das Licht ist karottenfarben. Alle Dinge sind zierlich zu kleinen Haufen zusammengeräumt; die Schuhe stehen nebeneinander auf dem Boden: die schwarzen Schuhe, die er ihnen einst in Helsingør gegeben hatte und die früher im Besitz von Fleming Fjong & Familie gewesen waren. Sammy schleicht sich so lautlos wie möglich an Kocher und Töpfen vorbei, einem Koffer, einer Gitarre und einem frisch gebügelten Hemd auf einem Bügel, als er den häßlichen Affenkopf erblickt, der ihn vom Regal über dem Ausziehbett anglotzt. Bolivianisches Mikado, ach ja.

Er kniet sich auf den Rücksitz und betrachtet die beiden blauweiß gestreiften Decken, die verknäult ganz hinten im Wagen liegen. Ein kleiner Fuß schaut hervor. Ein Babyfuß. Zehn Zentimeter lang. Gläsern, durchsichtig. Vorsichtig zieht Sammy die Decken beiseite, die über den rundlichen Körper des Mädchens gleiten, das einen verblichenen Pyjama trägt. Vielleicht einen von Bennys alten. Sie liegt auf der Seite und hat ihm den Rücken zugekehrt. »Kaum größer als eine Dreijährige«, murmelt er.

Der Kopf ist groß, mit zwei leicht abstehenden Ohren, wie bei einer Elfe oder einem Troll. Das eine ist spitzer als das andere. Sie hat nur wenige Haare, die, genauso wie der Rest des Mädchens, pastellgelb sind. Er spürt ihren Atem nicht, vielleicht ruht sie in einer Art Winterschlaf. Die vielen Stunden, die sie allein im Bett zubrachte, hatten sie vielleicht in die Lage versetzt, in diesen Dämmerzustand zu fallen. Sanft berührt er ihre polypenartigen Finger, die auf der Schaumgummimatratze ruhen. Und spürt plötzlich eine Zärtlichkeit durch seinen Körper fluten. Er möchte sie hochheben, an sich drücken, sie mit hinausnehmen und … der Welt zeigen.

Sammy hatte Johnny so oft mit ihr auf dem Arm spazierengehen gesehen. Sogar Erik tat dies manchmal. Vielleicht waren sie besessen von ihr. Von ihrem Geheimnis. Von allem, was nicht existierte.

Er schüttelte den Kopf und seufzte. Sagte sich selbst, daß er doch arm dran sei. Auch körperlich. Wann war er zuletzt glücklich gewesen? Niemals. Es geschah, daß er sich kurze Momente ergaunerte, doch war er sich stets darüber im klaren gewesen, daß diese nur geborgt waren und mit Zins und Zinseszins zurückgezahlt werden mußten.

Was zum Teufel machte er hier? Er hatte hier nichts zu suchen.

»Entschuldigung«, flüsterte er und legte dem Mädchen sanft einen Finger auf den Handrücken, bevor er zur Tür zurückkrabbelte, die er lautlos öffnete.

Er zuckte zusammen. Für einen Augenblick fürchtete er, den Verstand zu verlieren.

Der VW-Bus schwebte einen knappen Meter über der Grasnarbe. Er konnte sogar einen Schatten auf der Erde erkennen und die Schwerelosigkeit spüren, als er plötzlich den Kopf umwandte. Sie hatte sich aufgerichtet. Und sah ihm direkt in die Augen. Ein offener, kindlicher Blick, bar jeder Anklage und jeden Argwohns, doch alles durchdringend. Rein wie der Mondschein.

»Feo«, flüsterte er.

Sie regte sich nicht. Vielleicht sah sie ihn gar nicht. Oder schaute durch ihn hindurch. Schwer zu sagen.

»Feo«, wiederholte er, jetzt etwas lauter, »erzähl mir … erzähl mir, wie du es anstellst.«

Sie streckte die Hand aus. Die Hand mit den polypenartigen Fingern. Sammy wußte nicht, ob er sie ergreifen sollte. Er wußte nicht aus noch ein, kroch aber in den Wagen zurück und setzte sich vor sie hin. Wußte jetzt mit

Sicherheit, daß sie ihn ansah. Mit völlig verändertem Ausdruck. Fast wie eine erwachsene Frau. Doch ohne Vorwurf und ohne sich in irgendeiner Form erkennen zu geben. Sie schaute ihn einfach an. Und legte dann die Hand an seine Wange. Sammy blickte auf. Ihre farblosen, funkelnden Augen waren nicht mehr leer, sondern auf eine unendliche Reise gegangen, durch flache Kontinente, rauhe Wüsten, Mangroven, Savannen und Regenwälder. Dünen, Eis und Meer. Ein Zittern erfaßte das Auto, worauf sie etwas in sich zusammensank. Wie ein Kind, das sich in Gedanken verliert. Vorsichtig legte er sie hin, wickelte die Decke um ihren Körper und krabbelte zur Tür zurück, die er mit dem Ellbogen aufschob.

Sie kamen den Pfad herunter. Benny und Erik Lunnermand trugen ihre gelbschwarzen Hemden, Johnny war ganz in grau. Irgendwas war mit ihren Haaren geschehen, die im Sommerwind flatterten. Sie lachten und winkten ihm zu. Benny trug ein Reserverad. Sammy sagte sich, es könne auch am Licht liegen, das wie ein silberner Streifen hinter ihnen lag, daß ihre Konturen flimmerten.

»Gibt's was Neues?« rief Erik aus einiger Entfernung.

Sammy ging ihnen entgegen. »Gute Nachrichten«, sagte er mechanisch, »richtig gute Nachrichten.«

Er sah zu ihnen auf. Johnny, Benny und Lunnermand.

Und fuhr herum, als sei er von der Sonne geblendet. Befand sich plötzlich im braunen Klappbett aus seinen Kindertagen. Der Vater sitzt im Wohnzimmer unter der Lampe, während Mami ihrem Sohn im Schlafzimmer von Gottes Engeln erzählt, die in gewissen Fällen Stubenarrest auf der Erde erhielten.

Sechzehntes Kapitel

Das Restaurant »Zum Hornbläser« lag an der Kreuzung von Danmarks- und Norgesgade in Fredericia, dort, wo sich heute das Hotel »Landsoldat« befindet.

Der Kellner stellte die Platte mit den belegten Broten mitten auf den Tisch und rückte die Flaschen sowie den beschlagenen Aquavit beiseite, bevor er ihnen »Guten Appetit« wünschte.

Benny brachte dieser Überfluß schier aus der Fassung, wohingegen sich Lunner damit begnügte, ein kehliges Kläffen auszustoßen, außerstande, den Lebensstandard zu vergessen, den sie früher hatten erdulden müssen. Er war sich gewiß, daß sie allesamt etliche Kilo verloren hatten, und schielte zu Johnny hinüber, der am Tischende saß, die Ellbogen auf den Tisch und sein Kinn auf die Handflächen gestützt. Bevor sie das Restaurant betraten, hatte er geäußert, der Himmel sei erinnerungsschwer.

Sammy hatte sie durch die reißbrettartige Stadt geführt und vor der Zitadelle und an anderen Orten kurze, interessante Vorträge gehalten.

Seine eindrucksvolle Kenntnis der Stadtgeschichte sowie des kulturellen Lebens rührte daher, daß er kurzzeitig Dramatik am »Staatlichen Internat für Schwerhörige und Gehörlose« unterrichtet hatte, wo er unter anderem Jutta begegnet war, die später landesweit bekannt wurde.

»Eßt einfach so viel, bis ihr platzt, Jungs«, sagte er großzügig und schob die Platte zu Benny hinüber, dessen rote Wangen vor Appetit leuchteten. »Übrigens ist es Juttas Verdienst, daß wir heute die Redensart kennen: ›Es steckt Geld in Solomon.‹«

»Wirklich?« fragte Lunner spitz und bohrte die Gabel in ein Schollenfilet.

Die Geschichte von Jutta trug sich folgendermaßen zu:

Jutta Alcazar hieß eigentlich Jytte Andersen und war unter eigentümlichen Umständen zur Welt gekommen. Sie erblickte deren Licht im Frühjahr 1931 im Krankenhaus von Fredericia, in dem die Mutter gemieden wurde, weil sie für das Kind beschämenderweise keinen Vater vorweisen konnte. Das sorgte in der Stadt für einigen Wirbel, da sie eine der Stützen des Chores der Trinitatiskirche war. Viele rätselten, wer wohl der Vater sein könnte, und manche waren überzeugt, es sei der Bürgermeister. Doch es blieb zunächst ein Geheimnis, denn Juttas Mutter war eine couragierte Frau, die nach der Geburt ihre Tätigkeit als Chorsängerin fortsetzte, wenn auch unter dem Protest der Gemeinde.

Man sollte also glauben, das kleine Mädchen sei ganz und gar vaterlos aufgewachsen, aber das war nur die halbe Wahrheit. Denn Jutta bekam bald einen himmlischen Vater, saß ab ihrem zweiten Lebensjahr auf der Kirchenbank von Trinitatis und starrte hinauf in die Kuppel mit den berühmten Fresken von 1690. Eine besonders enge Beziehung entwickelte sie zu dem bewährten Motiv, das die Wand hinter der Kanzel schmückte, nämlich dem Bild von Adam und Eva, die im Garten Eden vor dem berühmten Baum stehen, auf dem sich die genauso berühmte Schlange vom Ast mit der einen Frucht hinabschlängelte. Jutta war von der Geschichte und dem Bild fasziniert. Sie erkannte unschwer, daß Adam und

Eva ziemlich merkwürdig aussahen und sich sonderbar hielten, außerdem war es regelrecht erheiternd, daß die Schlange ganz offensichtlich einen Augenfehler hatte. Zu Hause malte sie verschiedene Versionen des Sündenfalls, zahlreiche Äpfel, zahlreiche Bäume und nicht zuletzt zahlreiche Schlangen. Über allem schwebte das Angesicht Gottes, das oft identisch mit dem salbungsvollen Konterfei Pastor Bruuns war. Auf diese Weise verstrichen viele Jahre, und im Laufe der Zeit trat die Geschichte von Juttas Vater etwas in den Hintergrund, was auch daran lag, daß so viele vergleichbare Schicksale die Nachkriegszeit prägten. Als Siebzehnjährige wurde Jutta Küchenhilfe im »Staatlichen Internat für Schwerhörige und Gehörlose«, und ein Jahr darauf folgte sie ihrer Mutter im Chor der Trinitatiskirche nach, wo ihre tiefe, rauchige Stimme gewissen Liedern einen völlig neuen Charakter verlieh. Manchmal sang sie ein Solo, doch wurde dies vom Gemeinderat unterbunden, der Juttas Stimme »nicht im Einklang mit der Botschaft der Lieder« fand. Niemand zweifelte hingegen an Juttas starkem Glauben, und viele schätzten ihre und ihrer Mutter uneigennützige Arbeit.

Als ihre Mutter an Tuberkulose erkrankte, übernahm Jutta auch die häuslichen Pflichten und möbelte nach und nach den zweifelhaften Ruf auf, unter dem die Familie seit Jahren gelitten hatte. Ihre Frommheit und Reinheit wurden noch durch die Tatsache unterstrichen, daß sie als Zwanzigjährige als das hübscheste Mädchen der Stadt galt – eine große, schlanke, dunkle Frau mit Augen wie brennende Kohle und einer Figur, die die Phantasie der jungen Männer befeuerte. Sie strahlte etwas Südländisches aus, und wenn sie neben den anderen Chormädchen stand, sahen sie alle plötzlich wie auf einem

Fries aus. Man nahm auch Notiz von ihren eigentümlichen Bewegungen beim Gehen. Wie eine Bauchtänzerin aus Kairo, sagte der Küster, der als weit herumgekommen galt. Aber Jutta hatte genug mit ihrer Arbeit im Internat, im Chor und zu Hause zu tun, wo sie immer noch kleine Aquarelle mit alttestamentarischen Motiven malte, am liebsten aus der Schöpfungsgeschichte und am allerliebsten Varianten des Sündenfallmythos'. 1953 stirbt die Mutter, und auf ihrem Totenbett stellt sich heraus, daß Juttas Vater kein geringerer als Pastor Bruuns ist, der vor bald fünfundzwanzig Jahren nach einem Basar nicht hatte an sich halten können. Juttas Mund ist verschlossen mit sieben Siegeln. Sie zieht in eine kleine Zweizimmerwohnung mit Alkoven und kümmert sich um ihre Dinge. Doch drei Monate später beginnen sich die Leute zu erzählen, Fräulein Andersen habe sich ein Haustier zugelegt und halte überdies weiße Mäuse. Dieses Mädchen zieht Klatsch und Tratsch offenbar an, insbesondere als sich herausstellt, daß sie eine fünf Meter lange Boa beherbergt, eine Riesenschlange, die sie Solomon nennt. Niemand bekommt das Tier zu sehen, und niemand bekommt ein Wort aus Jutta heraus, die weiterhin in dem Internat arbeitet und jeden Sonntag in der Trinitatiskirche singt. Die Geschichte von der Schlange und Juttas Doppelleben beeinträchtigt natürlich nicht gerade das männliche Interesse an ihr. Und es wird auch berichtet, daß mehr als nur einem Einlaß in ihre Wohnung gewährt worden sei, doch keine der Beziehungen gehalten habe. Gerüchten zufolge schlief Jutta gemeinsam mit ihrer Riesenschlange. Die Zeit vergeht, und neue pädagogische Maßnahmen werden um die Mitte dieses Jahrzehnts erprobt, in dem das »Staatliche Internat für Schwerhörige und Gehörlose« Gastlehrer von nah und fern beschäftigt,

Musiker, Dramaturgen und Gymnasiallehrer. Samuel Joshua Danielle ist einer von ihnen. Und als er zum ersten Mal Jutta Andersen in der Kantine erblickt, führt sein Herz sich auf wie nach fünfzehn Tassen Mocca. Das einzige Wort, das ihm treffend erscheint, ist »malerisch«. Es war im übrigen ein Feiertag, an dem Jutta die Aufgabe zugefallen war, fünf große Schichttorten herzustellen, die sie versiert, wie ein Konditor, mit einer Sahnespritze verzierte. Welche Geschicklichkeit.

Sammy lädt sie ein. Sie essen auf Sanct Knudsborg, bezahlen jeder für sich und gehen nachher getrennt nach Hause. Am nächsten Sonntag sitzt Sammy in der Trinitatiskirche und besucht mitten in der Woche eine Kindstaufe, nur um in Juttas Nähe zu sein. Auf dem Internat ändert er seine Pläne hinsichtlich der Arbeit des Schultheaters. Anstelle von »Abenteuer auf der Fußreise« sollen die Schüler Kaj Munks »Das Wort« einstudieren. Und eines Tages fragt er Jutta, ob sie nicht zusammen zum Abendmahl gehen könnten. »Ich dachte, Sie sind Jude«, sagt sie freundlich lächelnd. »Ich bin christlicher als Luther«, entgegnet Sammy hingerissen. »Ich bin ja so fasziniert vom Alten Testament«, sagt sie und verschlingt ihn mit beinah unverschämtem Blick. »Wenn ich das Wort ›Talmud‹ nur höre, treten mir Tränen in die Augen«, antwortet Sammy und fügt hinzu, daß er als Achtzehnjähriger im Pentateuch unterrichtet habe. »Ist das wahr, Herr Danielle? Ich beschäftige mich vor allem mit dem Sündenfallmythos. Ich kann kaum … genug davon bekommen.« – »Ha!« schreit Sammy hysterisch und schlägt sich vor den Mund, schnappt sich ein Taschentuch und putzt sich heftig die Nase. Als er wieder zu sich kommt, senkt er den Kopf und sagt, der Sündenfallmythos sei seine Spezialität. Das Ganze endet damit, daß sie ihn noch für diesen Abend zum Tee einlädt. Sam klopft im dunklen Anzug und mit dem Gesangbuch in der Hand an die Tür ihres demütigen Domizils, wo sie Kamillentee trinken und Cracker mit Käse essen und Sammy Anekdoten von seinem Leben als Impresario und seinem Umgang mit den christlichen Illusionisten des Landes zum besten gibt. Jutta taut auf und lacht und schenkt Tee nach, und gegen Mitternacht sitzen sie auf ein und demselben Sofa, auf dem Sammy ihr verstohlen den Arm um den Rücken legt und irgend etwas von einem Tierimitator murmelt, der auch ein landesweit bekannter Diabetiker gewesen wäre. Jutta hat Farbe auf die Wangen bekommen und lacht ausgelassen. Vielleicht zum ersten Mal seit langem. »Du vergeudest deine Zeit und deine Schönheit in Fredericia«, haucht der Impresario und rückt ganz nah an sie heran. Sie sitzen Wange an Wange, als er ein heftiges Kitzeln in der Nackengegend verspürt. Er zwickt sie flüchtig ins Ohrläppchen, doch da legte sich etwas Schweres und vor allem Kaltes um seinen Hals.

Später erfuhr er, daß nahezu alle von Juttas Verehrern bis zum Sofa gelangt waren. Und mehrere behaupteten, in unmittelbarer Lebensgefahr geschwebt zu haben. Doch Sammy wollte es anders. Denn er kehrte zurück. Und konstatierte zu seiner Verblüffung, daß das Mädchen der großen Boa verschiedene Tricks beigebracht hatte. (Von der Nummer mit den drei weißen Mäusen wollte er lieber absehen.) Im Oktober '55 standen Jutta und Solomon jedenfalls auf der Bühne des Restaurants »Die Lagune« in Vejle, wo sie sich, im Jane-Kostüm und zur ungeteilten Freude des Publikums, den inzwischen sechs Meter langen Solomon um Hals und Taille wickelte. Hat sie jemals geheiratet? Ja, das hat sie. Einen

Bandagisten aus Kastrup. Sie bekamen zwei Söhne und ließen sich in Nørrebro nieder, wo sie eine Kürschnerei eröffneten und die Anakonda ihre Tage als Portemonnaie beschloß. Daher der Ausdruck: »Es steckt Geld in Solomon.«

Sammy betrachtete seine drei hungrigen Gäste, die sich inzwischen an den Salzstangen zu schaffen machten.

»Warum erzähle ich euch diese Geschichte?« fragte er nachdrücklich.

Lunner sagte, das hätte er auch gern gewußt.

»Wenn man ein gottgegebenes Talent besitzt, dann ist man verpflichtet, es zum Blühen zu bringen. Prost, Jungs! Ihr wißt gar nicht, wie glücklich ich bin, euch zu sehen.«

Er lächelte Benny an, der mit kleinen, leichten Bewegungen zwei Fleischklopse und eine Fischfrikadelle in eine Serviette einschlug.

»Für Feo«, flüsterte er und lächelte verschämt.

Sammy lehnte sich zurück und zündete sich eine Zigarre an. Und stellte die insgesamt zehn leeren Bierflaschen in eine Reihe.

»Wißt ihr, was das hier ist, Jungs?«

Lunner und Benny sahen ihn abwartend an, während Johnny – wie gewöhnlich – irgendwo anders war.

»Das ist die Scheidegrenze in unserem Leben«, sagte Sammy gedämpft. Worauf er seine Brieftasche hervorholte und jedem von ihnen zweihundert Kronen in die Hand drückte.

Sie starrten auf die Scheine.

»Jetzt fangen wir an«, sagte Sammy ernst. »Jetzt fangen wir richtig an, Jungs.«

Lunner fragte verkniffen, ob dies der Vorschuß sei.

Sammy rückte näher an den Tisch heran und sagte, so könne man es gut ausdrücken.

»Ihr werdet«, er senkte bedeutungsvoll die Stimme, »von nächster Woche an … auf euren Instrumenten … spielen, jeden Abend, als ›Johnny & The Hurrycanes‹, auf der größten Freilichtbühne des Nordens, nein: Skandinaviens. Die Bühne … gehört euch. The kingdom of stars is yours.«

Sammy lehnte sich zurück und sah beinahe zornig aus dem Fenster.

Es wurde mucksmäuschenstill. Benny blickte zu den anderen und stieß Lunner leicht mit dem Ellbogen an. Johnny sandte ihm ein schwaches Lächeln und ein Kopfnicken.

»Darüber sind wir sehr froh, Sammy«, sagte er leise. Der neue Johnny war ein genügsamer Mann, ein Mensch mit nur wenigen Bedürfnissen. Wie ein Haus, bei dem nur ein Klappfenster geöffnet ist. Das, was ihm wichtig war, geschah hinter verschlossenen Türen. In aller Verschwiegenheit. Manchmal fühlte sich Benny dem neuen Johnny sehr verbunden. Wenn sie gemeinsam am Strand saßen und Feo mit der Brandung und dem Horizont beschäftigt war. »Ich mag es, unterwegs zu sein«, sagte Benny eines Nachmittags am Belt, als sich schwelend ein Gewitter ankündigte. »Ich dachte, ich würde mich fern von zu Hause nicht wohl fühlen. Aber jetzt, jetzt ist mein Zuhause da, wo wir uns aufhalten.«

Johnnys Blick fliegt aus seinen Augen; mit großen, kräftigen Flügelschlägen schwebt er über das Wasser. »Zwischen Himmel und Erde«, flüstert er. Benny wird diesen Nachmittag nie vergessen. Der Sonnenstand erinnert ihn an einen alten Traum – von einem verchromten Lastwagen mit einer Galionsfigur, einer Heiligen mit algengrünem Haar und blutrotem Mund. Er betrachtet Johnnys Profil, sie schweben auf einem satten Akkord dahin, einem akustischen Rauschen in e-Moll, und lauschen dem scheppernden Geräusch, als das Becken die Luft zerteilt. Der Himmel hat dieselbe Farbe wie der erste Chevrolet V-8 Bel Air. Zwischen Himmel und Erde.

Der Impresario zuckte abwiegelnd mit den Schultern.

»Unglaublich froh«, sagte Benny. »Vollkommen überwältigt, wenn du mich fragst. Ich weiß kaum, was ich mit dem vielen Geld anfangen soll.«

»Kann man etwas über das Gesamthonorar erfahren?« fragte Lunner.

»Das Geld wird nur so hereinströmen«, entgegnete Sammy und betrachtete seine Zigarre. »Es tut mir nur leid ... daß es so lange gedauert hat, bis ich euch geben konnte, was ihr verdient.«

Benny legte ihm seine rundliche Hand auf den Arm.

»Ach, Sammy ... darüber mußt du dir keine Gedanken machen.«

»Aber das tue ich, Benny. Das tue ich wirklich.«

»So schlimm war es doch gar nicht.«

»Doch, das war es. Ich habe euch vernachlässigt. Nicht weil ... mir das Spaß gemacht hätte. Ich habe wirklich jeden einzelnen Tag an euch gedacht. Das soll jetzt auch gar nichts beschönigen, aber Mamis Krankheit hat mich natürlich auch in Anspruch genommen.«

Er betrachtete sie.

»Ihre Verbände mußten stündlich gewechselt werden«, ergänzte er. »Aber laßt es jetzt gut sein. Laßt es jetzt gut sein, Jungs. Schauen wir nach vorne.«

Johnny murmelte irgend etwas darüber, daß die Zeit in Jütland in vielerlei Hinsicht sehr lehrreich gewesen sei.

»Danke für deine Worte, Johnny.« Sammy lächelte melancholisch.

Kurz darauf wurde der Kaffee serviert, und zu Sammys ungeteilter Erleichterung entschuldigte sich Johnny und ging ein bißchen spazieren, wie er das zu tun pflegte.

»Der wird schon wieder der alte«, sagte Benny mit tröstlicher Stimme.

Sammy nickte und ergriff ihre Hände. »Auf euch beide setze ich meine Hoffnung«, sagte er warmherzig. »Lunte und Benny.«

»Lunner«, verbesserte Lunner.

»Richtig, Lunner. ›The Hurrycanes‹, das seid ihr beide. Sagt euch der Name de la Motte etwas?«

»Der Gauklerkönig!« rief Benny begeistert aus.

Sammy verbesserte in Vergnügungskönig.

»Multimillionär, achtzehn Wohnwagen, zwei Bühnen, drei Schießbuden, eine Tombola, Schiffschaukeln, Trapeze und Live-Musik. Ein Zirkus auf Raupenketten. Mit einem Wirkungskreis in ganz Nordeuropa. Die Artisten stehen Schlange, um dabei zu sein. Ich kannte einen schwedischen Jongleur, der seinen rechten Arm gegeben hätte, um engagiert zu werden. Und jetzt seid ihr die Glücklichen.«

»Ich fasse es nicht«, sagte Benny lächelnd. »Du etwa, Lunner?«

»Ja und nein«, antwortete Erik Lunnermand.

Sammy füllte die kleinen Gläser mit Cognac und Grand Marnier.

»Das Beste habe ich mir für den Schluß aufgehoben«, sagte er. Er sah Benny väterlich an und packte ihn im Nacken. »Du großer Bengel ...«

Benny lachte und wand sich.

»Ich weiß es doch selbst, Bennymann. Habe es mit eigenen Augen gesehen.«

Benny lachte, wußte aber nicht, was Sammy meinte.

»Ihr Banditen habt doch wirklich eine Weltsensation im Kofferraum. Das ist mein voller Ernst.«

»Im ... Kofferraum?« murmelte Benny.

»Ich rede von deiner kleinen Schwester, Bennymann.«

Benny lächelte verlegen, schaute von Sammy zu Lunner und wieder zurück.

»Feo?«

Sammy zwinkerte ihm zu, schnippte in Richtung Kellner und bestellte drei Flaschen Bier. Dann nahm er das Kästchen mit den Zahnstochern, das auf dem Tisch lag, und hob es zehn Zentimeter in die Höhe.

»Erkennst du, was das hier ist, Lunner? Stell dir vor, es hätte Räder.«

Lunner blickte verstohlen zu Benny und sagte: »Das ist unser ... Wagen.«

»Ist es überhaupt nicht«, sagte Sammy grinsend und schlug mit der Hand auf den Tisch. »Das ist eine Schachtel mit Zahnstochern, die weder fliegen, schweben noch irgendwas anderes kann ... aber das kann Feos VW-Bus. Yes, indeed. Und für diese Art von Magie sind die Leute bereit, sehr viel Geld zu zahlen. Sehr, sehr viel Geld.«

Er schaute sie an.

»Heute ist ein großer Tag, Jungs – darf ich einen Toast ausbringen?«

Bogart erhebt in der Bar sein Glas. Ein einziges Mal ist es völlig still im gigantischen Foyer der Radio City Hall. Die sechstausend zahlenden Gäste haben das größte Lichtspielhaus der Welt verlassen. Der Filmstar betrachtet seine Hände, die zittern wie die Nasenspitze eines erschreckten Kaninchens.

»To you and to Sam Spade«, sagt der Agent mit den großen Brillengläsern, die Bogarts rote Augen, seine schmalen Schultern und seinen unglücklichen Blick reflektieren.

Der Schauspieler späht nach hinten, hinaus auf die Straße mit all den Autos, Manhattans Verkehr, die wirkliche Welt, der Dschungel.

Im Glas ruhen der Traum, das Paradies, Ruhe und Frieden.

»Dieser Film wird dich unsterblich machen«, sagt der Agent lächelnd und schenkt Bourbon nach. »Die Leute waren außer Rand und Band. Du hast es ja selbst gehört.«

»Ja«, sagt Bogart, »mit Kathy …«

»Hepburn? Come on, it's your movie. Have a drink and let's go home. I've always hated New York.«

»Never been there«, murmelt Bogart und leert sein Glas.

Im selben Augenblick nimmt der Aga Khan Abschied von einer Abordnung Ayatollahs, die sich über die Entwicklung in Bengalen besorgt zeigt. Während sie miteinander sprechen, sieht der Anführer der Muslime in den Hofgarten hinunter, in dem seine Tochter herumtollt. Bald würde sie hinter schwarzen Gewändern versteckt werden und für den Rest ihres Lebens die Welt durch einen schmalen Schlitz beobachten. Die Frau des Hindus hingegen ging erhobenen Kopfes, in aufrechter Haltung, gleichwertig. Der Khan stellt sein

Glas mit Eiswasser zurück auf die Kupferschale und beißt sich in die Fingerknöchel. Er befindet sich im pakistanischen Lahore. In zwei Tagen wird er gemeinsam mit Tausenden anderer Pilger zur Kaaba nach Mekka reisen.

»Ramadan«, flüstert er und verbirgt das Gesicht in den Händen.

An der Wand hängt eine persische Zeichnung, die das Paradies der Rechtgläubigen darstellt. Ungefähr aus dem Jahr 1500.

Er hat seiner Tochter beigebracht, der Prophet Mohammed sei im »Jahr des Elefanten«, 570 nach christlicher Zeitrechnung, geboren worden. In jungen Jahren arbeitete der Prophet als Kameltreiber bei einer Kaufmannswitwe, die er später heiratete. Er hat das Mädchen in der wahren Religion unterrichtet, die über alle anderen Religionen siegen wird.

Er erinnert sich an die Geburt seiner Tochter. Als er sie in seinen Armen hielt. Er erinnert sich an die Rituale, doch über allem stand der neue, unschuldige Blick der Neugeborenen. Fatimas offener Blick.

Der Khan wußte von diesem Augenblick an, daß er sie nicht steuern konnte. Sie nicht belehren wollte. Der Koran prallte merkwürdig an ihm ab. Er betrachtete sie im verborgenen, so wie ein Schiffbrüchiger fremdes Land betrachtet. Er lenkte seine Schritte mit Bedacht und verwandte mehr Zeit auf das Zuhören als das Sprechen. Die Familie warnte ihn. Wie wenig sie verstanden. Von der Neuen Welt. Fatimas Welt. Sie war nicht geboren worden, um gebunden zu sein, sondern um die Fesseln zu lösen.

»Als ich geboren wurde, hatte ich keine Wahl«, sagt er an ihrem achtzehnten Geburtstag zu ihr. »Doch wenn ich einmal von hier fortgehe, will ich selbst wählen. Versprich mir das, Fatima.«

»Anything you say, dad«, antwortet das Mädchen in der pepitakarierten Hose.

An diesem Abend verlassen die vornehmen Gäste Jean Sibelius' Ehrenwohnung mit tiefen Stirnfalten. Einige behaupteten, der Alte habe den Steinway-Flügel zu Kleinholz zerschlagen und würde jede Nacht »Do not forsake me, o my darling« singen.

Der Komponist ist nicht für seine Trinksprüche bekannt. Er spricht überhaupt nicht mehr viel, doch an diesem Abend ist er gut aufgelegt, erhebt sein Glas und stößt auf … Tiomkin an.

»Der Größte von uns allen …«

Niemand wußte, wer dieser Tiomkin war.

Das schien Finnlands großen Mann zu amüsieren.

Siebzehntes Kapitel

Dennis de la Motte pflegte mit seinem Hund eine Runde über den Platz zu drehen. Wie immer trug er seinen Seidenkimono, seinen Strohhut sowie seine unabdingbare Zigarre und setzte seine Füße mit dem Selbstverständnis und Stolz eines Großbauern, eines erfolgreichen Buchmachers oder eines japanischen Dorfbürgermeisters ins Gras. Den kreisförmigen Platz bildeten die vielen Wohnwagen sowie die verschlossenen Schießbuden samt der kleinen und der großen Bühne, auf der dürftige Live-Musik und reine Magie geboten wurden. De la Mottes eigene Wagen standen dicht beieinander. In dem einen wohnte seine Frau, in dem anderen seine Geliebte. Ganz außen stand ein cremefarbener, unansehnlicher Campingwagen, der den neuen Gast des Direktors beherbergen sollte, eine gewisse Frau Rasmussen, die das Etablissement von Zeit zu Zeit mit ihren Fachkenntnissen und ihrer ganz besonderen Form der Pädagogik beehrte. Böse Zungen behaupteten, sie sei de la Mottes heimliche Mutter. In Wahrheit war die kleine mausgraue Frau die einzige, die sich traute, dem Direktor entschieden zu widersprechen, und im übrigen tat, was ihr gefiel. Die Menschen, die de la Motte seit Jahren begleiteten, vertraten die Auffassung, wenn die Bosheit selbst sich eines Tages materialisierte, dann müsse es in Gestalt von Frau Rasmussen sein. An diesem Morgen vergewisserte sich der Direktor, ob in ihrem Wagen alles seine Richtigkeit hatte: ob man ihre kleinen, säuerlichen Zigarillos bereitgestellt hatte, ob genug Würfelzucker und eine ausreichend große Untertasse vorhanden waren. In vielerlei Hinsicht war sie eine Frau mit bescheidenen Bedürfnissen. Doch diese mußten befriedigt werden. Was sie tat, wenn sie nicht mit Rat und Tat zur Seite stand, wußte man nicht; nur daß sie einst Orthographie an einem Kopenhagener Mädchengymnasium unterrichtet hatte, an dem sie nach kurzer Zeit körperliche Züchtigungen und Strafarbeiten einführte, die erst durch den jährlichen Besuch des Schularztes ein Ende fanden. Sie wurde auch mit eher spiritistischen Veranstaltungen in Verbindung gebracht, von denen diejenige auf dem Dalgas Boulevard besondere Berühmtheit erlangte.

Mit einem Medium veranstaltete Frau Rasmussen zweimal wöchentlich eine Sitzung, auf der wenige Auserwählte für hundert Kronen in Kontakt zu ihren verstorbenen Angehörigen treten konnten. Das Ganze endete äußerst dramatisch und beanspruchte die Titelseiten der Zeitungen, nachdem eine bekannte Schauspielerin aus dem Fenster des dritten Stocks gesprungen war und sich einen Beinbruch und eine Gehirnerschütterung zugezogen hatte. Frau Rasmussen sagte aus, die Frau sei sehr erregt darüber gewesen, in Kontakt mit ihrem alten Vater zu treten, doch die Schauspielerin blieb dabei, sie sei aus dem Fenster gestoßen worden und ihr Vater wäre bei bester Gesundheit.

De la Motte setzte sich auf das Trittbrett des Campingwagens, blinzelte in die Sonne und vergegenwärtigte sich seine gestrige Zusammenkunft mit der jütländischen Presse, bei der er in wenigen, gekonnten Wendungen seine Hauptattraktion für die Herbstsaison bekanntgab. Er hatte sich betont geheimnisvoll ausgedrückt. Das stachelte ihre Neugier an. Die Erfahrensten wußten auch, daß Frau Rasmussen aus Kopenhagen angereist war und daß man daher etwas Besonderes erwarten durfte.

»Ist es jemand, den wir kennen?« fragte ein Journalist des Gemeindeblatts.

»Nein, es ist niemand, den ihr kennt. Die Betreffende hat jahrelang im Verborgenen gelebt. Ich wollte … *dies* … nicht der Öffentlichkeit präsentieren, bevor die Zeit reif war.«

Sein schauspielerisches Talent war für de la Motte stets von Nutzen gewesen. Er konnte ohne Schwierigkeiten in die verschiedensten Rollen schlüpfen, sich nacheinander Ausdrücke und Posen aneignen, die sich völlig widersprachen, und sich binnen Sekunden, wie bei einer Zauberkugel, in einen wildfremden Menschen verwandeln. Mit der Zeit erlangte er eine solche Geschicklichkeit, daß er, wie bei dem Trick mit der Zauberkugel, herausbekam, was im Innersten verborgen war. Wenn er allein war und lange Selbstgespräche führte, sich sein Leben, seine erotischen Abenteuer, seine Siege und Niederlagen ins Gedächtnis rief, dachte er oft an Samuel Joshua Danielle, den kleinen, servilen Impresario aus der Farimagsgade, dessen kindliches Gemüt de la Motte oft zur Weißglut, aber ebenso oft in Verbindung damit brachte, was er für sein innerstes Wesen hielt. Der verborgene Keim, das Wertvollste überhaupt. Es war schon bemerkenswert, daß de la Motte ziemlich oft in Selbstvorwürfe, stillen Mißmut und direkten Lebensüberdruß verfiel, wenn Sammy in der Nähe war. Wenn sie unter vier Augen waren, Dennis sprach und Danielle zuhörte. Der Impresario war nicht nur ein guter Zuhörer. Er war auch ein großartiger Seelsorger. Ein Charakterzug, den er, umgeben von unbegabten Akrobaten und Ballontierfaltern, ständig weiterentwickelte. Das allumfassende Entgegenkommen des Mannes konnte eine fast hypnotische Wirkung entfalten. Es gab nichts, das Samuel nicht verziehen hätte. Wenn man nur reinen Gewissens bereute. Der kleine Hochstapler war tatsächlich in der Lage, die Menschen an den Rand des Abgrunds zu führen, dort, wo die Selbstzerstörung lauerte. De la Motte konnte sich insbesondere an eine Episode erinnern, die sich vor vielen Jahren, zu Beginn des Jahrzehnts, ereignet hatte, als die beiden oft miteinander zu tun hatten. De la Motte befand sich inmitten zweier Scheidungen, was er dem stets aufmerksamen Männchen aus der Farimagsgade anvertraute, der sich mit dem Eingeständnis seines chronischen Seitenstechens revanchierte. Ein Leiden, das er angeblich mit einem Huftier aus der Tapierfamilie gemeinsam hatte. Zur damaligen Zeit war de la Motte noch empfänglich für Sammys kontrapunktische Überspanntheit. Den Tränen nahe, hatte er Danielle sein Herz ausgeschüttet und sie beide plötzlich im gegenüberliegenden Spiegel erblickt. Ein getönter Spiegel, der ihn ein Vermögen gekostet hatte. Hand in Hand saßen sie in dem tiefroten Sofa, de la Motte im Bademantel, Samuel in einem großkarierten Anzug, mit Winterstiefeln und Trompetensocken. De la Motte starrt in den Spiegel und wird von Ekel gepackt. Sammy hat ihm den Arm um die Schulter gelegt. Seine geschmacklose Jacke hat sich auseinandergeschoben, so daß Dennis das obere Ende von insgesamt fünf großen Zigarren sehen kann. Während de la Motte sein Innerstes nach außen kehrte, hatte dieses kleine Schwein ihm Zigarren geklaut. Während der unglückliche Direktor seinen Tränen freien Lauf ließ, hatte Sammy gegessen, getrunken, geraucht, sich geschneuzt und zwischendurch von seinem bescheuerten Seitenstechen erzählt, das er in seinem unergründlichen Wahnwitz mit dem mangelnden Bewegungsdrang der Tapire verglich. Man hätte noch weitere Beispiele anführen können, doch dieses war das schlagendste, aussagekräftigste und entlarvendste. Vielleicht für sie beide. Daß Dennis immer noch Schwierigkeiten hatte, Sammy etwas abzuschlagen, verriet etwas von der unheimlichen Macht des Juden. De la Motte mußte widerwillig einräumen, daß er nicht viele Freunde besaß. Daß er es schwierig, um nicht zu sagen unmöglich fand, jemandem zu vertrauen. »Diebe glauben, daß alle stehlen!« rief seine Frau, und die Geliebte gab ihr recht. Dennis kümmerte das nicht, er sah aber ein, daß Sammy möglicherweise sein einziger Freund war. Ein widerwärtiger und deprimierender Gedanke. Ein Hohlmaß der Leere. Übriggeblieben zu sein, am Ende des Lebens, Hand in Hand mit einem Typen wie Samuel Joshua Danielle. Als hielte man die Hand in den Rachen eines Alligators, um ein wenig Wärme zu bekommen. Genau deswegen verabscheute ihn Dennis auch. Oh, diese Unentschlossenheit. Vor und zurück, vor und zurück. Jahraus, jahrein. Was die beiden nicht schon alles durchgemacht hatten. Neulich hatte der Impresario gesagt: »Wir beide, Dennis, wir sind die Heiligen des letzten Tages. Die letzten Mohikaner. Wenn es uns nicht mehr gibt, wird die Gaukelkunst ihre Reinheit verloren haben. Du und ich, de la Motte, wir sind die letzten Rechtgläubigen.« An diesem Abend war Dennis außer sich vor Wut gewesen, mit jemand wie Danielle in einen Topf geworfen zu werden. Doch später in der Nacht, als der Rausch nachließ und die bleiche Überlegung säuerlich und schwefelfarben vor seinem Augen flimmerte, gestand er sich ein, daß Samuel Joshua Danielle und Dennis de la Motte (geborener Mortensen) vielleicht folgendes gemeinsam hatten: die Liebe zum Gauklertum, die Neigung zur Hochstapelei und die Angst vor der Dunkelheit, welche die Lampions umgab.

Genau in dieser Laune hatte er die Herren und Damen von der Presse empfangen.

»Sie sagten ›dies‹? Wie darf man das verstehen?« fragte ein Journalist aus Odense.

»Das soll man gar nicht verstehen. Das muß man erleben.«

De la Motte hatte für diese Gelegenheit zu einer für ihn höchst eigenartigen Garderobe gegriffen, nämlich einem anthrazitfarbenen Anzug mit weißem Hemd und grauem Schlips. Fast eine Begräbniskleidung.

»Aber wir sprechen von einem Illusionisten!«

»Tun wir das?«

»Aber, Herr de la Motte, wir haben doch wohl ein Anrecht auf etwas mehr ...«

»Habt ihr das? Ihr fragt, ob es sich um einen Illusionisten handelt, weil ihr euch nichts anderes vorstellen könnt.«

»Aber, Herrgott, Sie geben uns ja auch keine Informationen, weder Bilder noch Presseberichte, keine Geschichten ...«

»Ich spreche von einer Existenz ...«, de la Motte hob seine Stimme, senkte sie jedoch gleich wieder, »... die nicht besudelt werden darf. Ich spreche von etwas Seltenem, einer Fata Morgana.«

Ein paar Journalisten zwinkerten sich zu, während andere entnervt ihr Köpfe schüttelten.

»Was ist Frau Rasmussens Aufgabe?«

»Frau Rasmussen hat eingewilligt, unsere neue ... Entdeckung abzuschirmen.«

»Abzuschirmen?«

»Genau, abzuschirmen.«

»Okay, wann dürfen wir sie sehen?«

»Ihr könnt sie sehen, wenn unsere Vorbereitungen abgeschlossen sind, also in zehn Tagen. Was dies betrifft, möchte ich Sie, meine Herren und Damen – und das gilt genauso für Ihre flegelhaften Fotografen –, eindringlich davor warnen, auch nur mit dem Gedanken zu spielen, hier in der Zwischenzeit herumzustreunen. Ich sehe mich zu folgender Formulierung gezwungen: sollte doch einer dieser Versuchung erliegen, dann werden wir ihm seinen Schreiberling in einem Zustand zurückschicken, für den ›unkenntlich‹ die Untertreibung des Jahres wäre. Lassen Sie sich gewarnt sein.«

Mit diesen Worten zog sich Dennis im Bewußtsein zurück, wie üblich gerade so viel preisgegeben zu haben, daß in den nächsten zehn Tagen eine ganze Horde von Journalisten in den Gebüschen herumlungern und die Zeitungen versorgen würde, deren Artikel ganz Fyn in Bewegung setzen und die leeren Kassen füllen konnten.

Vor ihm auf dem Rasen ging der große, athletische Fänger des Trios »The Flying Eagles« vorüber, der bisherige Publikumsmagnet in de la Mottes Truppe. Mit kaum verhohlener Bewunderung betrachtete Dennis die Statur des Mannes, dessen Muskeln unter der sonnengebräunten Haut spielten. Der Mann machte seine allmorgendlichen Dehnübungen, ein kleines Aufwärmprogramm, das oft um die zwanzig Zuschauer, nicht zuletzt Frauen, anzog. Rauel kam aus Barcelona, wo die gesamte Familie mit Drahtseilnummern ihr Geld verdiente, bis Rauels kleine Schwester eines Tages von einer Fahrradpyramide stürzte und lebenslange Schäden davontrug. Danach wechselte Rauel mit seinem kleinen Bruder in die gefahrlosere Gastronomie und eröffnete binnen kurzem eine

Kette mit Kneipen und Cafés. Und in eines dieser Cafés auf dem schönen Lido kam eines Tages ein blondes Mädchen, das eine mittelfristige Anstellung suchte. Sowohl Rauel als auch Carlos verliebten sich auf der Stelle in sie, deren friedfertiges Aussehen durch die Tatsache verstärkt wurde, daß sie unter Formulierungsschwierigkeiten litt. Eine Eigenschaft, die auf großen Gedankenreichtum schließen ließ. Es zeigte sich rasch, daß sie, abgesehen von ihrem speziellen Sprachgebrauch, eine ausgeprägte akrobatische Begabung besaß, und bald nahmen Rauel und Carlos ihre alten Trapeznummern wieder auf, diesmal mit Celeste als Spielball.

In weniger als einem Jahr waren »The Flying Eagles« Realität geworden und konnten eine große Europatournee starten, die sie zunächst aus dem einfachen Grund nach Bodense führte, weil das Mädchen Dänin war.

Die halsbrecherische Trapeznummer war zumindest in zweierlei Hinsicht etwas Besonderes, zum einen, weil es gleich zwei Fänger gab, und zum anderen, weil beide Fänger unglücklich verliebt in das Mädchen waren, das zwischen ihnen hin und her flog. Oder wie Carlos es eines Tages de la Motte gegenüber formulierte: »Every night we risk our lives by throwing around with the heart we love.«

De la Motte brachte für die Angelegenheit eigentlich kein Verständnis auf. Celeste hatte zwar eine hübsche Figur, und auch das goldfarbene Trikot stand ihr gut, doch ansonsten war sie absonderlich. »Absonderlich« war ein Wort, das de la Motte auf alles anwandte, das er nicht verstand und deshalb ablehnen mußte. Daß sie im Grunde nie etwas sagte, war schon etwas sonderbar, vor allem während des Trainings. Sie fuchtelte mit den

Armen wie ein Vogel und rang stoßweise nach Atem, bevor es ihr glückte zu äußern: »Vielen ... Dank!«

Das sonderbarste an Celeste war jedoch ihr alles verschlingendes Interesse, das sämtliche Zeit und Ersparnisse in Anspruch nahm. Jeden Abend nach der Vorstellung – wenn die Lampions erloschen waren und die anderen in kleinen Gruppen zusammensaßen und ratschten, Akkordeon spielten oder Tequila mit zerstoßenem Eis und Zitrone tranken – konnte man das merkwürdige Mädchen bei ihrem kleinen Wohnwagen vor einem völlig abgenutzten Schachbrett sitzen und die braunen und elfenbeinfarbenen Figuren mit einem Interesse studieren sehen, das regelrecht erschreckend war. Vor allem, weil sich ihre Gegenspielerin auf der anderen Seite des Erdballs in einer Stadt namens Bahia Blanca befand. Sie kommunizierten mit Hilfe von Briefen, Telegrammen und Telefongesprächen, und ihre Partie dauerte, den Brüdern Rauel und Carlos zufolge, bereits sechs Jahre an. Die Gegnerin des Mädchens war ihre leibliche Mutter, die in Argentinien mit ihrem Mann, der ein professioneller Schachspieler war, zusammenlebte. Mehrere Wochen konnten zwischen den Zügen verstreichen, was den Spielern natürlich ausreichend Gelegenheit gab, alle nur möglichen Konstellationen gründlich zu durchdenken. Dennoch lief die Partie auf ein klares Remis hinaus, denn Mutter und Tochter waren einander vollkommen ebenbürtig und kannten der anderen Gemütslage und Temperament so genau, daß sie jeden Zug voraussahen. Natürlich gab es trotzdem eine Weiterentwicklung der Konstellation, welche die Spielerinnen Schritt für Schritt tiefer in das Spiel hinein- und einer endgültigen Entscheidung entgegenführten. Sie spielten mit zeitlichem Limit, welches so bemessen war, daß sie innerhalb dieses

Limits eine Entscheidung treffen konnten. Eine einfache Bewegung mit dem Springer, eine Öffnung des Spiels auf der Königinnenseite oder eine klassische Variante mit Hilfe des Läufers wurden als Zeichen verstanden, als Signal zwischen Mutter und Tochter, von Kontinent zu Kontinent. Das Mädchen wußte immer, in welcher Stimmung sich die Mutter befand. Der Kampf um die zentrale Position, der ewige Streit um die Brettmitte war entscheidend. Hier standen sie sich massiv gegenüber. Hier schlug das Herz, befand sich das Kraftfeld, in dem die Strategien entstanden. Celeste war am stärksten in der Defensive und hatte viel Zeit darauf verwandt, ihre Bastionen in Stellung zu bringen. Wohingegen die Mutter die Barrikade unaufhörlich nach Schwachstellen absuchte, um einen Überraschungsangriff oder eine gewagte Rochade unternehmen zu können.

De la Motte saß in der Dämmerung oft vor seinem Wagen und ließ sich die Zehennägel feilen, während er beobachtete, wie die beiden muskulösen Fänger zu jeder Seite des kristallfarbenen Mädchens hockten, das sie, über ihr Schachbrett gebeugt, kaum wahrnahm. Doch Carlos und Rauel wußten, daß, wie lange auch immer diese Partie andauern sollte, sie sich keine Hoffnungen zu machen brauchten, bevor der letzte Zug ausgeführt war. Bevor es Schachmatt hieß. Und sie wußten auch, daß dieses Ende, genau wie im Spiel, den einen für immer unglücklich machen und den »Flying Eagles« ein Ende bereiten würde.

De la Motte begrüßte Benny, Johnny und Erik Lunnermand, ging jedoch über Sammy hinweg, der bereits die Hand ausgestreckt hatte. Der Direktor gab sich seriös und trug seinen dunkelblauen Anzug mit den grauen

Streifen, ein weißes Hemd und eine hübsche Krawatte mit unaufdringlichem Muster. Der Nachmittag war bereits fortgeschritten, und rund um den Platz begannen die Leute so langsam, sich auf ihren abendlichen Auftritt vorzubereiten.

»Ich heiße Sie in meinem bescheidenen Etablissement willkommen und hoffe zugleich, Sie werden mit Ihrem Engagement zufrieden sein.«

De la Motte legte den Kopf zurück, während er in den VW-Bus hineinspähte, in dem die Gardinen vorgezogen waren.

»Wir sind sehr erfreut«, sagte Benny.

Der Direktor ignorierte ihn und trat ganz nah an den Wagen heran.

Lunner fragte, wo sie spielen sollten. De la Motte antwortete zerstreut, daß sie vermutlich einen Tieflader räumen würden, in dem sie sich aufhalten könnten, dies aber noch ein paar Tage warten müsse, weil er zur Zeit von fünf Akrobaten aus Budapest gebraucht werde.

»Öffne die Tür«, sagte er zu Sammy.

Der Impresario trat ganz dicht an den Direktor heran und flüsterte: »Ich glaube, sie schläft, Dennis, sei um Himmels willen nicht so ungeduldig.«

De la Motte schob ihn beiseite, öffnete selbst die Tür und steckte den Kopf hinein. Lunner sagte, falls er sich ihre Musikinstrumente ansehen wolle – die lägen alle auf dem Dach. Der Direktor hörte ihn nicht, während er über Kleiderhaufen, Töpfe und Fertiggerichte hinwegkrabbelte, um ganz hinten im Wagen die schlafende Feo zu erblicken. Benny war ihm auf den Fersen gefolgt.

»Entschuldigen Sie, aber …«

De la Motte zwinkerte ihm zu: »Das ist deine Schwester, nicht wahr?«

»Ja, aber ...«

»Ganz schön großes Ding, was? Versuch mal, sie aufzuwecken.«

Benny schaute ihn verwirrt an. »Aber, warum ... denn?« fragte er.

»Warum? Weil ich, zum Teufel noch mal, sehen will, wofür ich bezahlt habe, mein Kleiner. Darum!«

Sammy rief nach dem Direktor, der widerwillig aus dem Wagen krabbelte.

»Nun beruhigen wir uns erstmal alle wieder«, sagte der Impresario fieberhaft.

»Ich hoffe, du hast diesen jungen Menschen reinen Wein eingeschenkt, und sie wissen, was wir von ihnen erwarten!« rief de la Motte.

»Aber natürlich Dennis, natürlich!«

Der Direktor wandte sich zu Benny um und stieß ihm mit gestrecktem Zeigefinger in die Brust. »In einer Stunde kommst du zum Wagen Nr. 8 und nimmst die da drinnen mit. Damit Frau Rasmussen sehen kann, was wir zu tun haben.«

De la Motte zog schnaubend seinen Hosenbund nach oben.

»Es mag euch vielleicht überraschen, aber dies ist ein professionelles Unternehmen und nicht der übliche Mist, den ihr von Danielle gewohnt seid. In einer Stunde!«

Der VW-Bus parkte ein Stück außerhalb der kreisförmig angeordneten Wohnwagen. Benny hatte zwischen einem Telefonmast und der Autoantenne eine lange Wäscheleine gespannt. Erik Lunnermand stimmte seine Gitarre, während Johnny Benny half, die Wäsche aufzuhängen. Sammy kam zu ihnen herüber. Es sei an der Zeit. Benny sagte, er könne das mit Feo nicht richtig verstehen. Was meinte de la Motte?

»Er findet deine Schwester interessant, Benny.«

»Tut er das?«

»Ja, wirklich. Daran ist wohl nichts Schlimmes.«

Benny zuckte mit den Schultern und hängte zwei Unterhemden an die Leine, an der auch die gelbschwarzen Hemden flatterten.

»Von dieser Sorte gibt es schließlich nicht viele«, ergänzte Sammy.

Lunner kam zu ihnen.

»Geschäft ist ja bekanntermaßen Geschäft«, murmelte Sammy.

Lunner fragte, was das bedeuten solle. Alle drei schauten den Impresario an, der es an der Zeit fand: »De la Motte möchte dem Publikum gerne Feos Trick mit dem Wagen zeigen«, sagte er leise, fast bedauernd, in jedem Fall bagatellisierend.

Benny und Lunner tauschten Blicke. Benny sagte, daß sie darüber doch bereits gesprochen hätten und daß dies ganz und gar unmöglich sei.

»Niemand kann so etwas, und schon gar nicht die kleine Feo.« Benny sah von einem zum andern. Lunner schaute weg. Er wußte genau, wovon die Rede war.

»Dabei springt ein Haufen Geld heraus ... für uns alle«, flüsterte Sammy. »Und es handelt sich doch nur um eine Kleinigkeit in Verbindung mit eurem großen Durchbruch ... als Musiker. Im übrigen haben wir das große Glück, daß de la Motte eine sehr tüchtige Dame engagiert hat, die bei der Nummer assistieren kann. So daß alles richtig funktioniert.«

»Welche Nummer?« fragte Benny.

Sammy packte ihn bei den Schultern. »Mensch, Benny,

das weißt du doch. Das Mädchen ist ... ungewöhnlich. Wollt ihr sie das ganze Leben verstecken? Soll sie niemals ihre Chance bekommen? Bist du überhaupt berechtigt, über ihr Leben zu entscheiden? Laß Feo doch ein bißchen frische Luft schnuppern. Laß sie die Welt kennenlernen. Jeder ist seines Glückes Schmied, Benny. Ist das so schwer zu begreifen?«

Es war ein Abend mit intensivem Geruch nach frischgemähtem Gras, ein Tag, an dem das Land nur so strotzte, summte und wartete. Ein Tag mit einem klaren blauen Himmel, der bloß darauf wartete, in Besitz genommen zu werden.

Frau Rasmussen aus Kopenhagen verlangte stets, im Wagen Nr. 8, dem spartanischsten von allen, zu wohnen. So mochte sie es eben. Sie war eine kleine, magere Frau um die Sechzig, die Benny, Feo, Johnny und Erik Lunnermand mit verschränkten Armen und einem skeptischen Zug um den Mund empfing. De la Motte stellte sie einander im Wagen vor. Benny hatte Feo auf dem Arm. Es schien ihr gutzugehen. Ihr Augen leuchteten ergriffen, und sie drehte unablässig den Kopf in alle möglichen Richtungen, um sich nichts entgehen zu lassen.

»Das also ist das Mädchen, Rasser«, sagte de la Motte und zündete sich eine Zigarre an.

Frau Rasmussen musterte Feo mit unveränderter Skepsis, drehte ihre kleinen Hände, befühlte ihren Hals und schnippte laut knallend mit den Fingern vor den Augen des Mädchens, das heftig zwinkerte.

»Erstens«, sagte die Frau träge, »kann sie natürlich nicht Feo heißen, und zweitens ist der Kopf ungeeignet.«

»Ich hatte an eine Kapuze gedacht«, sagte de la Motte sachlich.

»Weil du keine Phantasie hast«, meinte die Frau trokken und nahm Feo eingehender unter die Lupe. »Kann sie selbständig sitzen?«

»Ja, natürlich«, antwortete Benny steif.

Frau Rasmussen zog eine Schublade auf und nahm eine in Zeitungspapier eingeschlagene Schachtel heraus. »Sie bestehen aus einem völlig neuartigen Kunststoff, der von mehreren Zahntechnikern bei der Herstellung künstlicher Gaumen entwickelt wurde.«

Damit entfernte sie das Papier und nahm die Ohren heraus. Sie waren lang und spitz und erinnerten vor allem an Trollohren. Vielleicht nackte Wolfsohren.

»Phantastisch, Rasser!« sagte de la Motte begeistert.

»Sie sind leicht anzulegen.« Sie fixierte Benny mit ihren ausdruckslosen Augen. »Willst du ihr die Haare schneiden, oder soll ich das machen?«

Benny schien die Frage nicht zu verstehen. Lunner fragte, warum in aller Welt Feo die Haare geschnitten werden müßten.

De la Motte entgegnete, das ginge Lunner überhaupt nichts an.

»Sie soll kahlgeschoren werden«, sagte Frau Rasmussen. »Morgen bauen wir den Käfig, setzen die Stäbe ein und füllen die Zwischenräume, so daß die Leute, abgesehen von einem winzigkleinen Loch, nicht hineinsehen können. Wir legen den Boden mit Sägemehl und Holzwolle aus, und dann beschaffen wir irgendwas, um die Wände zu besprühen. Wir schwärzen sie mit Ruß und entzünden Fackeln an allen vier Ecken des Käfigs. Dann werden wir …«

»Neineinein, das geht nicht!« unterbrach Benny gedämpft, aber mit Nachdruck.

»Dann werden wir sehen …«, Frau Rasmussen schaute

ihm direkt und ziemlich unbeeindruckt in die Augen, »… ob sie die ganze Mühe überhaupt wert ist.«

Stille breitet sich aus im Wohnwagen Nr. 8, in dem normalerweise nicht so viele Menschen versammelt waren. Der Direktor zieht verbissen an seiner Zigarre, sein Magen hebt und senkt sich erwartungsvoll. Samuel Joshua Danielle hingegen starrt auf den Boden. Benny schaut mit leerem Blick seine Schwester an, während Lunner aussieht wie jemand, der alles noch einmal erklärt haben möchte. Johnny aber hat einen Punkt in Frau Rasmussens Augen entdeckt, den er geduldig studiert.

Achtzehntes Kapitel

Erik Lunnermand beobachtete Benny, der am Abend damit beschäftigt war, die bleichen, dünnen Haarzotteln seiner Schwester zu frisieren. Auf dem niedrigen Campingtisch befand sich neben einer Bürste auch eine Schere. Drüben auf dem Platz strömten die ersten Besucher herbei: junge Menschen in kleinen Gruppen, Ehepaare mit Kindern, die sich in Schiffschaukeln und Schießbuden amüsierten, sowie Bauern in Holzschuhen und Strohhüten, die, mit ihren Frauen im Schlepp, bereits das Bierzelt ins Auge gefaßt hatten.

Johnny schlief. Oder war weggegangen. Nach der Begegnung im Wohnwagen Nr. 8 hatte er nicht ein Wort gesprochen. Auch Benny nicht, abgesehen von: »Was ist, wenn sie nicht will ...?«

Das sagte er mehrere Male, bis Lunner entgegnete, er könne doch versuchen, sie zu fragen. Eine vollkommen unsinnige Idee, weil Feo doch niemals sprach.

Sie schien mit irgend etwas beschäftigt zu sein, während Benny sie frisierte. Lunner beobachtete sie, wußte aber nicht, worum es sich drehte. Sie sahen sich unentwegt an, als suchten sie etwas, als würden sie mit den Augen kommunizieren. Wenn Benny einmal wegsah, streckte sie die Hand nach ihm aus und zog ihn wieder in ihr »Gespräch« hinein.

So ging es eine Stunde, bis Benny die Bürste weglegte und zur Schere griff. Es kam Lunner geradezu idiotisch vor, eine Stunde lang einen Menschen zu frisieren, der hinterher eine Glatze bekommen sollte.

Benny hatte aus dem Wagen einen kleinen Spiegel geholt, damit Feo sich sehen konnte. Sie hielt ihn ununterbrochen in die Höhe und betrachtete sich, während er ihr die Haare schnitt. Während die Büschel mißmutig ins Gras fielen.

Eigentlich wäre Lunner am liebsten ganz woanders gewesen. Vielleicht mit Johnny zusammen oder im Auto, eine Karte oder ein Gedicht schreibend. Doch er konnte dieser Szene nicht ausweichen. Er war gezwungen, sie bis zum bitteren Ende mitanzusehen. Bis das letzte Büschel gefallen war.

Das Mädchen leistete natürlich keinen Widerstand. Lunner konnte sich auch nicht vorstellen, daß Feo gegen irgend etwas Widerstand geleistet hätte. Sie hielt bloß den Spiegel in der Hand und schaute. Und als Benny die Schere auf den Tisch legte, blickte sie zu ihm auf, als wolle sie sagen: Ausgezeichnet, das hätten wir.

Als die Dunkelheit hereinbrach, brachte Benny sie ins Bett.

Und als die Geräuschkulisse sich änderte, als sich das Grölen der Betrunkenen und Flaschenklirren in die Musik mengte, versammelte de la Motte einen Kreis junger Angestellter um sich, die sich gerne von den Erinnerungen des Direktors unterhalten ließen. Weit entfernt, zwischen zwei Wagen, konnte Lunner den Feuerschein eines Fackelschluckers und später die beiden großen blauen Scheinwerfer ausmachen, die den »Flying Eagles« bei ihrer lebensgefährlichen Vorstellung unter dem schwarzen Sternenhimmel folgten.

Benny hatte gewaschen und die schmutzige Wäsche mit nach unten gebracht. So wie immer. Lunner half ihm und fragte sich fortwährend, was er sagen sollte. Normalerweise ließ sich mit Benny ja vernünftig reden, doch aus irgendeinem Grund war sein Mund völlig leer. Obwohl in seinem Kopf viele Wörter wimmelten.

Um Mitternacht herum tauchte Johnny wieder auf. Die meisten Lichter waren erloschen; nur noch die Stimmen der Angestellten waren zu hören.

Benny saß am Campingtisch und legte Patience. Lunner saß ihm gegenüber. Er fragte, ob Benny sich erinnern könne, wie er mit Señora Fuente gespielt hatte. Dies sollte eine aufmunternde Bemerkung sein, die an Benny jedoch abprallte, der einfach nickte und die Brauen runzelte.

Nun blickten sie zu Johnny auf, der ihre Hände nahm. Es war ein sehr merkwürdiger Abend. Ohne jedes Wort. Lunner hatte plötzlich ein Déjà-vu-Erlebnis oder so was ähnliches. Plötzlich befindet er sich wieder in der Kneipe »Broen« am Unteren Fasanenweg, wo die Briefträger während der ersten und zweiten Postauslieferung Würfel spielen und aus der Jukebox Rock and Roll dringt. Und Johnny ihre Hände nimmt und sie anlächelt. So, wie nur Johnny es kann. Er hat ein Kugellager in den Hüften. Draußen auf dem Fasanenweg ist der Verkehr zum Erliegen gekommen. Bill Haley hält den Atem an. Elvis schaut auf. Das Licht ist sirupfarben, und Johnny sagt: »Jetzt legen wir uns das Land zu Füßen.«

Der letzte Lampion erlischt.

Der alte Johnny ist wieder da. Wo genau er gewesen ist, ahnt Lunner nicht, aber es ist auch gleichgültig. Er ist da und nimmt ihre Hände, und in Bennys Augen ist etwas Leben zurückgekehrt. Sie sitzen beim Schein einer einzelnen Kerze am Tisch, und Johnny erzählt die Geschichte des sonderbaren Mädchens am Trapez, die fliege als habe sie Flügel.

Von oben betrachtet ist dies die einzige Lichtquelle auf

Fyn. Die Dunkelheit ist undurchdringlich, aber die Gesichter von »Johnny & The Hurrycanes« leuchten ruhig und intensiv im flackernden Lichtschein. Weiter draußen im Universum wird das Bild zu einem Punkt, und wenn man Zugang zu ganz oben besitzt, wo alles entspringt und schließlich überschaubar wird, erkennt man in der Schwärze der Nacht auch die silberfarbenen Flügel. Das Bild bleibt unverändert, bis die Nacht kippt. Dunkle Wolken treiben aus allen Winkeln dieser Erde zusammen, schwelend, grau durchsetzt, drohend und düster und zunehmend dichter, wie ein Bergmassiv. Der Himmel senkt sich, bis ein Blitz die Stille spaltet, ein entfernter Riß, gefolgt von Donnergrollen. Aber dies ist nur der Anfang. Dem Aufleuchten und Poltern folgt eine bleierne Stille. Die gehetzten, gefräßigen Wolkenmassen sind erstarrt, als seien sie auf das Himmelsgewölbe gemalt. Darunter ist immer noch die kleine Lichtquelle der drei jungen Männer erkennbar, die um einen Tisch sitzen. Bis eine gigantische Knochenhand wie eine Stichflamme die Wolkendecke durchstößt, gefolgt von einem erschütternden, ohrenbetäubenden Knall. Einer Ouvertüre.

Erst jetzt blicken sie auf. Die dort unten.

Abwartend ruht das Land.

Neunzehntes Kapitel

Meine Damen und Herren, darf ich für einen Augenblick um ihre Aufmerksamkeit bitten …«

Die knisternde, nasale Lautsprecherstimme brachte die vielen hundert Menschen zum Verstummen. Das erwartungsvolle Murmeln erstarb.

Die Stimme gehörte de la Motte, doch Inszenierung und Wortlaut gingen auf das Konto Frau Rasmussens.

Zumindest teilweise. Aus der Vogelperspektive macht die Wiese mit den vielen Wohnwagen nicht besonders viel her. Die Umgebung von Bogense lächelt wie ein mildernder Umstand, ein bloßer Landepunkt, einige würden sicher sagen, eine geographische Nichtigkeit. Aber was ist das nicht? Drüben, in der großen Sowjetunion, haben sie einen Satelliten, einen sogenannten Sputnik, in den Weltraum entsandt. An Bord befindet sich ein Kaninchen, ein sogenannter Russe, ein sehr kleines Kaninchen von nur 2,5 Kilo mit schwarzen Ohren, schwarzer Schnauze und schwarzen Pfoten. Das Kaninchen wurde auf den Namen Bulganin getauft und unter Tausenden als das begabteste ausgewählt. Mit einer Geschwindigkeit von achttausend Metern pro Sekunde rast Bulganin nun um den Planeten, und wenn er früher geglaubt hatte, die Welt bestünde aus Holz und Stroh und sei nicht größer als eine Bierkiste, so begreift er jetzt die unendliche Schönheit und erblickt ganz weit unten ein grünes Fleckchen, auf dem sich viele Menschen versammelt haben, um, den Astronauten gleich, in den Hohlraum des Mysteriums zu schauen. Welche Perspektive.

Der Direktor war auf den zwanzig Quadratmeter großen Käfig geklettert, der von dicken Tauen und acht Fackeln umsäumt war. Was das allgemeine Interesse betraf, konnte er sich nicht beklagen. Alles lief wie geplant. Die Leute strömten nur so herbei, standen dicht gedrängt um den Platz und warteten auf den großen Augenblick. Die Lokalbevölkerung aus Bogense und Umgebung war ebenso anwesend wie die aus Odense, ja sogar der Hauptstadt und ganz Jütland, und soweit de la Motte sehen konnte, waren auch sämtliche Zeitungen vertreten. Alle anderen Attraktionen ruhten. Das Trapez lag im Dunkeln, die Spielhalle war geschlossen, die Schiffschaukeln verharrten.

De la Motte wußte um die Macht seiner Worte, und wenn auch der Text von Frau Rasmussen stammte, so gehörte ihm doch der Augenblick. Er war beinahe ergriffen:

»Aus der Tiefe der Erde, aus den Schächten des Vergessens, aus den tiefsten Spalten der tausendjährigen menschlichen Geschichte ist es einer Expedition gelungen, etwas mit nach Hause zu bringen, das weder Wissenschaftler noch Ärzte und Archäologen anders bezeichnen können als das größte Mysterium seit dem Uriasmann aus Fraugde. Was Sie jetzt zu sehen bekommen, wird möglicherweise Ihr Leben verändern; diesbezüglich möchten wir diejenigen warnen, die, aus welchen Gründen auch immer, keine Aufregung oder andere Form der Gemütserregung verkraften.« Der Direktor ließ seine Augen unheilverkündend über das Publikum schweifen, wohl wissend, daß er eine Kunstpause von einer Stunde hätte einlegen können, wenn er gewollt hätte. Die Leute waren völlig in seiner Hand und würden erst wieder freikommen, wenn er ihnen dies gestattete.

Er spreizte seine Beine einen halben Meter breit und hob seine linke Hand gen Himmel. Eine Geste, die der Größe des Augenblicks entsprach. »Wir übernehmen auch keine Haftung für eventuelle Schäden an Körper und Geist, wie sie sich in Budapest ereignet haben, wo das Phantom immer noch in aller Munde ist … wo baumlange Kerle weiterhin zittern wie Säuglinge, wenn sie an die Kirche der heiligen Madonna denken, die sich plötzlich vom Erdboden löste, mehrere Minuten in der Luft schwebte und Angst und Schrecken verbreitete, bevor sie wieder festen Boden unter sich hatte. Merkwürdige, unerklärliche, mystische, überirdische, sensationelle und schreckliche Geschehnisse begleiten dieses Phantom, das wir Ihnen jetzt präsentieren – in de la Mottes Etablissement! Doch zuvor bitten wir Sie, dem Phantom mit Respekt gegenüberzutreten. Das Andere – Sonderbare – Unerklärliche zu respektieren. Ich appelliere an ihr Mitgefühl und ihren Takt. Folgen Sie, nachdem Sie die Eintrittskarte gelöst haben, den Anweisungen des Personals, und verhalten Sie sich ruhig. Vermeiden Sie jedes unnötige Geräusch, sprechen Sie möglichst mit gedämpfter Stimme. Sollte die Aufregung zu groß werden, steht Ihnen eine Gruppe geschulter Sanitäter mit Rat und Tat zur Seite. Des weiteren steht vorschriftsmäßig ein Arzt zur Verfügung, um die Szenen, um nicht zu sagen die Schrecken zu vermeiden, die im letzten Monat Frankfurt erschüttert haben. Meine Damen und Herren: Das Phantom aus Ulan Bator!«

Die letzten Worte waren kaum verklungen, als auch schon der Jubel losbrach. Die Leute schoben und quetschten, die Fotoapparate blitzten, und die armen Angestellten mußten hart durchgreifen, um die Menschen außerhalb der Taue zu halten. Doch schon bald scharten sich die Menschen in großen Trauben um den geräumigen, übelriechenden Käfig, in dem die vorne Stehenden ein sonderbares kleines Wesen im Halbdunkel sitzen sahen, das, rußgeschwärzt und nackt, die Augen weit aufriß und sich die Hände vor die Ohren hielt. Es wurde gejohlt und gepfiffen, gebuht und geschrien, während einige lachten und andere nur den Kopf schüttelten und wieder andere auf dem engen Platz in Streit gerieten.

Die Vorstellung dauerte zwei Stunden. Zwei geschlagene Stunden, in denen gebrüllt und gelacht und seinem Unmut Luft gemacht wurde. Zwei geschlagene Stunden, in denen die Leute sich dicht aneinanderdrängten, und obwohl weder die Samariter noch der Arzt eingreifen mußten, so bestand doch kein Zweifel: Das »Phantom von Ulan-Bator« gab es wirklich. Hinterher behaupteten mehrere Menschen, sich unwohl zu fühlen, ja aufgewühlt zu sein und das, was sie gesehen hatten, niemals vergessen zu können. Ein Pfarrer aus Middelfart ließ im Lokalanzeiger sogar verlauten, so etwas gehöre verboten und sei in seinen Augen schlimmer als alles, was er je zuvor erlebt habe. Er wolle sich mit einem umfassenden Bericht persönlich an die Behörden wenden, weil es sich seiner Meinung nach um eine ungeheure Blasphemie handele.

Die Vorstellung wurde abgebrochen, als einige Kinder mit Steinen nach dem Käfig warfen und fünf Bauernjungs ihr Geld zurückforderten. Nun griff einer von de la Mottes Mitarbeitern zum Mikrophon und sagte: »Morgen abend, meine Damen und Herren, morgen werden Sie, sofern Sie sich dazu in der Lage fühlen, das erleben, was die Städte Europas ins Wanken brachte. Sie werden mit eigenen Augen das Phantom sehen können, das in Ungarn, Rumänien, der Tschechoslowakei und Polen eine Schneise der Verwüstung hinterließ, auf diesem Platz, um Punkt 22 Uhr.«

Langsam begannen die übrigen Stände und Fahrgeschäfte ihren Betrieb wieder aufzunehmen. Die Musik dröhnte erneut aus den großen Lautsprechern über die Wiese, und die Lampen bei den Schiffschaukeln, Schießbuden und der Tombolahalle leuchteten wie zuvor.

Über allem zog das Kaninchen Bulganin mit unergründlichem Ausdruck seine Bahn.

Neben dem Wagen mit der Nummer 8 stand die unansehnliche Frau Rasmussen und betrachtete den höchst irdischen Trubel und den nach Urin stinkenden Käfig, den man mühselig wegrollte, während man neugierige Kinder und Jugendliche aus dem Weg scheuchte.

Der Direktor befand sich auf dem Weg zur großen Regisseurin. Er trug immer noch sein Ausruferkostüm: den schwarzen Umhang und den großen schwarzen Hut. In der Hand hielt er einen gelben Umschlag von beträchtlichem Umfang. Ein zufriedenes Lächeln spielte um seine Lippen.

Worte waren überflüssig. Frau Rasmussen befühlte das Kuvert und zuckte mit den Schultern. De la Motte erkundigte sich höflich, ob er ihr etwas anbieten könne. Ein Glas Sherry? Einen Grog?

»Die taugt für höchstens drei Tage«, sagte die Frau und sah ihn teilnahmslos an.

De la Motte drehte die Zigarre zwischen seinen Fingern.

»Wenn Sie den Inhalt des Kuverts mal drei nehmen, werden Sie mir wohl zustimmen, daß diese drei Tage, wie soll ich mich ausdrücken … äußerst zufriedenstellend verlaufen werden. Außerdem gibt es noch andere Städte. In Skåne, auf Bornholm, in Westjütland ...«

»Idiotinnen taugen nichts, de la Motte! Das wissen wir beide. Und diese hier macht's noch bis Montag. Ich finde, wir sollten die Eintrittspreise erhöhen, bevor das Ganze vorbei ist.«

»Genau meine Meinung, Frau Rasmussen, genau meine Meinung.«

»Wo habt ihr sie her?«

»Von einem Dachboden.« De la Motte kicherte und hustete. »Wo sie genauso dasaß, wie sie es jetzt tut.«

»Was ist mit dem VW-Bus? Haben Sie es selbst gesehen?«

»Samuel Joshua Danielle behauptet, daß ...«

Frau Rasmussen unterbrach den Direktor mit einer müden Handbewegung, die ihre Einstellung zu dem kleinen Impresario mehr als deutlich machte.

»Ist die Grube vollständig ausgehoben?«

»So gut wie. Der Regen hat uns etwas zurückgeworfen, aber wir schaffen es schon. Den Rest erledigen wir in der Nacht. Die Rohre sind angeliefert worden und werden zwischen drei und vier Uhr verlegt. Wir legen eine Plane über das Loch, so daß wir ungestört arbeiten können. Bei den Journalisten weiß man nie. Der Rauch wird nur so herausschießen. Das wird ungeheuer. Niemand wird sich betrogen fühlen, dafür garantiere ich.«

»Schmier ihre Zähne mit Beize ein.«

»Ist ... das wirklich notwendig, ich meine ...«

»Wenn der Rauch aus den Rohren dringt und die Leute schreiend davonlaufen, werden ihr die Augen vor Schreck aus den Höhlen treten. Ihre lauten Schreie werden selbst den Hartgesottensten durch Mark und Bein gehen, und sollte es doch zwanzig, dreißig Leute geben –

und die gibt es nach meiner Erfahrung immer –, die nicht zurückweichen, so wird ihnen spätestens beim Anblick ihrer häßlichen schwarzen Zähne und ihrer blauen Zunge so sehr der Schreck in die Glieder fahren, daß sie noch in fünfundzwanzig Jahren darüber sprechen werden.«

»Sagten Sie ... blaue Zunge?«

»Überlaß das mir. Ich werde ihr ein Pulver zu trinken geben. Aber halt mir ihren dicken Bruder vom Leib. Wenn wir das hier noch zwei Tage durchziehen wollen, müssen wir den Leuten geben, wonach sie verlangen, und am besten noch etwas mehr. Die haben hier draußen schon Narren und Idioten genug gesehen. Außerdem sitzt das Geld nicht mehr so locker wie früher.«

»Wir werden's ihnen schon zeigen!« rief de la Motte und ballte die Fäuste.

»Gute Nacht.«

Frau Rasmussen öffnete die Tür des Wagens Nr. 8 und schloß hinter ihm ab. Kurz darauf konnte sie de la Motte zu seinem eigenen Quartier schleichen hören. Sie setzte sich an den kleinen Ausziehtisch am schmalen Fenster, zog eine Schublade auf und holte eine Schachtel Zigarillos hervor. Der Kaffee in der Thermoskanne war noch warm. Sie goß etwas auf eine Untertasse und legte sich ein Zuckerstück auf die Zunge. Entzündete einen Zigarillo, saß im Halbdunkel und wartete darauf, daß die letzten Gäste nach Hause gingen. Frau Rasmussen konnte stundenlang so dasitzen, nachdenken und Pläne schmieden. Sie notierte sich niemals etwas, sondern speicherte alles in ihrem kleinen grauen Kopf. Sie betrachtete ihre langen, mageren Finger, die wie Klauen auf der Tischkante lagen. Folgte den blauen Spuren der Adern, die sich auf dem Handrücken kreuzten, drehte die Hand herum und schaute die Linien an, die ausgetrockneten Flußbetten glichen und alles verrieten, was sie wissen mußte. Ein Geräusch ließ sie aufschauen. Ein fremdes Geräusch am Wagenende, an dem sich eine Klappbank, ein Schrank und eine Garderobenleiste befanden. Erst jetzt erblickte sie ihn und wunderte sich darüber, daß es ihm geglückt war, dort so lange still und unbemerkt zu sitzen. Er saß ganz aufrecht da und blickte mit leichtem Lächeln auf sie herab. Frau Rasmussen kniff die Augen zusammen, als das Licht eines Feuerwerkskörpers über den Himmel flammte. Der letzte Gassenhauer flog auf Nimmerwiedersehen aus dem Lautsprecher. Sie hatte ihn schon einmal für kurze Zeit gesehen. Er war groß und schlank, gut gebaut und attraktiv, wenn man sich aus diesem Typ etwas machte. Die Mädels waren sicher ganz wild auf ihn. Schwarzes, zurückgestrichenes Haar, ein gesunder Teint, hübsche Lippen und ebenmäßige Züge. Aber die Augen ... Was war mit den Augen?

Frau Rasmussen starrte durch das Halbdunkel. Die Augen paßten irgendwie nicht zum Rest. Man könnte sagen, er hatte den Blick eines alten Mannes, aber das war nur die halbe Wahrheit. Sie hatten noch etwas anderes, tieferes ... an sich.

»Was machst du hier?« Unmittelbar, nachdem sie gefragt hatte, bereute sie, überhaupt etwas gesagt zu haben. Denn die Stimme hatte all ihre Autorität verloren. Irgend etwas war ihr in die Glieder gefahren. Eine Befürchtung, die sich in Angst verwandelte. Eine frierende, eiskalte, namenlose Angst.

Jetzt erhob er sich. Er nahm im Wagen unverhältnismäßig viel Raum ein. Sowohl in der Höhe als auch im Volumen. Es schien ihr, als trage er ein Licht bei sich. Ein höchst ungewöhnlicher Schein. Er strahlte etwas

Machtvolles aus, eine gebieterische, übersinnliche Autorität. In aller Ruhe setzte er sich ihr gegenüber und betrachtete ihre Hände. Nahm sie vorsichtig in seine, die doppelt so groß waren. Sie hatte niemals so wohlgeformte, kräftige und makellose Finger gesehen. Die Nägel glänzten wie Perlmutt. Es waren Hände, wie geschaffen, um etwas hervorzubringen, zu malen, zu musizieren oder etwas zu zerstören. Seine rechte Hand legte sich an ihre Wange und glitt um ihr Ohr zum Nacken hinunter, den sie umfaßte. Dann machte die linke Hand dieselbe Bewegung, bis sich beide Hände um ihren dürren Nacken gelegt hatten. Bedächtig zog er sie zu sich heran, langsam, behutsam, doch unwiderstehlich. Frau Rasmussen fühlte sich zu keinem Widerstand in der Lage, sondern beugte sich einfach nach vorne, über den Tisch mit den Zigarillos und die Untertasse mit dem warmen Kaffee hinweg. Ganz nahe ist sie seinem großen, hübschen Kopf. Den merkwürdigen, schwarzen Augen, in denen sich bloß die unendliche Dunkelheit spiegelt. Seine Lippen umschließen die ihren, sie spürt seinen Atem, seine wunderbare Wärme, starrt in die endlose Tiefe seiner Augen und gibt sich hin. Seine Kraft ist so empfindsam. Sein Kuß so geduldig. Für einen Augenblick fühlt sie sich beinahe schwerelos, bevor sich ein fremdes Gewicht auf ihren Brustkasten setzt, ihre Kehle zuschnürt und ihr den Atem nimmt. Sie stemmt sich dagegen, preßt ihre Hände gegen seine Schultern, arbeitet mit dem ganzen Körper, strampelt verzweifelt mit den Beinen und starrt fortwährend in die unendliche Tiefe seiner Augen, spürt die Kälte seiner Lippen, die Härte seiner Haut und die Macht seiner Hände.

Bilder flimmern vorbei, zusammenhanglos dahintreibende Bilder. Sie spürt, wie das Blut vom Scheitel über ihr Gesicht entweicht, unter der Haut, die sich rasch entfärbt und fahl wird. Alles Blut, alles Blut muß heraus. Ihr Hände fallen schlapp an die Seite, der Körper sinkt zusammen, die verdrehten Augen kehren sich nach innen, der Mund steht offen. Wie der Schnabel eines Vogels. Behutsam legt er sie auf den Tisch und fängt an, ihr die Kleider auszuziehen. Stück für Stück. Schuhe, Strümpfe, Hüfthalter, BH, Unterkleid, Rock, alles wird auf einen kleinen Haufen gelegt. Nackt liegt Frau Rasmussen da und spürt, an der Grenze ihres Lebens, daß ihr ein junger Mann mit gleichförmigen Bewegungen den Kopf schert und sie mit ihrem eigenen Stift schwarz färbt. Der Mund steht immer noch offen. Eine bläuliche Flüssigkeit wird ihr eingeflößt und das Ritual beendet, indem ihre Zähne schwarz angemalt werden. Der letzte Lichtschimmer passiert Frau Rasmussens Augen, die in diesem Augenblick einen Hauch der Nachtluft verspürt, als der junge Mann den Wagen Nr. 8 verläßt.

Als die Stimmung auf dem Höhepunkt und die Dunkelheit um die Wiese undurchdringlich war, verließ Benny den VW-Bus, in dem er zwei Stunden damit zugebracht hatte, Feo ins Bett zu bringen. Eigentlich hatte er erwartet, daß sie aufgewühlt und verschreckt sein würde, aber das war nicht der Fall. Er hatte ihr ein bißchen zu essen gegeben, sie gewaschen und schweigend beobachtet. Dann kam Lunner herein. Auch er war auffallend still. Gemeinsam legten sie das kleine Mädchen hin, das plötzlich ihrer beider Hände nahm und sie zusammenpreßte. Kein Mucks war zu hören. Bis Erik Lunnermand sagte:

»Wenn du das nicht verbietest, Benny, dann tu ich es.« Benny antwortete nicht, sondern verließ einfach den Wagen und setzte sich für eine ganze Weile an den Klapptisch, bevor er eine Runde über den Marktplatz drehte, an den großen Zelten, der Schützenhalle und der Bierbude vorbeiging, bis er unter dem großen Trapez stand, auf dem zwei junge Männer ein junges Mädchen hin und her warfen, das im blauen Scheinwerferlicht halsbrecherische Salti vollführte. Trommelwirbel folgte auf Trommelwirbel. Immer gefährlicher sah es aus. Doch die Fänger waren aufmerksam, geschmeidig und muskulös, und das Mädchen mit dem langen Pferdeschwanz ein wahres Wunder, wie sie von Mann zu Mann flog. Schließlich wurde ein dreifacher Salto angekündigt, ein äußerst gefährliches Experiment, bei dem man sich absolute Ruhe erbat. »The Flying Eagles« rieben sich ihre Hände mit Talkum ein. Die Lichter der Scheinwerfer bildeten eine Brücke zwischen den beiden Plattformen. Und das Mädchen im minzefarbenen Trikot lächelte zu den Leuten hinab, als sie von einer merkwürdigen Zerstreutheit befallen wurde. Sie legte den Kopf auf die Seite und kniff die Augen zusammen. Der Mund öffnete sich. Die Hände arbeiteten, als wollten sie irgend etwas formen. In diesem Moment erklang eine helle Fanfare. Der Fänger beschleunigte seine Schaukel. Das Mädchen starrte geradeaus, hob die Arme und stieß sich ab. Durch das Publikum ging ein Raunen, als sie nicht drei, sondern fünf Salti machte, bevor sie mit sicherem Griff den sprachlosen Fänger zu fassen bekam. Der Beifall konnte es mit dieser epochemachenden Tat wahrlich nicht aufnehmen. Doch das Mädchen schien unbeeindruckt, kletterte einfach die Strickleiter herunter und ging mit festem Schritt zu dem jungen Mann, der am Rande des

Scheinwerferkegels stand, nahm dessen weiche Hand und sagte: »Benny!«

Er hatte sofort gewußt, daß sie es war. Und war zu keinem Zeitpunkt über die waghalsigen Kunststücke beunruhigt gewesen.

Sie zeigte ihm ihren Campingwagen, in dem ein schmales Bett, ein Garderobenschrank und ein Tisch mit einem Schachbrett standen. Celeste schlüpfte in einen grüngestreiften Morgenmantel und lächelte ihn an.

»Es ist ... lange ... her«, sagte sie.

Benny nickte. »Das Sprechen fällt dir jetzt ... fällt dir jetzt leichter.«

Das schien sie zu amüsieren. Sie aßen ein wenig zusammen und tranken ein Glas Rosé, und Celeste erzählte von ihrem Leben mit den beiden spanischen Brüdern. Benny dachte, daß sie bereits etwas Südeuropäisches angenommen hatte. Sie leuchtete wie eine Ballerina – als hätte das viele Scheinwerferlicht ein unvergängliches Leuchten auf ihrer Haut zurückgelassen. Hoch schwebend über de la Mottes heruntergekommenem Etablissement. Im wahren Sinne des Wortes.

Bis tief in die Nacht lagen sie gemeinsam in ihrem schmalen Etagenbett, und Benny genoß ihre Stille, ihre Ruhe und ihre vertraute Zärtlichkeit, bis sie plötzlich aufstand, an den Tisch trat und einen strengen Blick auf das Schachbrett warf. Er konnte vom Bett aus erkennen, daß sie eine weiße Figur nahm und auf ein braunes Feld setzte. Eine ganze Weile stand sie einfach da, dann wandte sie ihm den Kopf zu, immer noch mit einem schwachen Lächeln, doch mit tränenerfüllten Augen. »Das Spiel ist endlich beendet«, sagte sie mit feiner, ruhiger Stimme.

Benny erhob sich und ging zur Tür.

Celeste küßte ihn auf das Kinn.

»Wenn ich dich bitte, noch heute nacht abzureisen«, sagte er. »Würdest du das tun?«

»Abzureisen? Wohin?«

»Einfach abzureisen. Gemeinsam mit den beiden spanischen Brüdern. Wenn ich dich darum bitte, würdest du das tun, Celeste?«

Still ist es im Wagen. Ihre langen, schlanken Finger gleiten suchend über sein Gesicht, streichen seine weichen Wangen hinunter und legen sich flach auf seine Brust.

»Ja«, flüstert sie, »ja ...«

Benny öffnet die Tür. Der Platz ist leer, aber in den meisten Wohnwagen brennt noch Licht.

Über ihnen flimmern die Sterne. Auf ihre Weise scheinen sie unsicher, wie trippelnde Pinguine auf einer Eisscholle, begraben in der antarktischen Dunkelheit, auf dem Weg wohin? Wie die Blätter im Oktober an den Kastanien der Stadt, deren Gelb eine dunklere Farbe annimmt, genau wie der Schnaps, den man aus Walnüssen herstellt. Oder wie die Gruppe irreparabel geschädigter Menschen, die ihre Handflächen nach oben kehren, um die Intensität des Regens abzuschätzen.

Soeben nimmt Samuel Joshua Danielle in einem Kopenhagener Lokal drei Dinge in Augenschein: die flaschengrüne Tiefe des Sortedamssees, das mondförmige Hinterteil der Kellnerin und die unwillkürlich infantile Fresse des Trunkenbolds, die aufspringt wie eine Erdkruste und »Schnee!« herausbrüllt.

Das Phänomen wird von den Anwesenden als atmosphärische Störung bezeichnet. Leugnen läßt es sich nicht. Es schneit im August. Doch der Schnee scheint nicht liegenzubleiben, und im Grunde genommen wollen die Flocken des Schneegestöbers auch gar nicht die Erde erreichen, was man ihnen nicht verdenken kann. Sie gleichen kleinen Vögeln, weißen Kolibris, die sich verflogen haben, als seien sie einem nördlicheren Kontinent abhanden gekommen. Oder einer langsam versinkenden Welt, die verzweifelt nach ihrem Schnee ruft. Schmetterlinge aus Kristall. Der Impresario erinnert sich an die Spaziergänge mit dem Vater am See entlang. Die Bäume, vor Feuchtigkeit glänzend, sind klöppelspitzenschwarz, der Himmel nebelgrau und das Gras spargelgrün. Bei diesen Sonntagsspaziergängen wird der Vater besonders schweigsam, was nichts mit Zerstreutheit zu tun hat. Ein leichtfüßiger Mann, den Bürden des Daseins zum Trotz. Der Gegenstand von Mutters sehnsuchtsvoller Liebe. Die Frau, die blutjung blieb, während er lebte, und sein allzu frühes Verschwinden als natürlichen Teil seiner Mystik betrachtete. In jungen Jahren hatte Sammy oft mit dem Bild des Vaters dagesessen und über sein Geheimnis nachgedacht. Während sein Alkoholrausch nachläßt, kommt ihm ein Requisit seiner frühesten Kindheit in den Sinn: eine kleine Glaskugel mit einem Schlitten, einem Weihnachtsmann und einem See. Er meint, der Schlitten sei von einem Moped gezogen worden, doch vermutlich war es ein Rentier. Wenn man dieses kleine Universum schüttelte, schneite es. Es sah wunderbar aus und gehörte zu der Vielzahl von Prothesen – ihm fiel kein besserer Ausdruck ein –, unter denen sich auch ein Kugelschreiber mit Badenixen befand, deren Bikinis verschwanden, wenn man den Stift drehte. Plötzlich fühlte sich der Impresario, als befände er sich selbst in der kleinen Kugel, am Ufer des Sees, neben dem Weihnachtsmann, der ebenfalls die sinkenden Flocken betrachtete, die gemächlich vorübertanzten und die Erde solange bedeckten, bis der Nächste die Kugel schüttelte. »Weiße Kolibris«, murmelt er, als er durch die Stadt geht. »Ein Album meines Lebens.« Er hätte nichts dagegen, im Schnee zu verschwinden. Man könnte auch sagen, sich mitreißen zu lassen. Für einen Moment bleibt er vor einem Schaufenster stehen und betrachtet die Geldscheine, die er, zu einem kleinen Packen verschnürt, in der Hand hält. Mit freundlichen Grüßen von de la Motte, dessen Gesicht und Körper Sammy niemals wiedersehen wird. Dessen Name in Vergessenheit geriet. Wie der so vieler anderer, doch mit dem entscheidenen Unterschied, daß alle die tapferen Kunden Danielles – von Hector, dem Eisenmann, über Viborgs tanzende Pudel bis hin zur bewaffneten Sopranistin aus Ryvangen – aus der Güte ihrer Herzen schöpften. Bis zum letzten Blutstropfen.

Hinter dem Impresario flimmert das schwarzweiße Fernsehbild einer Kuh. Das Bild erscheint auf einem sogenannten Universalapparat, einem Fernseher ohne Frequenzmodulation, der 1800 Kronen kostet. Sammy folgt dem Beitrag mit der Kuh, der sich offensichtlich Zeit nimmt. Mehrere Minuten lang sieht man dieselbe Milchkuh aus verschiedenen Blickwinkeln, und obwohl er sich niemals für Landwirtschaft oder Kühe interessiert hat, bleibt er hängen und starrt wie hypnotisiert auf die Bilder, bis der Film beendet ist. Und von einem neuen abgelöst wird, der sich um Fleckentfernung dreht. Der Drogist trägt eine große, sehr weibliche Schürze und fasziniert durch seinen sittsamen Mund, der im Verhältnis zu seinem kürbisgroßen Kopf sehr bescheiden wirkt. Lippenstift auf Baumwoll-Trenchcoats, Kakao auf Wolle und Rotwein auf Nylon. Die Flecken hat er von zu Hause mitgebracht. Der Impresario läßt seinen Blick vom Bildschirm zu einem älteren Herrn schweifen, der links von sich einen kleinen Schemel auf den Boden gestellt hat. Wirklich ein reizender Mann. Er bietet Sammy eine Zigarette und ein Halsbonbon an. Der Geschmack des Tabaks und die pikante Süße des Bonbons ergänzen sich gut. »Letzte Woche hat er einen Collie gereinigt, der mit Nagellack bespritzt war.« Der Mann betrachtet den Bildschirm mit Ruhe und Dankbarkeit. Er nickt Sammy zu, der kontrapunktisch an das große Ölgemälde denkt, das einst in seinem Elternhaus hing. Vor einer Geldkassette ohne Geld. Das Gemälde, das die Mutter verkauft hat. Zusammen mit der Capri-Schale, auf der der Menschensohn bis zu den Hüften im Wasser steht. Die Mutter hatte gehofft, das Bild würde aufgrund seiner Größe und seines hübschen Rahmens einen Haufen Geld einbringen, doch leider blieb die Ausbeute, das verheißungsvolle Motiv in Betracht gezogen, ziemlich mager. Diese Episode beginnt er dem fremden Mann auf dem Schemel zu erzählen. Und jetzt, wo der Stöpsel einmal gezogen war, konnte er seinen Bericht genausogut fortsetzen und von seiner Zeit als Mathematiklehrer, Talentsucher und Impresario erzählen sowie seiner Begegnung mit der Gruppe »Johnny & The Hurrycanes«. Das letztere erzählte er im Flüsterton. Nicht, daß das von Wichtigkeit gewesen wäre. Sammy hatte den Eindruck, der Mann befinde sich an einem völlig anderen Ort. In einem gelobten Land, zu dem Samuel Joshua Danielle niemals Zugang haben würde.

Als er auf dem Rathausplatz stand, konstatierte er eine schreckliche Sehnsucht, die an ihm nagte, als hätte er ein Loch im Magen. Der Wind kam wie immer aus unterschiedlichen Richtungen. Er blickte in den blauschwarzen Nachthimmel und entfernte das Gummiband, das die Geldscheine zusammenhielt, die sofort um seinen Kopf wirbelten wie die Schar schmutziger Tauben zur Tageszeit. Weiße Kolibris in einer Augustnacht.

»Darf ich Ihnen von meinen Eltern erzählen, die in Paris auftraten, wo ich aufgewachsen bin?«

Die Nacht ist jetzt schwarz wie Humus. Er sitzt auf einer Bank beim Kastell, dem Spielareal seiner Kindheit. Der Mann an seiner Seite hat sich hingelegt.

»... es handelt sich um Yvette aus der Rue de la Notre. Ein heißblütiges Ding, le petit Yvette. Qui, Amor hatte seine Pfeile abgeschossen, wie man so sagt. Doch ach, Yvette war mir nicht treu. Darf ich Ihnen zum Abschluß mitteilen, daß man in Algier ein passendes, um nicht zu sagen adäquates Bonmot kennt? Würde es Sie unter Umständen interessieren, es kennenzulernen? Es lautet: ›Cruppe, cruppe de la Cryp/avec ai tut de la Plyp!‹«

Zwanzigstes Kapitel

Dennis de la Motte erwachte mitten in der Nacht in Schweiß gebadet. Beschwerlich rollte er sich aus dem Bett und sah an sich herab. Der glatte Seidenpyjama war völlig durchnäßt. Seine Haare klebten am Kopf. Die Wärme im Wagen war unerträglich. Er öffnete gereizt ein Fenster und sah auf den Platz hinaus, auf dem sich kein Hauch regte. Kein Grashalm bewegte sich. Er öffnete die Tür sperrangelweit und riß sich die drei Köpfe seiner Pyjamajacke auf. Stöhnte lauthals und trocknete sich mit dem Handrücken die Stirn. Die Wolkendecke lastete wie ein graumelierter, marmorner Deckel auf der Wiese. »Scheißklima«, stieß er hervor und trottete aufs Gras hinaus. Wo er einen bleichen Grashüpfer erblickte, der ihn mit seinen großen, allwissenden Augen ansah. Das Insekt schien regelrecht auf ihn gewartet zu haben. Als ein tiefes Grummeln von oben de la Motte einen Schauer über den Rücken jagte. In diesem Moment zeichnete ein Blitz ein gezacktes weißes Muster in die Wolkendecke. Drei weitere folgten, und dann immer mehr. Tiefe, senkrechte Risse, die kamen und gingen. Mit steigender Intensität. De la Motte wich unwillkürlich zu seinem Wagen zurück, auf dessen Trittbrett er sich setzte. Die Blitze erschienen jetzt am gesamten Firmament, doch der Donner blieb aus. Und der Regen, vor allem. Der Grashüpfer starrte ihn fortwährend mit seinen großen Altmännerglupschern an. Als erneut Stille einkehrte. Die kleinen, hitzigen Blitze verschwanden einer nach dem anderen, als hätte sie jemand, wie an den Schnüren eines

Puppentheaters, hinaufgezogen. Die Pause war wie ein Intervall, der präzise berechnete Punkt hinter einer Note, bevor ein gigantischer, deltaförmiger Blitz mit ohrenbetäubendem Krachen die Wolkendecke zerfetzte, sofort einen Strommast in Brand setzte und ein Lauffeuer nach sich zog, das sich, gleich einer Natter, von Wagen zu Wagen fraß. Binnen Sekunden stand der Kreis der Wohnwagen in hellen Flammen. Ein züngelndes Flammenmeer explodierte um den Direktor, der sich mitten auf dem Platz wiederfand, wo er sich auf dem Rücken drehte. Das Gesicht in den Händen vergraben, schrie er seine Ohnmacht und Angst in das zunehmende Inferno hinein, bis er die Hände von dem maskenhaft erstarrten Gesicht nahm und den Grashüpfer auf seiner Brust erblickte. Um ihn herum nichts als Flammen. »Mach, daß das aufhört«, flüsterte er und sah das Feuer, wie einen Steppenbrand, von allen Seiten näherkommen. Der grüne Schafskopf des Grashüpfers verschwand, verzehrt von der Hitze. Ein fahler Totenkopf tauchte auf. Mein Spiegelbild, dachte de la Motte und spürte den ersten Regentropfen, der auch sein letzter war.

Die Yacht »Baby« schaukelt auf den Wellen vor Key West. Die wenigen Leute an Bord haben ihre Beschäftigungen eingestellt. Die Motoren sind gestoppt worden. Ein Pelikan fliegt vom Schiff auf. Man kann nicht gerade behaupten, seine Bewegungen seien graziös. Es scheint, als verbringe er sein Leben zum Trotz, aber mit dem Wissen, daß jeder Humor einem tiefen Ernst entspringt.

In seiner Privatkajüte, die eingerichtet ist wie ein kleines Filmstudio, liegt Humphrey Bogart in der Koje. Ein feines Lächeln umspielt seine Lippen. Der Steuermann an seiner Seite hat sich gerade erhoben, die Flasche mit Bourbon auf den Nachttisch gestellt und seine obligatorischen Bemerkungen über die Verderbtheit der Welt, die Vergänglichkeit aller Dinge und Cecil B. de Milles Verbrauch an Statisten gemacht. Die Anekdote hängt immer noch in der stillstehenden Luft, als sie sich plötzlich materialisiert und erhebt wie ein Gespenst mit silbernen Flügeln. Das letzte Wort Citizen Kanes war bekanntlich »rosebud«. Bogarts war »angel«.

Das Konvertieren des Aga Khan zum Hinduismus bereitete seinen Nächsten ein nicht zu leugnendes praktisches Problem. Doch für die Hauptperson war es eine wahre Wohltat. Ein schweres Joch war von seinen alten Schultern genommen. Shiva nahm den Platz auf seiner Brust ein wie ein kleiner Spatz. Am Vormittag, seinem letzten, rief der Khan seine Tochter zu sich. Nahm ihre schmale Hand, die er lange betrachtete, und sagte: »Ich fühle mich wie eine alte Schildkröte, die langsam köchelt und mürbe wird, bevor sie in der Suppe verschwindet.«

Als der Tag sein Ende fand und das Licht verging, als die Töne der Posaunen sich wie goldene Schnüre zwischen den Bergpässen spannten und der Aga Khan dem Spatz auf seinem leichten Flug zum Fenster folgte, glückte es dem Sterbenden, sich die Brille auf die Nase zu setzen. Er hatte sich soeben an ein Krocketturnier in Delhi erinnert, an dem der Dichter Tagore und der Wissenschaftler Einstein teilnahmen, als ihn ein Kälteschauer durchfuhr.

»Wer bist du?« flüsterte er ängstlich, während er den stämmigen jungen Mann in dem gelben Hemd mit den schwarzen Taschen erblickte.

»Ich bin dein Schutzengel«, kam die Antwort.

Der Aga Khan lächelte bewegt, spürte den Kosmos wie eine sanfte Schwerelosigkeit und zitierte spontan einen Vers aus den Upanischaden: »Das Wesen der Unsterblichkeit offenbart sich als Freude.«

Sein letztes Wort in dieser Welt.

Zur selben Zeit spürt Jean Sibelius die Anwesenheit eines Fremden in der Holzhütte am See, in der er so oft von der Natur inspiriert worden war. Draußen schreit ein schwarzer Vogel in e-Moll.

Der Komponist ist geschrumpft. Splitternackt, bettet er seine uralten Knochen auf die abgenutzte Bank. Fühlt die Härte des Materials an seinem mageren Rücken. Seine Hüften schmerzen, und es zieht im Lendenbereich. Als er rätselhafterweise eine warme, weiche Hand spürt, die seinen abgemagerten Altmännerkopf entgegennimmt, der sich geborgen sinken läßt, wie ein Neugeborenes in den Schoß der Mutter. Langsam dreht er den Kopf und schaut in die Augen eines lächelnden jungen Mannes mit Flügeln von kolossaler Spannweite und einer Haarpracht wie ein Slogan.

»Ist es Zeit?« flüstert Sibelius dankbar.

Der Engel nickt und holt seine Maultrommel hervor. Spielt die Titelmelodie von »High Noon«.

Der VW-Bus hat Fahrt drauf. Der Motor schnurrt wie nie zuvor. Die Kolben arbeiten unter Hochdruck. In scharfen Haarnadelkurven geht es bergauf. Johnny sitzt am Steuer. Er hat einen Zigarettenstummel hinter dem Ohr und lächelt Erik Lunnermand an, der die Straßenkarte hervorgeholt hat. Hinter ihnen sitzen Johnny und Feo mit einem großen Zeichenblock und einer Schachtel farbiger Stifte. Der Himmel hat dieselbe Farbe wie der neue Chevrolet V-8 Bel Air. Johnny summt: »Do not forsake me, o my darling«, und Lunner nimmt seine halbakustische Gitarre und findet e-Moll. Benny lächelt und sieht den Lastwagen um die Kurve kommen. Ganz oben auf dem Kühler befindet sich eine Art Galionsfigur, eine Heilige, ein Phantom mit algengrünem Haar und blutrotem Mund. Er begegnet Johnnys Blick im Rückspiegel, als alle Geräusche verstummen. Lunner ergreift ihre Hände. Sie schweben auf einem satten Akkord, einem akustischen Rauschen, das große Becken zerteilt die Luft, der Himmel dreht sich in Feos großen Augen, und verschwunden sind sie im explodierenden Anbruch des Tages.

So verschwanden für immer der zwanzigjährige Benny, dessen Vater auf dem Gipfel der Liebe ums Leben kam; Erik Lunnermand, der nicht nur sein Aussehen, sondern auch sein Schicksal mit James Dean teilte; sowie Johnny, dessen heiteres Gemüt noch heute in den Straße Aalborgs umhergeht, in Form einer hübschen Frau namens Bodil Wehl.

Für »Johnny & The Hurrycanes« war der Stubenarrest vorüber.

Vaya con dios.